2023年海盐县文化精品工程重点扶持项目

渡山河

夏永军 著

浙江工商大学出版社
ZHEJIANG GONGSHANG UNIVERSITY PRESS
·杭州·

图书在版编目(CIP)数据

渡山河 / 夏永军著. -- 杭州：浙江工商大学出版
社，2024. 11. -- ISBN 978-7-5178-6272-7

Ⅰ. I247.5

中国国家版本馆 CIP 数据核字第 20245K1K63 号

渡山河
DU SHAN HE

夏永军 著

策划编辑	祝希茜	
责任编辑	王　琼	
责任校对	韩新严	
封面设计	林朦朦	
责任印制	祝希茜	
出版发行	浙江工商大学出版社	
	（杭州市教工路 198 号　邮政编码 310012)	
	（E-mail：zjgsupress@163.com)	
	（网址：http://www.zjgsupress.com)	
	电话：0571-88904980，88831806（传真)	
排　　版	嘉兴浩帆图文制作有限公司	
印　　刷	浙江海虹彩色印务有限公司	
开　　本	710 mm×1000 mm　1/16	
印　　张	22.5	
字　　数	321 千	
版 印 次	2024 年 11 月第 1 版　2024 年 11 月第 1 次印刷	
书　　号	ISBN 978-7-5178-6272-7	
定　　价	69.00 元	

　　这是一幢惹人遐思的房子。慕贞现在和晓澜姨一起站在夏日半明半晦的阳光下，看着斑驳的房子，那厚重的青草地，那些百年香樟树，只觉得这世界颓然只剩下她一个。这房子真像是一场幻觉，慕贞只觉得它依然在离她很远地方的暗夜里不声不响地伫立着。

　　这些天，秋风格外尖厉，藤叶、杏叶，像伤鸟似的猛旋，南墙头的几道爬山虎，也显露出豹斑似的秋色。婉清旁若无人地倾听着秋后的空院，听落叶在泥土里安眠，她的白色衣裙在秋风中飘忽着，活像一只白色蝴蝶。

　　三人沿着古运河，深一脚浅一脚地走在没膝的雪地里，四野静谧，远树凝寂，偶有几声犬吠从树林后面隐隐传来。冬夜的街道空虚得失去重心，一轮残月正缓缓钻出黑魆魆的云层，在雪地上投下清冷的月光。一盏茶工夫，他们走到了城北藕香亭畔的圣加尔修道院。

    谭紫钗从学校出来，走在空无一人的油厂弄里。昏暗的路灯下，她夹着包，往家里赶去。厉江河正等着娘回去给他讲故事。这时，从拐角处走出一个人影，紧紧跟随着她。她也觉察到身后有异样，便加快了脚步，那人跟得更紧了。

　　夏婉清说，我这一生过得无比荣光，我已经是很幸福的老太太了。我深知，这一切都是新社会给予的，我们女性，只有在新社会，才能过得体面，有尊严地活着。感恩这个五彩斑斓的新世界。

　　夏玉珑驼着背，拄着拐杖，踩着细步，又来到了木楼下，抬头和西墙头郁郁葱葱的凌霄花撞了个满怀。她眯着小眼，看见那些红澄澄的凌霄花在夏日阳光里灿烂得耀眼，仿佛看见逝世的家人都一一住在绿叶和花瓣簇拥着的花蕊里，向她热情地招手，又似乎在和她说玉珑你回来了，回来了就好。

序 一

心如明镜渡万劫

永军的新作《渡山河》即将付梓，很是感人。他作为一位业余作家，四年出了三本书，既要工作，又要写作，这没有一点决心与恒心是断难做到的。永军写作的历程再次加深了我对"知之者不如好之者，好之者不如乐之者"的理解。我在永军上一部长篇小说《守望塔》新书分享会上讲起了与永军的相识过程及永军文学梦的由来。永军读书时是学霸，最钟爱的学科是语文，为此还做了语文课代表。他在湖州读书时阅读了大量的文学作品，但工作后追求进步，以业务工作为重，获得了很多的荣誉称号，文学梦就被搁置了。十多年前，永军开始在报纸杂志上发表文学作品，重新燃起了文学梦。就在那时，他开始有写作长篇小说的想法。而这部小说，据他说，1995年时就开始写了，已断断续续写了近三十年，其间也曾动摇过，但坚持下来了，求得了正果！我想起了佛教里的一首禅诗："我有明珠一颗，久被尘劳关锁。今朝尘尽光生，照破山河万朵。"怀揣着一个文学梦就像揣着一颗明珠，一旦不再被生活、工作的俗事羁绊，心无旁骛地去追求梦想，就是尘尽光生。如今继《守望塔》之后又完成了《渡山河》，可谓照破山河万朵，我由衷地佩服！永军的上一部长篇小说《守望塔》得到了著名评论家王侃老师的点拨和肯定。他给予永军这样的评价："你是个成熟的作家，明显老练能写。"我想这样的评价同样适合《渡山河》。

本书通过对主人公夏婉清一生的描述，铺开了一个宏大的世纪画面。故事始于 1937 年初夏的上海，主人公夏婉清与留洋归来的落魄画家萧志卿生活在十六铺小东门的低等民宅里，日子过得清淡无味。事业不顺的萧志卿因买醉而偶遇上海滩当红影星秋泠蓝，在惺惺相惜中两人迅速坠入爱河。萧志卿放弃国画专攻油画，并以影星秋泠蓝为人体模特进行创作，作品一炮走红，由此改变了困顿的物质生活。但萧志卿与秋泠蓝日趋炽热的爱恋深深伤害了他的妻子夏婉清，同时也得罪了流氓大亨章鹤彪。主人公夏婉清和萧志卿都是江苏人，两家私交甚笃。萧志卿家有变故，夏家遵守婚约并资助萧志卿出国留学。夏婉清自幼受"白虎女命不好"的咒语之害，母亲为此出家为尼以求庇护，萧志卿接受现代教育自然不信此类迷信说法，对妻子疼爱有加。但夏婉清身心俱弱，且无生育，萧志卿爱上秋泠蓝后，对妻子夏婉清更多的只是一种怜意。在上部的最后，萧志卿给夏婉清主仆二人留下一个装有五万银圆支票的紫檀木盒后，随秋泠蓝远走香港。

　　在妻子最需要保护的时候，萧志卿狠心抛弃深爱他的妻子，将她置于万劫不复的境地。主仆二人幸有在巡捕房当差的中共地下党员厉雷霆的保护而出城避难，厉雷霆托手下小弟宋怀远将她们远送至宜兴，不意宋怀远本是贪婪之人，半途索取夏婉清的翡翠玉镯后弃她们于不顾。主仆二人正走投无路时得到了昆曲班谭玉麟的帮助。谭玉麟将她们带到乌城家中，夏婉清与用人苏晓澜才得以在乱世中苟活。谭家虽不是锦衣玉食之家，但可温饱度日。日寇占领下的江南民不聊生，体弱内向的夏婉清抛弃了对萧志卿的幻想后，勇敢面对生活，反而激起了一种外柔内刚的坚毅。面对日寇，她保持了中华民族固有的气节，同时在日寇长官妻子难产时她成为一个有胆识的女人，与接生婆一起帮助其产下男婴，才得以为小城解了粮食危机。

"那些杀不死你的，终将使你变得强大。"夏婉清在乌城的苦苦挣扎中变得强大起来。抗战胜利后她开起了旗袍铺，从大小姐、贵妇人变成了自食其力者，并回到了老家探望家人。乱世中的夏家因人性之恶而产生诸多变故，夏婉清还是回到了乌城，那里有她的旗袍铺，更重要的是有她的恩人谭家人。回乌城不久，内战开始，夏婉清躲过了保安队长庞炳钦（日伪时期的汉奸）等人的纠缠。

乌城迎来解放，让夏婉清喜出望外的是，救命恩人厉雷霆是乌城军管会的副主任。她从厉雷霆身上看到了共产党员的特质，看到了希望。宋怀远和新婚妻子闵秀娥也在军管会工作。在闵秀娥的影响下，夏婉清参加了妇联工作，成为新政府的一名工作人员，生命焕发出从未有过的光芒。其间她抱养了一个天主教神父的私生女，取名慕贞。她把所有的爱都给了女儿慕贞。

在政治运动中太想成为红卫兵的慕贞居然与被打倒的母亲划清了界限。厉雷霆成了头号"走资派"，宋怀远成了乌城造反派的大联筹主任。夏婉清的弟弟夏金宝从娘胎里就开始经受苦难，在这场运动中自然不能逃脱，连出家的三小姐（净月师太）都被游街批斗，夏家无一人幸免于命运的作弄。

运动结束后，一切回归于平静，夏婉清在裹烧饼的《新民晚报》上看到了著名画家萧志卿的讣告，后又等到了谭玉麟的归来。主人公夏婉清一生坎坷，命运多舛，但总是绝处逢生。她从富家小姐沦为弃妇，在烽火战乱中苟活于他乡，内心的纯净让人顿生怜意，是内在人性美让她从柔弱变刚强，最后淬火成钢，直视世间的不公，忍受亲人的离去。她从一个需要被保护的弱者变成了一个保护身边亲人及周遭弱者的强者。

小说用夏婉清的纯真善良、厉雷霆的刚强勇毅讴歌了人性中最珍贵的品质，鞭挞了宋怀远之流的贪得无厌、庞炳钦之流的下流无耻。

小说写尽了苦难。在阅读的过程中，我总是想起余华的《活着》，两部小说中主人公的苦难非常相似，亲人不断地离去，世间曾经黑白颠倒，最后正义来临，主人公在回忆中走完人生。

小说可分为五个时间段：抗战、内战、解放、十年浩劫、拨乱反正。苦难的历程那么长。用讴歌、赞美、鞭挞这样的词汇去诠释小说所要表达的思想与情绪其实是苍白的。

我读完小说后彻夜难眠，想到的是"反思"这个词。时代在高歌猛进中往往会让人激动得发狂，有时以为历史上的荒诞只会发生在知识有限的过去，其实人性中对于金钱、权力的贪婪会让人步入认知的迷局，不断地上演荒诞。小说中虚化的地理坐标与《活着》也极其相似，都是江南水乡，乌城可以理解为乌镇、周庄、同里，因为它们气质类型相同，相同的地理环境导致相似的生产方式和风俗习惯。

年龄上余华老师大永军一轮多，这个时间距离不甚遥远。余华经历了"文化大革命"，永军出生在那个年代的末尾，无甚记忆。余华生活在县城，他的许多故事都是田野采风得来的；而永军出生在田野，小时候在夏家湾的夏夜里拍打着蒲扇听掉了牙的长辈们讲述着谁家爷爷去上海发了财娶了两个老婆，谁家爷爷以前摇着船去抢塘河里的官船被打死了之类的故事。当然在这种纳凉晚会中的故事都是你一句我一句，在不断的有限想象中逐渐丰满，出现最多的是酱园老板和布店老板的故事。海盐是江南重要的酱文化发源地。

海盐自古产盐，自西汉《盐铁论》后，盐为国家专营，制酱外运比贩卖私盐安全且附加值高。上海开埠后，酱业从业人员一半以上是海盐人，酱园主也有三分之一以上是海盐人。海盐人还有一个行当，在上海占有举足轻重的地位，那就是布店，俗称"棉布帮"。所以夏家酱园主的身份设定是很容易在海盐挖掘到故事的，如今读来是故事，那时却是真事，生活远比文学丰富。夏婉清的原型人物在海盐很多。

小说展现了善良的力量。大难来时用人晓澜对雇主夏婉清的不离不弃是中国人骨子里的报恩思想，谈不上高风亮节，也没有什么深情表白，只是简单的一句"俺娘说"，这种善良源于她的父母及更久远的祖先。谭玉麟对夏婉清的搭救只是出于"国难当头，生逢乱世，相互提携"，或许是传统戏曲里的侠肝义胆精神浸润了他。而谭凤祥及银娣的无私援助及体贴关怀是江南小镇柔情似水的真实写照，江南小镇里的人对弱小者的关照不需要理由。如果说夏婉清对妓女出身的石兰香的帮助是一种工作，那么对多次加害于她的恶人庞炳钦的老婆的帮助则体现了她的善良与理性，这种善良不是什么渐悟与顿悟，似乎与生俱来。

小说呈现了内耗的破坏力。夏家的内斗让夏家元气大伤，主人公父亲夏鹤年是那个时代典型的酱园老板，原配出家后娶了二房文锦，生下了三个女儿淑瑾、琬玲和玉珑。可五十多岁的他从南京带回了一个叫容绣的女人，从此家无宁日。二女儿淑瑾用胭脂设计毒害了三太太容绣，容绣拼尽最后的力量为夏家诞下儿子夏金宝。淑瑾后悔自己的歹毒行为，日夜惶恐，发病而死。知道真相的二太太文锦生活在自责与恐惧中，明白女儿和容绣都是因为自己才死的，在一个大雪纷飞的冬夜里出门上茅坑时中风，似乎印证了"恶有恶报"。发现真相的夏鹤年一蹶不振，后来死在了粪缸上。琬玲出家为尼，不知所终。玉珑幸运地遇上了厉雷霆的弟弟厉雷震，算是有了一个好归宿，但偏偏遭遇了唐山大地震，又是家破人亡。应了我们这里的一句老话："桥来了，簖也来了。"一个人高度敏感、多疑、恐惧、担忧则为精神内耗，苦海无边；而一个家庭陷入内耗则必然开启无休止的相互伤害。小说也描写了一段国家的内耗史，书中厉雷霆与宋怀远社会角色互换，第二代人物相杀，纯真的夏婉清被批斗，一心为新中国事业奋斗的闵秀娥死于医院走廊等，这种内耗的破坏力对于一个民族来讲同样是深重的。

苏童在其作品的自序中写道：写作有两个问题，一是你去哪里，二是你怎么去。去哪里回答的是，到远方去，甚至比远方更远。唯一的难题是怎么去。这样的旅程没有任何交通工具，甚至没有确定的路线图，只能依靠一字一句行走、探索，这样漫长的旅程看不到尽头。永军写的是家乡的地理坐标，但要去的地方很遥远，他做到了。

海盐县文联第六届主席　林周良

2024 年 10 月 12 日

序 二

何以渡山河

永军在微信上说，阿姐，你来给我的新小说写个序。我吓一大跳，拿着手机的手，兀自乱摇了起来，不不不，写序这事我干不了，那应该是有名望有地位有才华之人所为呀，我的能量还不够为你的小说加分。他发来语音，说，阿姐，我是这样想的，你是古琴老师，我听你说过，抚琴如行文，而我平时在聆听和雅、清淡的古琴音乐时，想到"味外之旨、韵外之致、弦外之音"这几个词，不正是文学创作所追求的吗？在创作小说的过程中，我脑海里也常常会冒出这几个词。我又想着，你作为女性读者，来解读这部以女性为主角的小说，也许会不一样。

永军喜欢古琴音乐，偶尔与他言谈，说起《鸥鹭忘机》或《广陵散》。记得他引用了苏轼的一句词——"万籁收声天地静"，我便明白了古琴音乐对他的影响力。况且，弹琴与行文，一样讲究起承转合，一样需要细细描摹，一样会有欲扬先抑，不过是表现方式不同而已。

我学琴堪堪十年，虽然明白琴文互蔚的道理，但真要以琴论文，自觉不够分量。不过诚意难却，一时想，抛开惯常的套路，也许会成另一桩美事。我说，永军，权当我来写个读后感吧。

去永军办公室喝茶，拿到厚厚的小说打印稿，我对他说，小时候总是觉得作家是高不可及的群体，那些印在图书封面上的名字，遥远如天上的星星，并熠熠闪光。如今竟发现，作家也可以是身边的人，竟可以一起吃饭、喝茶，并交流。他急忙说，我只能算是个写作爱好者，还算不上真正意义上的作家。

我只喜欢表达，而不愿争辩，毕竟，作品最有发言权。看着《渡山河》的小说名字，掂掂这本书的分量，我心生感慨，完成它的过程，一定是越山渡水的过程，但终于显山露水了，了不起！

这部小说以《渡山河》为名，七十余年岁月的山河、人性的山河、人生的山河，均以文字飞渡。他在虚构里体现真实，以苦难衬托人间温情。这是一部有灵魂的小说。

认认真真读这部小说，抽丝剥茧一般的设计，落在紫檀木盒上的灰尘，被主人公夏婉清轻轻拂去。木盒被交到了女儿夏慕贞手里，里面藏着夏婉清这一生最重要的印记。在夏婉清过世之后，这位江南女子一生的经历被徐徐打开。

永军善于把控女性人物性格，有人曾戏称他为红颜们的知己，一时成笑谈。书中的夏婉清本是富家女，小说中初出场时，她是个性格略显乖张的女子，"白虎女命不好"的说法，给她的人生带来了灰暗的预示。和丈夫一起在上海过局促日子时，她不能适应现状，各种挑剔和幽怨。先遭遇情变，后遭遇婚变，并非意外。她对生活失去了信心，想以死解脱，幸好有女用人苏晓澜的照顾和劝导，勉强过着日子。这样的小说开头，没有让我感觉夏婉清就是小说的主角，这个人物形象显得太过阴郁和黯淡。然而这正是作者先抑后扬的写作构思，这样的铺垫，是为了升华。

战争把夏婉清从婚变的绝境，推到了另一个无家可归的绝境。但在永军的笔下，苦难中总有温情透现，先是萧志卿不忘旧情，托人搭救，后是谭家把她当家人一样接纳。然而厄运又接踵而来，日本人强暴了与她情如姐妹的晓澜，她自己也在此时小产，永远失去了做母亲的资格。这种寒暖交替穿插的构思，促成了一位女性的新生，正如一把宝剑的锋芒，需要烈火与寒泉的双重历练。不能做母亲的夏婉清，敞开胸怀，关爱更多的孤儿，为他们裁制衣裳、熬煮米汤；甚至自发跟随接生婆严妈妈去日本军营，给日本军官松井次茂难产的妻子接生。此时的她，已经具有了"天下的产妇都是在鬼门关打转的可怜人，天下的胎儿均应该平安出生"的宏大理念，以至于无惧危险。她另有一个更为大胆的图谋，要从狼口里叼食。这份勇敢，以及家国仇恨的间隙中滋生出来的宽广人性，令松井次茂及其妻子刮目相看，最终夏婉清心想事成，获取了救助难民的珍贵粮食。无私付出，广伸援手，知恩善报，善念让她收获了内心的坚定。

在婉清的人生过程中，永军设计了一位着墨不多，却很关键的人物——静尘师太。她送了婉清一本《云水禅心集》。云与水都是流荡不定之物，就如当时婉清的心，禅心却是静定安然之意。这本集子，婉清读之、抄之、悟之，人生由此转折。那部分描写里，有一个与琴相关的唯美故事，云水真人与禅心师太相遇相知，却在各自修行里克制化解，两人合作了一首琴曲《云水禅心》，以琴声诉说各自的心境，此后两人云水天涯。禅心师太的生命，亦是在琴上拨出《云水禅心》曲的第一个音符后告终。这段关于古琴的描写，是整本小说中逼仄、背离、动荡、惊吓、伤痛之外的一个静处，以单薄的篇幅，增加了小说的张力。守住内心深处的自我，夫唯不争，方以利万物。婉清由此渐渐获得了坚实的内在支撑，平和，利他，以此走过战争，并以此为理念，铺垫出了顺遂的下半生，最后，寿终正寝。

　　人性是一口深不可测的井，另一位人物谭紫钗，一出场就是一位极正面的人物。作为小学老师，在抗战期间，她带领学生开展纪念孙中山先生的活动，与日寇做坚决斗争，后来离家出走参加革命。这样一位又红又专、性格坚定的人物，作者却出人意料地安排她在小说后期，因一纸委任状而装疯二十多年。永军曾问我，这样的安排是不是不合情理？我对他说，这世上有太多出人意料的事，我们总用一句想不到来引出背离现实的种种，紫钗给读者的感觉就是想不到，但仔细想来，也是入情入理。经历了险恶的战争，见过了太多的死亡，当和平年代来临，不用在枪炮声中担惊受怕，才更明白安稳生活的可贵，何况又有了爱人和孩子。所以，当潜在危险来临，很可能会波及自己的家庭时，她本能地选择了牺牲自我，用装疯卖傻来逃避。作者着墨不多，可是，我们可以想见其中有多艰难，一个"装"字注定了她活在人与鬼的夹缝里。而当危险过去，可以恢复正常人的生活时，她却溘然长逝，读来令人感到一阵悲凉。这又是作者的刻意，以小说言语告诉读者，人生短暂，如果做错了生命的选择题，也许再无复盘机会。

　　一纸委任状压垮了紫钗，而文锦的恶念，因丈夫的小妾而引发。婉清的父亲夏鹤年经营酱园，颇有些家财，二房太太文锦原本过着安稳的日子，可是丈夫带回来身怀有孕的小妾容绣，她因此觉得，原本属于自己的利益，要被分走了。她心有不甘，心心念念要除掉容绣。她的恶念影响了二女儿淑瑾，淑瑾用混了鹤顶红的胭脂毒害了容绣，因此受到良心的谴责而离世。一念成魔，因果相循，害人者，现世即报，文锦的性情变得反复无常，从前的安稳不复存在。

　　这些人物的架构，均是来衬托小说主题的。何以渡山河？无我才能成就强大的内核，人神所向，万善同归。

读罢小说，我与永军说，读书之际，脑海里总会出现隐隐的琴声，静下来分辨，是《广陵散》。《广陵散》是唯一具有杀伐之气的叙事琴曲，由平常深远起始，渐渐动荡、激烈，乃至争斗、悲痛，后趋明亮、优美，蕴含了后人的赞叹与歌颂。一个喜欢传统文化的人，字里行间，总有不经意的古典质地，就如他喜欢把古琴、昆曲、旗袍、刺绣等元素写进书里，心里总有那种特别的韵致。寻思起来，我在阅读过程中，觉得自然平和，一定是行文节奏自带了一种韵律。

读这部小说，除了小说本身，我所读的，还有永军。我在字里行间看到他的热爱，一位70后，没有经历过战争，也没有在战争的余波中长大，写民国时期的小说，显然是大胆的。有一天，他发给我一个视频，是一位战地记者拍摄的真实影像——日军轰炸上海时的真实情景，与小说的描写颇为契合。显然，为了小说描写的真实性，他参考了很多资料。我亦从中看到他的优雅，书中不乏散文式的优美描写，想到他朋友圈里经常晒的城乡美景，他的角度总是与众不同，看得见天宇的阔大，也看得到花草的幽微。我还从中看到他如何变换场景，如何操控人物，如何设置悬念。当然，我也会有这样的时候，抚着书本叹息，这家伙，言语激烈了些，倘若平和一点，会更好。

记得散文集《寻常》出版后，他请朋友吃饭。他在饭桌上扶着酒瓶，侧着脸，眼里流露出来的明净，令人想到孩童。这个画面定格在我的脑海里。人到中年的不染，极其珍贵。奇怪的是，越是简单平和处，却越能见其深邃，三十多万字的小说，涉及不同时代的复杂背景、不同环境中的人物性格构建，纷繁复杂处，悲欣交集。

我亦从中读出了他的思考。

文字是一位写作者思维的延伸，亦是他建构的另一个斑斓世界，现实种种限制，种种遗憾，均可借由文字的世界，完成自我的开拓与丰盛。永军是一位值得尊敬并赞叹的写作者，他对文字的热爱纯粹而用力，这种用力，体现在辛勤笔耕上，不用力难以完成如此宏大的创作。但用力使创作表现出了急切。可是，我完全理解他，唯有写，才能突破并超越自己；唯有写，才能释放内在喷涌出来的激情。正如日本美术评论家、思想家冈仓天心所言："是在我们都明白不可能完美的生命中，为了成就某种可能的完美，所进行的温柔试探。"即便如小说中所描写的逼迫、残害、背叛等险恶，亦无不是能开出慈悲之花的土壤。

很喜欢这样一种说法：写作是造一座塔，不用对它的意义深远考虑很多，专心地把它造起来，造得平稳、浑然、结实、优美，意义就让别人去想。我觉得永军的创作就是在造塔，专注于一境，心无旁骛，他在这个过程中飞速成长。我完全相信，假以时日，那种用力的感觉，会越来越淡化，最终达到风过水无痕的境地。

和平时有安稳，亦有背叛，有倾轧，战争时有死难，亦有温暖，有正义。这部小说正是以此告诫我们，人人都有要竭力飞渡的山河。战事仍在这个世界上局部蔓延，和平其实岌岌可危。纵使是和平年代，战争仍会以不同的形态出现，攀比、争夺、嫉妒，甚至吞噬，人心的煎熬，是这些无形战争的后遗症。我们每个人都有太多的停战功课要做，无论何种形式的战争，结果都是两败俱伤。

祝贺永军，并致敬！

浙派姚门古琴老师　王小也

2024 年 10 月 15 日

目 录

上
部

渡山河

乌城解放之初，夏婉清和苏晓澜从城北圣加尔修道院荷力加神父手里抱养了一个刚出生不久的女弃婴，之后一直居住在乌城清河街的酱园弄里。

二〇〇三年正月初八，大吉。

夏慕贞给母亲夏婉清操办了九十周岁寿宴，母亲由晓澜姨搀扶着，频频给老街坊敬花茶。

寿宴后过了几天，夏婉清唤慕贞移开她房间里的老衣橱，用榔头撬松衣橱后面的一块青砖，挖出青砖后，从墙壁夹缝里抱出一个用红布包裹着的紫檀木盒。婉清轻轻拂去木盒上的灰尘，老泪潸然滑落。她用老手抖颤地抚摸许久后，把它交到慕贞手里，语重心长地说，贞儿，是时候把这个紫檀木盒交给你了，你现在不能开启它，等我将来身故后，你才能打开看里面的东西啊。

翌年春暮，夏婉清毫无征兆地，在睡梦中过世了，这让慕贞措手不及。夏慕贞和苏晓澜无限悲痛地，在城南五十里外的思顾岭安葬了她。

婉清走了，晓澜一直非常难过，整日待在房间里，整理主仆间朝夕相伴六十几载的思绪。民国二十三年，十六岁的她只身一人从安徽淮北老家漂泊到上海做女用人，在用人介绍处饥肠辘辘几天后被夏婉清挑走，帮忙洗衣、买菜、做饭、清扫卫生。

那时夏婉清刚结婚，新婚燕尔，跟随新婚丈夫萧志卿从江苏周里老家到上海创业，在淮海路上的一幢老式洋房里租了一个套间。

忙完母亲的"五七"后，慕贞缓缓打开了那个尘封已久的紫檀木盒，里面有几样老物件：

民国二十二年颁发的结婚证书一张；

皱巴巴的油画一幅；

湖蓝色旗袍碎布一块；

薄如蝉翼的泛黄书信一封；

民国三十八年五月乌城军管会开具的领养证一张；

注明女婴生辰八字的字条一张；

一九五〇年十月乌城军管会出具的捐资证明一张；

一九八六年三月的《新民晚报》一张。

花香氤氲的午后，慕贞搀扶着晓澜，缓步走在风陵湖畔，藕花堤间，白鹭洲上。湖上的微风轻轻吹拂着晓澜稀疏的白发，似在撩拨她的心事。晓澜的眼神深沉而迷离，这些地方曾留下了她和婉清许多美好的回忆。她的记忆之匣轻轻开启，向慕贞缓缓道来那些尘封已久的往事……

上部

第一章　梅雨夜

　　民国二十六年，初夏的深夜，梅雨迅猛，上海老北门沉香阁一带的红粉笙歌地，此刻正灯火通明。

　　萧志卿手握酒瓶颠荡着从花满楼里出来，金枝上前扶他。鸨母胭脂红气急败坏地追出来，指着萧志卿叱骂开，你个小赤佬，又上老娘这儿吃白食来了，看老娘今朝不废了你——

　　几个跑堂的将萧志卿一推，拳打脚踢起来。

　　金枝在门口啜泣着跪在老鸨面前替他求情。老鸨说，金枝，你替这个穷鬼求情，看来你们的关系不简单啊，妈妈顾念你头牌的分上饶了他，我以后不想再看到他！

　　金枝被打底娘姨们挟进了楼内。

　　萧志卿摇晃着站了起来，蹒跚地走了一段路后瘫倒在地，没有再爬起来。

　　雨，下得更急、更密了。

　　过了很久很久，一辆轿车驶来。司机远远地看到前方街面中央躺着一团物，驶近才看清是个人，急忙刹车。司机对车内的人说是个买醉的年轻人，手里还握着酒瓶。

　　片刻沉寂后，车内下来一个女人。她攥了一下黑色披肩，借着微弱的灯光俯身近看地上躺着的人，眼眶湿润了，起身时说，老俞，把他抱进车里吧！

司机惊愕地说，秋小姐，你要救他——

女人说，你看雨下得这么大。

车子停在一所老式公寓前。

司机把萧志卿放在客厅沙发上，用人刘妈惊愕了下，急忙拿了块干毛巾给萧志卿擦拭。

萧志卿醒来时，纱窗外已微露曙色，转头，他发现自己此刻正睡在一张宽大柔软的床上。他揉了揉惺忪的眼睛，拼命回想昨晚发生的事，但此时头疼得很，什么也想不起来了。

他听见房外有了动静。

刘妈，把我那件珍珠缀饰的低领衫拿来。声音在空荡荡的公寓里传开来。

小姐，那衣服还没干呢，我用火炉帮你烤烤。

火炉烤出来煤烟味太浓了，算了。

萧志卿接着听见脚步声。

房间的门被推开了，出现了一个挽着发髻、穿着乳白色真丝睡袍的女人。

你醒了。女人背对着萧志卿，边说边在衣柜镜子前梳理头发。

哎。萧志卿愣愣地应了。

女人自顾自打开衣柜，从里面翻出一件衫袄，脱下睡袍，裸露出整个背部，立刻穿上了衫袄。萧志卿看得脸颊滚烫。

女人紧接着挑出一瓶香水在左腕上轻轻地喷了一下，再慢慢地转印到右腕，然后移到耳后，接着是颈动脉处，最后是两肘关节处。

女人对着镜子，画着唇线，再拿一管口红轻抹于唇间，回过头说，你不用多想，昨晚你醉倒在我家门口不远处，雨下得很大，我正巧外出回来看见就扶你进来了。衣服我让刘妈连夜洗了，现在在火炉上烘着，等一下，你就可以穿上了。

萧志卿说，小——小姐，我们素昧平生，你为何要救我？

先生不用想那么多，身处乱世，能帮上一回是一回。

小姐真是菩萨心肠啊，敢问芳名？我好下次登门道谢。

感谢就不必了，小女姓秋名泠蓝，敢问先生尊姓大名？

啊？您就是那个——那个——秋大明星啊。我刚才还在想你好眼熟，现在才想到是昨天在大光明电影院前悬挂的海报上见过。鄙人对你仰慕已久啊，你拍的电影我都看过，像《富贵年华》《蜜月之旅》等。我萧志卿何德何能让你救我？

这时秋泠蓝扑哧一笑道，萧先生，你太抬举我秋泠蓝了，什么大明星，都是人家给捧的，我只不过是一平常女子而已，就像你现在看到的一样。

不，秋小姐，你是明星，你是上海滩响当当的影星、歌星。你不该救我的，这事情万一传出去，又要被那些娱报记者乱写一通了。

萧先生，我秋泠蓝一向不把那些报上的小道消息放在心上，否则一天到晚应付那些事，活着多累？要在十里洋场上混，什么都不能当一回事。

那倒也是。

呵——秋泠蓝笑了。

萧先生在哪儿高就？秋泠蓝问。

秋小姐，我在兰亭画社谋差。

这时，刘妈把姜汤拿了进来，递给秋泠蓝。姜汤盛在一只蓝色瓷碗里，还冒着热气。

萧先生，姜汤里面兑了红糖，趁热喝了吧，昨晚你有些高烧，这姜汤很管用的，喝下去，保管就好。

秋小姐，我不知该如何感谢你。

说什么谢呢，你趁热把汤喝了。

萧志卿接过秋泠蓝递来的碗，"咕咚咕咚"全喝了下去。

刘妈，这位先生的衣服烘干了没有？

小姐，快干了吧。

那拿进来让他穿上吧。

萧志卿临走时说，改日一定会登门道谢。

秋泠蓝站在公寓门口，望着萧志卿在晨光里远去的背影，许久后，喃喃地说，真是太像了，连说话的语调、走路的姿势都一模一样。

刘妈说，是啊，小姐。不过你别怪我多嘴，你也该把朴先生忘了吧！

第二章　小东门

萧志卿的家位于浦西十六铺小东门外一带、幽僻的低等民宅群里，这里的住宅临江，黄浦江边终年停靠着各帮商舟。萧志卿成家后，搬了两回家。刚到上海时，租住在兰亭画社的集体民房里，后来，经济阔绰了一些，便在淮海路上一幢老式洋房里租了一个套间，按太太夏婉清的话说，那里的房子地理位置好，打开西窗就能闻到浦心花园清早的花香。但好景不长，萧志卿的画遭冷落，工资杯水车薪，再也无法支付那几百个大洋的月租，所以上年底他只好在十六铺这一带租下低等居处。

萧志卿白天工作的地方是法租界东西画锦里 10 号兰亭画社。这些日子画社展出了大量的西洋裸女画，每天总有许多阔佬携着大姨太、二姨太争相来这里赏画、买画。而萧志卿的山水画却大多积压在库。

画社老板金世乾对萧志卿说，我们办这个画社，是迎合上海滩那些达官贵人的，他们喜欢什么风格的画，我们就提供什么风格的画。现在上海画坛流行西洋画，你却偏偏画那些卖不动的山水画。你比我更清楚，在如今的上海滩，要想混口饭吃，亮不出真家伙，就得去喝西北风。你好好想一想吧，是继续坚持自己的所谓国画艺术，还是挣钱养家糊口。

其实萧志卿自己也很清楚，如今的上海滩，洋人当道，在场面上混的人都纷纷巴结、迎合洋人，中国的山水画遭冷遇也是难免的事。但他是个很有主见的人，不想轻易更改自己的画风。可这眼下，月薪缩水，生活早已经陷入困顿，以前好日子过惯了，一时半会儿还真适应不了，想想自己还好，但是想到妻子呢？他本来想先找到一家容得下他的画社再辞职，但现在的处境是，明明他一念之间经济状况就可以得到改观，却因为放不下架子而显得极度彷徨、茫然。所以一连几天，他在烟花场所用酗酒来麻醉自己。

让萧志卿苦恼的还不止这些，自搬到十六铺后，夏婉清像换了个人似的，没有再像以前那样清晨打开西窗，呼吸新鲜空气，即使女用人晓澜偶尔打开窗户通通风，夏婉清也都让晓澜把窗户关好，说外面的空气太混浊，江面上油轮的烟囱里喷出的黑烟都弥漫在空气里，叫她闻着就反胃。

晓澜想这里终比不过朱家弄那一带的好地皮，太太也总该适应过来的。但她没敢说出口，因为自己毕竟是用人。但让晓澜更加头疼的是，太太还不让她把衣服拿到黄浦江边去洗，一定要用井里的水。以前在朱家弄一带，他们一直用的是优质的自来水。到这里之后，夏婉清一直习惯用井水。

一次，晓澜没抓住井桶上的绳子，连桶带绳滑进了井里，她害怕得端起洗衣盆就跑，把衣服拿到江边去洗，没想到后来夏婉清把衣服穿在身上，闻出了衣服上的柴油味，指责晓澜没照她的吩咐做，连夜让晓澜把那天所有洗过的衣服重新用井水洗过。萧志卿知道后，对夏婉清说那天他下班回来听楼下的老太太说不知哪个缺德鬼把井桶掉在井里了，晓澜是吊不到井水才去江边洗衣服的，你不用这么挑三拣四的。

夏婉清听出萧志卿在责备她，便抽泣着说他没以前关心她、体恤她，她对柴油味敏感又不是她的错，她宁可让晓澜把脏衣服放着，也不能到江边去洗。萧志卿说你这生活习惯也该改改了，这里毕竟不同于朱家弄那一带，现在局势动荡，有个遮风挡雨的住所就很不错了，能将就就尽量将就些。

夏婉清满脸泪痕地说，志卿，结婚后我随你来上海，阔绰和清贫日子我都随着你过，这几年你听过我说半句怨言了吗？你却还来说我挑三拣四，你忒没良心了。

这一赌气，夏婉清连续好几天不进食，萧志卿好话说尽，在家陪了她几天，夏婉清仍不妥协，萧志卿一筹莫展，悔恨自己说话太过激了些，但夏婉清这喜怒无常的大小姐脾性他也实在吃不消了。

萧志卿仔细一琢磨，自婉清跟他来到这低等住处之后，她就没有一天精神过，老是把自己封闭在潮湿的屋里，跟外界隔绝，不想看外滩钟楼的尖顶，不想闻阳台上那盆米兰的花香，像对什么都厌倦了似的，甚至他的事业她也没像以前那样过问了。夏婉清只是躺在那把藤条椅上，整天盯着屋里那只嗒嗒作响的老式吊钟发呆。她老是提醒晓澜该给吊钟拧发条了，晓澜说前几天刚拧过。她便走到窗前看了看黄浦江边那只露天大钟，回头说屋里的吊钟慢了几分钟，叫晓澜拨正。

梅雨下来之前萧志卿推开了虚掩的家门，一股熟悉的木板发霉味向他扑来。屋内光线昏暗，没有开灯。这时晓澜正端着衣盆从灶壁间走出来，看见萧志卿，她惊喜地直冲楼上喊，太太，太太，先生回来了——

夏婉清这时紧攥披肩，从卧室的藤条椅上站起来，捋了捋额前的头发，走到楼梯口，手紧紧抓住木质楼梯扶手。晓澜把手往围裙上搓了搓，赶忙走上楼梯，扶着她下楼。

萧志卿盯着毫无血色的妻子，刚想开口说话，却长叹了口气。

他摸了摸口袋，没烟了。夏婉清对晓澜说，给先生拿烟。

萧志卿倒在沙发上，猛抽着烟，烟显然潮了，他把烟扔了，恰巧扔在洗衣盆边。

晓澜，梅雨天，洗衣服做啥，又晾不干的?! 萧志卿问道。

是我叫她洗的，湿了，放着也发霉，索性洗了晾着。夏婉清幽幽地说着。萧志卿没再搭腔。

先生，昨晚，太太发高烧，俺去画社叫你回来，但画社里一个人也没有。晓澜边搓衣服边说着。

晓澜——夏婉清呵斥她，但把话收住了。

萧志卿立刻站起来，扶婉清坐到沙发上，看见婉清脸色发白，柔声安慰道，现在好点了吗? 昨晚去一个同事家了。他请客，好几个同事都一起去了。我总不能拒绝他一番好意吧?

夏婉清说，我感觉好多了，就是喉咙有些痛。现在时局很乱，上海滩里的日本鬼子成天在抓人，你不回来也总该打个电话回来，让我提心吊胆了一夜。

喝酒之前还是记得的，但喝醉之后，就什么也不知道了。婉清，是我不好，我扶你上去休息。

萧志卿安顿妻子睡下后，下了楼。他问晓澜，太太怎么又缝起旗袍来了，床边摆放着针线笸箩和旗袍布。晓澜说，太太嫌在家太闷，所以才接了活。

晓澜盛好稀粥让萧志卿吃下，萧志卿吃了后换了件衣服，踱出了家门。

几天后，黄昏，萧志卿买了几支猩红的玫瑰，上了黄包车，直奔秋泠蓝的公寓。

开门的是刘妈，她说秋小姐刚出去，大概深夜才能回来。萧志卿留下玫瑰走了。

位于淮海路上的花都影业公司此时热闹非凡，十几束镁光灯柱把公司门口打得金碧辉煌。"庆祝影星秋泠蓝小姐影片《乱世情》票房大捷"的大幅横幅悬挂于大门上方。公司内，身着各式绚丽晚礼服的绅士、淑女们，手中握着高脚杯，肆无忌惮地说笑着，英租界、法租界的领事携太太来捧场。章鹤彪和日本驻上海司令部长官矢野次郎站在一起，有说有笑。

少顷，舞厅光线突然黯淡下来，几束镁光灯柱集聚在舞厅司仪台上。司仪在主席台上宣布欢迎秋泠蓝小姐上台给大家讲话时，台下掀起狂热的掌声，镁光灯也立刻追随着从幕后缓步走出来的秋泠蓝。

秋泠蓝今天身穿紫色丝质削肩曳地晚礼长裙，头发只用一支碧绿、通透的玉簪高高盘起，露出无尽光洁的额头，耳畔是璀璨的钻石长耳环。秋泠蓝首先郑重感谢一手捧红她的章鹤彪章老板，接着向到场的嘉宾致谢。

然后，秋泠蓝亲自演唱电影《乱世情》的主题曲《夜风》。

寂寞午夜　凉风徐徐

美人借酒相送

酒意浓　相思投射到照片中

回头似是梦　无法弹动

迷住凝望你

褪色旧梦中

…………

　　唱毕，章鹤彪将一大捧鲜红欲滴的玫瑰送到她的手中，并在秋泠蓝的手背上深吻了一下。秋泠蓝粲然一笑，台下掌声雷动。这时秋泠蓝的影迷们蜂拥而上，将她围得水泄不通。

　　章鹤彪上台将秋泠蓝大夸了一通。

　　舞会伊始，秋泠蓝和章鹤彪翩翩起舞。

　　秋泠蓝兴尽晚归。章鹤彪亲自送秋泠蓝回公寓。

　　洋车里，章鹤彪抓着秋泠蓝的手，接着抚摸秋泠蓝的大腿。秋泠蓝巧妙地移掉章鹤彪肥硕的手，说，章哥，《乱世情》经今晚一宣传，明天肯定在上海滩引起轰动。

　　章鹤彪说，《乱世情》要在上海滩刮起一阵龙卷风，把上海滩的银票都卷上天，到时，你得了名，我收了利，这叫名利双收。泠蓝啊，我倾力捧你，你以后可不能跟我散伙啊。

　　哪能呢？章哥在上海滩财大势大，得罪了你，哪有我秋泠蓝容身之地？

　　算你有良心，这么着，我就放心了。章鹤彪说完，手臂垂在秋泠蓝的肩膀上。

　　秋泠蓝这次没有躲闪。她只希望早点回到公寓，躲开章鹤彪的纠缠。她实在不愿给章鹤彪轻薄她的机会。

　　章鹤彪是上海滩娱乐界响当当的人物，外号彪爷，背后有洋人撑腰，能够在上海滩引起轰动的影片，十有八九是他麾下的电影公司拍摄的。章鹤彪的产业五花八门，正业是花都影业公司，汇集了众多响当当的导演、演员和幕后制作班底，以捧星出名，副业涉及妓院、跑马场、赌馆、酒楼、夜总会等，黑道、白道通吃，暗地里做一些贩卖军火、鸦片的生意。章鹤彪平常和颜悦色，一副慈眉善目的样子，每年底高调地向上海圣约翰教堂捐一大笔钱，这使他拥有了上海滩大慈善家的美誉。章鹤彪凭这些资本，出入上海滩上流社会。他和法租界、英租界的洋人都混得很熟。日军进驻上海后，章鹤彪又立马巴结上日本人，和日本驻上海司令部长官过从甚密。

第三章　夜风

第二天上午，萧志卿在兰亭画社接到秋泠蓝打来的电话。

秋泠蓝说，谢谢萧先生送来的玫瑰，昨晚怎么不等我回来就走了？

志卿说，我是特意去感谢你的。

秋泠蓝又说道，今晚我等你来，好吗？

志卿喜出望外道，我荣幸之至，一定来。

志卿翻出他好多年没穿的咖啡色斜纹西装。

他又准备了几枝玫瑰，打算送给泠蓝。

晚上，在公寓的客厅里，没有开灯，餐桌上燃着银烛，留声机正放着秋泠蓝演唱的《夜风》。

秋泠蓝接过志卿的玫瑰，惊喜地说，你真是个很有心的人，好会体贴女人。我都被你给灌晕了。

志卿说，泠蓝，晕的人应该是我，是你别具匠心，营造了这么梦幻的优雅气氛。

秋泠蓝妩媚一笑道，哪里，哪里，你不用急着给我戴高帽子了，我们一起跳支舞吧。

志卿点头应允。两人便和着美妙的音乐，翩翩起舞。

秋泠蓝边跳边说，你舞跳得真好。

哪里，哪里，在你面前献丑了。我是在德国留学时学会的跳舞。萧志卿说。

秋泠蓝说，志卿真是年轻有为，留过洋的人气质就是不同。

志卿说，泠蓝真是说笑了，上次我的窘相难道还有气质可言？

秋泠蓝听了，不禁笑了起来，继续说道，志卿，你是画家吧？

志卿说，是的，我是一名画师。

噢，你果然很有才气。听说最近你们画社频频开西洋画展。我还真想去参观参观，想去看看你的画。

泠蓝，你不会在画展中找到我的画的。萧志卿直言相告。

为什么呢？秋泠蓝很惊讶。

现在上海滩流行西洋裸体画，而我一直从事山水画创作，我的画现在被冷落了。萧志卿答道。

这么说，你老板眼下也推崇西洋画了？秋泠蓝问道。

是啊。萧志卿答道。

志卿你不用这样悲观，我想喜欢山水画的仍大有人在。你从事山水画总有你的缘由。秋泠蓝回答。

两人舞歇，临窗坐了下来，斟满了酒，拿起高脚杯对饮。

志卿饮尽杯中酒，长叹一口气，说，我真是想不通，中国山水画有几千年的文化积淀，为何现在少有人问津？时过境迁，我不知道以后还要不要再吃绘画这碗饭了。再看看那些买西洋裸体画的阔佬，他们根本就不懂得欣赏画，买回去只是张贴在显眼的位置附庸风雅罢了。萧志卿说道。

秋泠蓝说，志卿，其实你留过洋，比别人更容易接受西洋文化，别人能够从事裸体画创作，你照样能行，你说对不对？我以前认识一个从事裸体画的奇异女子，潘玉良，你肯定知道的。早几年她在上海滩开的画展很轰动，带来了上海滩第一股西洋裸体画风潮。现在她回巴黎了。

志卿说，是啊，当时我在报纸上看到过她的事迹，可惜我那时还在英国伦敦，没能碰到她。泠蓝，你说得很对，这是一个人的观念问题。我留过洋，应该比旁人更了解中西方文化艺术之间的差异。我不是不欣赏裸体画，只是因为我在中国传统国画上陷得太深了。你这番话算是敲醒了我，现在不转变观念不行了。我真是没用，空留学一场。

秋泠蓝道，志卿，你干吗自责起来，说句实话，我很敬佩你的人格，你诚恳正直。我很欣赏你。

萧志卿说，谢谢。秋泠蓝和萧志卿有片刻的沉默，只是各自独饮。

秋泠蓝打破沉默道，志卿，你如果从事裸体画，我做你的模特好了，我相信你能把我画好。秋泠蓝自信地看着萧志卿。

萧志卿大出意外。

秋泠蓝说道，我是自愿的，你什么都不用说，你如果愿意的话，我们可以现在就开始。

不，不，泠蓝，我知道你说一不二，但我要对你的声誉负责，你是一个正当红的影星，不能因为我的事情而弄出什么乱子来，否则我会难辞其咎的。萧志卿急切地说着。

秋泠蓝一字一句地说，我们刚才不是说相见恨晚吗？既然是，我就什么都不会在乎。并不是任何人都值得我这么做的，除了你。

秋泠蓝深情地望着萧志卿，双手握住他的手。萧志卿被秋泠蓝的深情厚谊感动得不能自已。

秋泠蓝说，志卿，今晚留下来陪我好吗？

萧志卿很明白秋泠蓝的言中之意，但他这时说道，泠蓝，我很开心今晚跟你共度这段时光，而且我很珍惜它。但我还是该走了。

秋泠蓝不想强留，她又斟满了酒，两人对饮。又几杯酒落肚后，挂钟敲响零点钟声。萧志卿说，我真的要走了。秋泠蓝说，我送你出门。但萧志卿刚站起来，就倒下了。秋泠蓝也醉得恍恍惚惚，没走几步，也倒下了。两人在客厅睡了过去。

刘妈待在房间里，没有睡，听见客厅没有声音，才踮着脚尖走出去。她看见秋泠蓝和萧志卿都睡着了。她蹑手蹑脚地拿了毛毯走下楼来，把毛毯盖在秋泠蓝的身上。她回头看了一眼萧志卿，迟疑了下，又拿来毛毯盖在他身上，吹熄了蜡烛。

刘妈轻手轻脚地上了楼，拿起了房间里的电话，对着电话机刻意压低声音说，老板，那个萧志卿此刻睡在公寓里，他整晚和小姐在一起，现在他和小姐都醉晕过去了。

电话那头传来阴沉的声音，刘妈，你往后好好给我关注冷蓝和那个萧志卿的一举一动，时刻给我汇报，我不会亏待你的。

刘妈说，是，是，老板，这份用人工作是你给我的，我听你的就是了。

天明，萧志卿回到家时，神志仍有些恍惚。晓澜正在门口，用蒲扇扇火炉煮稀粥，屋子里弥漫着呛人的煤烟味。

志卿问晓澜道，太太还没起来？

晓澜停下手里的蒲扇说，昨晚太太又边咳嗽边缝制旗袍，到半夜发起了高烧，迷迷糊糊，一直喊先生你的名字，先生你就是没有回来，刚才，太太才迷迷糊糊地睡过去了。

志卿说，晓澜，我不是早吩咐过你了，拦着太太别让她接缝纫活吗？

晓澜说，太太说眼下家里经济拮据，她帮别人缝制旗袍，能挣一点是一点，贴补家用，昨晚是为了赶工才熬到半夜。

志卿眼眶湿润了，一拳头砸在门楣上，继而叹了口气说，晓澜，我们的窘况是暂时的，很快就会改观的，你给太太吃过药没有？

中药前几天就没有了。昨晚俺去药铺抓药，药铺的掌柜说连着几月的阴雨，再加上时局不稳，难从北方关外进货，药都卖断档了。俺跑了几家药铺，都是一样的情况。晓澜的眼泪流了下来。

唉，都怪我。萧志卿急得团团转，他急步上了楼，进了睡房，夏婉清正昏睡不醒，额头上的头发被虚汗濡湿，黏附在上面，脸苍白得毫无血色。

志卿摸了摸夏婉清的额头，直烫手。他俯身在夏婉清的耳边，轻轻地叫，婉清，婉清……

夏婉清像昏死过去般，毫无声息。

志卿急得在屋子里来回走。他抽开抽屉，翻箱倒柜，终于找到半瓶消炎药水。他想起是前几年用剩的。晓澜上楼看见萧志卿手里拿着瓶药水，说，先生，这药行吗？

一句话提醒了志卿，这药明显过了药效时限，他愤愤地把药往墙角砸去，药瓶"嘣"地炸响，药水溅了一地。

萧志卿忧心如焚，十指嵌在头发里，蹲在床边。晓澜吓得连忙去拉萧志卿，说，先生，你不要这样。

志卿的眼泪滑落了下来，滴落在地板上。他沙哑地说，婉清，我真没用，听闻药材紧缺，如果早准备些钱，先购置些药，现在也不会这样毫无办法。

晓澜说，先生，太太知道你这么为她难过，她会很快醒过来的，吉人自有天佑，太太一定会醒过来的。

志卿拉着夏婉清的手说，婉清，都怪我没照顾好你，你怨我、骂我、恨我都好，我只求你好好醒过来，婉清，你听到我的话了吗？老天爷，你只管惩罚我一人好了，不要再责难婉清了……

晓澜突然惊叫起来，说，先生，俺怎么没想到呢，俺为何不去采些马兰头，跟生姜一起煮，给病人喂汤汁，可以清热解毒，俺们安徽淮北老家都是用这个土方子退烧的。

对，对，马兰头。萧志卿也一阵惊喜，对晓澜说，这一带能采到马兰头吗？

俺想地沟边能采到吧。先生，俺马上去采。晓澜飞身下楼。萧志卿欣喜万分，想天无绝人之路，握着夏婉清的手说，婉清，多亏晓澜，帮了我们的大忙呀。

志卿给夏婉清喂下马兰头汤后，夏婉清渐渐退了烧，苏醒过来，出了身热汗。又喂了几次，到傍晚，她感觉清醒好多，喝了点稀粥。

两天后，黄昏，萧志卿带着画夹、画纸，直奔秋泠蓝的住处。

秋泠蓝饮酒微醉后，拉着志卿的手进了她的东房。拉拢了纱帘，燃起了檀香，奶黄色的壁灯正好打亮了床的位置。《夜风》响起的时候，秋泠蓝当着萧志卿的面缓缓褪去了睡袍，萧志卿握着酒杯的手分明在抖动。

壁灯的光线柔和地打在美人胴体上，投影出玲珑的曲线。他放下酒杯，拿起画笔，对着画纸，却迟迟下不了笔。秋泠蓝耐心地等待着。她甜润地微笑着，深情地望着眼前这个充满才气的男人。终于，她听到画笔接触画纸的沙沙声，时急时缓，此时听来，犹如春蚕在黑夜里啃噬着桑叶，抑或是细雨夜风在窗棂边纠缠帘栊。

志卿极其专注于第一幅画稿的创作，秋泠蓝听从画家的提示，频频更换姿势，坐姿、站姿、卧姿，都恰到好处。终于脱稿了，泠蓝附在他耳边说，志卿，你就为这第一幅画稿起个美丽的名字吧。

志卿说，就将画作命名为《月色》吧，我想你就是窗外那一泓清冷、皎洁的月色，有让人意乱神迷的幽雅，摄人魂魄，让人为之倾倒。

秋泠蓝想用火热的激情留住萧志卿共度良宵，但他还是突破不了自己的心理底线，迅速逃离了公寓。他回家躺在自己的床上辗转难眠，夏婉清就睡在他的身边。

第四章　梅园公寓

萧志卿新出炉的油画果然非常受欢迎。

金世乾大大褒奖了他。萧志卿现在有钱了，他带着婉清和晓澜，去上海滩最好的餐馆锦江大饭店用了一次西餐。用餐时他对婉清说，婉清，如今我们有钱了，你不用再给别人缝旗袍了。等过些日子，我们再搬回朱家弄那套洋房，我们将来的孩子就出生在那儿。

婉清说，志卿，我跟了你，就从不在意过什么样的日子，只要你对我有这份心我就知足了，我缝旗袍也是打发日子罢了，我也想我们尽早有个孩子，那样我照看孩子就感到很充实了。

饭后，萧志卿在城隍庙给夏婉清置了些金饰，还有一副缅甸翡翠玉镯，也不忘给晓澜打对金耳环。

萧志卿此时最想感谢的人是秋泠蓝。刘妈给萧志卿沏了咖啡，打开了留声机，说是秋泠蓝关照的，好让萧志卿听着音乐等她回来。晚上两人在烛影摇红中，共进晚餐。萧志卿细细品尝秋泠蓝亲自烤的意大利比萨、德国牛排，对她的厨艺大大褒奖了一番。

晚餐后，萧志卿拿出一匹湖蓝色旗袍锦缎和一块极品祖母绿，秋泠蓝只肯收下锦缎。

酒饮至七分，气氛已经烘托到极致了。秋泠蓝微微酡红的脸泛起了浓浓的情意。进了东房，秋泠蓝勾住萧志卿的脖子，滚烫的红唇压住了他干渴的嘴唇。吻毕，萧志卿将含露的玫瑰在美人的额头轻点了一下，慢慢游移至双眸，接着移向红唇，继续往下游移，在美人身上撩动起一阵阵心跳。

萧志卿满含情愫，柔柔地说，泠蓝，我最爱你那一低头的温柔，一颦一笑的娇羞，似一朵湖面的睡莲不胜涟漪地游走。

秋泠蓝的心醉了，眼神迷离，对萧志卿说，我的美丽只为你存在，只愿与你分享。

男欢女爱一次怎么够，许多天里，两人都尽情地沉醉在温柔乡里。萧志卿受情欲推波助澜，创作欲望喷薄，描摹了大量的画稿，将秋泠蓝稍纵即逝的美丽瞬间永远定格在了自己的画里。每一张画稿都是两人激情碰撞的结果，爱之藤蔓深深地缠绕住了两人的身、两人的心。

夏婉清从来不过问萧志卿的工作，但对萧志卿频频夜出颇有微词。萧志卿回来得越来越晚了，有时回来，身上明显留着其他女人的体香。萧志卿脸上渐显的疲态让夏婉清不得不生起隐忧。女人闲来无事就喜欢琢磨，她想到自己和萧志卿的结合完全是遵照父母之命、媒妁之言。夏婉清的老家在江苏周里，父亲夏鹤年在城北开酱园，萧志卿是镇江人，父亲萧寒柏做陈醋生意，两家是世交。

萧志卿在周里上国立初中时，借宿在夏家，之后双方父母给他们包办了婚姻。在萧志卿初中毕业前夕，萧父生意不顺，赔了家底，眼看家道中落，萧志卿学业难续，夏父挺身而出，倾力助萧志卿完成学业，继而助他出国留洋，这让萧家感激涕零。

萧志卿留洋的三年，夏婉清靠做女红等待他的归来。萧志卿学成归来后，就和婉清结为夫妻，继而带着她闯荡上海。

回忆往事让夏婉清感觉有些许的温馨，但每每从回忆中抽离，面对现实时，总有说不出的落寞。她挑不出萧志卿的不是，萧志卿对她也是呵护有加，但她感觉这里面纯粹是亲情的成分，爱情已经随岁月消逝了，或许两人之间本来就不曾有过爱情。她常常对着衣橱上那面落地镜子看自己的身体，暗沉的皮肤，略显松垮的乳房，脸上的抬头纹，即使有翡翠、玛瑙点缀，也显得寒碜。当目光移到下身，看到隐秘处光洁无毛时，她惊悸了，那个白虎女命不好的说法，像一道无法破解的咒语，让她感到从没有过的绝望。

在她很小的时候，一个上门来的盲人给她算过命。算命先生摸了她的手，迟疑不决，没说话，就摸索着往门外走。她娘追出去盘问，算命先生扶着墙，嘟囔着白虎女命不好，命不好哟。

她娘惴惴不安起来，追问算命先生如何才能改运。他掐指细算，许久才说唯有母代女出家、培福，方能改命，此外别无他法。

往后，她娘总是偷偷摸摸看她洗澡，但女儿十岁都不到，离发育还早着呢。她娘对算命先生的话深信不疑，整日坐在佛堂里，对着观世音菩萨坐像，拨捻佛珠，但越捻心越烦躁，觉得等不了了，女儿的终身幸福不能就这样葬送了，便抛下了女儿，别离了夏鹤年，舍去了夏府大太太的名号，执意去郊外的水月庵清修，希望能为女儿改一改运程。

她娘在水月庵清修几载，渐渐悟到了空性，看破了红尘，剃度出了家。两年后，父亲夏鹤年又娶进来一位姨娘，生了三个女儿。等夏婉清十五岁时，父亲将她许配给了镇江的萧家。

有一回，夏婉清和姨娘段文锦一起洗澡，文锦看到她的下体后，惊愕不已。这事很快便传到夏鹤年耳里，夏鹤年呆若木鸡，当年算命先生的话一语成谶，女儿果然是白虎女。她此生注定和其他女人不一样，即使她娘出家了，也无法改变她的命运。夏鹤年在厅堂里枯坐了一晚，天亮时，老去了不少。此后，整个夏府陷入一种阴郁的气氛中。他曾去水月庵，和琇如和盘托出，说纵使出家，也改变不了大女儿的运程，劝她还俗。拨捻佛珠的琇如淌下了清泪，说，罪过，罪过，因果真是不虚，贫尼尘缘已了，施主请回吧。

夏婉清在惶恐中等到了自己的大喜日子，萧志卿把她娶走了。

新婚之夜，萧志卿注意到她私处无毛，也愕异住了。夏婉清哭泣着说，如果你也相信白虎女命不好的说法，怕我连累你，那你就休了我，我不会怪你。

萧志卿说，我留过洋，知道一些医学知识，没有所谓的白虎女，更不存在命不好之说，我不会相信这种迷信说法。

志卿的话，让婉清卸下了背负多年的枷锁，人也活泛不少。

但结婚多年，夏婉清一直怀不上孩子，萧志卿因事业不顺，整日愁眉苦脸，对她也失了往昔的呵护。这让夏婉清渐渐生起隐忧，虽然志卿从无半点怨言，但她总感觉两人的磁场还是发生了偏移，她觉得志卿还是对白虎女耿耿于怀的。

她拼命往脸上涂脂抹粉，想把岁月的痕迹掩饰掉。

志卿对夏婉清刻意的修饰不是视若无睹。有一晚，夏婉清主动将气氛弄得十分甜润，直到黑夜将他们的精力和默契一点点地吞噬，收回，淹没，留下夏婉清一人在黑夜里抽泣。志卿燃着烟，对着窗外的夜色，任凉夜一点点地收去他的叹息。

夏婉清不得不留心起志卿的行踪。有一晚，她等他上了黄包车，紧紧尾随其后，看见他进了梅园街那所公寓，开门的是一个怎么看都比自己有气质的女人。她没有勇气去面对志卿的心已经系在另一个女人身上的事实，谁叫她是白虎女呢？冥冥中早已注定命运多舛的结果。她只有在志卿回家之前选择一个角落痛苦地流泪。而志卿回来的时候，她仍旧要装出一副什么都不知道的表情，自顾自做女红。这样的日子，她度日如年，又无可奈何。

她挣扎了很久，心有不甘。娘不是早为自己出家了吗？黄卷青灯十几载，难道还不够吗？难道自己此生就一定要落得这样的结局吗？思来想去，她终于有了勇气去会会公寓里的女人。

那天开门的是刘妈，秋泠蓝不在。刘妈把夏婉清堵在门外，问她找谁。夏婉清不知道如何开口。刘妈打量了眼前这个陌生的少妇，说，你找我家小姐？她不在府里。夏婉清说，能否让我进去等她？我有事情找她谈谈。

刘妈于是让夏婉清坐在客厅里，等秋泠蓝回来。

刘妈问，你找我们家小姐有什么事情？

夏婉清说，刘妈，不瞒你说，我跟你家小姐从不相识，不知道该怎么说。唉，事到如今，我也不能瞒你了。你家小姐最近经常跟我先生夜宿在一起，我是来找她谈谈的。

　　刘妈感到很意外，脸色一下子凝重了不少。她郑重地说，怎么可能？你无凭无据，可不能乱说。大家都是女人，你的心情我刘妈很能理解，可是我们家小姐也不是随随便便的人啊。

　　夏婉清继续说道，刘妈，说来也是我没用，没有拴住我男人的心。男人一花心，受苦的就是家里的女人了。夏婉清开始泪水涟涟，说，我已经跟踪他好几次到这里了。我不会看错的。好几次是你家小姐开的门。他要么晚上不回家，回来的话又很晚。

　　刘妈说，原来是这样，莫非你就是那位萧先生的太太？

　　夏婉清沉重地点了点头。

　　刘妈叹了口气，说，看来真是事出有因了。你家先生跟我家小姐最近是经常见面的。我知道你家先生是画画的。我家小姐配合他作画。除了这些，他们做了什么我也不清楚了，他俩在楼上时，小姐不许我上楼。

　　夏婉清突然抓住刘妈的手，说，刘妈，你一定要帮我，我不能失去我先生，没有了他，我也不能活了。我知道他们只是逢场作戏，但——

　　刘妈说，你的心情我很理解。但是我能做什么呢？我只是一个下人，一个老妈子。小姐待我不薄，我总不能去做对不住她的事情吧？

　　夏婉清立即将下手腕上的一只通体碧绿的玉镯，掏出一沓银票，通通塞进刘妈的手里，说，刘妈，这一点点心意不成敬意，我也知道这很为难你，但你积德行善保全了我们一对夫妻，我往后还会好好报答你的。

　　刘妈思忖了一下，说，唉，谁叫我撞上了这样的事情，我刘妈平生最恨那种脚踏两条船的男人，你不用哭了，我刘妈尽力就是了。

　　刘妈送走夏婉清后，将翡翠玉镯套上了手腕，捋下，又套上，再捋下。她在客厅里来来回回地走着，全然没有了主意。她拿起了电话机，按了几下，对着话筒轻声说了几句。

电话那头传来神秘男人的声音，刘妈，既然萧志卿的老婆自己找上门来了，你就成全她，拆散那对野鸳鸯，也正合我意。你大胆地去做就是了，我少不了你的好处的。

刘妈额头冒出了汗，对着电话机唯唯诺诺地直说是是是。

第五章　替身

晓澜收到安徽淮北老家寄来的信，催她回家料理父亲的后事。

晓澜默默地收拾好行李，萧志卿和她结清了到年底的工钱，还另给了一笔钱，让她好好安葬父亲，把家里的事料理好，并对她说料理好后，可以再回来。晓澜流着眼泪，使劲点了点头。第二天清早，萧志卿夫妇俩送晓澜到火车站。晓澜上车前，流着泪跪在萧志卿夫妇面前，磕了几个头，以报答几年的主仆之恩。

晓澜走后，白天夏婉清一个人在家更显冷清。萧志卿决定给她再找个女用人。夏婉清说现在兵荒马乱，时局动荡，人心难料，像晓澜这样心眼正的姑娘不太好找的，索性等等再说。萧志卿也就把此事缓了下来。

萧志卿发觉接连几天有一个陌生人来画社点名要买他的画。

金世乾对萧志卿说，现在你的画是最畅销的了，我已决定再过些时日给你隆重地开一个西洋画展。你精心挑选些代表作，到时再请些媒体，制造一下轰动效应。

为了在画展上推出自己的精品力作，萧志卿频频找秋泠蓝作画。秋泠蓝特意穿上了萧志卿送的缎子做的旗袍，更显得风情万种。她也推掉了好几个重要的应酬，陪萧志卿度过了一个又一个夜晚。

一天傍晚，刘妈对秋泠蓝说，小姐，我从外面回来，看见老有人在我们公寓外面溜达，鬼鬼祟祟的，看到我后，就压低帽檐，溜了。

秋泠蓝说，刘妈，明天你帮我继续留意外面的动静，看那个人还出不出现。

第二天，刘妈早早地守在二楼西窗口，观察外面的风吹草动。果不其然，那个神秘人又出现了。秋泠蓝来到窗口，看到了楼下那个人，心里一下子不安起来。秋泠蓝揣摩出有人开始盯梢了，有一种不祥的预感。

临近画展时，秋泠蓝离开上海十几天去南京秦淮河边补拍一些外景。在南京的日子里，她频频给萧志卿打电话，诉说着分离的相思之苦。

转眼间，秋泠蓝就要回来了，萧志卿买了一大束玫瑰花，早早地在秋泠蓝的公寓里等她。

萧志卿在客厅拨弄着留声机，刘妈凑过来说，萧先生，你很像我们小姐以前的未婚夫朴先生。

说者无心，听者有意，萧志卿追问道，刘妈，你这话是什么意思？我怎么就像那个朴先生了？他是谁？

刘妈继续说，萧先生，你不用急，听我刘妈慢慢说来。秋小姐的未婚夫叫朴俊彦，他和秋小姐都是山东人，是《申报》的一名记者。他的确跟你长得非常相像。那夜秋泠蓝小姐把你扶进公寓时，我吓了一大跳，以为朴先生还魂了。他跟我们小姐情意相投，每晚都拿着一束玫瑰花在小姐工作的地方等她下班，再一起坐着黄包车回来。那些日子里，秋泠蓝小姐过得非常开心。可是——

可是什么？

两年前，刚过完年，朴先生被人枪杀在外滩边的外白渡桥上，血汩汩流了一地。小姐赶到时，他已经咽气了。小姐当场就昏倒了，后来听报社的人说，朴先生是被黑帮的人谋杀的。他一直暗查黑帮贩卖鸦片、勾结租界里的洋人贩卖军火的内幕，并进行跟踪报道，因而跟黑帮结下了梁子。他死后，小姐人也垮了，大病了一场，在家休养了几个月后，才强撑着，继续出去拍片。她现在花重金托巡捕房的人暗查谋杀朴先生的人，但两年来一直没有结果。

萧志卿脸色一下子凝重起来，他点燃香烟，自顾自沉默着。

刘妈说，萧先生，你看我说这个干什么，你可千万不能跟小姐提起啊。

萧志卿没有吭声。

秋泠蓝回到家时，看见萧志卿闷不作声。

秋泠蓝说，志卿，你不开心？是不是我回来得太晚了？我一下火车，就被一群影迷蜂拥包围，好久才突围出来。

萧志卿仍没搭理秋泠蓝。

你怎么了？我本来以为你会给我一个温柔的拥抱，化解我一路的疲惫，哪知。唉，我伤心死了。秋泠蓝抱怨起来。

萧志卿抬起头来，看着秋泠蓝，说，你还爱着他？

秋泠蓝惊愕万分，说，你在说什么呀？

萧志卿说，我不是他的替代品，泠蓝，我明白你曾经受过伤害，但你要我怎么做呢？想到我只是他的一个影子，我怎么配喜欢你？

秋泠蓝这时察觉到了什么，用眼睛逼视着在一旁的刘妈。刘妈眼神躲闪，垂着手，把头低了下来。秋泠蓝什么都明白了。

秋泠蓝说，志卿，我这次回来，本来就想跟你说这件事，现在你知道了，我索性就向你坦白一切吧。你跟我进卧房，我让你看一样东西。

秋泠蓝拿出了一本影集，里面是她跟朴俊彦之间往昔的合影。

秋泠蓝说，我第一次看见你，的确发现你长得很像朴俊彦，心里真是五味杂陈。开始那段时间我一度把你当成了他来想念。他死之后，我很心痛，发誓不会再爱上别的男人。直到遇见了你，我的心才又活了。志卿，我知道这样对你很不公平，我也曾经为此深深自责。可是经过我们这一段时间的相处，我发觉自己已经实实在在地爱上了你，你和他是完全不同的两个人。朴俊彦的影子已经从我的心里驱散了，你相信我好吗？秋泠蓝说得泪眼盈盈。

萧志卿替秋泠蓝拭了下眼泪，说，泠蓝，你离开我的日子里，我天天受着相思的煎熬，无时无刻不想着你。作为男人，我明白不应该拘泥在那些过去的事情上，可是，我如何才能说服自己坦然一些呢？泠蓝，我真的好痛苦。

秋泠蓝抚摸着萧志卿的脸，说，老天让我们相遇，我相信这是命中注定的，我会用我的余生去实践对你的爱的诺言的。

两人紧紧拥抱在一起。

第六章　西洋画展

萧志卿的画展隆重举行。金世乾给了他最大的面子，把画展搞得非常隆重。

时间一到，上海画坛宿老宣布画展开幕，爆竹阵阵，锣鼓喧天。仪式按照程序走过场，几十幅油画上的红绸当着满堂来宾被依次取下，掌声一浪高过一浪。萧志卿挽着夏婉清感谢来宾。

突然，几辆黑色轿车到场，下来十几个彪形大汉，忙于参观的人把眼光一下子聚集到了他们身上。

金世乾眼明脚快，立马迎了上去，对最前面的大佬鞠了一躬，说，啊，章叔，想不到您老人家屈尊来捧小辈们的场，真是太给面子了。他忙向萧志卿使眼色，说，志卿，你快过来，这位就是上海滩大名鼎鼎的花都影业公司老板章叔，你还不快过来向他道谢。

章鹤彪说，金世乾，你好福气啊，画展一个接着一个地开。今天要不是我手下消息灵通，我还真不晓得又要错过多少青年才俊的佳作了。

萧志卿这时松开了夏婉清的手，走上前来，向章鹤彪鞠了一躬，说，多谢章叔大驾光临，晚辈不胜感激。

章鹤彪微微点头，走到一幅油画面前，啧啧称好，并问身边一跟从，画上的美人儿怎么这么眼熟？那跟从说，这不是上海滩的大明星秋泠蓝吗？

此话一出，在场的人都发出一阵惊呼。大家争先恐后地向油画凑近。说起秋泠蓝，那是谁人不知，谁人不晓啊。夏婉清此时也不由自主地把目光投向那幅油画。萧志卿脸色立刻凝重起来。金世乾猜不透章鹤彪的来意，萧志卿却已经料到两三分了。

果不其然，章鹤彪趁热打铁，继续说，大伙瞧瞧，这满展厅的画，是不是都像大明星秋泠蓝？我看是八九不离十。上海滩人人都知道她是我章鹤彪力捧的人。我知道大家都很喜欢她，但是她如果知道有人不经过她的同意，就把她的面貌剽窃过来，大肆充斥在自己的画中，囤积居奇，她会开心吗？更严重的是，张张袒胸露乳。刚才连我的徒弟都看出画中的裸女是秋泠蓝了，难道其他人就没看出来吗？你们说这对秋泠蓝小姐会造成怎样的恶劣影响？

金世乾连忙打圆场，说，章叔，您别跟小辈们一般见识啊。您老得给小辈们赏碗饭吃。这画中人和秋小姐也不像啊。

章鹤彪说，金老板，我比你更熟悉秋泠蓝吧。我们能吃上饭可全都指望她了。可是你不赏我姓章的这碗饭，你要是把秋泠蓝给毁了，你叫我的徒弟们明天在上海滩喝西北风去？

局面有剑拔弩张之势，有人开始退出展厅。夏婉清紧紧拉着神色凝重的萧志卿，瑟瑟发抖。萧志卿掰开夏婉清紧攥着他的手，说，章老板，别人慑于你的势力才怕你，可我萧志卿不怕你。你存心过来搅局，究竟想怎样？

章鹤彪说，不愧是年轻人，沉不住气。我彪爷嘛德高望重，喜欢给年轻人机会。当着这么多人的面，我也不好拆你萧某的台。这么着吧，金老板，秋泠蓝小姐的形象损失费你意思意思就行了。

金世乾想息事宁人，说，应该，应该。

章鹤彪说，金老板，你放心，我不会叫你心惊肉痛的。我还有一个要求，现在展厅上的画我得全部带走，以前流落出去的，你金老板负责追回。如果让我们以后在哪儿看见了秋泠蓝小姐的裸体画，我还得向你们追讨责任。我把话搁在这儿。

话一落，章鹤彪的跟从们开始动手卸墙上的画。萧志卿发了疯似的上去制止，直到跟几个跟从扭打在一起。章鹤彪幸灾乐祸地在一边大笑。金世乾瘫倒在地，喃喃地说，我的天啊。

夏婉清哭喊着去拉萧志卿，萧志卿已被打得鼻孔流血。展厅一片狼藉，人群已趁乱逃散，只剩下不多的几个人。

这时巡捕房突然来人，十几名警员冲进展厅，将在场的人围了起来。为首的警员厉雷霆说，聚众滋事，扰乱治安，都给我抓起来。

章鹤彪说，厉副警长，你是想把我也抓起来吗？

厉雷霆瞅了一下章鹤彪，说，我不是说过了吗？章老板请配合一下，一起回巡捕房接受询问。

警笛声响起，警员们将萧志卿、夏婉清还有章鹤彪等人一起带去了巡捕房。

傍晚的时候，萧志卿和夏婉清被通知可以离开了，萧志卿明白这个时候也只有秋泠蓝能出面救他了。回到家，萧志卿瘫倒了，不省人事。等他醒来的时候，已经是第二天下午了，夏婉清背对着他，一直抽泣着。

她看见萧志卿醒了，说，志卿，我不想再过这种担惊受怕的日子了。我们在上海滩举目无亲，和他们硬碰硬，是要吃大亏的，我们还是离开吧，去其他地方，照样能糊口度日。

萧志卿沉默不语。

夏婉清继续说，志卿，我们还是回周里吧，淑瑾、琬玲、玉珑还小，父亲一直催我们回去，要我们帮忙料理酱园生意。

萧志卿仍旧两眼无神，傻傻地坐着发愣。

接下去几天，他一直闭门不出，对着窗户发呆。

夏婉清明白此事对他的打击甚大。她想要过好几天他才会缓过神来，于是去兰亭画社跟金世乾说一声。

兰亭画社关闭着。金世乾一人留守，看见夏婉清，说，一个萧志卿已经将我经营半生的基业毁了，我的画社已容不下他这尊大佛了。连日来的小报记者我已经疲于应付，下次再来，干脆让他们去找你们吧。

夏婉清向萧志卿转述了老板的话。

半个月后，萧志卿渐渐恢复，他第一次出门，夏婉清说，志卿，你要去哪里？

萧志卿说，我要去画社拿回属于我的东西。

金世乾仍旧是那几句话，三言两语把两人多年的交情做了个了结。出了画社，他漫无目的地走着。走着走着，他想到了秋泠蓝，眼睛里立刻噙满了泪水。有多少日子了，他竟然把她给忘记了，心里的伤疤又立刻隐隐作痛起来。

秋泠蓝日子何尝好过。章鹤彪把几十幅裸体画扔到她的面前时说，今天你要给我一个交代，我捧红了你，你就用这个来报答我？你跟画社的小白脸明目张胆地厮混在一起，你对得起我吗？

秋泠蓝说，你卑鄙无耻，原来你一直在监视我。我是你赚钱的工具，可我没有卖给你。跟谁在一起，这是我的自由。

章鹤彪说，你去上海滩打听打听，有多少女人排着队想跟老子，靠我混出名？你摸摸你自己的良心，没有我，你能有今天的一切？也不想想你居住的公寓也是我赏给你的。

秋泠蓝说，我这几年替你挣的钱还少吗？我得到一点点回报也是理所当然的。我没亏欠你什么。

章鹤彪说，没有亏欠？嗯，上海滩什么样的女人我姓章的得不到，而你故意装纯洁，吊老子的胃口。现在你倒是纯洁到脱光衣服满上海滩晃悠了，我姓章的居然还被蒙在鼓里。我就是咽不下这口气，你宁可让那小白脸吃你，也不给我吃一口。你就这样有良心。

秋泠蓝和缓下口气，说，章哥，你就饶了我吧，就算我求你，放过我们吧。

章鹤彪说，好啊。那你今晚就成全成全我。今天巡捕房厉雷霆那臭小子也全是因为你，才把老子羞辱了一顿。我如何忍得下这口气，老子今天非要在你身上好好发泄发泄。

说完，章鹤彪强行按倒秋泠蓝，撕扯开她的衣服。秋泠蓝破口大骂。章鹤彪干脆叫几个跟从在一边观看他蹂躏秋泠蓝。秋泠蓝歇斯底里地号叫着，痛苦挣扎到四肢无力。

秋泠蓝衣衫不整地被送回公寓时，刘妈都惊呆了。秋泠蓝在浴室里冲了一夜的水，也洗不尽身心遭受的屈辱。刘妈在浴室外拼命地拍打着，她就是不开门。

秋泠蓝比萧志卿垮得更彻底。章鹤彪事后登门探望，秋泠蓝像发了疯似的躲闪他。刘妈说小姐披头散发像是疯了，章鹤彪说装疯卖傻罢了。

刘妈说，小姐不像装出来的，章老板，您行行好。您是小姐最熟悉的人，您可千万要救救她啊。小姐对我一向不薄，而我做了不少对不住她的事，我真是把她害苦了，我真的不想再做下去了。我最近常做噩梦，阎罗王拿着生死簿，差黑白无常要来索我的命。

章鹤彪斜睨了刘妈一眼，不屑地道，老婆子，你做都做了，还发什么假慈悲装观世音？要不是当年我在黄河路上看到你逃难要饭，同情你安排你到这儿做保姆，你还会活到现在吗？反正你也从中捞了不少好处，对吧？你也不用跟自个儿过不去。泠蓝那婊子忘恩负义，存心和我对着干，你可比她聪明多了，我花血本栽培她这些年容易吗我？说白了她是翅膀硬了想飞了。你就让她装疯卖傻装个够吧，她想通了上海滩地面上的事，自然会清醒过来的。不信，走着瞧——

章鹤彪说完扬长而去。

刘妈想秋泠蓝这样下去总不是办法。看到秋泠蓝沦落到如此凄凉地步，刘妈于心不忍，深深自责起来。她想自己服侍秋泠蓝也有些时日了，秋泠蓝对自己一向不薄，于情于理，自己做下人的也应该为主子的安危考虑。她心想熟悉的人当中也只有萧志卿了。但这时忽然想到夏婉清当日拜托她的事，她又迟疑、忐忑起来。好在这个时候，萧志卿自个儿上门来了。

刘妈看到同样憔悴不已的萧志卿，慢慢地说，萧先生，我终于把你给盼来了，泠蓝小姐她……

萧志卿急忙跑进了门，喊着秋泠蓝的名字。秋泠蓝此刻沉睡在床，萧志卿摸着她苍白瘦弱的脸，眼泪滑了下来，滴在她的脸上。

萧志卿俯下身去，凑在泠蓝的耳边焦灼地喊着，泠蓝，泠蓝，你这是怎么了，为什么这样憔悴啊？继而呜咽起来，把秋泠蓝抱在了怀里。

秋泠蓝在萧志卿的怀里渐渐苏醒过来，萧志卿已守了她半天。

秋泠蓝的眼泪滑出眼眶，伸手摸了摸萧志卿脸上的泪迹，沙哑道，志卿，我知道你会来的。

萧志卿破涕为笑，道，泠蓝，你终于醒了，是我不好，我早应该来的，我来迟了，把你害得太苦了。

秋泠蓝嘶哑着喉咙，道，这不是你的错。这是一场梦魇，你来了，噩梦就过去了……

萧志卿把秋泠蓝抱得紧紧的，说，我一定会好好保护你，不再让你受半点儿委屈，我也一定不会轻饶章鹤彪这个刽子手，他把我的心血毁得一塌糊涂，我要让他连本带利全吐出来。

秋泠蓝这时从萧志卿的臂膀里挣脱出来，坐起来说，志卿，你斗不过章鹤彪的，我跟他斗了好些年，今日还不是输得一败涂地。他在上海滩一手遮天，租界里的洋人也要敬他三分。志卿，请你答应我，不要去找姓章的理论，我也不想让你再受任何伤害。上海滩不是你我这样的人的天下，你要是为我考虑，就带我离开这里，逃离上海这个火坑吧。

萧志卿说，泠蓝，我答应你就是了。你刚醒来，不要再胡思乱想。以后的事，我们一起去面对。

秋泠蓝欣慰地笑了。

第七章　沉香阁

萧志卿好久未踏上老北门沉香阁这块烟花之地了。这一晚，他又走进了花满楼。胭脂红看见久未谋面的萧志卿，立刻笑脸迎上去，说，哎哟，萧先生，发财了，就把我们花满楼的姑娘都忘记了，敢情还在为上次的事情怨妈妈我？都怪妈妈有眼无珠啊，今晚就让金枝姑娘替我好好赔个不是。金枝，快下来招呼贵客。

金枝粉脸迎了上去，对萧志卿说，你个没良心的，我晓得你攀上了凤凰就不想理我这野雀了。

萧志卿把金枝拉进房里，说，金枝，你胡说什么呀，我是什么人你还不清楚？

金枝道，你难道不看最近的报纸？连篇累牍地报道你跟大明星秋泠蓝的快活事哪。喏，我给你拿张报纸，让你看看。看你还能抵赖不？

萧志卿搂住金枝的细腰说，你真是哪壶不开提哪壶，枉我们相识一场了。

金枝咯咯一笑，说，好了，好了，不难为你了。说吧，今儿个找本姑娘为何事？

萧志卿道，好金枝，你不愧是聪明人，你看，我把吃饭的家伙全带来了。

萧志卿拿出画纸、画笔。金枝心领神会，能够做萧志卿的模特，这也是她心甘情愿的事。

萧志卿明白手中画笔的分量，他要靠这支笔，改变身边每个人的境遇。

秋泠蓝出现之前，金枝是他人生中除了夏婉清之外最知心的女人了。自古才子爱结交青楼女子，萧志卿也不能幸免。他视金枝为红颜知己，但他们之间也仅仅是相谈甚欢的朋友罢了。曾经萧志卿想替金枝赎身，现在萧志卿感觉更加力不从心，但他还是没有绝了这个念想。

萧志卿托圈中好友，将刚脱稿的油画贱卖，这样倒相安无事了一段日子，手里的钱也越积越多，他想先把钱筹好，给金枝赎身。

直到有一天夜晚，他再上花满楼，老鸨把萧志卿推出门外，说，萧先生啊，你把我们金枝姑娘害惨了，前几天，几个打手不分青红皂白，将金枝姑娘用烟头烫得全身没留一块好肉。你让她以后还如何接客啊。我还听他们嚷嚷着以后再让金枝跟姓萧的混在一起，就不是烟熏火烙这么简单了。

萧志卿不顾老鸨的阻拦，冲进金枝的房间。金枝全身伤痕累累。

萧志卿气得头都炸了，对金枝说，一定是章鹤彪指使他的手下干的。我现在就去宰了姓章的，为你报仇。

金枝强忍着伤痛追出门，想要阻止萧志卿，但他已经走得很远了，她倚靠在门上哭泣着，冰凉的夜风撩起了她的发梢。

胭脂红抚着金枝的肩膀说，女儿啊，想开些，妈妈以后不会亏待你的。但你以后不能再理会姓萧的了，否则妈妈的场子都要搭进去了。

萧志卿发疯似的冲进花都影业公司，看到章鹤彪，他被仇恨烧红了眼，砸碎酒瓶，朝章鹤彪冲过去，却立刻被几个打手擒获。

章鹤彪放下酒杯，说，小赤佬，我晓得你会来的，老子等候你多时了。几个手下立刻将萧志卿五花大绑，拳头狠狠砸下来。

萧志卿一声不吭，愤怒的眼睛直直地盯住章鹤彪。章鹤彪说，姓萧的，这一顿是见面礼，上次的事我还没跟你算呢。你也不去打听打听秋泠蓝是谁的女人，竟然敢跟老子抢女人，你是不是吃了豹子胆了？我叫你以后再玩女人，你们给我重重揍他的老二，废了那玩意儿。

萧志卿愤怒地说，章鹤彪，打死我算你有种，否则留我一口气，我定让你死无全尸。

章鹤彪说，看他还敢嘴硬，把他给我囚禁起来，我要秋泠蓝那婊子跪下来求我。

　　萧志卿昏迷之中，被章鹤彪的手下拖进了夜总会后房吊起来。章鹤彪叫手下给秋泠蓝打去电话，告诉她萧志卿在他的手里。

　　秋泠蓝接到电话，顾不上梳洗，心急火燎地赶到花都影业公司。

　　章鹤彪就坐在大厅里，边上几个打手分立两旁。秋泠蓝开门见山地说，章鹤彪，萧志卿在哪里，你究竟想要把他怎么样？

　　章鹤彪呷了口烟，不急不慢地说，秋泠蓝，我还想问你想得怎么样了，你倒问起我来了。你要见萧志卿，不难，我的手下正好好伺候着。只要你在这张纸上签个字，立马可以把他带走。我要他做什么，我要的是你，你难道不懂？

　　秋泠蓝说，姓章的，你心忒狠了点吧。我秋泠蓝今朝就算流落街头也不会接拍色情片的，我替你挣了不少钱了吧，你还想把我榨干了不成？

　　章鹤彪说，你不要敬酒不吃吃罚酒，我往昔捧红了你，现在也照样可以毁了你。只要你帮我完成三部色情片的合约，我立马跟你解除我们之间的拍片合同，到时，你带着那个小白脸远走高飞，我不会再插手，你好好想想，否则的话，我也无法保证你的小白脸能活着离开上海滩。

　　秋泠蓝痛苦思索了片刻，说，你也给我立个字据，保证萧志卿人身安全，永远不再找他的麻烦，且还我自由身，我才答应你的要求。

　　章鹤彪立马写了字据，交给秋泠蓝，然后拍了拍手，叫手下将萧志卿拖了出来。秋泠蓝的眼泪夺眶而出，她飞快地在拍片追加合同上签了字，搀扶着昏迷之中的萧志卿离开了花都影业公司。

　　秋泠蓝细心地给萧志卿擦拭身上的伤口，眼泪一直流个不停。刘妈说那帮人是豺狼虎豹啊，太歹毒了。

　　夜已深，残月如钩，夜凉似水。萧志卿靠在秋泠蓝的身上，她幽怨地哼着《夜风》的曲子，此时的她脸上看不出任何悲恸，同是天涯沦落人，歌声是最好的疗伤剂。

秋泠蓝哼了一夜的歌，心想，纵然天亮后失去了一切，至少还有一个男人留在她身边。萧志卿从昏迷中醒来，第一眼看见了最思念的人。他干涩的嘴唇微微抖动，话还没有说出口，眼泪已经滑落了下来。秋泠蓝说，志卿，你好傻，为何要去硬碰硬，去找章鹤彪报仇，失去了你，你叫我一个人在乱世中怎么过？

萧志卿干涩的喉咙里发出了含糊的声音：泠蓝——

秋泠蓝说，老天对我们真是不公，坏人得不到报应，好人却遭受折磨。志卿，你放心，章鹤彪以后不会再找你的麻烦了，给我点时间，等我完成了跟他的合同，我们一起离开这个伤心地，去香港，虽然我打拼这么多年，除了这套公寓外没剩下多少积蓄，但我相信，我们去香港，凭我们的能力，照样会衣食无忧的。

萧志卿说，泠蓝，你为什么对我这么好？

秋泠蓝说，因为没有你，我一个人也活不了。你知道吗？你我的相识是上天安排的。如果我们遭受的一切痛苦是天意，我愿意跟你一起去承受。为了我们以后生活在一起，我什么都愿意去做。

萧志卿这时重重地叹了口气，这让秋泠蓝颇为意外。

秋泠蓝不解地说，志卿，你为什么不高兴？难道你不愿跟我生活在一起？

萧志卿说，泠蓝，我是真心爱你的。可是我已经有太太了。我已经很对不起你了。你为我付出这么多，你图什么啊？你太不值得了。

秋泠蓝说，志卿，我爱你这个人，不计较任何事，也不图你什么。你是不是很爱你太太？一直很纠结，过意不去？

萧志卿说，我太太一直很虚弱，至于爱已经是很久以前的事了。但我答应过她，要照顾她一生一世。

秋泠蓝说，志卿，你是重情重义的人，但亲情代替不了爱情。你跟她在一起，是没有幸福的呀，你还年轻，你要为自己的幸福考虑啊。

萧志卿说，泠蓝，你不要再说了，我会给你一个交代的。

秋泠蓝喃喃地说，情之所至，难免情伤。交代，我又向谁去交代……

第八章　旗袍碎布

　　萧志卿心里明白，他的生命中欠着三个女人的情：夏婉清、秋泠蓝、金枝。他需要振作起来，一一去偿还。在圈内好友安排的画社里，萧志卿全然不顾伤痛，拼命工作、筹钱。秋泠蓝也在偿还章鹤彪的债，虽然她明白她根本就不欠他什么。她明白如今的她只有心是自己的了，她可以毫无顾忌地脱光衣服，跟青楼女子一样，接受别人挑剔的目光。

　　秋泠蓝的心空荡荡的，还好，萧志卿晚上依旧眷顾着她。两人还经常缱绻在一起，只有在一起的时候，秋泠蓝的心才鲜活起来。

　　夏婉清一直惴惴不安，两个月前，日军开始轰炸上海，中国守军和日军展开鏖战。坊间都在传言守军腹背受敌，上海很快就要沦陷。她越来越急切地逼萧志卿离开上海，但萧志卿慵懒地回到家时，一味地言语搪塞，含糊其词，夏婉清于是越来越感觉没底，心也绷得越来越紧，几近窒息。她感觉自己正在和一双无形的手一起拉扯着这个男人，只要她一松懈，志卿就会被那双手拉过去。婉清好几晚从睡梦中惊叫着醒过来，而睡在一边的萧志卿依旧熟睡着，对她的反常丝毫不觉，这让她不寒而栗。面对黑魆魆的夜色，她感觉一个深不可测的黑洞正在吞噬她的婚姻，把她无情地抛入深渊。她站在深渊底部，无助地呐喊着，而萧志卿却对她不屑一顾，她感觉非常绝望。

　　祸难总是不期而至。有一天黄昏，萧志卿从外面回来，叫了几声婉清，都不见妻子的身影。后来，在阳台，他看见夏婉清昏倒在地上。

萧志卿抱起婉清，往医院赶。婉清在医院慢慢苏醒过来。医生对萧志卿说，尊夫人喉颈部有血瘀，受外力卡住喉颈导致间歇性昏迷。

萧志卿吓出了一身冷汗，看婉清仍旧神志不清，他也问不出什么。突然，他看见婉清一只手里有一碎布外露，他用力掰开婉清的手，看见手心里一小块湖蓝色旗袍碎布，已被汗水濡湿。萧志卿立刻不寒而栗，这块布实在是太熟悉了，就是他曾经送给秋泠蓝的旗袍料子，她做成了旗袍，穿过几次。事情豁然明朗，萧志卿想已经用不着问婉清了。

他安顿好婉清，直奔秋泠蓝的公寓。秋泠蓝不在，他不顾刘妈的阻拦，直冲秋泠蓝的睡房，那件旗袍挂在衣柜里，果然裙摆上破了一个小洞。萧志卿捶胸顿足，这时秋泠蓝正好回来了，本来疲惫不堪的她，看到萧志卿，精神不少。

不容她说话，萧志卿恶狠狠地掐着她的手臂道，秋泠蓝，你为什么要对婉清下毒手？你想掐死我老婆，好让我死心塌地带你远走高飞是不是？我真是看走眼了，原来你的心竟毒如蛇蝎，你本来就跟姓章的蛇鼠一窝，我真是瞎了眼啊！

萧志卿愤怒地咆哮着，直跺地板。

秋泠蓝显然被萧志卿弄得措手不及，瞳孔惊诧地放大，愣在了那里。

不容她争辩，萧志卿抛出了最绝情的话，我们的关系到此为止。事到如今，你已经把我们之间的情分斩断了。

秋泠蓝惊愕了许久，不顾手臂被掐出的青痕，幽怨地说，志卿，在你眼里，我秋泠蓝竟然是一个蛇蝎心肠的女人？好，好，好，你不容我解释，把那绝情绝义的话都说出口了，我再说什么都无济于事了。虽然我不明白到底发生了什么事，但是我想，事实终归是事实，不容改变，你总有一天会明白的，你走吧。

萧志卿摔门而出。

萧志卿正愁没人照顾夏婉清，可巧晓澜这时突然回来了。晓澜说，俺娘说了做人要有良心，你们待晓澜恩重如山，晓澜一定要回来报答你们。俺把娘托付给妹妹了，以后追随你们一辈子。

萧志卿又开始酗酒，每每喝得酩酊大醉才尽兴。他有一回喝酒时，突然想到钱筹集得差不多了，该去花满楼给金枝赎身了。

带着一身酒气，他来到了花满楼。胭脂红笑吟吟地说，金枝真有福气啊，居然有好多人抢着给她赎身。萧先生，前几天已经有人给她赎身了，你来晚了一步，金枝收拾好细软，早已离开了花满楼。

萧志卿追问老鸨，是谁赎走了金枝，金枝临走前有没有说去哪里？

胭脂红说，赎走金枝的人那天戴着黑帽，帽檐压得很低，身份不明，我也不想细细盘问。金枝临走前我也问她去何处安身，可她一句话也没留下就走了。我帮不了你了，萧先生。

离开了花满楼，萧志卿顿觉脑子清醒了不少，他感觉迷雾重重。偌大的上海滩，上哪里去找金枝的身影？

转眼间，天气寒冷一天甚过一天，深秋已至，初冬就在眼前。萧志卿一直惦记着金枝的安危，所以他每过几天都要去老北门沉香阁一趟，打听她的消息，但收获甚微，金枝没有再回过花满楼。萧志卿心想要是金枝铁了心不想再见他，她纵然还留在上海滩，也是躲藏在一个角落里，他是再也找不到她了。

买好了去周里的火车票，萧志卿在大街上踟蹰了一天。他还是不由自主地踱进了梅园街。

开门的是刘妈，刘妈已经好久不见萧志卿，对他说，冷蓝小姐出去了，她去跟花都的章老板了结一些事，明天下午，她就要去香港了，轮船票早已经买好，我明天也要回河南老家了。

萧志卿惊愕万分，听到"了结"，他立刻有一种不祥之感，拼命往花都影业公司跑去。

章鹤彪的办公室里，此刻只有秋冷蓝和他两个人，两人剑拔弩张，气氛异常紧张。

秋泠蓝说，章哥，我最后尊称你一声，我已经兑现了合同。你也该把日夜守在我公寓外监视我的人撤走，还我自由身，我们之间的恩恩怨怨也该了结了。

章鹤彪说，泠蓝啊，不要说了结不了结的话，难听啊。我对你余情未了，如何了结得了。你留在我身边，不会有错的。上海滩依旧可以是你的上海滩，我叫人日夜贴身保护你，也是因为时下兵荒马乱的，为了你的安全考虑啊。

秋泠蓝说，章哥，覆水难收，名和利我都不要了，我已经决定离开上海滩，望你兑现承诺，还我自由身。

章鹤彪冷笑几声说，泠蓝啊，你以为你离得开上海滩吗？沪上到处是我的人，你插翅也难飞，一切尽在我的掌控之中。我想玩你多久，就玩你多久。听明白了吗，美人儿？

秋泠蓝突然拔出枪，对准章鹤彪，强忍眼泪愤怒道，姓章的，你这个吃人不吐骨头的禽兽、畜生，今天我秋泠蓝来了就没打算活着回去，拼了我这条命也要拉上你同归于尽——

章鹤彪措手不及，想不到秋泠蓝会来这一手。秋泠蓝说完话将枪口对准章鹤彪的头颅，正要扣动扳机，突然，从她身后冲上来一个妖艳的红影，疾速夺过她的手枪，只听一声枪响，毫无防备的章鹤彪脑浆迸裂，重重摔倒在地。

秋泠蓝怔过神来，看清是花满楼的金枝，正惊愕间，金枝淡淡地笑了笑，说，秋小姐，你替我赎了身，我终要报答你，就让我替你杀了这个恶魔吧。

啊——

突然，从背后响起几声枪声，金枝身中数弹，立刻倒在秋泠蓝的怀里。秋泠蓝急忙搀住金枝，身上立刻染满了鲜血。

章鹤彪的手下这时情绪失控，全持枪涌了进来，包围住秋泠蓝，正要举枪射杀秋泠蓝，突然巡捕房的厉雷霆副警长带着警员踢开房门，冲了进来，包围了现场。

厉雷霆将枪抵住带头的章鹤彪手下的脑门道，谁敢动手，我立马崩了他。章鹤彪恶贯满盈，助纣为虐，才有今天的报应，死有余辜！

萧志卿这时也冲了进来，他立刻扑向倒在地上的金枝。

厉雷霆扶起秋泠蓝，对她说，泠蓝，朴俊彦被谋杀一事我刚调查清楚，当日朴俊彦暗查到章鹤彪勾结洋人贩卖鸦片、枪支的罪证，还掌握了章鹤彪一直暗中勾结日本人、迫害抗日志士的罪状，准备将此事通过报纸公布于众。章鹤彪经线人汇报得知此事，怕事情败露，杀了朴俊彦灭口。证据是我从一位不愿透露姓名的人手中得到的，是朴俊彦被谋杀之前交给他保管的，朴俊彦知道自己性命朝不保夕，才将重要的证据交给信赖的人保管。那个人慑于章鹤彪的势力，迟迟不交出证据。我跟他说只有将证据交给巡捕房，才能替朴俊彦报仇。我一拿到证据就来缉拿章鹤彪归案，想不到还是来晚了一步。现在章鹤彪已死在枪口下，朴俊彦先生终于可以含笑九泉了，他的正义之举是我们巡捕房所有警员的榜样。

厉雷霆替秋泠蓝擦拭了眼泪，继续说，章鹤彪人手众多，势力庞大，你得尽快离开上海，他们迟早会对你下毒手的。在你离开上海之前，我会安排警员日夜贴身保护你。

秋泠蓝强忍着悲怆，对厉雷霆说，雷霆，我替死去的朴俊彦向你深深道谢。没有你，他的死因也不会查明。诛杀章鹤彪，不单单是为了朴俊彦，也是为了我自己。章鹤彪一直看不惯我身边有其他的男人，早警告我离开俊彦，也是我害了他。雷霆，你在我危难的时候，总是及时赶到，帮我化解一切。你帮了我这么多，我都没有机会报答你，恐怕以后更没有机会了。我无以言谢，今生报答不了你的，来世再偿还吧。说完，秋泠蓝躬身作谢。

厉雷霆说，老同学一场，不要说报答这样见外的话，你现在的处境非常危险，处理好事情尽快离开上海滩吧。

此时的萧志卿抱着奄奄一息的金枝，号啕大哭着，肝肠寸断。他哀号着，嘶喊着，金枝，你何苦要这么做啊？我一直在找你，你知道吗？我送你去医院，你一定要挺住，你肯定会没事的！

金枝用尽全身的力气，艰难地吐字，志卿，我快不行了。秋小姐替我赎了身，我真是好开心啊。我欠你们的，只能来世再报答了——

金枝话没说完，就咽了气。

萧志卿抱起金枝的尸体，往外走。秋泠蓝木然地走在后面。厉雷霆在花都门口拍了拍萧志卿的肩膀，问他需不需要帮助。萧志卿无言地抱着金枝走了。

厉雷霆叹了口气，和秋泠蓝一起目送萧志卿的身影慢慢消失在茫茫夜色中。然后他载着秋泠蓝，驱警车离开了。

萧志卿在荒郊外一点一点地刨开了土坑，然后将金枝的尸体放入坑底，脱下外套，盖在她身上，再慢慢盖上了土。继而，他坐在坟前点燃了香烟，持烟的手颤抖个不停，血不断地从带泥的伤口里冒出。此刻，寒凉的夜风已经吹干了他的眼泪。过了许久，等最后一根烟抽完时，天快要蒙蒙亮了。起身的时候，他重重地打了个趔趄，跌倒在地。

他慢慢地支撑起身体，对着矮小的坟茔，说，金枝，以后我只要活着，还会回来看你的，你安息吧。

他在坟前深深三鞠躬，眼泪又滑出了眼眶。然后，他一瘸一拐地离开了坟地。

第九章　离殇

萧志卿想了许久，将半年来的点点滴滴串联了起来，他就要离开上海了，秋泠蓝也即将去香港，从此，天各一方，不再有重逢之日。天大亮的时候，萧志卿终于决定去见秋泠蓝最后一面。

公寓外，厉雷霆安排警员日夜巡逻。秋泠蓝把自己关在房间里，没有给萧志卿开门。萧志卿在门外说，泠蓝，我就要离开上海了，我记住你所有的好，也愿你原谅我所有的错。从此你我天各一方，我会在心里永远惦念你的，愿你找到幸福。

萧志卿这时听到秋泠蓝在房内强压喉咙哽咽的声音。

萧志卿心情沉重地离开公寓前，刘妈将一个布包裹交给萧志卿，说，小姐把这个房子贱卖了，留了几样让我带走，这个包裹是小姐叫我转交给你的。

萧志卿无心打开包裹，回到家时，夏婉清已经和晓澜整理好了一切，就等下午坐黄包车去火车站。

萧志卿走进房间，打开了那个布包裹，里面是一个做工非常考究的紫檀木盒。他急切地打开木盒，里面是一幅当日给秋泠蓝画的《月色》油画稿，还有一张标注五万银圆的中国银行支票，一笔不小的数目。萧志卿眼泪滂沱，心想秋泠蓝把卖公寓的钱给了自己。

他强忍眼泪跑出了家门。

躲在暗处的刘妈，看见萧志卿出了家门，便迅即拐进了门，和夏婉清道别。夏婉清对晓澜说，晓澜，你回避一下，我跟刘妈有几句私房话要说。

刘妈说，萧太太，我要回河南老家了。看到你们夫妻俩经历了这么多的波折，好歹熬过来了，我很高兴。希望你们以后顺顺利利地过日子。

婉清拿出些银圆，塞到刘妈的手里，刘妈推辞，夏婉清说，刘妈，你一定要收下，要不是你从中帮忙，志卿也不会醒悟，离开那个女人回到我的身边。

刘妈说，唉，你也是苦命的人，难得那天你想出这样的苦肉计，叫我往死里卡你的脖子，要是弄出人命来，我刘妈只好跳黄浦江自尽了。当日我从秋小姐的旗袍上扯下布头，心里就像被刀子割一样，我真是把她给害苦了。幸好那件旗袍她没有再穿过，我本来已想好要是被她发现，我就说不小心扯破了，她要是因此辞退我，我也认了。下午她也要离开上海了。总算大家都还活着，离开了上海这块伤心地，一切都会慢慢好起来的。

萧志卿在黄浦江边奋笔疾书，写了封信。他回到家，上楼将信放在紫檀木盒上，下楼前看见在隔壁房间整理行李的晓澜，他走过去紧握着晓澜的手，盯着她郑重地说，晓澜，好好照顾太太啊。

下楼后他握着婉清的手，凝视着她道，我有件重要的事要出去办一下。

上海外滩轮渡码头，挤满了逃离上海的旅客。秋泠蓝拿着行李，缓缓地上了船。她频频回头，向厉雷霆挥手作别。

上了轮船甲板，她眉宇紧锁，向远处不断地搜寻着什么。在轮船起锚的一刻，她终于看见了萧志卿熟悉的身影。水面太宽，两人已来不及相拥了，秋泠蓝正揪心着，萧志卿突然一跃，跳上了甲板。两人紧紧拥抱在一起。

秋泠蓝的肩膀剧烈地抽动着。

过了好久，她说，志卿，这是直接去香港的船，你——你如何回去啊？

萧志卿笑了笑说，泠蓝，我来见你就不打算回去了，我怎么舍得你一个人去漂泊？！

秋泠蓝说，志卿，你不再怨我了吗？我从没做过对不起你的事情，从来没有过——

萧志卿用手指轻轻按住秋泠蓝的嘴唇说，是我辜负了你，你一直以来都对我那么好，我真不知好歹啊，如果今天和你错过了，我恐怕也支撑不下去了——

两人依偎在一起，一起看着码头越来越远，直到剩下一个黑点，消失在茫茫江雾中。

夏婉清等了好久，都没有等回萧志卿，她留下便条，决定去火车站等他。

这时晓澜在楼上惊恐地大喊，太太——太太——，先生留了一封信和一个木盒子。

婉清立刻有一种不祥的预感，跑上了楼。她颤抖地打开信笺，看了起来。

婉清：

当你看到这封信的时候，我已经下了决定。下决定的过程我肝肠寸断。有你做我的妻子是我一生最大的福气，认识她是我最大的错误。在你们之间我痛苦地摇摆了很久，直到这个时候，我必须要做出抉择了。她为了我付出了惨痛的代价，我欠她实在太多太多，恐怕用我的余生都偿还不完。我不是知恩不报的人，否则我活着也是行尸走肉。

事到如今，已无法改变。请你忘了我这个罪孽深重的人吧，我已不值得你爱。这些钱，你留着安身，画是留个纪念，你撕了也没关系。晓澜她会好好照顾你的，往后你要多保重，希望你找到好的归宿，我用余生向你忏悔……

萧志卿
民国二十六年晚秋

夏婉清呼吸越来越急促，在快要瘫倒时，晓澜搀住了她……

中部

晓澜缓缓地说着，每到激动处，就泪流满面，情难自抑。夏慕贞知道回忆往事有时是很痛苦的，几次试图打断晓澜姨，但她说再不说，恐怕就没有时日再说了。

她嫌屋子里太沉闷，于是每天午后，慕贞都推着轮椅，带晓澜姨去喧闹的清河街上看看。如今的清河街经过市政府大力度重新整饬，似一位迟暮的美人，重新焕发了姿色，每天游人如织，熙来攘往。

晓澜嫌太吵闹，提议去安谧一点、能让她静静遐思的地方。于是，她俩去了藕香亭畔紧挨着护城河的圣加尔修道院。

轮椅在修道院树影婆娑的香樟树下缓缓经过，路面芳草萋萋，数十顶巨大的树冠将修道院掩映得庭院深深，从挂在树干上的铭牌可以得知古樟的树龄均达百年。修道院黄色的墙体杂陈斑驳，满目疮痍。锈迹斑斑的铁栅栏护卫着风雨飘零中的窗棂。

这儿应该已经很多年没人看管了，慕贞对晓澜姨说。晓澜沉沉地点了点头。

在"文化大革命"那个动乱的年代，圣加尔修道院曾被视为帝国主义对中国进行"文化侵略"的象征而遭到破坏，后来又因年久失修，遂成为危房险屋。

晓澜指了指钟楼下的台阶说，慕贞，你娘就在那儿抱养了你，一晃都五十多年了。

这慕贞是知道的。关于身世她不止一次听晓澜姨讲起过。好几次心烦意乱、孤独无助时，她一个人站在钟楼面前，静静地，试图从一个凝固的世界里寻找自己前世的东西，去探究自己究竟是从哪儿来的，又将到哪儿去。

这是一幢惹人遐思的房子，差不多是大半个乌城人对那段久远岁月的集体记忆。慕贞现在和晓澜姨一起站在夏日半明半晦的阳光下，看着斑驳的房子，那厚重的青草地，那些百年香樟树，只觉得这世界颓然只剩下她一个。这房子真像是一场幻觉，慕贞只觉得它依然在离她很远地方的暗夜里不声不响地伫立着，而她却只能在母亲留给她的那一张留有生辰八字的泛黄纸上寻找那份荒无人烟的美丽与自己的关联。那份隐世、幽静、似朦胧了一百年的孤独感每每逼得她喘不过气来。

晓澜的眉宇不时抖动着，浑浊的眼眶因纠结而瞬间晶莹了。慕贞知道她的心又起伏、跌宕着，久远的记忆翻卷了出来。晓澜姨提议进修道院内看看，慕贞怕晓澜姨经不起里面尘封多年的寒意。但晓澜姨似乎没有领会她的担忧，颤颤悠悠地从轮椅上站了起来，径直朝修道院的正门蹒跚走近。慕贞以为残破的门锁着，但居然吱呀一声被晓澜姨轻轻推开了，显露出了里面蒙尘已久的斑驳大厅，厅堂里一片死寂，东、西两翼的拱形门敞开着，通往长长的、黑魆魆的拱门长廊。

她俩不胜寒意，很快退了出来。慕贞搀扶着晓澜姨在香樟树下的石凳上休憩，紧握着她不时颤抖着的双手，又聚神聆听她将久远的故事缓缓道来……

第十章　渡劫

夏婉清昏迷了一天一夜，才缓过神来。醒来想到萧志卿决绝而去了，揪心得不能自抑。她万念俱灰，白虎女命不好这句话真的兑现了，萧志卿还是弃她这个白虎女决绝远去了。她感觉这世上已没什么值得自己留恋的了，连着几日不吃不喝，眼神黯淡无光。

晓澜寸步不离地照顾婉清，渐渐得知了真相，才恍然明白萧志卿临走时为什么那么怔怔地盯着她，做那样郑重的交代。萧先生不在了，太太落到如此凄怆的地步，没有婚姻感受的晓澜也总算明白了个中滋味。晓澜不会用言语宽慰婉清，只能细心地守护她。

可是好几天了，做好的饭送上楼，却原封不动。晓澜急出了眼泪。她心想，人是铁，饭是钢，太太不吃不喝的，迟早会饿出病来，这个时候要是太太的娘家人知晓她的困境，多来劝慰一下她，该有多好。可现如今她们在上海滩举目无亲，已经没有人能够帮她们了。

晓澜跪在婉清面前，带着哭腔说，太太，你不可怜你自个儿，你也得可怜可怜晓澜啊，如果你有个三长两短，晓澜可怎么活啊？先生要晓澜好好照顾你，俺做得不好，你尽可以打骂，可你不能作践自个儿身体啊？

夏婉清倦怠地望了一眼晓澜，从藤条椅上站了起来，搀扶起晓澜，幽怨地说，晓澜，你不要哭，事到如今，你也看到了，先生已经弃我而去，我孤寡一人，自生自灭了，我不能再留你在身边，你去投奔一户好一些的人家吧。

晓澜抽噎得更急了，说，太太，你不能赶晓澜走啊，离开你，晓澜还能去哪儿？俺娘要俺一辈子追随你们，报答你们的大恩大德，太太去哪儿，晓澜就跟去哪儿，俺这辈子都不会离开你的。

夏婉清抚摸着晓澜说，难为你一片心，可事到如今，我已一无所有了，自己也活不了多久，你跟着我，不是受罪吗？

晓澜说，只要和太太在一起，就算去讨饭，晓澜也毫无怨言啊。咱俩可以回太太老家呀。

夏婉清哀凄地说，我哪还有脸回老家去。我是个丧门星、灾星，会给家人带来灾难。我对不起爹，也对不起娘啊。

主仆一番推心置腹后，夏婉清终于肯吃点稀饭。黄昏时，夏婉清穿着睡衣，想出去走走，晓澜搀扶着她。

室外，天色阴晦，西风凛冽，吹在脸上，像刀削般生疼。晓澜替夏婉清攥紧睡衣。

婉清幽幽地对晓澜说，天估计要下雪了，真是好冷啊。

晓澜说，是啊，太太，俺们老家淮北，往年这个时候已经下雪了。太太，外面风寒，你身子弱，还是回家去吧。

夏婉清叹了口气，自言自语着，回家？我们哪里还有什么家？哪里还有家啊？！

晓澜没有听真切夏婉清的话语。

晓澜变着法儿做可口的主食，粉、面、包子、馒头、粢饭、玉米粥轮换着做，希望婉清能多吃几口，但她依然吃得极少。她一个人静静地在房间里，拿着萧志卿写给她的信，看着看着，眼泪瞬间盈满眼眶。有时她发着呆，一呆就是一整天，有时又突然把信笺揉成一团，欲要丢掉，又立刻转念把信慢慢捋平，每每哭得荡气回肠。晓澜劝也劝不住。

她有时歇斯底里地嘶喊着，世上的男人都是负心汉，都是负心汉，靠不住的，一个都靠不住啊——

她发了疯似的从衣橱里掏出萧志卿的所有衣物，用剪刀剪得稀烂。晓澜怕剪刀戳伤了婉清，夺过剪刀阻拦。婉清说，晓澜，你让我剪，让我剪，剪得一件也不剩，他永远都不会回来了，还留着他的衣物做什么。

夏婉清最后把自己的衣服也剪了，在楼梯口一抛，零乱的布片，纷纷扬扬地在空中哀伤地飞舞，楼上，楼下，栏杆上，沙发上，茶几上，地板上，最后全铺满了。

夏婉清的情绪越来越糟，一心求解脱。趁晓澜出门买菜的时候，她在床檐上系好了布条，眼睛一闭把头伸进了套圈，脚一蹬矮凳，人便悬在了空中。晓澜刚走进屋子，听到矮凳摔倒的声音，以为夏婉清不小心跌倒了，她急步上楼走入房间，看到婉清轻生，急忙扑过去，救下了婉清。

她边哭喊边摇晃婉清，掐人中，许久，婉清惨白如纸的脸上总算有了点血色，渐渐恢复了神志。

晓澜更加寸步不离婉清了，晚上睡在她的旁边，也是不能安眠，睡一会儿醒一会儿，生怕一个闪失，就和婉清阴阳两隔了。

晓澜每天给婉清擦脸、梳头、盥洗，婉清像个木偶似的，机械地顺从着。她剪光了萧志卿的衣物后，开始损毁萧志卿的画稿、画笔、画板，通通堆放在室外焚烧。晓澜也不想再阻拦了，心想与其睹物思人，还不如眼不见为净。

当婉清还要将萧志卿临走留下的包裹丢入火堆时，晓澜突然意识到，包裹里肯定有萧志卿留下的珍贵东西，她立刻从婉清的手里夺过包裹，生怕婉清再做出傻事。晓澜将包裹妥帖藏好，心想等以后太太恢复神志了再交还给她。

这是民国二十六年的深秋，晓澜多年以后回望这个寒秋，依然不寒而栗，彻骨生寒，特别凄惶。

初雪终于无声无息地降落在很少下雪的上海，一连下了几天，晓澜和婉清足不出户，屋内虽燃着火炉，但仍无比清冷，了无生气，只有老式收音机整天不厌其烦地播放着国民党当局劝告上海市民及时撤离城区的消息。

整个上海已沦陷，日军轰炸机在全城各处狂轰滥炸，到处是断瓦残垣，街道、马路被炮弹炸出深坑。国民党当局一直在拉响防空警报，提醒来不及撤入租界的市民及时躲入防空洞，躲避敌军轰炸。

夏婉清对时局已麻木，形如枯槁，她本来就无求生意愿，当然不畏惧日军的肆虐。可晓澜不糊涂，她时刻留意周遭的动静，邻舍搬空了一户又一户，街上满是行色匆匆的逃难人，她想也该做准备了。安顿好婉清睡下，她楼上楼下忙开了，整理出好几个大包、小包，忙出了一身大汗。

最后她坐在大包、小包旁，无奈地苦笑着，像守着一堆孩子。心想这哪是逃难，倒像是在搬家啊，现在总不能像几年前跟随先生太太搬家那会儿了。当时太太连个破畚箕都舍不得扔，全都搬到现在的屋子里来，可如今是逃难，带着这么多东西，可怎么走得了啊。

晓澜于是又将所有大包、小包打开，重新分拣，把不必要的全拿出来，可似乎哪一样都不可或缺，她纠结着，无可奈何了，太太如今神志不清，她连个商量的人都没有，晓澜悲切地哭出声来。一个月时间，早已物是人非，一家子的担当全压在了她的身上。

她抽抽噎噎着，忙到后半夜，才迷迷糊糊地靠在包裹上睡着了。

半夜，晓澜被一阵又一阵急促的警报声惊醒，屋外街道上哭叫声、呐喊声、步履声、汽车喇叭声嘈杂一片。晓澜突然大喊了起来，太太，太太，不好了，拉防空警报了，政府拉防空警报了，日本敌机又要轰炸了——

晓澜发了疯似的冲向楼梯，上楼找夏婉清，这时她感到楼梯在摇晃，敌机的炸弹在对面的街道上炸开来。震耳欲聋的炮弹声将晓澜从楼梯上晃下来，她重重地摔倒在楼梯脚。

晓澜不顾疼痛，又屏住气，跑上楼，冲进房间，将夏婉清从床上拽下来，拖拽着婉清，冲下了楼。

晓澜将婉清放在椅子上，去拿包裹。面对一地大大小小的包裹，她犯难了，敌军轰炸来得如此急，她没办法将包裹及时转移他处。

慌神之间，二楼突然火光冲天，发出了一声巨响，楼顶顷刻被炸开了，房顶的断瓦哗啦啦全倾泻了下来，砸到地上，又发出巨响。晓澜急忙拿起放在最显眼处的萧志卿当日留给她们的包裹，拽着夏婉清，冲出了家门。

晓澜不敢回头，拼了命地搀着婉清，往外逃出了老远。此时街上又被炮弹炸开好多大坑，死尸遍布各个角落，浓重夜空中炮弹炸开的亮光，在远处一闪一灭着，处处弥漫着呛人的硫黄浓烟。

晓澜不停地剧烈咳嗽着，胸膛生疼。她实在太累了，将夏婉清扶坐到街面上一个被人丢弃的皮箱上。

晓澜则一屁股坐在冰凉的地上，喘着粗气，拼命揉自己的胸脯。此时街上有不少被丢弃的汽车以及逃难人扔下的皮箱、衣物等家当，有几个胆大的正从死尸上拽下戒指、拿走金条。

日军轰炸机渐渐远去，开始成群结队地飞往西北继续轰炸。

晓澜撩开额头早已被汗水濡湿的头发，看到街两边的房子都在燃烧，发出毕毕剥剥的声响，像是幽灵叹息的声音。冒着烟气的瓦砾散落一地，哀号声从废墟里不时传出来。

婉清一脸惊魂未定的样子。晓澜说，太太，你坐好，晓澜回去取几个包裹出来。你安心等着，别走开啊。

夏婉清只是傻愣愣地盯着她，毫无反应。

晓澜一路奔跑着往家赶，但哪里还有家啊，原来的屋子早已被夷为平地。她蹑手蹑脚地踏入冒着热烟的瓦砾中，残垣里那几个包裹早已被燃成灰炭，像几个被遗弃的黑小孩，无辜地挤在一起。

晓澜悲愤地蹲在发烫的废墟里，哀伤得泪如泉涌。

啜泣了一会儿，她突然想到夏婉清还在等她。

她擦干眼泪往回赶，皮箱和包裹还在，但早已没了夏婉清的踪影。

晓澜拿起包裹，声嘶力竭地喊着太太你在哪里呀。

街上不断有难民涌出，她逮住人就打听夏婉清的下落，但逃难的人没有停止匆忙的脚步，乱世中，谁还会理会这样一个陌生人。

一群国民党士兵经过，看见倒地的难民，凑近观察有没有活着的。穿着黑色长袍的神父和修女们，此时也出现在街道上，看到死尸，不停地画着十字做祷告。晓澜知道他们在为亡灵超度，在凄冷的午夜中，他们胸前的银质十字架闪着如末日般的光泽。

晓澜看见国民党士兵从死尸的手指上捋下戒指，从死尸的脖颈上扯下金项链，从死尸的衣兜里翻出银圆。晓澜心想，无论曾经在上海滩多么有钱、风光，还是多么卑微、渺小，此时大抵都化作逃难路上的逃难人甚或一具死尸而已，她从心底生起一股难以言喻的悲凉。

她已没闲暇理会这些，逮住一个又一个跑过的国民党士兵，探问夏婉清的下落。终于一个士兵对晓澜说，前面的小巷口有一个穿着睡衣的女人倚靠在墙角发愣。

晓澜循着士兵的指引，在一个黑暗的巷口，看到夏婉清坐在雪地上，撕扯着一张被烧过的电影海报。

晓澜惊喜得蹲了下去，靠在夏婉清的肩上不由得怵哭了起来。夏婉清全然不觉，自顾自撕扯着海报。晓澜看清海报上的人是影星秋泠蓝，她想，太太肯定是追逐着这张随风飞舞的海报才一路到此的。

她搀起夏婉清，被修女们安置在了圣马力诺天主教堂。

天主教堂被皑皑白雪覆盖，教堂尖顶的十字架在深邃的夜空里显得很突兀，活像一个宣布世界末日的幽灵。堂厅里到处挤满了难民，号哭着，痛哭流涕着，哀号着，呼天抢地着，触目惊心。夏婉清穿着睡衣，蜷缩在角落里，冻得瑟瑟发抖，她们所有的衣物都被烧毁了。晓澜将婉清托付给一个修女照看，急忙跑向大街，循着昏黄的路灯，打开一个又一个被遗弃在街上的皮箱，寻觅婉清能穿的衣物，但收效甚微，找了半宿，只找到了一件陈旧的男式冬大衣，她想事到如今，太太也只好将就着穿上御寒了。

天蒙蒙亮的时候，日军的轰炸机又不间断地在主城区上空呼啸而过，发出刺耳的声响，投下一个又一个炮弹。每每在附近炸响，天主教堂里总发出一阵又一阵撕心裂肺的哭喊声，生怕教堂也被炸开了。晓澜和婉清紧紧搂抱在一起，也加入哭喊的队伍里，惶惶不可终日。

接下来几天，晓澜发现婉清在这样哀伤的环境里，一阵阵酣畅淋漓地痛哭，一番情绪宣泄后，神志渐渐清醒了。婉清自知此刻偌大的上海，所有的人，不论富贵贫贱，都沦为哀伤人，妻离子散，家破人亡，一夜之间失去了所有，她只是其中的一个而已，因此自己的苦痛也消散不少。

婉清抱住晓澜痛哭了一次又一次，竟然恢复了意识。

晓澜说，太太，俺没用，什么东西也没抢出来，就只带出这个小包裹。

婉清说，都是我不好，晓澜，难得你还对我不离不弃，要不是你，我早被炸死在屋里了。我原本要烧了这个包裹，没想到居然让你带出来了，也是天意，那往后就好好带上它逃难吧。

上海已无宁日，敌军轰炸的间歇，教堂里的难民们开始躁动了起来，商量着各自的出路。教堂里僧多粥少，难民们每天只分到一个馒头，近几日面粉运不过来，每日只分到半个馒头，好些难民饿不过，开始撤离出去，往别处逃生去了。

婉清和晓澜为了抵抗饥饿，干脆整日坐着不动，减少体能消耗，在惶恐不安与无望中，迎来了民国二十七年。元旦那天，神父和修女给难民们准备了一顿充裕的食物，让大家敞开了吃，并做了新年祷告。下午，天主教堂来了一拨国民党士兵，几辆越野卡车停在教堂门口，为首的说要把难民们送出城。但难民太多，能挤上军车的少之又少，难民当中衣着考究的人，拿着金条、首饰贿赂为首的国民党士兵，期许能挤上军车出城。体弱的婉清和晓澜一无所有，只好眼巴巴地期望越野卡车来得更多一些。

几辆卡车拉走一拨难民后，没有再回来，天主教堂渐渐空荡了起来。夏婉清和其他留下的难民议论着越野卡车何时再来，可等了好几天，卡车仍没有再回来，倒是又有好几拨难民涌了进来，教堂里很快又被挤满。

天主教堂的食物又不够分发了，吃了上顿没下顿，婉清和晓澜饿得头昏目眩，只好一个劲地喝水。神父对难民们说，仁慈的天主正注视着我们，恩泽正普照着你们，它最终会保佑你们脱离苦海的。

十天以后，夏婉清从难民口中得知所有通往城外的关卡都被日军封锁了，留守在城内的国民党军队早已放弃了抵抗，各自逃亡去了。原本装着难民的越野卡车在出城口被日本鬼子突然截留，他们被驱赶到河边。日本鬼子用机关枪扫射，顿时哀号声一片，难民纷纷掉入河里，几十米宽的河面瞬间被染红了。

夏婉清听得瑟瑟发抖，险些吓晕过去。

夏婉清和晓澜慢慢丧失了求生的欲望，连天主教堂的神父和修女们也开始往外搬物资，撤往重庆。天主也不肯帮助难民了，还有谁能来施与援手？

夏婉清痛苦地闭上了眼睛，索性坐等死神降临。迷迷糊糊中，她被晓澜急切地摇醒。

夏婉清孱弱地睁开眼时，看到一张陌生男子的脸，他穿着巡捕房的土黄色制服，瘦削的脸形，浓密的黑发，深陷的眼眶，英挺的鼻梁，干涩的嘴唇边留着凌乱的胡子茬儿。正诧异时，那个陌生男子微微一笑，对她说道，你好，你是夏婉清女士吧，这位想必就是苏晓澜。

夏婉清茫然地点了点头。

陌生男子继续说道，我们应该见过一面吧，夏女士，我是法租界巡捕房的副警长厉雷霆，七月份时，在萧先生的画展上，我们碰过面，当时有人找碴儿闹事，我将你和萧先生请去巡捕房询问过话。

夏婉清经厉雷霆这样一介绍，猛然想起夏天开画展的事，半年时间，一切早已物是人非。

厉雷霆不容她细想，继续说，你的事我已知晓，是萧先生托我来搭救你们的。萧先生现在人已在香港，但一直牵挂上海局势，常电话嘱咐我，务必找到你们，他自觉罪孽深重，说无论你如何恨她，都希望你爱惜自个儿，在别处安身。其实我也是这样想的，上海已经沦陷了，这里协商未果的话也很快会被轰炸，我这就将你们带入法租界，那儿日本人不敢贸然进去。

晓澜眼底浮上了惊喜，但夏婉清却出奇冷静。她慢慢站了起来，屈了屈身，对厉雷霆说，承蒙厉警长关照，乱世之中还牵挂着我们两个弱女子的安危。但我夏婉清是不会接纳你的好意的，晓澜也不会。他如今躲我远远的，早与我恩断义绝，在香港逍遥快活，又何必猫哭耗子假慈悲，来管我们的死活?! 你走吧，厉警长，你对他说，我夏婉清宁可被日本人炸死，也不接受他的假仁假义。

夏婉清说完，激动得发抖，努力克制住情绪，晓澜紧紧地攥住了她的手。

厉雷霆示意夏婉清不要太激动，等她稍微缓和一下情绪后，接着对她说，婉清，留得青山在，不怕没柴烧。即使没有他所托，我职责所在，也应搭救你们一把的。国民党当局早已放弃了抵抗，士兵都四处逃散了。乱世之中，人人苟且偷生，你不如把那些恩恩怨怨先放一边。只要活着，就有个念想，有个来处。说实话，我已经找你们一段时日了，到过你们曾经居住过的屋子，看到被炸平后，我暗暗祈祷你们还活着，往别处逃亡了。听说城内的天主教堂都安置了大批难民，我去一个又一个教堂找你们，但都一无所获。我怀着最后一丝希望奔波到此，好在天遂人愿，终于遇到了你们。希望你和晓澜感念我一番苦心，听从我，跟我走吧。

夏婉清此刻听得眼泪涔涔，不知说什么好。晓澜这时说，太太，咱们不要再为难厉警长了，没有他，还能指望谁帮助咱们进租界避难啊，太太你快答应吧。是老天保佑让我们遇到了厉警长，咱们理应好好活下去。

夏婉清紧咬牙关，思忖一番后说，厉警长，上海这个地方我多待一天，心就多添一层伤痛，你不如设法将我俩送出城吧，我想离这个伤心地越远越好。厉雷霆答应了她，将她俩接上了警车，临时安置在了巡捕房。此刻的巡捕房也瘫痪了，屋顶被炸开了一个大口子。

厉雷霆给她们准备了一些食物，还有御寒的衣物，并说时局混乱，他要出去想想办法，安排妥当，才能出城。

夏婉清和晓澜只得在巡捕房焦急地等候消息，巡捕房内电话铃声不断，几个警员都在毫无头绪地忙乱着，无暇关注她俩。

中午的时候，夏婉清正在啃馒头，一个年轻警员走过来对她们说，别说你们，我们也难逃出城。如今，上海滩洋人租界之外，人人皆成瓮中之鳖，坐等日本鬼子来把我们煮了吃。

厉雷霆这时回来了，一脸欣喜地对年轻警员说，怀远，有好消息了，我已经打点好了一切，今晚就可以开车出城。你帮我一路护送婉清和晓澜她俩。你这趟出城了，就不要再回来了，有缘我们还会相遇，继续做好兄弟的。

厉雷霆转过头对夏婉清说，宋怀远跟随我多年，是患难与共的好兄弟，由他护送你们出城，我放心。实话实说，周边江浙一带都不太平，被日军占领得差不多了，你们在周边一带有投奔的去处吗？

夏婉清说，厉警长，我们两个弱女子已举目无亲，听从你们就是了，能去哪儿是哪儿，能走多远就走多远。

厉雷霆说，那照我看就去江苏宜兴吧，像南京、杭州这些大城市不行，偏远的小城相对好些。

宋怀远这时说，厉哥，你为什么不跟我们一起出城啊？好兄弟患难与共，死也死在一起啊。

厉雷霆拍了拍宋怀远的肩膀说，好兄弟，你替我挡过子弹，救过我一命，这次生的机会无论如何我也要给你。多年兄弟一场，你是我最信任的人，她俩拜托给你，我最放心。我身为巡捕房副警长，职责所在，怎么可能弃城逃亡呢？时间不多了，你听哥一句话，护送她们出城，往后，你好好活着，哥要是被炸死了，逢年过节，记得给哥烧炷香、洒杯酒。

夜色笼起，一阵不可避免的悲怆痛哭后，宋怀远换上便装，亲自开着汽车，搭上夏婉清和晓澜，踏上了逃亡之路。夏婉清和晓澜探出车窗，在夜雾里，和厉雷霆频频挥手告别。

第十一章　翡翠玉镯

一路上，倒平安无事，过关卡时日本兵上车用手电筒一照，检查一番后，就放行了。待出城后，宋怀远紧锁的眉宇才舒展开来，他也开始絮叨了起来，向夏婉清和晓澜述说着厉雷霆和巡捕房内的事，还有上海滩黑帮相互倾轧的内幕，最后提到了沪上知名影星秋泠蓝。他这时极有精神地说，秋泠蓝真是个标致的美人啊，是厉哥的临沂老乡加初中同学，厉哥暗恋她很多年，为了她从北平来到了上海，但秋泠蓝多年来一直把厉哥当哥哥，亏厉哥还无怨无悔地助她和花都的章鹤彪暗斗，贴身护佑她，将她送上了去香港的轮船。

夏婉清没有吭声，只是贴着车窗，静静地听着，任由汽车在崎岖的土路上颠簸。她不时地把眼光投向车窗外，灰暗的天色里，一重重土黄的低矮山丘掠过。一路上没有看见屋舍，也没遇见过人，仿佛天地之间仅剩下他们三人了。她对将来的命运毫无头绪，茫然着，没有困意，倒是晓澜坦然，一路总是熟睡着。

他们已经出城很远了，厉雷霆说得没错，出了上海，外面很少看到颓垣残壁，敌军的轰炸机也难觅踪影。两天后，路上逃难的人多了起来，衣衫褴褛，拖老带小，看见汽车驶过，难民涌了过来，伸手讨要食物。夏婉清看不过去，将几个馒头从车窗里递了出去，难民们见状，纷纷聚拢过来。宋怀远说，快关紧车窗，难民太多，施舍不过来的，他们饿疯了，把路堵上，把车子掀个底朝天，吃了咱三个都有可能。说完，他加速，汽车从难民间快速驶了过去，很快，将难民们抛得远远的。

夏婉清难过得闭上了双眼，也无暇去听宋怀远喋喋不休了，倒是晓澜仍不住地回头看那群难民，看着他们的身影离得越来越远，被土路上扬起的灰尘吞没。

车上只有他们三人，天寒地冻，婉清和晓澜紧紧裹住自己，泥路上的雪，白天化开了，晚上气温下降，又冰封了，车碾过，发出咯吱咯吱的响声。路面太滑，车子经常打滑，所以行进得颇不顺利。

车子开一段后，他们停下来下车休息，吃些干粮。

晓澜下车也不忘带着包裹，被宋怀远看到了，宋怀远好奇地问，晓澜，包裹里面是什么东西啊，你让我瞧瞧。

晓澜紧紧护住包裹，支吾着说，没——没什么东西，一些衣物罢了。

宋怀远不依不饶地说，既然没什么，就让我看看吧。

夏婉清怕得罪他，说，晓澜，你就让宋大哥看好了。

宋怀远火急火燎地打开包裹，看到紫檀木盒，眼睛都发亮了，说，这个紫檀木盒的做工真是考究，肯定值好几个钱，里面肯定装着更值钱的宝贝。

他眼露贪婪之色，火急火燎地打开木盒，发现除了一封信、一张支票、一幅画，再也没有其他东西。

宋怀远不无失望地长叹一口气，说，上海沦陷了，你们是不是把所有值钱的东西变卖了，把钱兑成这张支票带在身上逃难？

夏婉清迟疑了一下微微点了点头。

宋怀远说，上海都沦陷了，银行都想着外迁，支票还顶啥用，还是带着金银财宝管用啊。

继而他打开画，啧啧称奇，说，这画里的女人好眼熟，好像在哪儿见过？

宋怀远拍了一下脑门，突然惊叫一声，说，对了，我在几个月前萧志卿的裸体画展上看到过，当时章鹤彪说萧志卿画的裸女是秋泠蓝，毁他生意，把画展砸了个稀烂。莫非你就是萧志卿的夫人？当日把萧志卿和你带回巡捕房时我也在，你看，过了这么久，我愣没把你认出来。

夏婉清怯怯地说正是。

宋怀远说，要说那个萧志卿，真不是个男人啊，你别怪我多嘴几句，我听厉哥提起过你们夫妻的事，他抛下了你，跟那个婊子远走高飞，真不仗义啊，还有脸隔洋打电话拜托厉哥搭救你们，我看肯定是秋泠蓝那婊子出的主意。我厉哥真是宅心仁厚，以德报怨。我和他兄弟一场，帮他也等于帮我自个儿忙了。

夏婉清说，多谢宋大哥搭救，你和厉大哥都是好人。

宋怀远又拿着支票，继续说，上海滩都不保了，留着支票还顶个屁用，五万银圆啊，真是可惜了。

这时宋怀远眼睛从支票上移开，死死盯着夏婉清手腕上的一只翡翠玉镯。夏婉清注意到了，下意识地将玉镯塞进袖口里。

第二天上午，太阳老高了，宋怀远仍旧将两只脚高高搁在方向盘上，打瞌睡。晓澜催了好几声，宋怀远说开车还早哪，一味地敷衍。

夏婉清心想厉雷霆已将她俩托付给了宋怀远，眼下，不任他摆布还能怎么样。宋怀远看上她的玉镯，俗话说有钱能使鬼推磨，只有给他点好处，才能稳住他。于是她慢慢褪下了手腕上的翡翠玉镯。

晓澜瞅出了婉清的意图，不住地摇头，附在婉清耳边低声嘀咕，太太，这是先生留给你唯一剩下的饰物啊。

夏婉清不顾晓澜劝阻，叫醒宋怀远，说，宋大哥，这一路上有劳你细心照顾了，当时我俩逃得急，也没带出什么贵重的东西，这一只翡翠玉镯是缅甸的真货，通体碧绿，跟随我多年，好歹值几个钱，你不介意，就收下，表表我一番心意。

宋怀远假意推辞，边说这怎么好意思收下，对不住厉哥的托付啊，边接过玉镯揣入衣兜里，又在衣兜外按了几下。

宋怀远立马有了劲，汽车继续朝西南方向行进。

夏婉清思忖着宋怀远的话，一想到萧志卿和秋泠蓝如今在一起快活的样子，再想想自己的窘境，内心纠结无比，五脏六腑不由自主地抽搐着，她靠在车窗上剧烈干呕，脸色惨白。

宋怀远只好又把车停下来，等婉清好一点儿再行进。

夏婉清说，宋大哥，我身子太虚弱，恐怕经受不了车马劳顿了，麻烦你再开段路，看到城镇就把我们放下吧。

宋怀远其实早有单飞之意，眼下拖着两个虚弱的女人，碍手碍脚的，脱不了身。

宋怀远看到夏婉清脸色惨白，虚弱无比，说前面还有三十里之遥就到乌城了，不是小城镇，是个中小城市。夏婉清说，那就让我们下车，我们走着去吧。

黄昏时，夏婉清和晓澜下了车，站在被积雪覆盖的土路上，目送着宋怀远开着汽车，独自朝西北方向绝尘而去。

天色晦暗，阴沉沉的，刺骨的西北风呼啸着。婉清说，估计又要下大雪了。晓澜说，是啊，太太，好冷啊，腿都要冻麻了。

两人攥紧衣服，谨防寒风钻入衣襟、袖口。土路上行人非常稀少，偶尔开过的卡车把泥路碾得坑坑洼洼，分外难走。晓澜说，卡车估计是去乌城的吧，要是能捎俺们一程就好了。婉清说，非亲非故的，谁肯在乱世中帮我们啊。

两人边说着，边艰难地向前走着。晓澜紧紧搀着婉清，生怕她被凛冽的西北风刮倒。事实上，一路的颠沛流离，已经透支了婉清大部分体力，她基本上是挪移着脚步，不住地咳嗽着。晓澜看婉清的脸色越来越难看，只好扶她到路边一个废弃的草棚内歇息一下。

婉清喘着粗气，慢慢地坐下。晓澜从包袱里掏出早已冰硬的馒头，递给婉清，说，太太你吃点馒头吧，吃了才好有力气继续赶路。婉清说，晓澜，我喉咙干涩，咽不下去，只觉着反胃。刚说完，婉清俯下身，呕吐起来，一阵比一阵剧烈，将中午吃的全呕了出来，脸色如白纸般惨白，额头也沁出了冷汗。

晓澜看婉清虚弱得瑟瑟发抖，便紧紧抱住了她。寒风卷着鹅毛大雪，很快吞没了晦暗的天空。天地一片白茫茫，晓澜心想这样子如何赶路，今晚估计要冻死在这里了。

路上再无行人，凛冽的风雪里，多舛的命运正吞噬着两个渺小的女性。婉清虚弱至极，迷迷糊糊睡过去了。晓澜已顾不得哭泣了，强撑自己不能睡过去，她不住地喊太太，努力让婉清不丧失知觉。

天黑压压的，风雪越来越大，草棚摇摇欲坠，棚顶被掀开了个口子，雪倾泻了下来。晓澜急忙取出剩余的衣物，盖在婉清的头上。

不知过了多久，晓澜恍恍惚惚听到有车渐渐驶近的声音，昏黄的车灯打亮了草棚。晓澜急忙站了起来，站到土路中央挥手拦车，拼命喊着停一停，好心人救救我们。

货车放慢了速度，在晓澜面前停了下来。晓澜说，好心人救救俺们吧，俺们有钱，你们帮忙捎一程吧，实在走不动了。货车上的司机问晓澜，你们也去乌城吗？晓澜说，是的。司机说，那你上来吧，我们正巧同路，捎你们一程。

这时后车门打开，下来一位高个的穿长衫的儒雅男人，他走入草棚，帮晓澜搀扶起婉清，送入了货车。

车里暖和多了，除司机和儒雅男人外早有四个人，晓澜和婉清只好紧紧蜷缩着，婉清此时清醒了过来。

那个儒雅男人说，你们二人也是去乌城吗？

婉清说，是的，多谢恩人捎我们一程。

儒雅男人说，不用谢，顺路嘛。不过冰天雪地的，你们这样走着，多艰难啊。还有日军、保安队的人，你们出门也要多考虑安危哪。

婉清说，多谢恩人好意提醒，先前我们也是坐车的，但在前面我们下车了。第一次来乌城，人生地不熟，我们也不知道怎么办才好。

儒雅男人道，噢，原来你们是第一次来乌城，是来投奔亲戚的？

婉清说，我们是一路从上海逃难至此的，上海被轰炸了，我们只好外逃，在乌城我们举目无亲，人生地不熟，也不知道下一步路该怎么走了。

儒雅男人说，原来和我们一样啊，我们也是前天好不容易从上海逃出来的。我们这个是昆曲班，在上海混口饭吃，眼看上海不保，我们只好外逃保命要紧。我叫谭玉麟，这几位是我的同事——老吴、老李、小陈、小谢，还有司机阿福。我是乌城人，城区有我哥嫂一家，你们要是不嫌弃，进了城后，我把你们安排在我哥嫂处。我哥嫂为人厚道，我外出多年，家里空了几间屋子，你俩好歹有个容身之处，你看可好？

婉清颇为意外，激动地说，谭班主，我不知道如何感谢你才好，要不是你们相助，我和晓澜今夜就要冻死在这逃难路上了，我们听你的就是了。

谭玉麟说，国难当头，身逢乱世，相互提携，别说谢不谢的。现在乌城早被日军占领了，日本兵和保安队随时会闯入居民家中，抄家抓人，大家进城后要处处小心哪。

说话间，到了乌城外，城门口，日军的碉堡黑魆魆地高耸着，太阳旗在夜风里抖动个不停，几束刺眼的灯光从碉堡顶楼射出，不停地扫来扫去。日本兵荷枪实弹，站在城门口，设岗放哨、盘查进城的行人。谭玉麟他们看见前面几个日本兵在拳打脚踢一个行人。保安队长问司机阿福，你们是干什么的？

谭玉麟连忙下车，鞠了个躬，赔笑着说，长官，我们是昆曲班的，进城唱戏啊。

保安队长说，里面的人通通下车，接受检查。

车门哗啦一下被几个保安队人员强拉开，车内的人全被驱赶下来。谭玉麟对为首的说，长官，我们是良民啊，你看这是曲笛、笙、箫、唢呐、三弦、琵琶，全是吃饭的家伙。

保安队长说，你们来此搭台唱戏，可有进城的通行证？

谭玉麟说，长官，我们来得匆忙，不曾有进城通行证啊，我也是乌城人氏，家住清河街酱园弄，真是良民啊。长官你行个方便，容我们进城吧，保证不给你添麻烦。

保安队长说，你是真不知道还是假不知道啊，只有凭皇军宣抚班开的良民证才能通行，没有证休想进城。

谭玉麟又鞠了个躬，连忙从衣兜里掏出几个银圆，交到他手里，说，长官，我们远道而来，真不懂进城的规矩，还望多多包涵，给我们开良民证，放我们进城。

保安队长掂量一下银圆，对保安队人员挥了挥手，走到日军头头身边耳语了几句，继而走过来对谭玉麟说，好，皇军同意不搜你们身了，你们登记一下，拿新开的良民证进城吧。

谭玉麟见有惊无险，长吁了口气。

货车进了城，城内此刻空荡荡的，不时有日本兵、保安队结队经过，太阳旗插在刺刀上，在寒彻夜风里张牙舞爪着。看到日本兵，货车里的人紧张得屏住呼吸。

谭玉麟压低喉咙，轻声说，大家不用恐慌，虽然乌城被日军控制着，但烧杀抢掠的风头已过。大家进城后千万要小心行事，日本鬼子杀人不眨眼，我们行走江湖的图个平安也只好低声下气了。

车子驶入一片街道，谭玉麟指着窗外一排废墟说，这是乌城有名的恒福、泰昌隆绸布店，以前这里很繁华，现在都被日军的硫黄枪弹炸毁了，最繁华之处尽成断壁残垣，一片焦土，可惜啊。

车子继续往前开，城东街道两侧三分之二的店铺、民宅都成了废墟，往城内开，稍微好一点儿。

货车在清河街停了下来，谭玉麟下车去敲门，屋内亮起了灯光，开门前有人问，是谁哪，这么晚来敲门？

谭玉麟说，哥，是我，玉麟，快开门。我们从上海赶回来了。

门开了，谭玉麟和兄长抱在了一起。谭兄说，半月前，收到你的信，这么快就回来了，上海不保了吧，回来了就好，回来了就好，快进屋。

谭玉麟和兄长寒暄几句后，说，哥，上海被轰炸了，我把昆曲班子全撤到这里，这几位是我的同事，要随我在咱家栖身些日子。还有这两位是我在路上遇到的，也是从上海逃难至此的，在乌城举目无亲，我把她们带过来，也在咱家安身。

谭兄说没事，有空余房间，能住得下。这时谭妻和他们的女儿也从楼上下来了，一个喊玉麟啊，一个叫小叔。

谭玉麟叫着嫂子、紫钗，又对婉清说，这是我哥凤祥，我嫂子银娣，我侄女紫钗，他们都是和善之人，你别拘束，就当在自个儿家里。

婉清连忙拉着晓澜，向谭家人屈身作谢。银娣说不妨事，吩咐紫钗将婉清、晓澜领上了楼。

司机阿福和其他人将货车内的东西全搬进了屋。

谭紫钗齐耳短发，用一条湖蓝色的缎带箍住，面容姣好。她把婉清和晓澜领到了朝南的厢房，窗外就是清河。紫钗说，这间屋子以前是我住的，现在我常睡在学校里，平时难得回来住。

婉清对紫钗说，好妹妹，你看我们一来就给你们添这么多麻烦，我们真是过意不去，还害得你没地方睡了。

紫钗说，你们是我小叔的朋友，也就是我们一家的客人，我们岂有不好好招待之理。我是城东德仁小学的老师，学校里有几个住宿的学生，他们家的房子被日军烧毁了，爹娘也被日军残忍杀害了，我得常睡在学校里照料他们。你们有什么事，尽管找我娘。

这时，谭妻银娣抱着被褥上了楼，递给了婉清，说，你们一路劳顿也累了，早点休息吧。接着，和紫钗一起下了楼。

晓澜对婉清说，这一家真是好人啊，和俺们非亲非故，对俺们这样好，安排这样妥当，俺们真是遇见贵人了。

婉清说，晓澜，乱世中，人人都求自保，难得有这样的好心人，对我们施与援手，世上还是好人多啊，将来我们终要好好报答他们的。

谭家是一幢石库墙门三开间临河楼房。48号是它的边门，正门是52号，却不常开，平时都从48号边门进出。从52号正门进去是石板铺地的天井，过天井就是厅堂，厅堂的西侧是一间厢房，走进腰门是楼梯间，它的两侧是东西两间后厢房，谭玉麟的昆曲班人员就睡在底楼东、西两间，还有楼上一间后楼，谭家人住北面一间。临河的南面的后厢房就让婉清和晓澜住下。

第十二章　知音

清晨，婉清被一阵悠长清亮的声音弄醒，她凝神细听，原是昆曲唱腔。

她起床披了衣服，晓澜此刻还熟睡着。她推开了窗户，风已歇，清河两岸、桥上、民宅屋顶白皑皑一片，还有细细霰雪轻轻飘落。

昆曲声是从楼下的庭院里传出的，婉清听出是谭玉麟的声音。

　　　原来姹紫嫣红开遍，似这般都付与断井颓垣。良辰美景奈何天，赏心乐事谁家院！朝飞暮卷，云霞翠轩；雨丝风片，烟波画船。锦屏人忒看的这韶光贱。

婉清知道这段唱词，是《牡丹亭》杜丽娘的《皂罗袍》唱段，以前在老家周里，她常听昆曲，也会哼上几句。

婉清太喜欢这一折了，听得入神，下了楼，来到了庭院。谭玉麟穿着白衫，围着白巾，站在庭院一棵积满雪的蜡梅树下，手举折扇，投入地清唱着，唱得清亮婉转。婉清听得心也飘浮了起来。

这样过了好久，谭玉麟戛然而止，看见婉清在侧，他折拢纸扇说，不好意思，我把你吵醒了。

婉清说，谭师傅，哪里，我也刚起来。你唱得真好。

谭玉麟说，你也喜欢昆曲？多年的习惯了，清早我都要吊一吊嗓子，润润喉。

说完，谭玉麟俯身拿起茶杯，呷了口茶。

婉清说，我是周里人，从小听着昆曲长大的，像《玉簪记》《牡丹亭》《长生殿》《西厢记》《占花魁》《十五贯》《邯郸记》《桃花扇》，都是听得比较熟的。

谭玉麟说，我真是在这儿找到知音了，我也是从小迷恋昆曲，才违背家兄，年轻时去昆山学昆曲的，学成后，去上海投奔昆剧团，后来自己组建了昆曲班子，在静安区搭台演出。班子里的老吴、老李跟随我多年，小陈、小谢是前几年加入的。乱世不求别的，混口饭吃罢了。

婉清说，谭师傅刚才唱的是闺门旦吧？

谭玉麟说，你真是内行啊，一听就听出来了。是的，昆曲中旦、生、净、丑角，我主攻旦角中的闺门旦，像老旦、正旦、刺杀旦、贴旦、武旦也有涉及。小陈是唱生角的，小谢是净、丑角，老吴吹曲笛、笙、箫、唢呐，老李弹三弦、琵琶，小小一个昆曲班，真是麻雀虽小，五脏俱全啊，哈哈。待会儿，我把昆曲班成员向你好好做一介绍。

吃早饭的时候，婉清正式认识了昆曲班的成员，唱生角的陈璧秋和唱净、丑角的谢耀熙都是二十出头的青年，吴殿英、李燮元是五十开外的中年人。婉清一听都是昆山口音，吴殿英还是周里人。他乡偶遇故乡人，倍感亲切。很快，都熟稔了。吃过早饭，昆曲班子操练了起来，唢呐、三弦、琵琶声在庭院里响起。

银娣隔夜浸了蚕豆，在灶壁间剥豆，婉清闲来无事，帮银娣忙。晓澜好奇地在庭院里听昆曲班练唱。银娣对婉清说，早些年紫钗她爹基本上和玉麟断了来往，爹娘死得早，是紫钗她爹拉扯玉麟长大的，他们兄弟年龄相差十三岁。凤祥的本意是想让玉麟好好念书，求取功名，光宗耀祖，但自从昆曲班来清河演出后，还尚年幼的玉麟就迷恋上了昆曲，不顾兄长反对，执意弃学去昆山学艺。凤祥气不过，要和玉麟断绝兄弟关系，硬生生被我拦下了。玉麟在外闯荡多年，三十几的人了，至今未娶妻生子。紫钗她爹也想通了，当初想让玉麟求取功名，但现在这世道，保安队汉奸和日本鬼子勾结在一起，作威作福，残害老百姓，就算当了官，也是做汉奸。虽然唱昆曲地位卑微，但紫钗她爹自己也是拉黄包车的，都自食其力，没丢谭家的脸面。他想想自个儿，气也就顺畅了，唯愿玉麟在外头少受些苦。现在玉麟从外头回来了，总算让我们悬着的心放下了。

银娣炒蚕豆，婉清帮她烧火，油烟味冒起，婉清闻到立刻反胃，急忙跑出去，在墙角干呕起来。银娣连忙跑出去扶住婉清，帮婉清捶背、揉心窝。

银娣看出婉清的异样，说，婉清，我看你的样子和我当年怀紫钗时有点相像，闻到油烟味，也是干呕不止，莫非你怀有身孕了？

婉清气还没缓过来，突然握住银娣的手说，什么——婶，我怀孕了？这怎么可能？怎么可能？

银娣说，你别紧张，我也没有十足的把握，要不我去叫个郎中来，给你号号脉。

婉清惴惴不安起来。郎中来了，给婉清号了脉，证实了银娣的说法，并对婉清说，你血虚，需要静养，不能伤神。

郎中一走，婉清就蒙上被子抽泣起来，晓澜不解，一味地追问太太你怎么了。

银娣端上热水，坐在床沿，说，婉清，怀孕是好事，你为什么这样伤心？你有什么心事，跟婶子交交心吧，我也好替你拿拿主意。

晓澜从银娣口中听到怀孕二字，惊诧不已，说，太太，你怀孕了，真的吗？

婉清掀开被子，扑入银娣的怀里，抽噎得更急了。许久，婉清才抽抽噎噎地缓了下来，将自己的不幸事和银娣交了实底。

银娣说，婉清，你也真是苦命人啊，一个妇道人家，经历这么多磨难。你男人离你而去时，也定然不知你已怀有身孕。事到如今，你只能看开，走一步算一步了，这肚子里的孩子，你自个儿拿主意吧，按理说，孩子也是无辜的唉。

婉清说，婶，你看我该怎么办啊？几年里，一直想怀孕都怀不上，夫妻老为这不睦。现在物是人非，却突然怀了孕。我身边只有晓澜一个人，她还小不懂，我也只能和你商量了。即使把孩子生下来，也没有爹，与其把他生出来受苦，还不如——

银娣说，想来一切都是天意。你老家不是周里吗？依我看，你先和家里人书信一封，把眼下的情形和你爹娘说说，让他们帮你出出主意。婶子我毕竟是外人哪，也不好给你乱出主意。

婉清坚决地摇了摇头，说，我此番逃离上海，不回老家周里，就是不想让爹娘知道我眼下的情形。父母年老体弱，经不起我和丈夫已成陌路的噩耗了，我不想让他们为我伤心、伤神。我自个儿酿的苦酒自个儿喝。

银娣说，难得你一番孝心和苦心，眼下你别胡思乱想，伤心伤神，缓缓再说，缓缓再说，你先睡下。

银娣为婉清的声誉负责，没告诉其他任何人。她眉宇紧锁，思忖着如何给婉清想个好法子，渡过眼下这个难关。

谭玉麟出门，四处忙碌寻找可以搭台演出的地方。凤祥说悦来茶馆是个好地方，早几天还有周里评弹演出呢。谭玉麟实地看了几次，和茶馆老板沟通后，决定几日后正式演出。

第十三章　云水

　　几天后，昆曲班子的所有家当搬离了谭宅，白天、夜间都在悦来茶馆演出，演出的曲目是乌城人熟悉的《牡丹亭》《玉簪记》《长生殿》《西厢记》《占花魁》《十五贯》。谭玉麟带妆演出，精湛的演出，再加上乡亲们都认识他，场场爆满。长久担惊受怕的乡亲们暂时忘却了日军的封锁，卸下了惶恐。来喝茶捧场的人多了，茶馆老板也眉开眼笑、乐见其成。

　　谭玉麟几次邀请婉清到茶馆观看，但婉清连着几日足不出房，他好生奇怪。银娣轻声对玉麟说婉清得了病，是旅途劳顿所致，让她好好静养休息，玉麟也就不再勉强，倒是晓澜时不时地去茶馆看戏，回来和婉清绘声绘色地描述昆曲的唱腔，还眼神一勾，翘起兰花指，甩起了水袖。婉清被晓澜笨拙的姿势逗笑了。

　　银娣餐餐给婉清送上楼，还买来母鸡，炖了鸡汤，给她补身子，细心照料她。婉清脸上渐渐恢复了红润，多日的细心照顾，让婉清不好意思起来。

　　银娣说，婉清，城南郊外有座云雀庵，那儿的观世音菩萨很灵验，香火很旺盛。你身子好些后，婶子陪你去烧烧香、许许愿，让菩萨好生保佑你，不要再这样多灾多难。我经常给庵里供养些柴火、米菜，和庵里的静尘师太也很熟稔，她会好好点拨、开导你，能为你拨云见日的。

　　婉清说，婶，你我非亲非故，难得你为我考虑得如此周到，大恩不言谢，我听你的便是了。

　　夜晚，婉清辗转难眠，她想到了娘，已经很久没见到娘了。在她十岁时，娘就已经出家，去了水月庵，带发修行，后削发为尼。她曾经跟随爹，去过一次水月庵，穿着僧袍的娘，跪在蒲团上，虔诚地敲打木鱼、念诵经文。她那时有点胆怯，不敢扑到娘的怀里，再叫几声娘。娘那时已经取法号慧因，正式剃度皈依佛门了，从此青灯古佛。她感觉光了头的娘是那么陌生，和她相隔好远好远，让她心生畏惧，这已经不是过去那个喜欢刺绣的娘亲了。此后，她没有再去过水月庵，娘的身影在她心里渐渐模糊不清了。

几日斋戒后的一天清晨，银娣带着婉清，带着供奉佛的礼品，去了城南外的云雀庵。

城外一片萧瑟，苍黄的天底下，两三个破败的荒村横在田野的垄坡上，几株早已枯秃的榆树、乌桕树孤寂地站立着。这时一只乌鸦从树枝间的鸟巢里飞了出来，嘶哑地叫了几声，留下凄远的声音。这里俨然到了郊外的乡村了，此刻，寒风夹着霰雪凛冽刮起，天色霎时阴晦下来，两人加快了脚步。

绕过一片树林，云雀庵的黑瓦黄墙显露了出来。婉清站在云雀庵的朱漆大门前，脑海中倏然闪过远离红尘、遁入空门的想法。

跨入庵堂，香烟缭绕，供桌上的松油灯散发着柔和的亮光，鎏金的观世音造像坐在莲花佛龛之上，细唇微闭，慈眉善目，平视东方，神态安详。

银娣拉着婉清在蒲团上叩拜起来，婉清看见佛龛后两个穿着厚厚僧袍的年轻尼姑在清扫着香烛，神态平和，看不出一丝表情。其中一个对婉清说，施主来这么早，是要求签吗？

银娣说，我们在等静尘师太。

师太正在内室做早课。

婉清在佛堂里慢慢松弛下来，渐渐卸下了连日来的纠结和惶恐。

少顷，一位苍老的师太走入佛堂，捻了捻佛珠，低声吟诵了下。

银娣叫了声静尘师太，老师太向她俩微微点了点头说，银娣施主好早啊。

静尘师太在佛舍友好地接待了婉清和银娣，仔细听了银娣的来意，听到婉清的不幸遭遇，静尘师太时不时地默念阿弥陀佛。

婉清不时地拭泪，静尘师太对她说，女施主，凡所有相，皆是虚妄，我这儿有本多年参禅悟道收集的《云水禅心集》，赠予施主，你拿回去好好研读，再回来和我聊聊心得，可好？

婉清接过书，拜谢了静尘师太。

回来后，翻开《云水禅心集》，一股奇妙的檀香味袅袅而出，扑鼻而来，和室内的碧螺香缠绕在一起，婉清突然有种醒脑开窍的感觉。

每页上是一句句通俗易懂的禅语，婉清静静研读起来。

她向紫钗借了毛笔、砚台、纸，细细研磨，将关键几句誊写下来。

婉清读了又写，写了又读，领悟禅意时，脑海里浮现自己的种种经历，回想起自己很小时，算命先生道出她一生命运多舛，迫使母女分离，之后和萧志卿在一起，直至分离，颠沛流离到此，曾经万念俱灰，形容枯槁，现有禅语让自己开了窍。她悟到了人世间一切苦厄的源头，是自己的内心不够恬静、释然，纠结于一些虚妄之事。她打开紫檀木盒，再次看到盒内的物件时，已平和许多。

银娣也看出了婉清的变化，看到她气色好转，悬着的心也渐渐放下了。

半月后，婉清和银娣重入云雀庵。静尘师太对婉清说，施主此番来，和前次相比，气韵大有改观。施主是有慧根的人，悟性高，佛助芸芸众生，只要施主看破人世间一些虚妄之事，自然会逢凶化吉的。贫尼再送你一串紫檀佛珠。

婉清双掌合十，跪谢了师太，说，多谢师太慈航普度，我有一疑问，这本书师太为何命名为《云水禅心集》呢？

静尘师太颔首微笑道，《云水禅心》原本是北宋年间的一首曲子，流传甚广。相传石景山浮萍庵中有一位女尼，法号禅心。她悟性颇高，蕙质天生，其师父甚为喜爱，师父圆寂后，禅心便是庵中师太。不久，庵中来了一个远游的道士，道号"云水真人"。本说是到庵中借宿，但一住就是一年余，毫无还意。日里则与禅心师太切磋古琴技艺，夜里则观赏星辰。两人共同创作了古琴曲《云水禅心》。久而久之，就有人说起闲话。被逼无奈，云水真人向禅心师太辞行。禅心远送十六里，也终须一别。禅心折柳相赠，云水奏曲辞别。

那后来呢？婉清追问。

静尘师太默念了一声阿弥陀佛后，道，禅心迫于佛门女尼之戒，洒泪为云水送行。传说后来禅心郁郁而终，英年早逝。病危之际，在古琴上拨出了《云水禅心》的第一个音符。手一垂，圆寂了。静尘师太说完，脸上掠过一丝难得的哀戚之色。

啊——婉清哀叹了声，再无言语。

婉清再次磕头谢过，走出云雀庵时，有一股说不出的滋味。渐渐地，天地慢慢在眼前舒展开了。很多年以后，婉清回想起自己身陷困境的时候能够坚强地熬过来，达观面对人世间诸般起起落落、悲欢离合，与受静尘师太点化、积累了淳厚的处世态度是分不开的。有时候，她恍惚觉得，静尘师太似乎就是自己那个娘，娘在水月庵里，不也是这样点化前来求解的施主的吗？

她决定不管如何，都要将孩子好好生下来。银娣欣慰了，对婉清说，除夕再过十来天就到了，婉清你和我们一起过年守岁吧。战乱纷飞，饥馑之年，老百姓再担惊受怕也得过年啊。

婉清说，婶，我真过意不去，我们净给你添麻烦，乱世中，难得遇到你们这样的好人了，你和静尘师太一样为人宽宏。

银娣说，婉清，大家身逢乱世，能拉一把是一把。人这一辈子，不知道要遇到多少沟沟坎坎，一个闪失，就会跌高摔重。我虽然斗大的字不识一个，但我也是这样教育紫钗的，做人要一心为善。其实佛门中人也是芸芸众生的一员，也是慢慢顿悟的，你是不知静尘师太入庵前也有过纠结之事的。

婉清说，静尘师太？她难道是逃离红尘劫难才入庵落发为尼的？

银娣说，是啊，婉清，我也是听我娘说的。静尘师太是扬州人，出家前叫静娴，是大户人家的千金小姐，她抗拒家人包办的不美满婚姻，和心上人约好深夜私奔，却不料被父母察觉了。她深夜逃出门，就被家人盯上，家奴紧追不舍，心上人为了掩护她，出城前跟她说好往两个方向跑，约好次日清早在瓜洲渡口相见登船。心上人为了牵制住家奴不幸被擒，带回去被家奴痛打，逼问静娴的下落，但他就是咬牙不说，乱棍之下被打死了。可怜静娴在渡口守了一夜，一直等啊等，到第二天日上三竿，心上人仍没出现。她在渡口一直等了三天三夜，没等来心上人，却等来自己的爹娘和家奴，要捆绑她回去。从父母口中得知心上人已经死去，她痛不欲生，挣脱了家奴，跳入了江里。江水滚滚，静娴大难不死，被江面上路过的船夫搭救，才保了一命。她醒来后万念俱灰，一路往南行，最后来到了乌城，在云雀庵削发遁入空门了。

银娣说完，眼眶湿润了。

婉清也早已泪水涔涔，她恍然明白静尘师太为什么用"云水禅心"命名了。

第十四章　满江红

银娣拿出针线笸箩，给谭玉麟缝补长衫。婉清说，婶，我来帮你吧。银娣慈蔼地说，婉清，这个你也会？紫钗可一点女红也不会啊，我把她宠坏了。

婉清说，以前在老家时，一直学做女红，也慢慢学会了做旗袍。银娣说，婉清你的手可真巧啊，真是难得。

玉麟一件长衫破了一个口子，银娣无论如何缝补，都很明显，交给婉清。婉清买回丝线，不到黄昏，就在长衫上绣出几片清秀的幽兰，令银娣夸赞不绝。玉麟回来，看到长衫上的兰花，十分欣喜，说婉清真是神来之笔，化腐朽为神奇啊。

婉清自觉一路逃难，合身的衣服没一件带出来，于是去当铺当了为数不多的几件首饰，买来布匹，给银娣、紫钗、自己、晓澜做了旗袍，还给凤祥、玉麟兄弟俩做起了冬天御寒穿的棉袍。谭家推脱，执意拿钱给婉清，婉清假意以搬离谭宅作抗，谭家只好收下了。

谭紫钗每每从学校回来，总说起学校里的境况，说日本鬼子、保安队经常来骚扰，住宿的孩子整日担惊受怕，吃得也很差，快过年了，衣服仍旧穿得很单薄，冻得瑟瑟发抖。

婉清对谭紫钗说，紫钗妹妹，我明早和你一起去德仁小学，给住宿的孩子量量尺寸，给他们缝几件过冬衣裳御寒，过年了，穿得暖和些。

谭紫钗说，婉清姐，你身子弱，住宿孩子有十几个，你这样劳顿，身子会吃不消的呀。

婉清说，那些孤儿，父母都被日军杀死了，无依无靠，怪可怜的，我不妨事的。

谭玉麟得知婉清给孤儿缝制衣裳，需要一大笔买布钱，就慷慨地拿出钱来资助她。

第二天清早，谭紫钗带着婉清来到了城东的德仁小学。说是小学，其实是一幢废弃的二层修道院。谭紫钗向校长顾少武说明来意，顾校长十分感激。婉清走入孩子们睡觉的地方，看着十几个冻得流鼻涕、挤在破旧棉絮被下的孩子，眼眶湿润了。谭紫钗叫孩子们穿好衣服，排队让婉清量尺寸，她则在一边记录。

这时不住校的学生们也来了，簇拥在宿舍门口，看热闹。

不一会儿，紫钗离去，留下婉清一个人在宿舍。

所有学生上了楼，集中到二楼一间宽敞的大教室内。婉清好奇地上了楼，看个究竟，从窗外看到教室前壁悬挂着孙中山先生的遗像。谭紫钗在讲台前宣布纪念会开始，全体师生肃立，齐声背诵孙中山先生的遗训。婉清听清他们齐声朗读的是孙中山先生的三民主义——"民主、民权、民生"，接着校长挥着拳头轻声喊着"革命尚未成功，同志仍须努力""打倒日本帝国主义"的口号，师生们于是也轻声喊着。

会议解散，谭紫钗取下孙中山像，折叠好，出来看见婉清，对婉清说，今天是周一，是我们每周例行纪念孙中山先生的短暂集会，为的是让全体师生铭记，即使处在日本帝国主义的血腥统治下，也不能忘却孙中山先生的遗愿，誓死抗争到底，深信光明就在前方。

谭紫钗走入教室，给学生们朗读起了南宋岳飞的《满江红·写怀》：

怒发冲冠，凭栏处、潇潇雨歇。抬望眼、仰天长啸，壮怀激烈。三十功名尘与土，八千里路云和月。莫等闲、白了少年头，空悲切。

靖康耻，犹未雪。臣子恨，何时灭。驾长车，踏破贺兰山缺。壮志饥餐胡虏肉，笑谈渴饮匈奴血。待从头、收拾旧山河，朝天阙。

谭紫钗铿锵有力的朗读声，激荡着婉清的心。回去的路上，她的耳畔犹响着，铿锵激昂。她熬夜赶制衣裳，银娣、晓澜在一旁帮忙。谭玉麟回来得很晚，天天加场演出。

十几件过冬衣裳缝制完后，婉清和晓澜一起拿到学校里去。在校门口，她们遇到几个保安队人员和日本兵从校内走出来，他们盘问起婉清来。婉清说是给住宿的孩子做衣裳的。日军头头说，哟西，花姑娘的有。保安队长说皇军，花姑娘的良民的，良心大大的好，一边催促婉清赶快进去。

婉清和晓澜吓出了冷汗，手心里的汗濡湿了好大一块衣裳。

婉清对谭紫钗说，这里经常有鬼子来吧，让人提心吊胆的，你们在这教学可真不安全哪。

谭紫钗说，也习惯了，现在国内半壁江山已遭日军铁蹄践踏，哪里没有汉奸、走狗在助纣为虐。老百姓成天担惊受怕也总得过日子。前几日日本鬼子来找过校长，逼迫校长开设日语课，现已经送来一个日本和尚了，要给学生们灌输日语。校长知道这是日军在沦陷区推行奴化教育，抵抗也是徒劳。

这时婉清从隔壁教室里听到日语声，她怯怯地凑近，看见讲台上站着一个瘦小的日本和尚，在黑板上写着类似汉字偏旁的日本文字，学生们听课很不认真，上课时交头接耳，小动作很多。日本和尚用粉笔头扔向学生的头部，维持课堂秩序，但教室气氛稍好一下后，下面又乱开了，学生们乱扔纸飞机，在教室里跑来跑去，日本和尚恼羞成怒，叽里呱啦地乱喊一阵，也无济于事。

婉清在教室外看得差点儿笑出声。

谭紫钗说，学生们也知道这是奴化教育，所以故意不配合，捣蛋，我们也暗中鼓动学生们的抵触情绪。

下课后，谭紫钗给住宿的学生分发冬衣。学生们看到新衣裳，迫不及待地脱下旧衣穿了起来，件件都很合身。顾校长又替学生们感谢了婉清一番。婉清说，你们在这样的严峻形势下还不忘抗争，教学生们做人、爱国的道理，我这一点点微薄之举又算得了什么。

夏婉清的妊娠反应越来越重，只好待在楼上，做些轻便的缝纫活，修补衣裳。

除夕白天，天阴暗、湿冷，风雪呼啸着，街上少有行人购置年货，早早闭户在家，少有人家在大门、窗户上贴春联、窗花。日本兵和保安队集结几队，挨家挨户搜刮民脂，掏只鸡，掳只鸭，索要几个银圆，说年关到了，收取来年的保护费。市民敢怒不敢言，为了吃顿安稳年夜饭，也只好交物花钱消灾。

谭凤祥吩咐银娣准备了几只鸡给保安队，带头的说，这点哪能够？你们宅里这么多人，屋子这么大，起码再弄几个银圆。凤祥欲要争执，玉麟急忙掏出银圆给了日本兵，及时息事宁人了事。

吃年夜饭时，凤祥还在痛骂着走狗、汉奸，银娣说，好了，好了，今年的年夜饭不同往常，玉麟终于回来和我们团聚了，咱家又多了好多客人，大家就当这里是自己家，美美满满地吃顿团圆饭。

谭紫钗留在学校里，和学生们一起挖荠菜，再剁碎了，拌入肉末，擀了面皮，一起包饺子，师生们一起吃了顿年夜饭。昆曲班的吴殿英、李燮元，用浓重的昆山口音，给谭家人敬酒，说了一番新年祝词。接着是陈璧秋和谢耀熙两位年轻人，也说了几句吉利的话，希望这多灾多难的世道早点儿过去，老百姓能尽早过上太平、安康的日子。婉清也举起酒杯，敬桌上的每一个人，特意感谢谭玉麟危难之时挺身相助，感激谭家人的仁义和慷慨。谭玉麟说婉清人好手也巧，做的衣服相当贴身。桌上的人就一起夸起婉清来，婉清霎时羞红了脸。

年夜饭后，婉清帮银娣收拾碗筷，银娣推辞了几句，说，婉清，想周里的爹娘了吗？

婉清眼泪簌簌落了下来，说，是啊，很想爹娘，他们年纪大了，身体又不好。不晓得他们今晚是如何过年的，吃好了年夜饭没有。

银娣说，难为你了，婉清。等过些日子，就回去看看他们。实在不便，就写封信，给家里人报个平安。

婉清说，往年除夕，我们不回周里，也是从上海打个电话回去，给家人拜个年的，这次突然发生了变故，爹娘知道上海沦陷遭轰炸，我又音信全无，生死未卜，肯定急死了。我想联系他们，但又怕他们知道我如今孤苦无依而伤心难过。我真是左右为难哪。

银娣把婉清搂在怀里，说，别哭了，凡事想开些，既然走到这一步了，就好好想想以后的日子，眼光放长远些，天无绝人之路，一切都会慢慢好起来的。

婉清点了点头。

谭玉麟和昆曲班的陈璧秋、谢耀熙吃好晚饭，拿着银娣准备好的食物，一起去德仁小学探望住宿的学生和老师们。

他们三人给学校的师生们表演了昆曲《精忠记》，唱的是南宋抗金名将岳飞的故事。岳飞率军抗击金兵，乘胜进军之际，丞相秦桧与金人暗中勾结，矫旨以十二道金牌宣召，召回岳飞父子等人，投于狱中。秦桧又与其妻王氏在东窗下定计，将岳飞害死于风波亭。岳飞死后在冥间与秦桧对簿公堂，宋室追谥岳飞武穆，后又追谥忠武，封鄂王。

三人精湛的表演引得师生们群情激昂，一起喊着誓死不做亡国奴。室外天寒地冻，室内却暖意融融，像涌动着春潮。

除夕的乌城之夜，没有爆竹声，死气沉沉般毫无声息。婉清推开南窗，风小了，静谧的清河上细雪簌簌，发出细切的沙沙声，心底生出一阵又一阵悲酸。这时一艘乌篷船缓缓驶过，篷顶被裹上了一层厚实的积雪，鱼舱里隐约闪出一点点红红渔火，在如墨的夜色里，给人稍许温暖。

一只夜行鸟在河对岸的黄桦树上啼啭几声，留下凄清悠远的余音，又迅即往远处飞去了。婉清恍惚着，人渐渐浮在怅然之上，悲怆之下。

这时晓澜说，太太，你在看什么？外面下雪，好冷啊，别站太久，小心着凉了。

婉清说，我在想，乱世之中，祸福真是难料啊，去年的今日，我们还在上海，日子还算安稳。一年时间，物是人非了。我们担惊受怕，颠沛流离至此，偏居这个小城，寄人篱下，守着这片寂寞夜色过了这个除夕。

晓澜说，是啊，太太，世事就是这般难料，你是不是想先生了？

婉清说，我与他天涯永隔，不会再想他了，每个人的路都是自己挑选的。生逢乱世，曲终人散，怨天尤人也没用。静尘师太说得没错，人世间你所看到的，未必都是真实的，人之所以痛苦，在于追求错误的东西，你什么时候放下了，什么时候就没有烦恼。现如今，能够苟且偷生，度过每一天，就是一种福气了，多少人在今天已经成了残废，多少人在今天已经失去了自由，多少人在今天已经见不到明日的太阳，多少人在今天已是家破人亡啊。

说完，两人紧紧搂着，临窗守望外面细雪漾漾的清河，心情慢慢舒朗起来。婉清对晓澜说，往后我们就以姐妹相称吧，无论今后怎样，谁也不能拆散我们。这让晓澜温暖了好一阵子。

半夜，婉清辗转难眠，孤冷似一条蛰伏着的水蛇，在夜阑人静时爬上床，啃噬着清寂的心。她抚摸了下肚子，感觉到细微的胎动，她心想自己并不孤单。晓澜问她有没有再想起先生，她说了谎，夜深人静时，她极力想忘掉的，却总是突破内心那道防线，旁若无人地闯了进来。肚子里这块血肉，就是两人的关联所在，不是说断就断得了的。

她起身披衣，点燃烛台，翻阅起前几日从紫钗那儿借来的书籍，有唐诗、宋词、元曲，也有《京华烟云》《金粉世家》《啼笑因缘》《呐喊》《彷徨》。她翻开了《宋词声声慢》，读到唐末五代韦庄的《菩萨蛮·人人尽说江南好》，她停住了，这首词借写江南之景，抒发对乱世漂泊之苦的感慨。婉清感觉这首词很贴合她目前的心境，于是用毛笔誊写下来，喃喃地反复吟读：

　　人人尽说江南好，游人只合江南老。春水碧于天，画船听雨眠。垆边人似月，皓腕凝霜雪。未老莫还乡，还乡须断肠。

她想一千多年前的韦庄写这首词时的心境大抵和她差不多吧。

第十五章　悦来茶馆

民国二十七年的农历新年无声无息地过去了，日子波澜不惊地继续着。

元宵刚过，乌城时不时地又响起炮弹声，日军加紧对沦陷区的血腥统治，保安队配合日军，搜刮民脂民膏，烧杀掳掠屡屡发生。老百姓民不聊生，怨声载道，但也无可奈何，乡下饥饿难民一拨又一拨涌入城里，东躲西藏着，惶惶不可终日。

一天下午，晓澜从外面慌慌张张地跑回来，说不好了，出大事了。银娣连忙追问出什么事了，婉清听到晓澜的声音，也急切地下了楼。

晓澜说，日本鬼子包围了悦来茶馆，驱散了茶客，现在把谭师傅和其他成员扣留了，说要带回日本军部。

银娣一急，差点儿跌倒。婉清急忙搀住她，对晓澜说，晓澜，你别急，慢慢说，到底出什么乱子了，谭师傅他们在茶馆演出一向好好的，保护费也交足了，怎么就出乱子了？

晓澜急出了汗，结结巴巴地说不出来。

这时谭凤祥也拉着黄包车回来了，一看到银娣，就直拍大腿，哭着说，我这个弟弟出大事了，这下可如何是好？日本鬼子把整个茶馆包围了，要扣留玉麟哪。

银娣拉住凤祥的手，说，日本鬼子还要不要让老百姓过几天消停日子了，怎么唱昆曲就犯事啊？

晓澜这时说，俺只顾回来通风报信，也没弄清楚到底怎么回事，俺再出去打探一下风声。

婉清连忙关照晓澜注意安全。

一盏茶工夫后，晓澜和谭玉麟他们一起回来了。

谭凤祥急忙拉住谭玉麟说，玉麟，那帮狗日的，没把你扣留去吗？

谭玉麟说，哥，他们没有扣留我。

银娣焦灼地说，玉麟，听晓澜说，他们封锁了茶馆，驱赶了茶客，是不是不让你登台唱昆曲了？

谭玉麟说，保安队长庞炳钦替日本军部传话，叫我进军部，给日军司令官唱昆曲。如果我不答应，就不允许我在城内再登台。

弹三弦的李燮元说，要是给日本鬼子唱戏，就是变节辱国。虽然戏子历来是下九流，没让人瞧得起过，但我们自个儿不能作践自个儿，活着就为一个气节，要是丧失了气节，和走兽有何区别？弦拉不准了，戏也就变调了。我李燮元第一个不做丧节辱国之人。

这时昆曲班的陈璧秋、谢耀熙、吴殿英也纷纷应和，誓不屈从日军的淫威。

谭凤祥这时语重心长地说道，玉麟，这几位师傅说得在理，我们谭家，世代家规严谨，谭家子嗣从不做败坏门风之事，我们就算饿死，也不做亡国奴。不唱昆曲，咱就待在家里，绝不能和汉奸沆瀣一气，在日本鬼子面前苟且偷生。

谭玉麟说，我感谢各位深明大义，也感谢哥嫂对我的体恤，我净给你们添麻烦了。我玉麟是顶天立地的汉子，绝不和那帮蝇营狗苟同流合污。

银娣说，好了，好了，一家人就不说两家话了，以后大家多多团结，一起渡过难关。

谭玉麟为避风头，足不出户，悦来茶馆频遭骚扰，也歇了业。

庞炳钦带着几个日本兵登门，和谭玉麟谈去军部唱戏，被谭家人严词拒绝。

李燮元愤懑地说，庞队长，你甘心给日本人做汉奸，凡事可得给自己留条后路啊，不要恶事做尽，自断了退路。

庞炳钦恼羞成怒，涨红着脸，接着硬挤出笑脸说，识时务者为俊杰，现在大日本皇军与民亲善，叫谭玉麟师傅进军部唱昆曲，也是看重我华夏之国粹，将来经日本人宣扬，昆曲在日本遍地开花也是迟早的事，难道这不是一件好事吗？军部武藤津一郎司令刚从南京过来，是个昆曲迷，迷恋昆曲多年，听说在乌城也能听到昆曲，十分开怀，遂差我来请谭师傅前去表演。我想这只是艺术层面的深入切磋，你们不必担心谭师傅的安全，这我庞某可以保证。

谭玉麟说，多谢庞先生美意，只是仁者见仁，智者见智，我心意已决，你请回吧。

庞炳钦脸上挂不住了，临走前说，我庞某卑微，请不动谭师傅的大驾，自会有人请得动的，太君可没我庞某这么有耐性。

庞炳钦和日本兵一众人走后，大家直唾骂庞炳钦这个大汉奸、大走狗，良知被狗吃了。乌城出了这么一个为虎作伥的败类，真是蒙羞受辱。

晚上昆曲班成员坐在一起商议出路，吴殿英说日本军部是冲着玉麟来的，还是出去避避风头，这得到了谭家其他人的一致同意。

谭玉麟思忖了下，说，日本军部将枪头对准我，我不去，他们肯定不会善罢甘休，要是我躲避起来，他们心狠手辣，定会对你们下毒手，逼迫你们交出人为止。我想躲避不是办法，既来之，则安之，只要我据理力争，誓不低头，嘴在我身上，不轻易就范，他们也拿我没辙。

众人商量到后半夜，也商量不出一个好主意。婉清和晓澜只能在一边静静听，也不好插话。

次日，庞炳钦带着日本军部一众几十人包围了谭宅，强行将谭玉麟掳去。临走前，庞炳钦说，你们敬酒不吃吃罚酒，敢在太岁头上负隅顽抗，皇军只好来硬的了。

谭玉麟被掳进了城南的日本军部，司令官武藤津一郎穿着和服，席地坐在一间茶室中，置了茶碗，示意谭玉麟席地就座，给他倒了杯清茶，说，谭师傅，久仰你的大名，今日一见，果然气宇轩昂，风度不凡哪。

谭玉麟没有接话，缓缓扫视了下茶室，看到墙壁上挂着一面日本的太阳旗，上书"武运长久"四个黑字，还有一幅昭和天皇裕仁的画像。

武藤津一郎继续说，我是一个中国通，酷爱中国传统文化，对京剧、昆曲尤为痴迷。我知道北方人喜欢听京剧，江南人喜欢听昆曲，水磨调，相比京剧，昆曲软糯糯，显得清丽柔婉、细腻抒情。贵国的昆曲是元朝末年顾坚在江苏昆山所创的，明代嘉靖年间，由魏良辅吸收海盐腔、弋阳腔的音乐给予加工提高。我早年驻扎南京时曾着便装在戏楼听过昆曲大师俞振飞的《游园惊梦》《太白醉写》《雷峰塔·断桥》《玉簪记·琴挑》，一直回味无穷哪。今日在江南小城乌城，居然能偶遇昆曲，实乃三生有幸啊。我知道谭师傅也知艺术是不分国界的，今日冒昧请谭师傅来，多多包涵，还望成全。

谭玉麟倒抽一口凉气，想不到一个日本武将，居然对中国的昆曲了如指掌，真是不可小觑啊。

他气定神闲地说，武藤将军，我相信你是一个真正喜欢中国艺术的人，但在这样的情形之下，你想我有这个雅兴和你交流昆曲文化吗？如今你们的铁蹄早已肆意践踏我中华国土，烧杀掳掠，无恶不作，所到之处，饿殍遍野，民不聊生。我真希望你放下屠刀，真正做一位有助于中日文化交流之人，而不是屠杀我同胞的刽子手。你真正放下屠刀时，我自然乐意与您交流昆曲文化。

武藤津一郎被谭玉麟说得无言以对，命人将玉麟软禁了起来。

庞炳钦不断给谭玉麟施加压力，送上的饭菜玉麟一概不碰，庞炳钦无计可施之时，身边的士兵给他出了计谋。

谭宅里此时乱作一团，银娣整日泪水潸然，婉清不住地宽慰她，说日本人看重谭师傅的技艺，一时半会儿不会对他下毒手的。银娣说，日本人都是杀人不眨眼的恶魔，凡是被掳进军部的，没有留活口的。谭凤祥就发起了牢骚道，我早就叫我那个弟弟不要学昆曲，这下好了，还是捅出了娄子，栽在这上面，唉，事到如今，发牢骚也没用了。

谭紫钗得知小叔被抓，也急得不得了，赶回家中，和昆曲班的成员商量营救玉麟。但大家商量来商量去，人微力薄，仍旧一筹莫展，毫无头绪。

屋漏偏遭连夜雨，谭家祸不单行，顾校长有一天清早火急火燎地赶到谭宅，说谭老师被日本兵抓去了，放出话来说谭老师蛊惑学生捣乱不学日语，破坏日军中日亲善政策。

银娣两眼一黑，立刻晕厥过去。谢耀熙对顾校长说，日本兵得知谭紫钗老师是谭师傅的侄女，找借口抓走她，肯定是给谭师傅施加压力，逼他妥协啊。

顾校长说，谭老师独独被抓去，我就料到和谭师傅有关系。我们该怎么办才好啊，谭老师长得这么清秀，落入日本人之手，肯定要遭摧残、凌辱的啊。

谭凤祥这时发狂了，从灶壁间抄起菜刀嚷嚷着要和日本人拼命，被陈璧秋拦腰抱住，说，谭叔，千万不能再轻举妄动，枉送了性命，总会有办法的。

谭凤祥说，日本鬼子杀人如麻，和他们讲理是痴心妄想啊。紫钗和玉麟在敌人手里，要是有个三长两短，我们一家算是毁了。

婉清焦虑地对凤祥说，谭叔，你缓缓气，正因为日本鬼子杀人不眨眼，我们才更要冷静对待，现在玉麟师傅肯定知道紫钗也被掳进军部了，他肯定也在想办法救紫钗。日本人就是要逼玉麟师傅就范，给他们唱昆曲，万不得已，玉麟师傅也只得适当低一下头了。

谭凤祥默不作声，吴殿英也接着说，事到如今，我们和日本人硬碰硬，肯定吃亏，人落在他们手里，也只能低一下头了，保命要紧，就是不晓得玉麟他是怎么想的。

李燮元这时插话说，那按你们的意思，玉麟就要屈服变节，给日本人唱昆曲了？难道一个人的身死比气节还重要吗？要是国人都这样变节保命，独善其身，那国将不国了。

陈璧秋说，李师傅，气节固然重要，但人的生命也很宝贵啊，无谓的牺牲，家破人亡，换来卑微的气节，值得吗？

谢耀熙也支持陈璧秋的主张，事到如今，日军当道，只能忍气吞声保命。

大家意见相左，争吵不休，也捋不清头绪。

日本军部里，谭玉麟也同样经受着有生以来最大的考验。日本兵将谭紫钗带到囚禁他的房间里，他惊愕于日本人用计之歹毒，也终于领教了庞炳钦的卑劣手段。

谭玉麟扶着紫钗说，紫钗，你怎么也被掳进来了，他们没怎么着你吧？

谭紫钗说，叔，他们把我掳进来，明着是叫我好好劝说你给日本人唱昆曲，实乃给你施压，逼你就范。你不能因顾念我的安危而中了他们的圈套啊。如果连你也被逼就范了，那外面的人怎么看我们谭家人，我们谭家人如何在乌城立足，会永世被他们指指点点，唾骂为汉奸的啊。

谭玉麟说，紫钗侄女，叔真没用，我要是不回来投奔你们，就不会连累到你了。我害得咱一家不得安宁啊。

谭紫钗说，叔，我们本来就是一家人，不要说这样见外的话。身处乱世，每家每户都可能会遇到这样的事。我也受了不少教育，知道威武不能屈、贫贱不能移的道理。我已经做好和日本人誓死抗争的思想准备了。抗日新四军、八路军在前线杀日寇，我不能上前线投奔共产党、加入抗日军队，在这里保持住气节，与日寇抗争，也是对国家的一种支持。

谭玉麟说，紫钗，你真是长大了，懂得了很多道理。叔很欣慰。你放心，咱们谭家人是有骨气的人，谭家后代无论做什么事，都要对得起列祖列宗，也要对得起谭家后来人。

这时庞炳钦进来，说，你们叔侄俩谈得不错啊，其实谭师傅只要肯低低头，服个软，给皇军唱昆曲，这事不就了结了？你上茶馆唱是唱，上军部唱也是唱，台下坐着谁有什么打紧，谁听不都是一样嘛。你们何必在这里鬼哭狼嚎，这又不是生离死别。你们完全可以毫发无损地回去和家人团圆嘛。你们不替自个儿想想，也替外面的亲人想想嘛，他们可真是天天为你们担惊受怕，哭天抹泪哪。

谭紫钗愤愤地说，呸，你这个狗汉奸，不得好死，乌城怎么出了你这样一个败类，残害自己的同胞。中国就是有你们这帮助纣为虐的畜生，才会被日本鬼子欺压凌辱成这般模样。我和叔是不会低头的，你省了这条心吧。

庞炳钦说，谭老师年轻貌美，想不到脾气这么烈啊。我被骂狗汉奸也不是一日两日了，做汉奸有什么不好？汪精卫主席也投靠了日本，这叫识时务者为俊杰嘛。你们信仰你们的，我信我的，这叫各为其主。我倒要奉劝谭老师几句，你长得这般水灵，日本人可是很饥渴的，熬不了多久啊，你要是被日本人轮番摧残，我到时可拦也拦不住啊，哈哈哈。你们好好考虑清楚，留给你们的时日也不多了，武藤将军可没有好耐性噢。

谭紫钗被带走，关进另一间囚室。谭玉麟再也没看到紫钗。庞炳钦隔三岔五地探玉麟的口风，但收效甚微，直到带来紫钗一缕长发，玉麟被深深触动，牙关咬得紧紧的，伸出拳头欲砸向庞炳钦，又强忍着收了回去。

武藤津一郎早料到玉麟不会轻易服软，召见庞炳钦想对策，说，我要谭玉麟来军部唱昆曲，并没有那么简单，我为的是做给城内的市民看，谭玉麟服了软，低了头，城内的人就好管束了，我们的奴化教育就好进行了。

庞炳钦点头哈腰道，武藤将军棋高一着，在下佩服佩服，只是谭玉麟是贱骨头，硬得很，不动点真格，恐难降服他，要不叫手下的先从其亲侄女谭紫钗身上下手，用用刑。

武藤津一郎说，谭紫钗和谭玉麟是一样的犟脾气，一般的用刑，降伏不了他们。而且谭紫钗是小学教师，对她用刑，对在学校推行我们的奴化教育不利，我们推行"大东亚共荣圈"，行的是亲善之举，不能太露骨。谭家还有其他女人吗？对她们动点真格，旁敲侧击，四两拨千斤。

庞炳钦说，武藤将军言之有理，我听手下的说这些日子谭家来了一对远房亲戚，是两个女的。我把她们也一并掳来。

深夜，庞炳钦带着几个日本兵、保安队人员，撞开了谭宅的门。银娣看见庞炳钦闯了进来，扑到庞炳钦脚下，咬住了他的大腿。

庞炳钦一脚踢开银娣，骂开了，你这个疯婆子。

银娣大骂道，你这个狗汉奸，还我女儿来，还我女儿来。

庞炳钦呸地吐了口唾沫，说，晦气，老子不屑和你理论，小的们，给我将楼上的那对女的抓下来。

陈璧秋、谢耀熙、吴殿英、李燮元很快被控制住，庞炳钦说人还挺多嘛，谭凤祥刚撩起门闩要砸庞炳钦，就被日本兵擒压在地。

这时从睡梦中被揪醒的婉清和晓澜，很快被掳到了楼下。银娣发了疯地喊道，你们想干什么，想干什么，你们带走了我女儿不够，还想带走她们俩啊，她们不是我们谭家人，你们要带就带走我好了。我这个老婆子和你们走。

庞炳钦说，老子要你这个老太婆做什么，太君要的是花姑娘。把她俩给我带走。

晓澜受到惊吓，惶恐地哭叫着。就在两人欲要被掳出门之际，婉清瘫倒了。银娣愤懑地说，她可是怀有身孕的啊，你们这样是要遭报应的。

庞炳钦瞅了一眼瘫倒在地晕死过去的婉清，指着晓澜说，那就把她带走。

晓澜也被掳进了日本军部。谭玉麟知道时，晓澜已经惨遭日本人奸污蹂躏了。谭玉麟被带着去见晓澜，晓澜散披着一头乱发，晕死在囚室里，衣衫不整。谭玉麟痛心疾首，像狼一样号叫着。

这时谭紫钗也被带到，立刻扑向晓澜，痛哭流涕着帮晓澜整理好褴褛的衣裳。

谭玉麟的心理防线彻底崩溃了，他疯狂地把头往墙上砸，直到砸出了血为止，被日本兵制服住。

庞炳钦走进来说，谭师傅，你这又是何苦呢。你早幡然醒悟，她就不用受折磨了，我早说过太君有的是办法让你服软。

谭玉麟平定一下心后，幽幽地说，庞炳钦，你把她俩送出军部吧，我同意给日本人唱戏。

庞炳钦喜出望外，说，这不就结了嘛。

第十六章　煎红丸

　　谭家人得知谭玉麟肯为日本人唱戏是翌日上午的事，庞炳钦差人带走吴殿英和李燮元入军部，去吹箫、拉三弦伴奏。事到如今，吴、李二人也只好认命，不做徒劳反抗。

　　婉清从昏死中苏醒过来，银娣老泪纵横地照看她。婉清一想到晓澜被日本兵掳走，就心如刀绞，发了疯似的从床上爬起，颠荡地冲下楼，嘶喊着晓澜——晓澜——银娣想拉都拉不住。婉清一不留神，从楼梯上滚了下去。陈璧秋和谢耀熙听到响声，连忙跑到楼梯口，将婉清抱了起来。

　　婉清又昏厥了过去，腿上渗出猩红的血，越来越多。银娣喊着婉清，婉清，你不要吓婶子啊。谢耀熙急忙跑出门去请来河对岸的郎中。

　　郎中给婉清号了号脉，说，脉象极弱极软，按之若绝，若有若无，下体又有鲜血涌出，估计胎盘滑脱，恐有不保，你们还是送她到医院吧，我束手无策了。

　　谭凤祥急忙拉来黄包车，由银娣抱着婉清，陈璧秋、谢耀熙跟跑着护送，他们一口气奔跑至玛利亚仁爱医院。一到医院，婉清被迅速推入手术室。

　　银娣在手术室门外双掌合拢，祈求佛祖庇佑婉清渡过难关。

　　不久之后，手术室门打开，婉清被推了出来，一个外国医生对银娣说，你是患者的家属吗？

　　银娣摇了摇头，继而点了点头道，是的，医生，婉清她现在脱离危险了吗？她肚子里的孩子——

医生说，患者很虚弱，从那么高的地方滚摔下来，能保住命实属万幸了，至于她肚子里的孩子没有保住，胎盘已经被取出了。

银娣啊的一声，泣不成声。婉清被推入了病房，挂起了生理盐水。

谭玉麟背着晓澜，和谭紫钗、李燮元、吴殿英一道出了日本军部，一路都默不作声，一回到家，看空无一人，正焦灼着，可巧，谭凤祥拉着黄包车，耷拉着脑袋回来了。谭凤祥看到谭玉麟他们，号啕大哭着，说，弟啊，女儿啊，你们可回来了。

谭玉麟说，嫂子呢，婉清呢，陈璧秋和谢耀熙去哪儿了？怎么他们不在家里待着啊？是不是又被日本兵抓去了？

得知婉清从楼梯上摔下，谭玉麟心急火燎地往玛利亚仁爱医院跑，只留下谭紫钗照看晓澜睡下，此刻晓澜依旧昏死着，毫无知觉。

谭玉麟到医院时，婉清依旧昏厥着打点滴，陈璧秋和谢耀熙正守在病房门口，看到谭玉麟回来，立刻站了起来。

银娣看到谭玉麟回来了，眉宇稍微舒展开，连忙问，玉麟啊，紫钗和晓澜呢，她俩也回来了吗？

谭玉麟说，嫂子，紫钗和晓澜也都回来了。

银娣喃喃地说，阿弥陀佛，回来就好，回来就好。

谭玉麟急切地追问道，婉清现在怎么样了，脱离生命危险了吗？

银娣无限伤感地说，医生说已脱离危险，只是十分虚弱，苏醒过来还要点时日，她肚子里的孩子也保不住了。

谭玉麟惊愕地问，她——她怀有身孕啊？

银娣说，是的，我也是没法子才瞒着的。她简短地和玉麟说了婉清被丈夫抛弃的事。

谭玉麟被深深触动了，流下了眼泪。

几天里，好多人轮番照看晓澜和婉清，谭宅和医院两头跑。晓澜苏醒后，渐渐想起被日本人轮番蹂躏的情形，她发了疯似的扯自己的头发，狂躁地乱喊乱叫，紫钗拦也拦不住，只好叫陈璧秋和谢耀熙强行按住晓澜。

谭紫钗不住地揉晓澜的心窝，晓澜发泄了一阵后，渐渐疲软下来，又昏睡过去。

数日来，婉清生理盐水挂下去，一直没有苏醒的迹象，银娣不免担忧起来，她频频追着问主治的外国医生。医生说，患者按理应该苏醒了，遭受严重打击心力交瘁才导致久昏不醒，需要患者家属在一边不时跟她说话开导，有助于她的苏醒。

银娣于是不间断地俯在婉清耳边，跟她说话，疏导婉清的心，虽然她昏迷着，但银娣感觉她能意识到。

银娣知道婉清唯一牵挂的人就是晓澜，只要晓澜出现在婉清病床前，她自然就会慢慢苏醒了，但此刻晓澜情绪激动，意识紊乱，狂躁不止，不能再添乱，以免加重婉清病情。

银娣苦口婆心也没盼来婉清的好转，万般无奈之下，想到求助云雀庵的静尘师太。当她和静尘师太说明缘由后，师太眼眶湿润了，垂下了一泓清泪。师太不假思索地跟随银娣来到玛利亚仁爱医院，出现在婉清病床前，手指飞快地捻着佛珠，默念着佛经，继而用宽厚的手抚摸着婉清的脸，将佛珠在婉清的额头上轻点了一下，轻声呼喊着婉清施主，快快醒来吧。

在众人关切的目光中，婉清紧闭的眼眸处挤出豆大的泪珠，继而缓缓睁开了。终于看清是静尘师太，婉清悲怆地哭出声，人生的惶惑与悲哀、惆怅与短促在这一刻迸发出来。

静尘师太俯下身轻拍了拍婉清的肩膀，说，施主，人生在世如身处荆棘之中，心不动，人不妄动，不动则不伤；如心动，则人妄动，伤其身，痛其骨，于是体会到世间诸般痛苦。时间总会过去的，让时间带走你的烦恼吧！阿弥陀佛。

卸下内心的磐石，婉清渐渐好转，银娣也告诉了婉清流产的悲怆事实，婉清又流了眼泪，情绪没有再剧烈波动。谭玉麟给婉清带来好消息，晓澜要来看她了。

晓澜反复折腾后，渐渐恢复了神志，清醒后看到照顾她的人是紫钗，立刻焦灼地询问太太去哪儿了，为什么没看到她啊。

紫钗说，那天你被日本鬼子抓去的时候，婉清姐昏厥了，半夜醒来，一想到你被抓去日本军部，就立刻从床上爬起，下楼时不慎摔了下来，好在现在无大碍了。

晓澜立刻起身要去医院看婉清。紫钗说，婉清姐流产了，很虚弱，又刚苏醒，晓澜你一定要冷静，不能再刺激到婉清姐了。晓澜流着眼泪说，俺会强忍住的。

晓澜来到医院病房，主仆俩多日不见，紧紧地抱在一起，哽咽得说不出话来。婉清抚摸着晓澜苍白的脸说，晓澜，我的好妹妹，你受苦了，是做姐姐的不好，没保护好你。我有愧啊。

晓澜边哽咽边摇着头说，不，太太，是晓澜没用，害得你肚子里的孩子都没有了。是晓澜对不起你啊。

紫钗和银娣不住地轮番宽慰两人，许久，两人才渐渐冷静下来。

谭玉麟站在一边，黯然伤神，也不知道说什么好。

婉清稍好后，急着要出院，临出院前，平静地接受了终身不孕的事实，不过是又添了笔白虎女命不好的佐证罢了。主治医生在出院小结上写明：高处坠落流产引起子宫脱落，造成终生不孕。她将出院病历悄悄撕毁，除了银娣，再无人知晓。

谭凤祥和银娣在厨房间忙活着，准备了一桌菜肴，强颜欢笑，为婉清和晓澜及其他人劫后重生庆祝。吃饭的过程，压抑而漫长，所有的人都似有话说，但都不知从何说起，大家都小心翼翼地回避着此次劫难的缘由。谭凤祥作为主人，最后站起来，向陈璧秋、谢耀熙等人一一敬酒，诚挚地说，在座的各位都是谭家的恩人，我替谭家人敬在座的所有人，说完后一饮而尽。

午夜，晓澜突然大喊大叫，嘴里歇斯底里地喊着不要啊不要啊。婉清急忙爬起，摸了摸晓澜的额头，只觉冷汗涔涔，异常冰冷，四肢也僵硬着。婉清推搡着，呼喊着晓澜你怎么了，想把晓澜从梦魇里摇醒。晓澜胡话了一阵后，渐渐平息了下去，也没有苏醒的迹象。

婉清看晓澜安歇了，复回床睡去，过了一会儿，晓澜又急切地梦呓了起来，紧紧揪着自己的短襟衣裳，仰着头，一副喘不上气的样子。一整夜，反反复复，婉清都没安稳睡去。

早晨，晓澜突然发起了高烧，迷迷糊糊的，婉清连忙用冷毛巾帮晓澜敷额头，并换下早已濡湿的睡衣。

婉清心想，晓澜被掳进日本军部后，肯定遭受了什么创伤，心里有了阴影，难以驱散。

在灶壁间，银娣先问起了婉清，昨晚听到你房里声响很大，是不是晓澜又说胡话了？

婉清说，是啊，晓澜究竟出什么事了，为什么会变成这样？

银娣叹了口气，说，原本我是不想说的，晓澜在日本军部被鬼子糟蹋了，刚回来时，狂躁不止，小陈、小谢强按也按不住，狂喊乱叫几天后，才渐渐平缓过来。但晚上也是经常做噩梦，老说胡话，我也不晓得怎么办才好。这种事传出去，对晓澜名声不好，所以我也没叫郎中来看。

婉清这时感觉一股无比深寒的凉意从脚底升起来，发觉现实仿若被命运设计进了深渊绝境，一种深深的凄惨侵入她的内心深处，她的身体像沙子一样渐渐下陷，她伏在门上用前额叩击门板时，已是泣不成声。

银娣搀扶起了婉清，替她擦拭了泪水，说，晓澜是为了谭家才遭遇不测，谭家会记住这个恩德的，婉清你千万要想开些，你是晓澜的主心骨，你可不能倒了，你坚强了，晓澜才能挺过这道难关啊。

婉清抽噎了一会儿，渐渐醒悟了。她长久地回味着银娣的话，明白这宣泄并没有多少意义。

婉清柔声安慰着晓澜，不再去揭痛楚。晓澜高烧退了，下楼喝了点稀粥，气色渐渐恢复了。谭凤祥和银娣特意炖了鸡汤，给虚弱的婉清和晓澜补元气。

谭玉麟也继续上悦来茶馆唱昆曲，每每回来，总拎着几个纸包，里面是新鲜的荔枝、龙眼。银娣在灶壁间剥了龙眼，掺了红糖，炖了给婉清和晓澜喝。虽然谭玉麟遇到婉清时，没说什么，但婉清从谭玉麟的眼里读出了深深的歉疚。

谭玉麟上军部唱戏的事很快传开了，他每次走过清河街，背后总有人指指点点，大声议论着看不出姓谭的原来是汉奸啊，谭家真是作孽啊，出了变节之人，谭家祖上几代都是清清白白之人，出了这样的人真是给祖上丢脸啊。有的说得更绝，说谭家人给整个乌城人丢尽了脸。谭玉麟听到也不做无谓的辩解，压低了帽檐，快步走过。他在悦来茶馆的复出也颇不顺利，在台上演出时，台下的看客就起哄，扔菜叶，泼茶水，叫他滚下台，说不想听狗汉奸的靡靡之音。悦来茶馆老板怕事情闹大，就示意谭师傅退场，在后台静候着，于是陈璧秋和谢耀熙挑大梁，连着几天演出武戏《精忠记》《长坂坡》《虎囊弹》《义侠记》《单刀会》《连环计》《跃鲤记》，没人再捧谭玉麟的《牡丹亭》《西厢记》《长生殿》了。

谭玉麟在后台郁郁寡欢，怅然若失。李燮元宽慰他，说老百姓是最淳朴之人，爱憎分明，不知里面的缘由，玉麟不用放在心上，等过些日子，大家的气消了，也就好了。

谭玉麟说，李师傅，我不是愁这个，再说出了这种事，也不好和外人解释，我只是感觉我们这些老百姓，在这个乱世道，个人的力量真是太卑微了，命运被日军攥在手心里，天天头顶磨盘，战战兢兢过日子，不晓得哪天灾祸轮到自己头上。这几天真是难为耀熙和璧秋两个年轻人了，天天翻筋斗、武打，腰酸背痛的，看得我直心酸。

几天后，一伙日本人和保安队人员荷着刺刀、枪械包围了悦来茶馆，正看戏的看客骚动了起来，庞炳钦簇拥着武藤津一郎进了茶馆，茶馆老板弯曲着身子立马迎上去，点头哈腰着。庞炳钦趾高气扬地说，大日本帝国极力倡导"大东亚共荣圈"，将军信奉中日亲善，今天，将军亲临茶馆，听谭玉麟先生的昆曲，在座老百姓不要惊慌，也不要离场，坐着不要动，将军和大家亲善，一起听。请谭先生演出吧。

武藤津一郎对谭玉麟说，谭先生，久违了，今天我等过来为你捧场，洗耳恭听你的优美唱腔，你可不能让我们失望噢。

在场的几个看客握茶碗的手颤抖个不停，有几个欲要离场，日本兵的刺刀晃了一下，闪出一道道锐利的寒光，看客于是只好怯懦着归位。

谢耀熙和陈璧秋在后台紧攥着拳头，誓不上台。谭玉麟也坐着就是不上妆。茶馆老板紧张得直冒汗，声音抖颤着说，谭师傅，大丈夫能屈能伸，我们可不能吃这个眼前亏啊。你不肯演出，我的茶馆要是被他们砸光了，我的老本也就毁了。你消消气，就依了他们吧，就当给我个面子，你低低头就过去了，亮一下嗓吧。

谭玉麟痛苦思忖了一会儿后，去做谢耀熙和陈璧秋的思想工作，让他们上台演出《精忠记》。

《精忠记》讴歌了南宋抗金名将岳飞忠肝义胆、誓死护国的精神，他们的精湛演出赢得看客阵阵掌声，大扫看客们心中怨气。

武藤将军对《精忠记》也是了解的，知道此剧的含义，他示意庞炳钦换剧。庞炳钦就唤来茶馆老板，让他立即停掉《精忠记》，换上谭玉麟的《牡丹亭》。台下的看客于是起哄，欲阻止换戏。这时茶馆内气氛剑拔弩张，明晃晃的刺刀直抵到看客们的心窝处。

谭玉麟眼看局势一发不可收拾，只好上了妆，唢呐、三弦响起，谭玉麟上了台，咿咿呀呀唱起。

武藤津一郎快意地鼓起掌来，庞炳钦也跟着鼓起掌，保安队人员、日本兵也附和着鼓起掌，这回轮到看客们鸦雀无声，干坐着未做任何举动。

武藤将军兴尽欲归，临走前邀请谭玉麟改日去军部喝茶畅聊昆曲艺术，谭玉麟未置可否。庞炳钦说，武藤将军看得起你，你谭师傅要领这个情哪。

深夜回到谭宅后，谢耀熙和陈璧秋又大大咧咧地开骂起来，说今天真是丢脸丢到家了，往后就算饿死，也不再给日本鬼子唱戏了。吴殿英、李燮元两位老师傅也说给日本人唱戏真是连娼妓都不如，昆曲班事已至此，也该到解散的时候了。

谭玉麟一言不发，默默地收拾着行头。

连着几天，上悦来茶馆看戏的人越来越少，谭玉麟也只在后台坐着，没有再上场。庞炳钦好几次来邀请谭玉麟进日本军部见武藤，玉麟都坚决怒斥庞炳钦，庞炳钦颜面扫地，临走时不忘威吓几句。

一月过后，一天清早，原本恢复如常的晓澜突然呕吐不止，脸色煞白，呼吸急促。正在做旗袍的婉清连忙俯身给晓澜揉背，焦急地询问她怎么了，晓澜难受得说不出话来。晓澜早饭、中饭不吃，下午也偶有呕吐，不思饮食。起先银娣以为晓澜只是受了风寒，兴许过一两天自然就好了。

可连着几天，晓澜呕吐毫无改观，愈发严重。已有类似经历的婉清突然预感到什么，神色严峻地和银娣商量，婶，晓澜的情形和我当初的样子似乎一样啊，难道也——

银娣手中的笸箩跌落在地，惶恐地说，要是这样，可怎么办好啊，晓澜刚缓过来，再出这样的岔子，她可怎么挺得过去？

婉清心如刀割地说，事情还没确定之前，我们不能声张，晓澜受不了打击了，她尚未婚嫁，这种事传出去，她可怎么做人哪，郎中是万万不能请来诊断的，婶，你给我出出主意啊。

银娣也焦灼万分，说，我们再观察看看，你问问晓澜，这几个月是不是没来例假？

婉清说，是啊，她前几天还和我小声说，有两个月身上没来了，我起先以为她受打击，生理紊乱所致。现在看，估计八九不离十了。老天爷为什么屡次找晓澜发难啊？

两人极其小心地看护晓澜，观察晓澜的妊娠反应，半月后晓澜肚腹微微凸起，加上呕吐愈演愈烈，反酸、嗜食山楂片，婉清就不得不接受晓澜已经怀有身孕这个事实。

婉清知道这事躲也躲不过，晓澜对生儿育女之事懵懵懂懂，妊娠反应如此剧烈，不和她明说，她也只以为是身体不适而已，断然不会联想到怀孕上去的，但如果再这样久拖不决，不想出法子，晓澜肚腹再鼓起来，到时想遮掩也来不及了。于是婉清找准时机，和银娣周密商榷后，让银娣将怀孕之事委婉告知晓澜。两人还设想了晓澜知道情形后可能做出的过激反应，并筹划解纾的法子。

婉清在缝旗袍，银娣帮忙修线头，晓澜在边上吃着山楂片。婉清和银娣惶惑地交换着眼色，银娣于是强按住焦虑，说，晓澜，山楂片好酸啊，我怀紫钗那回，不知吃了多少山楂片，现在看到，牙齿就酸得直打战，不敢碰了。

晓澜没听出弦外之音，说，婶，俺也纳闷啊，俺一直很少吃山楂片，这些日子，却嗜上山楂片了，好像不吃，喉咙里就直反酸，吃了才能止酸。婶，你说俺怎么了，俺问姐她也不和我细说。

婉清这时眼泪扑簌了起来。银娣放下手里的衣服，摸着晓澜无助的脸，说，晓澜，婶子是过来人，你应该知道婶子想说什么，你姐当初怀孕时的样子，你也看见过了，你只是没细细琢磨而已。晓澜，你放心，我和你姐会想个万全之策，帮你解决此事，好好圆过去的。

晓澜再愚，此时也开窍了，突然扑到婉清跟前，眼泪立刻噙满眼眶，声泪俱下地说，姐，你们在说什么？难道俺——

她低头看自己肚腹，发觉已微微隆起，歇斯底里地捶打起来。婉清连忙擒住她的手，说，晓澜，我们也没想到会发生这样的事，但既然遇到了，我和婶会一起想办法的。你一定要相信姐，你的事就是我的事。

银娣也说，晓澜你一定要挺住，隐忍住，我们妥善处理此事，一定守口如瓶，不会走漏半点风声。

晓澜撕心裂肺地说，姐，你让晓澜去死吧，俺这样肮脏的人，不配留在你身边服侍你了，俺也没脸面待在谭家了。

说完，她挣脱了婉清，欲从窗户跳入清河，立刻被银娣堵在了窗户前。

婉清心如刀割，强忍住悲愤，说，晓澜，我们姐妹俩不是说好了吗？不管遇到多大的坎坷，谁也不能把我们分开，难道你忘记了吗？如果你有个三长两短，你叫我怎么活？多大的灾难我们都挺过来了，你不能再信姐一次吗？

晓澜抽抽搭搭地说，俺肚子里怀了孽种，你叫俺如何见人啊。真恨不得用剪刀戳穿肚腹，把孽种挑出来啊。俺真是恨死自己了。

银娣死死抱住晓澜说，晓澜，你是为了顾全谭家，才遭这样的罪的，相信婶子，我一定帮你妥善解决此事。

在两人轮番宽慰之下，晓澜渐渐平静了下来，放弃了寻死觅活的念头。

等晓澜睡过去后，婉清和银娣商量起来。婉清说，婶，晓澜还未婚嫁，和我当初的情形是不一样的。俗话说人言可畏，无论如何都不能怀胎十月，把孽种生下来。你看咱们这一带有什么堕胎的办法？

银娣思忖后说，咱街坊四邻，堕胎的我也见过几个了，祖传的土办法，倒有几个，我记得有一个是将家里烧菜用的铁镬子翻过来，让孕妇趴在铁镬子上，旁人用力挤压她的肚腹，直至将肚里的胎儿挤压出来。但我从来没有见过，只是听说有人用过这个方法。

婉清听得惊愕住了，说，还真有这样的法子哪？听得真是瘆得慌，我怕胎没滑脱，晓澜的五脏六腑都要挤坏了。她吃不消的。婶，还有——还有其他稳妥的法子吗？

银娣说，还有就是用水井里的凤尾草和屋脚边的车前草蒸汁内服，或者把用麝香制成的药膏贴在孕妇脐部。

婉清说，还有比这两个办法更稳妥的吗？我就是顾虑晓澜的身体，怕她再遭罪，到时不要孩子没堕下来，身体倒搞出问题来。

银娣说，这两个方子流传已久，不晓得灵不灵验，紫钗书房里有一本古典医学书籍，你去翻翻看，兴许能查到其他的堕胎方子。

婉清翻到一本《女科医案》的医学典籍，看到一条名录，记录着清代江南名医徐大椿的堕胎成药"煎红丸"。她问银娣，药铺里有这一味药丸吗？银娣说，那倒要去药铺看看才知晓，我这就去看看。

婉清连忙制止了她，说，附近一带药铺的人对你们都熟稔，这样贸然去问，要是传出去，对谭家脸面不好，紫钗尚未出嫁，风言风语传出去，以为是紫钗想堕胎。还是我去更远的药铺问问，反正他们也不认识我。

　　银娣说还是婉清想得周全。

　　黄昏时，婉清跑了几家药铺，最后从十几里外的城南仁济药堂买回来几味煎红丸，让晓澜连服三晚。

　　第五天，晓澜只觉肚腹翻江倒海，如刀在剜割肉壁，痛得在床上滚来滚去。婉清和银娣在边上不断地宽慰晓澜，反反复复折腾到后半夜，晓澜才成功堕了胎。

　　晓澜虚弱得四肢无力，在床上睡了几天，由于银娣和婉清安排妥当，所以没引起家里其他人的怀疑，紫钗也一直忙于学校内的事，没有回来。谭玉麟问起银娣，为何久不见晓澜，银娣支支吾吾说她受了风寒虚弱绵软，怕风才待在房间里。玉麟说，那我应该进去看看。银娣连忙制止说，晓澜关照过了想安静会儿，连我也不便进去。玉麟只好作罢。

　　其实玉麟内心一直自觉歉疚，连月来眉宇紧蹙，愁闷郁结，当初一念之间，留婉清和晓澜在谭家栖身，却使她们遭如此浩劫。他很想对她俩补偿点什么，但自觉有心无力，再加上昆曲班人心涣散、每况愈下，名誉又备受指责，他真感觉腹背受敌、孤立无援了。

　　半月过后，谭紫钗从学校回来，吃晚饭时，说起学校的事义愤填膺起来。她说，日本军部得知城内的小学日文奴化教育收效甚微，软硬兼施下都无济于事，老师和学生一直敷衍了事，不全力配合，于是特意向每所学校派一名训育主任监视。可我们照样不把他当一回事，应教的知识认真传授给学生，每周一的纪念孙中山先生集会照样偷偷举行，向孙中山先生遗像鞠躬、背"总理遗嘱"照样不误。上日文课时，学生们照样调皮捣蛋，气得训育主任哇哇大叫，无可奈何。其他学校也都差不多这样，我们学校大多数老师和学生都保持住了气节。可恨的是前几日我们学校还是出了败类，一个体育老师加入了保安队，神气活现地到学校里来，学生和老师们都鄙视他，讥之为"黄皮狗"，在街上看到他也均侧目而过。

李燮元叹了口气，说，日本觊觎我国土已久，今朝军事侵略，又推行奴化教育，处心积虑亡我中华。乱世之中，人心不古，有些毫无志气的人，为求一己之利，不择手段，置民族气节于不顾。长此下去，世风日下，皮之不存，毛将焉附？

谢耀熙义正词严地说，李师傅说得没错，中华民族已到了最危险的时候，在这里只呻吟、呐喊是无济于事的，只有拿起武器，和日本人拼刺刀，才能将日本鬼子赶回东洋去。

陈璧秋说，我们所处的江南这一带是沦陷区，有日军血腥镇压，但仍有抗日新四军游击队在反抗，城内时不时响起的枪声，是游击队和日军的火力角逐。我听说在乌城外偏远一带，秘密驻扎着新四军的抗日支队，不断地吸收抗日志士加入。

谢耀熙说，我们身为中华年轻一辈，如不弃戏从戎，上前线杀日寇，就枉为铮铮男儿了。说实话，我也不想离开我们这个苦心经营的昆曲班，但国无宁日，我们也不能苟且偷生了。

这时大家都放下了饭碗，起劲地讨论着解散昆曲班的事。吴殿英说，谭班主，你该站出来说句话了。

谭玉麟于是郑重地说，感谢李师傅、吴师傅及耀熙、璧秋，你们多年来跟随我，出生入死，赴汤蹈火，无怨无悔地付出，昆曲班才能经营到现在。诚如你们所说，眼下已经到了水深火热的时候，作为中国人，理应和国家同呼吸共命运，投入杀敌报国的洪流中，报国不分先后，力量不分强弱，你们年轻人有这份心，我也有。不是我迟迟不肯解散昆曲班，而是日军紧紧相逼，逼迫我继续唱戏。他们在军事、文化上渗透势力，我也早有警觉。我个人身死是小，但乌城所有市民安危是大，我不委曲求全，安抚日军，他们杀红了眼，覆巢之下，焉有完卵？我已经领教过了。我撑着这把庇护伞，愿承担所有的指责和谩骂，唯愿周遭老百姓能安然渡过难关。

婉清和晓澜默默地扒着饭，也不好说什么，晓澜听着听着眼泪扑簌着滴到碗里。

紫钗沉默了下，说，小叔，乌城百姓眼下没少指责我们谭家，我知道你辩解也没用，我也受够了这种窒息的生活。小陈、小谢，哪天你们出城寻找抗日组织，也算我一份，记得带上我。

银娣紧张地说，紫钗，你在胡说什么，抗日杀敌是男人的事，你瞎掺和什么？

紫钗义正词严地说，娘，小叔刚才说得没错，报国不分先后，不分力量大小，也理应不分男女，只要是中华儿女，都应投入抗日洪流中。有多少抗日志士在前线厮杀，流血牺牲，我们又如何能心安理得地在这儿苟且偷生呢？

银娣说不过紫钗，只好默不作声，倒是凤祥欣慰地说咱们女儿真是长大了。

饭后，陈璧秋、谢耀熙和谭紫钗躲在房间里小声议论着什么。

陈璧秋对谭紫钗说，现在日本重兵把守，出城不易，否则很想乔装打扮去南方找抗日武装，寻找出路。紫钗你有办法联络到乌城周边的抗日武装吗？我感觉得到它们的存在。

谭紫钗说，其实抗日地下党员就在我们身边，我能感觉到我们学校那位思想进步的步老师，就是一名地下党员，只是没有跟我挑明罢了。我想他是在考验我，容我慢慢向他表明加入抗日组织的渴求。

三人眼中闪烁着熠熠的神采，对着跳动的烛火，握紧了拳头。

连着好几天，紫钗很晚才回到家里过夜，在房间里关着门，抄写着什么。陈璧秋和谢耀熙从茶馆里回来后，就一前一后进入紫钗的房间，一起小声议论着。银娣感觉蹊跷，在房门外窥觑，却听不真切。

她怕紫钗怪怨，叫婉清替她进去看看。婉清拗不过，提着茶壶，进了紫钗房间。这时三人手里都拿着稿纸在细看着，紫钗看见婉清，说，婉清姐，茶我们自己倒好了，你回去歇息吧。婉清只好搁下茶壶，悻悻地出了房门，对候在外面的银娣说，年轻人在看书，看不出啥名堂。

银娣仍不死心，候在房门外，婉清只好干陪着。

不一会儿，房门内传出了声音，三人念起诗来。

起先是紫钗的声音：

> 这是一沟绝望的死水，清风吹不起半点漪沦。不如多扔些破铜烂铁，爽性泼你的剩菜残羹。也许铜的要绿成翡翠，铁罐上绣出几瓣桃花；再让油腻织一层罗绮，霉菌给他蒸出些云霞……（闻一多《死水》）

紫钗诵完诗，陈璧秋和谢耀熙轻轻鼓起了掌，陈璧秋接着也抑扬顿挫地念诵了起来：

> 假如我是一只鸟，我也应该用嘶哑的喉咙歌唱：这被暴风雨所打击着的土地，这永远汹涌着我们的悲愤的河流，这无止息地吹刮着的激怒的风，和那来自林间的无比温柔的黎明……（艾青《我爱这土地》）

轮到谢耀熙了，他说，你们的诗太沉重了，我换首轻松点的诗。他声情并茂地念诵了起来：

> 撑着油纸伞，独自彷徨在悠长、悠长又寂寥的雨巷，我希望逢着一个丁香一样的结着愁怨的姑娘。她是有丁香一样的颜色，丁香一样的芬芳，丁香一样的忧愁，在雨中哀怨，哀怨又彷徨……（戴望舒《雨巷》）

银娣和婉清不懂什么诗，一起悻悻离开，回了房间继续缝衣服。银娣对婉清说，紫钗也有二十一岁了，按照这儿的风俗，也该到了谈婚论嫁的年龄了。我和她爹没有那种门第观念的老思想，只要她看得上的，我们也就合了意了。

婉清说，是啊，你和凤祥叔都是深明大义的人，紫钗这么贤淑、乖巧、端庄，喜欢她的小伙肯定很多，就怕她瞧不上。

银娣不无满足地说，是啊，这孩子心比天高，自恃多读了些书，当了小学老师，我们说她一句话，她得搬出一抽屉的话来对付我们。在婚事上我们越催她，她越执拗。唉，把她宠坏了。婉清，你看耀熙和璧秋两个小伙子怎么样，她会喜欢上哪个？我看都蛮不错的，都懂礼貌又有学问，还浓眉大眼，英气勃勃，和玉麟在一起这么多年，知根知底的，我很放心。

婉清说，耀熙和璧秋这两个小伙子是不错，光明磊落，血气方刚，紫钗的心思我也猜不透，婶，你呢，就由她自己去决定好了，我们在这儿瞎琢磨也没用。

银娣捂着嘴，笑着说谁说不是这个理儿啊。

晓澜在一边听着两人轻声说笑，失神着，静默不语。白天，她寸步不离婉清，看到男人，警觉性地瑟瑟发抖，手心直冒冷汗。夜晚，一丁点儿声响，都会令她惊恐，婉清就和她共枕而睡。

婉清细心呵护着她，暗暗发誓，往后豁出一切，也要护晓澜周全，但晓澜一直眉宇紧锁着，婉清也不知她在思忖着什么，只知只要看好她，就不会发生什么事。

一天下午，婉清忙于做旗袍，一个闪失，愣没发觉晓澜何时出门了。婉清发觉时，晓澜已离开许久，她急忙叫银娣一起出门寻找。这个时候，晓澜待在悦来茶馆外的一个角落里，双手紧攥着，神色紧张地关注着茶馆内的一切。茶馆内外日军荷枪把守着，武藤津一郎在里面听戏。

吴殿元从茶馆出来，寻个角落方便，突然看见晓澜，警觉地问，晓澜，你不要命了，这里都是日本鬼子，你过来干什么，快回去。

晓澜说，俺不回去。你不要管俺。

吴殿元向茶馆张望了下，说你在这儿等着，急忙把在后台候着的谭玉麟叫了过来。

谭玉麟神色慌张地朝晓澜走来，说，晓澜，你站在这儿做什么，你是找我吗？婉清知道你来这儿吗？

晓澜怯怯地摇了摇头，默不作声，手仍旧攥得紧紧的。

谭玉麟注意到晓澜的手，说，晓澜，你衣服里藏着什么，给我看看。

晓澜躲闪着。谭玉麟用力掰开晓澜的手，看清衣服里面藏着一把剪刀。

谭玉麟激动地说，晓澜，你不要命了，你拿剪刀做什么啊？

晓澜道，谭师傅你不要管俺，我要杀了庞炳钦这个狗汉奸，是他害了俺。

日本兵就在不远处，谭玉麟不便和晓澜争辩，他立刻拉拽着晓澜离开茶馆，回去的路上，正好碰到婉清迎面火急火燎地赶来。

回到谭宅，婉清才得知晓澜豁出命，要去找庞炳钦拼命。婉清说，好妹妹啊，你好傻，你以为你这样能杀得了姓庞的吗？你要是出个岔子，不知道要害了多少人？你要把我急死了你知道吗？

说完婉清紧紧抱住了晓澜。

谭玉麟彻底被震撼了，连晓澜都要奋起反抗了，只是她采取了一种极其卑微的方式。

银娣回来，总算松了一口气，劝说了一番。谭玉麟和银娣走到户外。谭玉麟轻声说道，嫂子，要不是吴师傅早发现，通知我，晓澜做出傻事，局面就不好收拾了。我知道她遭受了打击，心灵、身体上的创伤一时无法愈合。嫂子，我也想了好久，我应该为她们做点什么，我想娶晓澜为妻。

银娣惊讶着，半晌才说，玉麟，你娶晓澜？你可知她才二十岁，你都三十三了，这合适吗？你知道嫂子不是嫌弃人家是女用人，可是这年龄差距实在太大了。

谭玉麟说，事到如今，我不在意年龄悬殊，倒是我担心她不一定会应允这门婚事，我除了唱戏，没什么其他本事。哥回来你先和他通通气，他允了，你再和婉清先沟通一下，只要她同意，晓澜也应该会听她的话的。

银娣沉默不语，神情飘忽不定，谭玉麟发现她似有隐情，于是追问道，嫂子，你还有什么顾虑吗？如果有，你不妨直说，我们是一家人，一起合议合议。

银娣拉着玉麟的手说，玉麟哪，你也知道，我和你哥一直牵挂着你的婚事，你看紫钗都要谈婚论嫁了，你再不结婚，就真把岁数耽搁了。按理，只要你看上哪家的姑娘，我和你哥是不说二话，全力支持的。可是说起晓澜，唉，本来我不想说，但你打算娶她，我不好再隐瞒了。你知道晓澜今天为什么不顾自己性命，要用剪刀捅死庞炳钦吗？那是因为她太恨日本鬼子、汉奸了。她被那帮禽兽折磨得死去活来，我们花了不少心血，才把她救活过来。她原本恢复得差不多了，没想到，前些日子突然发现怀上了日本人暴行过后留下的孽种。我和婉清没日没夜地守护她，想法子帮她堕了胎，今朝总算没出什么大岔子。你既然要娶她，理所当然要知道这些。

谭玉麟内心剧烈纠结在一起，五脏六腑突然抽搐着，神情异常痛楚，然后说，嫂子，婉清和晓澜来谭宅后所受的一切苦，都是因我而起，我不会介意这些的。晓澜遭受这么大的屈辱，我更应好好呵护她。你不要再说什么了，也不用劝我，我心意已定，你和婉清表明我的想法吧，往后晓澜就交给我了，我要好好守护她。

凤祥收工回来后，银娣在房间里将玉麟交代的事说给凤祥听。凤祥说，我这几十年既当兄长又当爹的，哪一样事不操心。既然他决定了，我做兄长的也不发表什么意见，权由他好了。

三天后，银娣趁晓澜熟睡时，早早地叫醒婉清商量玉麟和晓澜的婚事。婉清说，婶，这是你和叔的意思，还是玉麟师傅他自己的意思？

银娣说，是玉麟他自己前几日托我向你提亲的，他和我说，看见晓澜眉清目秀，模样可人，就动心了。他思忖自己岁数比晓澜大，担心晓澜不允，所以拜托我，我呢拜托你，好好和晓澜说说。

不用银娣细说，婉清自然明白谭家人是在弥补晓澜遭的罪。

婉清说，婶，不瞒你说，晓澜十六岁时就跟随我。她心细，做事妥帖，心眼正，我一直把她当妹妹一样看待。自从去年底我婚姻遭受变故，她随我漂泊至此后，我也替她想过很多，一直劝她，找一户好人家嫁了，跟着我总不是个事。玉麟师傅虽然年长晓澜好多，但我和晓澜都很敬重他的为人，他是个顶天立地能担当的汉子。晓澜能嫁给他，是莫大的幸福，我做姐的，自然一万个放心了。倒是我认为晓澜没这个福分——

银娣接上话茬说，既然婉清你没反对，那就是应允了，你好好和晓澜说，我们是满心欢喜接纳晓澜做我们谭家的媳妇的，往后咱们就是一家人了。

婉清说，晓澜若是同意，我当然满心欣喜。只是遭遇一连串打击后，她未必能跨得出这一步，我最了解她了。

银娣说，是啊，我也是考虑到这一层，玉麟说得急，我们更要耐心卸下她的心理包袱才好。

果不其然，当婉清和晓澜说起谭家求婚之事时，晓澜脸色一下子苍白了，说，姐，连你也要撵晓澜走是吗？晓澜自知没脸面再照顾你了，晓澜自己走便是了，流浪到哪儿是哪儿。

婉清说，好妹妹，你还不知姐的为人吗？我哪有撵你走的想法啊。谭家前几日已经向我提亲了，你和我都曾念叨着谭家是本分人家，玉麟师傅又是难得的好人，姐要是把你交给这样的男人，心里比吃了蜜还甜啊，你也不小了，我不替你的终身幸福考虑，如何对得起你的爹娘？

晓澜又泪眼婆娑地说，姐，是晓澜错怪你了。谭家上上下下的人的确对我们像亲人一样好，可晓澜真的不想嫁人，俺见到男人就紧张得瑟瑟发抖，这辈子都不可能嫁人了。你就让晓澜安心地留在你身边照顾你一辈子吧。

婉清说，傻孩子，这么大了，还说傻话，姐和你情归情，但总不能强留你在身边，耽误你的终身幸福啊，否则你将来要怨我的。

晓澜说，其实自从先生诀别而去后，俺总有一种感觉，世上的男人都靠不住，靠人不如靠己，与其遭受伤害，还不如清汤寡水过一辈子。

婉清惊愕了一下，说，好妹妹，你怎么有这样的想法？先生归先生，玉麟归玉麟，世上的男人不都是负心汉，终归有好的，你看凤祥叔和银娣姐不就是很恩爱的一对吗？老夫老妻了，仍相敬如宾哪。你不能看到姐的不幸，就丧失了追求幸福的念想啊。

晓澜说，姐，你不要再说了，晓澜现在自知身子太脏，谭家人也是可怜俺，才来提亲的。晓澜是铁了心，不再嫁人了。你要是连同他们相逼，晓澜只好自寻短见了。

婉清看晓澜话已说到这个分上，也不好再强求什么。

她委婉地向银娣表明晓澜的态度，银娣说也料到晓澜会这样想了，会好好和玉麟解释的。

晚饭时，晓澜没下楼吃饭，婉清催了几次，也不肯下来。玉麟局促地吃着晚饭，银娣望望玉麟，又望望楼上，也不知说些什么。玉麟平静地接受事实，他对银娣说不管晓澜愿不愿意，他都会义不容辞地呵护她和婉清。

第十七章　紫檀木盒

乌城老百姓在日军的铁血统治下，胆战心惊地熬着日子，凄风苦雨里，过去了一年又一年。

民国三十年，武藤一走，换来了南京大屠杀的刽子手之一谷寿夫的部下小泽次郎，手段更为凶残。小泽次郎一到乌城，就执行更为罪恶的"三光政策"，举起罪恶的硫黄枪弹，向城内大大小小的房屋、店铺射击，弹到之处，大火四起，房塌屋毁，致使清河东大街长五百米、宽一百米左右的乌城最繁华之处尽成断墙残壁，一片焦土，谭宅隔火墙也被枪弹炸开一角。

汪伪宪兵队每天上街不分青红皂白，抓捕有共产党嫌疑的无辜市民，拖入军营，严刑拷打，上老虎凳，灌凉水，放狼狗噬咬，搞得全城风声鹤唳，鬼哭狼嚎。日寇和汉奸宪兵队随时会闯入居民家中，抄家捉人，到处充满恐怖气氛。日寇为镇压抗日活动，经常戒严，大搜捕，断绝交通。

更令人发指的是，小泽次郎不顾国际公法，惨无人道地纵火焚烧天主教会办的仁爱堂育婴所，二层楼房被烧毁，室内婴儿被压于其下，或死或伤，从残垣破室中犹传出婴儿啼哭声。当夜月色凄清，目睹耳闻者皆悲痛难抑。

日寇在光天化日之下闯入城内居民家中抢掠财物，侮辱妇女，在郊区更是肆无忌惮。城中日寇每天三五成群到近郊捉鸡、找"花姑娘"，家家自危，叹息之声不绝于耳。

太平洋战争爆发后，日寇深感军事物资极其匮乏，加紧了对沦陷区的大肆搜刮。小泽次郎驻乌城更为重要的任务就是开展更为疯狂的经济侵略和掠夺，他立马成立"帝国领事馆"，直接接管乌城所有的工厂和产业，强迫人民献铜献铁，供其军用。敌伪派遣警察、特务工作队、宣传工作队、封锁工作队、汪记国民党员，对群众进行挨户登记、检查搜索、捕杀威逼，推行连坐联保；同时，大力进行"和平建国"的欺骗性宣传。日寇妄图通过"清乡运动"强化汪伪政权，消灭作为心腹之患的新四军，减少自己在占领区的军备力量，榨取江南的财富。

婉清想到紫檀木盒里藏着一张五万银圆的支票，要是哪天汪伪宪兵冲进来，肯定会被洗劫一空。她在房间里寻觅了好久，感觉在衣橱间、床铺下、衾枕里藏匿木盒都不稳妥。她躺在床上寻思着，突然发现房间的隔墙是用一块块青砖垒起来的，青砖之间能相互脱离。她叫来晓澜，慢慢移开梨花衣橱，在衣橱背后，慢慢撬松一块砖头，轻轻取出，里面豁然露出了一个宽敞的夹壁。两间房间之间的墙壁留了好大一块空隙，正好能容纳木盒，婉清小心翼翼用绸布将木盒包好，放入墙壁夹层，又将砖头嵌了回去，将衣橱归位。稳妥之后，郑重地对晓澜说，哪天我要是有个三长两短，你就把木盒交给我周里的家人，那样我也好有个交代了。

清河街上所有的商铺彻底停业，民宅日夜闭户，一片萧条。谭玉麟的昆曲班没有再遭受日本军部的纠缠和刁难，终于停演。所有的成员此时如残枝上的秋叶，等待最后一阵寒风，吹落，各自飘零。

谭玉麟整日思索着解散昆曲班的事情，无暇顾及谢耀熙和陈璧秋两个年轻人，他俩每天无声无息很早出去，又很晚很晚神不知鬼不觉地回来。玉麟问他俩，他们也躲闪着没说什么。李燮元和吴殿英两位老成员开始商议着何时启程回老家，天天关注着乌城驻守的日军何时容许市民出城。

某一天清早，谭玉麟醒来，发觉陈璧秋、谢耀熙两人一夜未归，推开房门时，看见桌子上搁了一封信，署名谭师傅收。展开信后，方知陈璧秋、谢耀熙半夜回来过，又匆匆离去了，带走了些衣物。看完信，谭玉麟痛心疾首。他痛楚得说不出话来，把信交给了李燮元、吴殿英两位老师傅看。

李燮元读了后，对吴殿英说，璧秋、耀熙已经决定离开昆曲班，去寻找光明了。想不到他们走得这么急，这么快，我想是乌城愈发动荡的时局造成的。走了也好，年轻人就应该出去闯闯。

与此同时，银娣也神色慌张地从谭紫钗的房间里拿出一封信，署名是父母大人收。谭玉麟接过信一看，写的内容和陈璧秋、谢耀熙信上写的差不多。至此，谭家所有人方知这三个年轻人结伴出去寻找光明了。

银娣的悲怆哭声惊动了婉清和晓澜，银娣拉着婉清的手说，紫钗信上说去寻找光明了，光明是啥意思啊？玉麟他就是不说。

婉清说，上次去紫钗房间，她和小陈、小谢小声商讨着什么，看见我进来倒茶，就停止不说了，还一个劲地催促我出去。

谭玉麟压低喉咙说，他们出城去寻找抗日组织了。他们肯定联络到了乌城周边的地下抗日组织，接受了革命洗礼，才终于决定跨出这一步。唉，老吴、老李，事已至此，昆曲班是不宣自散了，你们跟随我多年，漂泊各处，我谭某感激不尽，你们愿意就留下，要是打算回老家，我送你们一程。

庭院摆开小方桌，几碟小菜，一壶黄酒，三人将几年来共事之情叙了一晚上。玉麟一反常态，喝得酩酊大醉，胡喊乱说到很晚很晚，后半夜才被凤祥扶回了房内安睡。

第二天凌晨，吴、李二人收拾了几样行头，在冰冷冬雨里，被谭家人送了很远，谭玉麟将他俩送到了城门口才返回。回来时，他走着走着，就慢慢倒在墙角痛哭了起来，手里的油纸伞倒在一边，他哭得如《窦娥冤》里的唱词一样凄婉。

谭玉麟闲来无事，整日擦拭着心爱的行头。冬雨连绵，终于放晴了一天，他在庭院打开衣、盔、杂、把四大箱，驱散箱内的霉味，五色蟒服、五色顾绣帔、梅香衣、采莲裙、鸾带、绿绫裙、秋香绫裙、大红龙铠、紫花海衿、白茧裙、红蓝丝绵带姹紫嫣红地铺满了整个庭院的北角，阳光一照，幻化出了绮丽的颜色，照得墙瓦、门楣、窗棂都熠熠生辉。

庭院的南角则摊满天平冠、堂帽、牢子帽、凉冠、三叉盔、虬髯、黑满髯、红黑飞鬓、战靴、连幌幌子、纨扇、茶酒炉、虎头牌、龙剑、挂刀、皂隶旗等。唢呐和琵琶等乐器已经被吴、李二人带走了。

　　谭玉麟最后坐在庭院缀满月白色花蕊的梅树下，满足地欣赏着这些跟随他多年的宝贝，每一样都是他亲手添置的，凝聚着他一路走来的艰辛和汗水。

　　婉清从庭院穿过，看见玉麟出神地沉浸在各什行头里，说，谭师傅，我从没想到成立一个昆曲班，要花这么多心血，光置备行头，就要这么多啊。你真是不容易。

　　谭玉麟说，是啊，它们就像我谭某出生入死的兄弟一样，和我有了深厚的感情，可是再好的兄弟，也终须一别，我总有一天，也会离这些兄弟而去的。

　　婉清说，谭师傅，你也别太伤感了，等时局平定后，昆曲班还会重振旗鼓的，到时你再唤吴师傅、李师傅回来。

　　谭玉麟说，曲终人散，分离是最好的出路。年轻人有年轻人自己的想法，年老之人有自己的归宿，我很看得开。

　　入夜后，冬雨又迅猛而下，清河水位猛涨，婉清和晓澜睡在临河的房间里，听着雨声，感觉身体紧枕着河水，河水渐渐漫溢进了房间，身体倏忽漂浮了起来，有一种深长的虚无感裹缚全身。想着想着，辗转难寐，生怕天亮，自己就漂在水面上了。

　　半夜，两人被一阵轰炸声惊醒。这时听到凤祥在楼下说刚拉黄包车回来，看见城西的城墙被炸塌了好大一截。

　　天亮后，乌城内的人都在议论着昨晚那一声巨响。消息灵通人士说昨晚环城路东南方一个日本军官被杀，敌军已经实行全城封锁，要过一个星期才准通行。乡下游击队昨晚趁雷雨潜入城内炸宪兵队，城墙就是那时被炸掉一截的。日寇已经全城戒严，到处捉人，甚为恐怖。

　　凤祥说，死得好！这事肯定是抗日游击队干的，就是不晓得耀熙、璧秋、紫钗有没有参与在里面。

银娣说，你小声点，紫钗一个女孩子怎么会去干这么冒险的事，你的话要是被汪伪汉奸听到了，又要遭殃了，不晓得她出城了没有，唉。我真是放心不下她，这孩子做事从不为父母考虑。

凤祥说，咱们的孩子选对了路，抗日救国，才是出路。其实哪个孩子不是父母生的？要是都不舍得把孩子送上前线，杀日寇，那还如何打胜仗？你放心吧，紫钗不会有事的。

谭玉麟听到哥嫂之间的谈话，也宽慰了几分，心里暗暗思忖着什么。

谭玉麟对婉清说，乌城虽然被日军血腥封锁，风声鹤唳，但抗日武装的反抗一直没有中断过。前些日子汪伪北大街警察总局的枪支，一夜间被游击队全部缴去。还有汪伪县长沈瑶卿被游击队队员刺杀于广福桥塊。前日清晨，城南郊岳庙桥被游击队炸毁，一辆日军货车被炸，二十多名随车人员被炸死。日寇虽戒严捉人，严加镇压，也不能制止抗日武装。我感觉一股强大的正义力量正在我们周围升起，日本鬼子的没落不远了。

婉清说，哪里有压迫，哪里就有反抗，日军是侵略者，杀伤抢掠了我们老百姓，他们终究没有好下场。

谭玉麟说，作为男人，我总不能老待在屋里守着这几箱行头，我也要出去寻找出路了，往后我走了，我哥嫂就托付给你照顾了。这次出去，我也打听一下紫钗的下落，谭家人只要有我投入抗争，就够了，她得回来，好好嫁人。要是她有个三长两短，我哥嫂就没活路了。

婉清说，谭师傅，我一向敬重你，如自己的亲叔叔一样，你认准的事，我都认为是正确的。男儿志在四方，我能理解你的抱负，我只是希望你无论以后身在何方，都要想到这儿所有的亲人都在惦记着你的安危，盼你早日归来，和我们团聚。你哥嫂对我们一向视如亲人，我和晓澜自然义不容辞倾力照顾他们，无论多大的危难，都不会将我们分离。

谭玉麟说，婉清，你是很了不起的女性，我也很敬佩你。我不在时，你一定要好好保护自己，往后只能靠你自个儿了。

谭玉麟思虑一番后，终于痛下决心，离开乌城，出城寻找人生方向。

几周后，城内局势稍缓和，城门开禁，趁深夜，临走前，他对哥嫂说，你们不要为我担心，我此番出去，一定想尽办法打听紫钗的下落，看到她时，劝她回来。你们放心吧，婉清和晓澜会陪着你们的。

银娣、婉清、晓澜擎着雨伞，隔着迷蒙的雨雾，挥手和玉麟告别。玉麟头也不回地上了黄包车，由大哥凤祥拉他至城门口。

城门口，汪伪宪兵盘问时，玉麟说出城添置昆曲行头，汪伪宪兵放他出了城。

婉清不知道，和谭玉麟这一别，将要隔绝四十多年，此番离别，也是凤祥夫妇俩和玉麟的永诀。

玉麟走后，谭宅更加冷清了，宅里再没有强有力的守护，大门日夜紧闭。婉清和晓澜孤寂地守着银娣，牵挂着玉麟和紫钗的安危。

晚上晓澜幽幽地对婉清说，谭师傅此番出去，不晓得找不找得到紫钗姐，外面兵荒马乱、炮火连天的，想想心里直发怵。

婉清说，玉麟师傅不想蛰居下去，乌城太沉抑，他出去喘口气也好，乱世中人，都习惯了漂泊，今天的人不晓得明晚会在哪儿歇脚。你还记得厉雷霆警长吗，晓澜？

晓澜说，记得啊，姐，其实俺有时候会想起上海，也会想起他，俺不敢和你提起，怕触动你的伤心事。一晃好几年过去了，不晓得他是否安好，有没有离开上海。

婉清捋了捋晓澜的头发，说，吉人自有天相，我天天为厉大哥祈福。枪弹无眼，愿菩萨保佑他在枪林弹雨里平安无事。他是干大事的人，国难当头，肯定顺应时势，做出自己的英明抉择。真希望有生之年还能遇见他，当面再好好感谢感谢他的搭救之恩。

第十八章 断瓦

冬去春来，又是一年。谭家人眉头紧紧凝结着忧虑和愁郁，忘却了时日。

婉清待在屋内索然无味，望着窗外梅雨连绵不绝，打着一顶细花绸伞寂寥地站在逼仄的庭院里。紫钗喜爱养花，在庭院四周院墙边，挤挤挨挨地种了紫荆、紫藤、凌霄花，蜡梅树边的花坛里蓝色的鸢尾花正开得茂盛。

紫藤、凌霄花沿着墙头攀缘而上，缠绕在靠墙的梅树上绽放着，袅娜得错落有致，紫色、粉红的絮状花朵在风中摇曳，在凌厉的雨势下，不消半天就渐渐清淡。

婉清心想，茂盛的花不知道还有没有秋季，乱世之中的人还不如做一株贴在大树上的软藤。

一只黄莺落在了庭院的银杏树上，唧啾了几声，又噌地飞远了。

夜晚，婉清寂寞地守在窗台处，听窗外风雨匆匆，一艘艘黑魆魆的乌篷船从窗边缓缓驶过，船舱内的渔火在雨幕里闪烁着稀薄的红影，婉清的思绪于是被船带走很远很远。

清早，银娣拎着竹篮从外边回来，在庭院的水缸里放了几株菱草，菱草呈菱形，开着小白花，晓澜好奇地问银娣这是什么水草，从没见过。

银娣边拨弄着菱叶边说，这是我们乌城出了名的无角菱，我是特意去风陵湖边采几株拿回来养在缸里的。风陵湖现在被日寇控制了。往年，湖上菱草连成一片，绿油油的，开满白花，煞是好看，大暑前后菱长成熟，就可以采摘了。银娣无限回味地说着。

晓澜说，噢，原来是菱草，菱俺以前吃过，就是没见过菱草。菱是好吃，就是有菱角，尖尖的，不小心就戳破嘴唇了，皮又硬，难剥。

银娣笑呵呵地说，我们这儿的无角菱，土生土长的，又叫元宝菱，皮薄易剥，嫩菱很脆，微甜，皮色翠绿，两端圆滑，每家每户都可以随意去采，吃不完，可以晒干磨成淀粉，易储存。可惜现在湖里菱草很少了，都被日军和汪伪军的机动船绞得没剩几株了，我撩了半天才撩到这几株，拿回来养着，解解馋。咱们这些喝风陵湖水长大的老百姓，对土生土长的都有深厚感情，往年采菱时节，我和其他走到一起的婶嫂们穿着蓝印花布做成的衣服，戴着蓝印花布头帕，蹬在菱桶里，轻滑至湖中央采菱，湖面上微风习习，我们惬意地哼唱着自编的菱歌，哎——金风吹来湖摇荡，风陵湖上乐陶陶；采菱女，巧手轻滑菱桶来，排雁队，唱棹歌；采得鲜菱乐悠悠，欢颜映碧水……

呵呵，我们这些老婆子相互嬉闹着，还不时地聊起家长里短，插科打诨，好不快活。唉，还是没几年前的事，一晃就过去了，想想现在变成这副样子，真是难过。不晓得以后还能不能和那些婶嫂们相约在湖面采菱了，现在她们是否还安好呢？银娣说完，悲酸起来，眼泪竟清清然滑落了下来。

婉清帮她擦拭泪花，柔声宽慰道，婶，想开些，一切都会过去的，日子也会慢慢好起来的。等以后太平了，我和晓澜陪你一起去采菱。银娣破涕而笑了。

其实婉清自己也不知道苦难的日子啥时是个头。

琐碎沉闷的日子如流水般，无声无息地流逝着。天越来越凉寒，清晨的庭院落满了晶莹的晨露，一层层薄薄的晨雾从骑虎墙头随风缓缓飘过，一晃时已至中秋了。清冷的乱世里，还有谁抬头望夜空里的皓月，月自顾自或盈或缺。

不消半月，庭院内紫藤和凌霄花藤的叶子纷纷在清晨和深夜飘落在地，高墙外一株倚墙的银杏树的金黄杏叶也纷纷扬扬地舞了进来，一晚上就会积很厚的一层，阶砌下的蟋蟀也时不时地发出凄切的秋吟，引起婉清一阵一阵心伤，每每泪零。

天明，藤叶、杏叶上铺了一层稀薄的白霜。婉清为了看霜，起得很早，站在白霜之上，又黯然神伤着，默默唱起了《牡丹亭》里的《寻梦》唱词：

> 是这等荒凉地面，没多半亭台靠边。敢是咱眛睒色眼寻难见？明放着白日青天，猛教人抓不到魂梦前。霎时间有如活现，打方旋再得俄延。呀！是这答儿压黄金钏匾。

这些天，秋风格外尖厉，藤叶、杏叶，像伤鸟似的猛旋，南墙头的几道爬山虎，也显露出豹斑似的秋色。婉清旁若无人地倾听着秋后的空院，听落叶在泥土里安眠，她的白色衣裙在秋风中飘忽着，活像一只白色蝴蝶。

紫荆在风中似乎也凝结着寂寞的清愁，发出悲戚的絮语。深夜里，婉清心想，我为秋叶悲戚，又有谁为我凄惘呢？

这是民国三十一年的秋暮。

一场雪无声无息地在夜间降临，宣告了秋天的结束，寒冬的到来。

日军赶在年关前，在城乡发动更大规模的"肃清战"，对新四军、游击队活动地区进行地毯式"扫荡"，在所到之处烧杀抢掠，凶恶狰狞。城郊大批难民疯狂涌向乌城，由于城门被汪伪军把守，禁止入内，难民只得涌往郊区，城南的云雀庵于是收留了很多难民。日军得知后，在深夜集结出动，丧心病狂地用刺刀刺死云雀庵里所有难民，连尼姑们也不放过，没留一个活口。他们将死尸堆积在云雀庵里，点燃了。顷刻间，云雀庵火光冲天，映红了城南的上空，夜空里弥漫着尸体的烧焦味。

婉清天亮才得知云雀庵被血洗，庵里的尼姑及所有的难民通通遇难，场面相当触目惊心、惨绝人寰，到现场看过的市民无不哭得悲天恸地，眼眶里溢满绝望的泪水。

银娣不停地垂泪，婉清号哭着，拉住银娣的手说，婶，是不是静尘师太也被杀死了？她是活菩萨，菩萨不会死的，对吗？她怎么会死呢？不会的，一定不会的，我答应过她，要好好活着，看空人间的一切苦厄，她怎么会撒手走了呢？

银娣任由婉清推搡，也只顾流泪，不语。

婉清不顾晓澜阻拦，执意要去云雀庵探究静尘师太的下落。银娣于是陪着她前往。出了城老远就看到云雀庵一夜过后依旧在燃烧着，冒着滚滚浓烟，空气中弥漫着类似人体烧焦的气味。婉清被恶心得直作呕，她强忍住。大批大批城内的人也在此时涌向云雀庵，婉清看到市民有的用脸盆泼水，有的从断瓦残垣里拉出一具又一具尸体，几乎所有的尸体都被烧成了焦炭，蜷缩成一团，观世音、弥勒佛的坐像也倒塌在地，被熏黑了，断成好几截。

婉清频频拉着身边的人，心存侥幸地打听静尘师太的安危，但没有人停下来搭理她。

许久，她看到几个苍老的妇女跪在一具烧焦的瘦削尸体旁，敲着木鱼，念诵着《大悲咒》《往生咒》。婉清看见尸体上有未烧焦的灰色僧袍一角，她明白这就是静尘师太了。

她彻底绝望了，突然晕厥倒地。

不知昏睡了多久，婉清醒来时，感觉脸上冰凉刺骨，发觉天已经黑了，正下着蒙蒙细雨。她正躺在银娣的怀里，被银娣紧紧揽着，寒风正凄厉地号叫着，在这样冷峭的暮冬的黄昏，婉清感觉生命在一点一点消逝。

静尘师太的尸体已经被搬走了，在冒着呛鼻浓烟的废墟上，十几个穿着僧袍的僧侣和尼姑或摇着经筒，或敲着木鱼，沿着云雀庵的倾圮残墙，转了一圈又一圈。停在远处的乌鸦长一声短一声地嘶鸣着，凄厉的叫声犹如敲响的丧钟，回荡在空旷的天寂。

银娣说，这些僧侣和尼姑是从四面八方赶过来的，为死难的人超度。静尘师太已经升入极乐世界了，归列仙班，所有的人都不会白死的。佛祖一定会替死难的人，向刽子手讨回血债的。

过了几个月，市民又自发募捐，在云雀庵原址废墟上，修建了另一座庵，从江北又来了一拨新的尼姑、师太，入驻庵中，香火缭绕不绝。

婉清长时间地陷入凄恻和忧愤中，她总以为像静尘师太这样皈依佛门的修行者，最后无非是功德圆满，圆寂涅槃；怎么也会如芸芸众生一样，遭受这般令人发指的浩劫，猝然离世呢？为什么修行之人也不能逃离人世间的苦厄呢？那又为何修行呢？

她纠结着，屋里朦胧的黑暗、凄酸的寂静，勾起了一种若有若无的叹息，猎猎的西风正在舔舐纸窗，她昏昏然，又睡去了。醒来时，窗外又是如银般的月色，床边的烛火婆娑着戏弄自己的幽影，泣诉那无边的酸楚。

婉清颤颤悠悠地坐起来，脑海里静尘师太的音容转瞬间消失了踪影。

她在香炉里放了碧螺香，很快，室内，氤氲地，漾起了一丝遐想。她拿出《云水禅心集》，似师父面授一般，细细斟酌。书里字字珠玑，凝练精辟之语，句句经典。

午夜，她深吸了口气，走向窗前，推开了窗，月亮隐去了，恼人的冬雨，又淋湿了檐前靠河的弱柳，她长叹了一声，心想人世间不知又起了多少纷纭。静尘师太曾说尼姑庵总是静寂，没有新鲜，没有陈旧。如今师太也似那吹过的寒风一样，去了无人能到达的地方。

第十九章　救世主

腊月二十这一天，银娣掸尘打扫房子，说是把一年来的穷运、晦气统统清扫出门，婉清和晓澜也忙着打扫庭院，清洗各种器具，拆洗被褥、窗帘。

忙活了半天，银娣坐在庭院里对婉清说，往年腊月里，紫钗会写桃符贴在门上，我呢剪了一辈子窗花了，已把福字剪成几十种各式各样的图案，像寿星、寿桃、福禄寿三星照、天官赐福、六畜兴旺、迎春接福、老鼠娶亲、鲤鱼跳龙门、五谷丰登、龙凤呈祥啦。街坊邻居也会向我讨要，哪家迎亲嫁娶，我也帮着张罗，图个喜庆。我还会自己磨米粉做枣糕、柿饼、杏仁饼、长生果年糕，用来祭祀祖宗、过年招待亲眷。唉，以前没有日本鬼子时，日子过得虽然清苦，倒也安逸。现在哪是老百姓过的日子，家破人亡有之，妻离子散有之，你看咱家，去年除夕还好歹阖家团圆，今年就——还没有紫钗和玉麟的音讯，这年不晓得怎么过了。

婉清宽慰着银娣，婶，是啊，老百姓不图荣华富贵，图的是安康、太平。日本鬼子横行霸道的日子不会长久了，再熬些日子，苦日子就该熬出头了，到时紫钗妹妹和玉麟师傅也就回来了，咱再欢欢喜喜过个团圆年。

银娣说，是啊，也只能这样想了，存个念想，才能熬得过去。

黄昏时，凤祥冒着风雪，拉黄包车回来了，刚进门，就说，城北藕香亭边的圣加尔修道院挤满了从城外涌进来的难民，快要容不下了。那些难民真是可怜啊，天寒地冻的，却穿着单薄的衣裤，在寒风里冻得瑟瑟发抖。最可怜的就是那些孤儿和襁褓里的婴儿，吃不饱，扯着嗓子哭喊着，大人也无可奈何。

婉清问凤祥，修道院里边现在驻扎着神父和修女吗？他们会向难民施舍一点儿食物吗？

凤祥说，难民这么多，僧多粥少，神父也爱莫能助啊。每天总会抬出好几具饿死的、病死的、冻死的尸体，拉到东郊坟岗，掩埋了事。真是惨不忍睹啊。

银娣说，我是信奉佛祖菩萨的，从不去天主教徒创办的圣加尔修道院里，那儿的教徒信奉天主，天主在哪儿呢？跟我说我也不懂，听说他们不叩拜，只是在周末做弥撒。我不懂洋人的规矩，我只会拜菩萨。

婉清说，前几年我在上海走投无路时，也幸好被一所天主教堂收留数日，我想不管天主也好，佛也好，都是救护贫苦百姓的，劝人积德行善、相互救助、相互尊重。只有真正经历过流亡的人，才会对难民的痛苦感同身受。叔，婶，我想去帮帮他们，特别是那些无家可归的孩子，快过年了，他们如何熬得过去。

说完，婉清眼眶湿润了，泪眼婆娑，簌簌而落。

凤祥说，婉清说得在理，信仰只是一炷细香而已。孩子她娘，你也应该放下那些老思想，能帮得上的，咱老谭家也绝不含糊，这也是积阴德，你说对吧？

银娣微笑着说，老头子，说得头头是道的，我听你的便是了，还唠叨个没完没了。

婉清站在厅堂里，隔着窗，向庭院张望，雪纷纷扬扬地下着，她双掌合拢，对着夜色，向老天祈求福祉，保佑难民们平平安安地熬过彻寒的冬夜。

银娣在灶壁间，忙着磨米粉、搓面团，做了几蒸笼糍粑、馒头，晓澜帮着烧火。凤祥拿出不少自己和玉麟穿过的过冬衣服，交给婉清和银娣拆线，缝成几件窄小衣服做给孤儿们穿。

忙活了好一会儿，到半夜，风雪停了，凤祥挑着满满两箩筐糍粑、馒头，婉清肩扛着包裹，晓澜在最前面拎着煤油灯，朝城北圣加尔修道院走去。

三人深一脚浅一脚地走在没膝的雪地里，四野静谧，远树凝寂，偶有几声犬吠从树林后面隐隐传来。冬夜的街道空虚得失去重心，一轮残月正缓缓钻出黑魆魆的云层，在雪地上投下清冷的月光。

三人气喘吁吁地沿着古运河走着，一盏茶工夫，走到了城北藕香亭畔的圣加尔修道院。修道院是由一幢幢灰黄色的欧式环楼组成的西式建筑群，左右对称分布，坐东朝西，呈"凹"字形，主体建筑的正中有一小钟楼，钟楼有圆窗，满园栽满高大的香樟树。此刻，修道院和香樟树皆被皑皑白雪覆盖着，整座修道院隐藏在黑夜里，阴森森的，在清冷月光的笼罩下，更显凄冷。

深夜了，教堂大门为抵御严寒而紧闭着，教堂内仍亮着昏暗的灯火，隐隐约约响起嘈杂声，晃动的人影不时从圆拱形窗户的彩绘玻璃上投射出来。

谭凤祥推开修道院的大门，大厅内的难民警觉性强，齐刷刷向他们投来惊惶而又倦怠的眼神。难民们在大厅打开地铺，横七竖八地蜷缩在一起，楼上楼下每个房间及每条长长的过道里也安置满了难民。穿白大褂的医生和护士穿梭在难民间。披着白色袍子的修女们，端着盘子，忙碌着，在拱形门内外进进出出。

一位穿着黑袍的西洋神父向凤祥他们走来，在胸前轻画着十字，用生硬的汉语说，感谢天主，你们是带东西来分发给难民们的吧？

凤祥说，是的，仁慈的神父，我们带的东西不多，你叫修女们分发下去吧。

神父说，我代表全能的天主圣父感谢你们，愿天主保佑你们。

凤祥带来的糍粑和馒头，由修女们一一分发给难民，难民们井然有序，没有争抢。由于难民实在太多，带来的食物很快分发完了，好些难民没有分到食物，于是几个难民聚在一起，分享一个糍粑或馒头。

一个衣着褴褛的老妇人美滋滋地吃着，说好久没吃到这么香喷喷的糍粑了。婉清侧过脸去，轻轻拭去眼角的泪花。

婉清看到有的孩子瑟缩在蓬乱、污垢不堪的被子里，有的被娘抱在臂膀里，沉睡着。婉清解开包裹，将做好的衣服分发给身形小的孩子。

看到没拿到食物的难民用饥渴的眼神盯着自己，凤祥局促地倚在墙上，搓着双手。

过了一会儿，神父对凤祥和婉清说，半月前，难民从城外汹涌进入修道院后，院内的储存粮食渐渐不够用了，我和修女们只好去一些非汪伪商会讨要些物资，分发给难民。但如今乌城由日军成立米粮采购商同业公会，到处搜刮军米，疯狂掠夺大米和棉花等军需物资，供应给太平洋作战前线。讨要来的粮食吃得所剩无几了，饥饿的难民们就吃起一种用豆饼、树皮、草根等制成的"混合面"，勉强果腹，但吃下去，又很难排出。熬不到半夜，又饿得眼冒金星，半月来这儿已经饿死好几个人了。我曾向周边城市的天主教堂求援，但城门口被日军把持着，运送来的粮食通通被日军截留去了。我去过日本军部好几次，和他们耐心交涉，请求他们顾念国际人道主义，归还这些被掳走的粮食，但他们凶残暴戾，坚决不允，还扬言要驱赶这些难民出城，到城外乱坟岗集体活埋，勒令我尽早关闭这所修道院。我的仁慈的天主，你救救这些无辜的走投无路的难民吧。说完，神父好几次无限哀伤地轻画着十字。

婉清听得战栗了起来，毛骨悚然。目睹这些朝不保夕随时会遭受残害的难民，她心如刀绞。这些难民除了妇孺，就是些体弱病残的老人。

婉清拿出针线，俯下身给难民们缝补衣服。在跟难民的攀谈中，她得知这些难民大多数是乌城近郊余里、凤角、新埭、湘泽人氏，也有稍远周里、吴庄、常远一带的。他们的家乡早被日军占领，老家的房子和耕地被日军强占，家里的壮丁要是前几年没被国民党抓走当兵，现在通通被日军劫走去挖沟、修路了，稍有反抗，就被打死。年轻的姑娘被日军抓去司令部当慰安妇了，剩下上了年纪的老人或年幼的孩童，不是被集体屠杀、活埋，就是被四处驱赶，背井离乡。日军已疯狂地向他们的家乡移民，在他们的田地里种植棉花、粮食、鸦片和其他农产品。

说者和听闻者无不痛不欲生、悲恸欲绝。

深夜，修道院内渐渐安静了下来，难民们惶恐地合上了眼睛，已无力再为明日的命运多做考虑了。窗外又簌簌扬起大雪。

婉清哀戚地抚摸着每一个熟睡的幼童和婴儿，突然想起了老家的亲人，惦念起了他们的安危。

婉清蹑手蹑脚地从躺着的难民间走过，看见一个孕妇斜倚在一个老妇人怀里，盖着破败的棉絮被。此刻她正沉沉地睡着，平缓地喘息着。她蓬头垢面，异常憔悴，看得出曾经历了怎样的颠沛流离。

一个扎着一对羊角辫、缠着红头绳的小女孩，甜甜地酣睡在母亲的怀里，手里还拿着未吃的糍粑。小女孩的母亲脸色发白，一副病恹恹的样子，正惶恐地注视着婉清，眼睑下沉积着一层忧郁的青色。她看婉清也盯着她，便凄怆地从苍白皲裂的嘴唇间挤出一丝笑容。婉清看得出她和大多数难民一样，连日饥饿才如此憔悴。

婉清早已泪流满面，不忍再看，掩面走开。

回到谭宅后，银娣仍坐在饭桌前缝衣服。婉清又泪流满面地将在修道院看到的情形告诉了银娣。银娣也听得抽泣了起来。

凤祥说，老婆子，咱家还有大米和面粉吗？和那些难民相比，我们好歹还有个遮风挡雨的住处，就是不晓得哪天我们这房子也被日军强占去，到时也只得流落街头了。

银娣说，已经只剩下一点点了，年关也得紧巴巴地过了。

凤祥说，噢，现在纵然有几个银圆，在城内也断然买不到粮食了。咱这些日子改喝粥汤吧，乱世间，还提什么过年，省下些粮食，以后好歹还能接济几个难民。

婉清躺在床上，久久地辗转反侧，惶恐不安像一条蛇在反复啃噬着她，许久许久，才迷迷糊糊睡去。睡梦里，她渐渐浮在一片破败的衣服、絮被上，突然絮被换成了患者遍地、饿莩横陈的场景，她被堆积的尸骨包围着，秃鹰在上空盘旋。她惊恐万状地嘶喊着，但没有人来救她。后来，秃鹰飞远，静尘师太驾着祥云出现了，不语，只是对婉清微笑着，点了点头，又倏然飘去。

连着几天，银娣从陈年的衣柜里翻找出衣物，凤祥把去年婉清做给他的棉衣也拿了出来。婉清拆了几件，改小了给修道院的小孩穿，其他的给大人穿。

清河街的街坊邻居得知谭家人为修道院难民所做的事，一改之前的异样眼光，纷纷效仿，拿出自家的粮食和衣物，三三两两地送往圣加尔修道院。之后，其他街道的市民也纷纷加入了慷慨相助之中，说难民也是我们的亲人啊，他们今日的困苦，说不定明日就落到咱们头上了，大家帮衬一把是一把。

腊月二十六，婉清正在修道院内给孤儿们缝衣服，日军和汪伪军冲了进来，扬言要霸占圣加尔修道院做日军的驻扎地，驱赶难民。汪伪宪兵队队长庞炳钦趾高气扬地佩着军刀站在日本军官边上。

晓澜看见日本人来了，惶恐地躲到婉清的身后。

神父义正词严地驳斥日军的暴行，对为首的日本军官说，我早已经放出风声，将修道院内安置难民的情形通知给上海《申报》的记者，时刻连篇累牍报道这儿的时局。你们若仍藐视国际公法，残害难民，勒令关闭修道院，我将誓死抗争到底，捍卫正义，如若去见天主了，就请求天主来惩罚你们这帮沾满鲜血的刽子手。

诚如荷力加神父所言，上月中旬，小泽次郎纵火焚烧摘星巷的天主教会办的仁爱堂育婴所。这事曾登载在《申报》上，日军在乌城的残暴行径遭到国际舆论集体炮轰，日军驻上海警备司令部倍感压力，小泽次郎才稍加收敛。此番一月未到，又丧心病狂，兽性重新发作。

这时，大厅墙角不时发出一阵又一阵撕心裂肺的呐喊声，修女快步跑过来对神父说，那位孕妇已经从半夜折腾到现在了，医生说婴儿胎位颠倒，难以顺产。婉清正守在孕妇身边，焦灼地替孕妇擦汗。

庞炳钦大声嘟囔道，生什么生，生出来也是个枪靶子，不如闷死在肚子里。

这时日本军官大喊一声"八格牙路"，呵斥庞炳钦，庞炳钦吓出了一身冷汗，唯唯诺诺着退后。

神父怒瞪了一下庞炳钦，转头对修女说，这位孕妇长时间奔波，早已疲弱不堪，再加上食不果腹，营养不良，纵然不是难产，也早没力气自行生产了。

孕妇的嘶喊声渐渐虚弱，气若游丝，难民们已全然不顾荷枪的汪伪军，都惶恐地随着孕妇哭喊着，骚动着。

这时一位修女挽着一位老太太从外面进来，对神父焦急地大喊着接生婆来了，接生婆来了。日本军官缓步退开，汪伪军也跟着退到一边。

神父将孕妇拦腰抱入了内室，难民们簇拥在房门外，焦灼万分。许久，内室传出一阵婴儿啼哭声，大家喜笑颜开，说生了，生了。

汪伪军这时齐刷刷地调转枪头走出了修道院。

荷力加神父从接生婆手里抱过婴儿，欣喜地对众难民说是一个男婴，瘦小了些，但很健康。难民们拍手叫好，欢欣鼓舞着。婉清也露出了欣慰的笑容，忙入室照料产妇。

银娣从家里取来红糖，放入米糊，冲着喂给产妇喝。

扎着羊角辫的小女孩挣脱了母亲的手，嚷嚷着要抱男婴，她的母亲虚弱地说，丫丫，小弟弟还小，不能抱的。

婉清无限爱怜地抚摸着这个乖巧的小女孩，而她的母亲依旧孱弱，仿佛稍一用力就续不上气了。

第二天，产妇由婉清挽扶着能走动了，抱着褓褓中的婴儿，谢过神父，对神父说给孩子起个名字吧。

荷力加神父慈爱地说，这个孩子是天主派往人间的，给我们带来了新生力量和希望，就叫新生吧。

产妇说，新生这个名字好，我们家新生有名字了。然后欢快地笑着。

圣加尔修道院内洋溢着难得的欢声笑语。

黄昏，庞炳钦跟在昨日来的日本军官后头，又带着一排汪伪军冲进了修道院。

在日本军官对庞炳钦用日语轻言几句后，庞炳钦把荷力加神父拉到一边，附在神父耳边说了几句。神父迟疑了一下，和一位修女走入了房间，少顷，这位修女立刻快步走出了修道院。

一个时辰过后，修女和先前的接生婆来了。

庞炳钦立刻迎上去，对接生婆小声说，我们这位松井少佐的太太在军部难产，医生也束手无策，想请你去军部走一趟，帮忙接生，你接生成功了，皇军不会亏待你的。

接生婆镇定地说，老身又不是再世华佗，不敢打包票啊，庞队长，我要是接生不成功，日本鬼子是不是会咔嚓一下砍下我的脑袋？

松井次茂不太懂中文，在一边屈身焦灼地听庞炳钦和接生婆的对话。

庞炳钦声色俱厉地说，严老太，这事只许成功不容失败。昨晚，你给那难产的孕妇接生，松井少佐也看在眼里，你那高明的接生手法，在乌城是出了名的，我听得多了去了，再棘手的活，到你手里，不也是信手拈来。你从阎王手里讨回来多少条人命，你自己最清楚啊，还要我细细说来吗？

接生婆严氏继续说，你也知道老身跟阎罗王讨要人命？那你呢？跟日本人狼狈为奸，助纣为虐，残害自己的乡邻？你爹娘被街坊指指点点唾骂，头都抬不起来，你知不知晓？实话跟你说，当年你娘生你时，也是难产，你爹冒着风雪，上我家来请我，才保了你这条小命。老身我现在老了，老眼昏花了，手也拿不稳了，我阎罗王都不怕，还怕什么日本鬼子。

庞炳钦被严氏骂得羞红了脸，理屈词穷了。

这时，松井少佐低头对严氏说，你的，良民的，帮忙接生，皇军大大的犒赏的。话说完，向庞炳钦使了使眼色。

庞炳钦俯在严老太耳边，轻声说，严老太，日本人杀人不眨眼是真，但人命关天，你不看僧面也得看佛面，松井少佐的太太和肚子里的孩子可是无辜的，你不去相救，就是一尸两命，到时皇军怪罪下来，这里的所有难民和修道院的神父、修女都要受株连，孰轻孰重，你自己掂量。

严氏镇定自若地说，你不用恫吓我，你跟那日本鬼子说好了，我同意去军部走一趟，但我不是怕他们，也不是畏惧他们的杀人手段，我只是顾念那位在军部的难产孕妇，她纵然和禽兽整日生活在一起，但好歹也是一个要临盆的女人，肚子里怀的也是一条性命。

临走前，婉清突然自告奋勇，要随接生婆一起去军部。

晓澜听得急了，把婉清强拉到墙角边轻声道，姐，你不要命了，那地方阴森恐怖，连鸟都不敢飞过，万万使不得啊。

其他难民也纷纷劝婉清莫去。婉清这时对晓澜和众难民说，严妈妈都不怕，我还怕什么？是福不是祸，是祸躲不过。她年纪大了，我去照应着她也是应该的，里面全是日本人，严妈妈听不懂日本人讲的话，我去也能比画比画，当当帮手，你们放宽了心吧。

晓澜自觉劝不住婉清，从脖颈上取下玉观音，放入婉清的掌心里，说，观音和你在一起，会时刻保佑你的，姐。

婉清拥抱了一下晓澜，拍拍她后背宽慰着说不碍事的。

松井次茂虽听不懂婉清的话，但看到婉清说话的神情，他还是微屈着做了一个请的姿势。婉清搀着接生婆，一同上了停候在门口的军车。神父、修女及难民们涌向门口，向她俩告别。

神父和修女们在胸口不住地画十字祈祷。难民们于是也纷纷效仿着。

第二十章　血色樱花

日本军部戒备森严，军车绕了几圈后，经过栽了几株樱花树的花园，在一幢橘红色二层小楼前停下来。婉清搀着严氏，虽强作镇定，但望着岗哨处荷枪实弹的日本兵，还是掩饰不住惶恐。婉清紧紧攥着严氏的手，手心里沁满了汗。

庞炳钦指了指二层小楼，对接生婆说，严老太，请吧，松井少佐的太太就睡在楼上。

松井次茂硬挤出一丝浅笑，做了一个迎的姿势，先上了楼梯，黑色军靴在青石板上磕碰出尖锐的声音。庞炳钦和众宪兵候在楼梯下。

婉清和严氏惴惴不安地上了楼，一阵急促的痛楚呻吟声隐隐传来。两人立刻被带入一间和式房间，房间是紫红色墙壁、红松门窗，中间用移门隔开，孕妇就睡在内室。移门外，几个医生和护士跪在红松地板上，脸上伤痕斑驳，不停地相互抽打对方的脸。

和式房间的移门被松井次茂哗啦拉开，几个穿和服的老妇人跪在一张榻榻米前，焦灼地拉着孕妇的手。孕妇的脸惨白，大汗淋漓，鬓角的头发濡湿了粘在耳际，两只手不停地在空中乱抓着什么，不住地撕心叫喊。一个约莫五岁的穿着橘黄色和服、梳圆发髻、插着彩绘木梳的小女孩扑在孕妇身上，急切地喊着"妈妈，妈妈"，看见松井次茂，扑到他怀里，叫着"爸爸，爸爸"。

松井次茂屈身抱起女孩，对严氏和婉清说拜托了，遂出了门。

事不宜迟，严氏比画着叫日本老妇人准备热水和毛巾。几个老妇人听不懂，婉清于是起身，下楼找庞炳钦上来翻译。庞炳钦于是上楼和日本老妇人嘀咕了几句，日本老妇人遂四处慌乱忙去，鞋子在青石板上磕碰，留下了呱嗒呱嗒的声音。

　　庞炳钦对婉清说，你多尽力些，事成了，对你有好处。婉清斜睨了他一眼，说，是对你庞队长有好处吧。庞炳钦闷声不响了，自顾自抽起了烟。

　　严氏惊愕地发觉孕妇睡着的榻榻米没有褥垫子，清冷着。遂命几个日本老妇人，在榻榻米上先铺上褥垫子，再铺上褥子和褥单，然后将孕妇放上去，盖上毛毯。

　　严氏柔声宽慰孕妇说没事的，忍着点，孕妇这时艰难地说要疼死了，让严氏和婉清吃了一惊。孕妇居然会说中文。严氏就干脆放开说，教孕妇吸气、屏气，再均匀呼气，还不住地揉孕妇的下腹，试着拨正胎位。婉清不住地拿毛巾在热气腾腾的木盆里清洗着，绞干，擦拭孕妇濡湿的脸及脖颈，还接过严氏递过来的沾满血污的毛巾，在另一个冒着热气的木盆里濯洗，立刻递了上去。

　　孕妇紧紧攥住严氏的手，使严氏使不开手脚。婉清立刻伸手抓住孕妇的手，好让她有使力的支点。严氏说再用力，已经看到孩子的头了，快生出来了。

　　孕妇咬紧牙关，从喉咙里吐出坚韧的声音。

　　婉清被深深震慑了，从没生育过的她，恍然明白生孩子是如此艰辛，真正明白了为什么老话说生孩子就等于一只脚伸进棺材板里。

　　松井次茂焦灼地在门口等候着，不时叫日本老妇人出来汇报里边的情形。严氏也颇紧张，接生几十年，从未碰到过如此棘手的情况，婴儿颈部被脐带缠绕，且头脚颠倒，岌岌可危，若再不出来，有闷死腹中的危险。严氏累得大汗淋漓，直喘粗气，两手沾满血污，婉清连忙帮她擦汗，说严妈妈，你要不歇息一下吧。

　　严氏说不碍事，接着对孕妇说再使把劲，孩子就生下来了。

几番挣扎之后，内室传出婴儿微弱的啼哭声，严氏在婴儿的屁股上一拍打，婴儿便发出强烈的啼哭声。门外的松井恍然一惊，立刻冲进了房间。孩子生下来了，他紧锁的眉宇舒展开了，欣喜地露出了微笑。

严氏对松井说，你太太生了一个健康的男婴，恭喜了。她全然忘了站在她眼前的是一个凶狠跋扈的日本军官，而仅仅是一个焦灼等待的丈夫和父亲。

松井对严氏和婉清虔诚地鞠了一躬，生硬地用中文说让你们多费心了，深表谢意。

严氏擦了擦手，瞅了一眼在身边的庞炳钦，说，你对里面跪着的医生说，孕妇产后血虚，他们是西医，给孕妇挂点生理盐水，恢复得快些。

松井微微一笑，叫日本老妇人带领严氏和婉清下楼用餐。餐后，忙了一宿的严氏和婉清在楼下卧室的榻榻米上休息，昏昏入睡了。此时，天已经微微亮了。

天大亮的时候，日本老妇人请两人用了早饭。之后，严氏和婉清在日本老妇人的带领下，又进了二楼，产妇正在打点滴，沉睡着。

黄昏，产妇醒来，气色已明显好转，微微红润，怀里抱着襁褓，对严氏和婉清说，有劳二位仁义相助了。她欲要起身致谢，被严氏按住，严氏说罢了罢了。

孕妇和她俩轻声攀谈起来，说，我叫山田美惠子，是本州岛长野人，我父亲叫山田定雄，是大日本帝国陆军中将，一九三五年秋受日本天皇派遣，去中国河南郑州参与恢复日本驻郑州领事馆。我是家里的独女，一直仰慕中国源远流长的文化，想赴中国学汉语，父亲很宠爱我，遂带上我来到了中国。我在郑州待了一年多，学会了一些基本的汉语。一九三七年"七七事变"后，战事骤然紧迫，父亲奉日本外务省的训令，于一九三七年八月九日降下了旗帜，正式闭馆，我被迫返回了日本，父亲则被留在了中国战场。

婉清说，我先生曾和我说起过这方面的事情，你父亲当时赴郑州参与恢复的领事馆，其实是日本驻中国汉口总领事馆的一个分支。从"九一八"事变到华北事变，日军在完成了对东北和华北的实际控制后，郑州成为其继续南下和西进的重要枢纽。所以恢复日本驻郑州领事馆，等于是揭开了日军全面南下侵华的序幕。

山田美惠子说，当时我才十三岁，初来中国，懵懵懂懂的，对一切都很好奇。河南的嵩山少林寺巍峨雄伟，龙门石窟精美绝伦，父亲特意给我安排了一位汉语老师教我中文。我一直在学习中国文化，对领事馆的一切漠不关心，父亲也总是很忙碌，好几个月也见不了一面，无暇顾我。现在回想，才明白父亲那段时间在忙碌些什么。

婉清说，两年时间，你中文竟学得这么好，你学习语言的能力真是不俗啊。

山田美惠子笑着说，呵，我只要喜欢上一件事情，就会花百倍的精力去学好。其实一九三七年初，我被父亲安排去了上海的日本司令部待了半年时间，在那儿，我领略了上海的花花世界，喜欢上了阮玲玉、李香兰、周璇的电影。阮玲玉服毒自杀，那两年电影院里反复上映着她的电影，像《野草闲花》《新女性》《故都春梦》。我个人还是最喜欢她主演的默片《神女》，她用丰富的肢体语言将一个卑贱的妓女和圣洁的母亲演得活灵活现，尽管她在有生之年从未获得过"电影皇后"的桂冠，但在我的心中，她永远都是独一无二的"无冕影后"。

婉清说，是啊，我在上海也居住过几年，很喜欢阮玲玉，可叹的是，红颜薄命，留下一句"人言可畏"后，一代名伶香消玉殒了。

山田美惠子说，是啊，可惜，我只待了半年，中日战争爆发，我就被父亲安排回日本了。后来，我嫁给了同在陆军的松井君，他随部队来到中国，上了战场。我牵挂着他，也来了中国，以侨民身份住在了上海，我们的女儿就在那儿出生。

婉清凄厉地说，你丈夫这次来，是拿着枪炮来侵略我们的国家和民族的啊！

山田美惠子说，我也不想杀戮，不想有战争，作为一个女人，只想安安分分地相夫教子，哪个女人想每晚担惊受怕，害怕第二天醒来成了寡妇，害怕自己的孩子失去父亲。可是，我们自古是信奉武士道的大和民族，从小接受军国主义的熏陶，男人以当上武士为荣，女人以嫁给武士为耀。我的家族是武士道家族，我的命运就是嫁到同为武士道的家族，这是我的必然归宿。我丈夫家是日本有名的松井家族，祖父在明治维新后就当上了陆军上将，他父亲继承其父的衣钵，当上陆军中佐，我丈夫现在是陆军少佐。他在国内时学的是早稻田大学的临床医学，他也曾厌恶战争和杀戮，不想赴中国作战，但迫于无奈，只得出国作战，在日本，反战就等于怯战，为家族蒙耻。

婉清说，你和我的身后是崇尚不同理念的民族，我们中华民族信奉儒家传统伦理思想道德，讲究仁爱。全世界的人民，不分肤色和种族，如果永远没有杀戮和战争多好，为什么要去侵略另一个国家和民族，去占有他们的土地和财富呢？谁的生命都一样宝贵，都应有尊严地活在这个人世间。你们不也承受着骨肉分离和妻离子散甚至阴阳两隔吗？

山田美惠子说，是的，我们身为女人，是很卑微的。我经常劝我的丈夫少一些杀戮，但他不敢违抗军令，稍有懈怠，将遭受军部责罚。我也很想念故土，想念家乡的樱花，唉。

说完，山田美惠子垂起了清泪。

婉清说，你这样想，就很难得了。你知道我和严妈妈是如何来到这里的吗？你的丈夫用明晃晃的刺刀威逼着我们。当然，严妈妈深明大义，不管你是不是日本人，她知道了都会来救你的。现在圣加尔修道院里都是饥饿难耐的难民，神父向周边修道院发出求救运送来的粮食都被你的丈夫扣留了。唉，眼看都要饿死了，他们同样也是一条条鲜活的生命啊。

山田美惠子说，你和严妈妈救了我们母子的生命，明天容我和丈夫说说去，央求他归还一点扣留的粮食，放难民一条生路。只是他上面还有陆军上将小泽次郎，此人蛮横异常，我丈夫也常和他有分歧，估计此事很难办妥。

婉清说，有劳了，美惠子，我想不说的话，就一点希望都没有了；说了，可能还有点余地，再说那些粮食本来就应该属于那些难民。

严氏忙着护理刚出世的婴儿，帮忙清理身上的血渍，用纱布敷好脐带。

次日清晨，山田美惠子气色稍显红润，换上了清丽的和服。婉清扶着她，在楼下的樱花园里走走。

花园里的樱花树密密匝匝，碗口粗细，枯秃着树干，樱花树下有一条石凳椅，婉清扶她坐下。

山田美惠子说，我很想念故土的樱花，所以让松井君在此栽下了几株樱花树。战事不紧时，我就带着女儿，从上海偷偷来此，和他团聚。我抚摸着樱花树，给树培土，寄托相思。前几日小泽次郎离开乌城去南京后，我才得以带着女儿又来此，一路颠簸，遇上了早产，幸得你和严妈妈搭救。

山田美惠子抿了抿嘴唇，深呼吸了下，又说道，远离故土来到异乡后，我站在庭院里，也只是默默望着，任樱花随意飘落。一起风，樱花便漫天飞舞，把我的衣衫染红了，把我的心也染红了；回屋时，身上有香气，头巾上有花瓣。现在栽种的这几株，有雪白的、粉红的、酡红的，盛开的时候，虽比不上故乡的那般盛况，但也满树烂漫，如云似霞，一堆堆一层层，好像云海似的，在阳光下姹紫嫣红。我和先生在樱花树下品着清酒，任花瓣飘落入酒盅。再过几月，当樱花盛开的时候，我再邀你进来一起观赏。

婉清心想这种地方哪还敢来第二次，嘴上却不说，只是浅笑。

中午，婉清和严氏接到命令，绕过花园，在一座精舍，在榻榻米上席地而坐，面前放了一个茶几。少顷，松井次茂款步走了进来，山田美惠子换了崭新的和服，跟在后头。

松井脱去了昭和五式军服，换了一件黑色和服，也和美惠子在茶几对面席地坐了下来，精舍里再没有其他人。

松井用日语说着，山田美惠子翻译着说，我先生感谢你们的搭救之恩，请你们欣赏日本的茶道，聊表寸心。

接着，一个日本年轻妇人端着茶具进来，点燃了炭火，煮开水，在四个洁净的茶碗里放入碾得精细的茶叶，然后冲茶和抹茶，动作如舞蹈般富有节奏感和飘逸感，继而依次献给宾客。山田美惠子恭敬地双手接茶，致谢了下，而后三转茶碗，轻品、慢饮、奉还。

婉清感觉过程很烦琐，所以接过茶碗后，搁着未喝。严氏也只是愣愣地干坐着。

接着，移门被拉开，进来几个穿艳丽和服的艺伎，表演起了艺伎舞蹈。

山田美惠子对婉清说，你跟我提的事，我先生是经手的，他说他也是奉命行事。顾念你们的恩情，他同意从粮库释放些粮食给你们的难民。你待会儿出去后，通知你们的人，在今晚深夜零点城北内河桃花埠码头来拉粮食便是了。此事是我先生顶着压力办的，陆军上将小泽次郎现在在南京，不知此事。数量不多，还望你多多体谅。

婉清起身向松井次茂致谢，松井也起身还礼。

下午，严氏向山田美惠子关照了几句，和婉清由庞炳钦送出军部。军车上，庞炳钦突然对婉清说，你这样有胆色的女子，我还是头一回见，庞某很是钦佩。

在军部大门口，晓澜、神父及一部分难民簇拥在铁栅栏处，正焦灼地向内张望着。

晓澜看见婉清走了出来，欣喜异常，快步迎上去，哭泣着说，姐，你可出来了，三天了，没有一丁点儿消息，我们还以为再也见不到你们了。

婉清说，傻妹妹，我说了我和严妈妈没事的，你们在这儿等，多危险啊，等多久了？日本兵没驱赶你们吗？

晓澜说，你和严妈妈走后，神父和俺都很焦灼，怕接生不成功，你们回不来了，所以与其在修道院焦灼万分，还不如在军部门口等候消息，万一有个闪失，俺们也好施压，让他们放你们出来。所以今天凌晨就来了，俺们一直等到现在。

婉清说，好了，我们平安出来了，一起回去吧。修道院的难民还好吧？

这时神父迎上来，画着十字，说，你们真是伟大，看得出，里面是母子平安吧。

婉清说，神父，多亏严妈妈呀，她医术高明，让松井的太太转危为安了，所以我们才能平安回来。

婉清和严妈妈被难民们簇拥着返回了圣加尔修道院。回到修道院后，银娣也在门口焦急地等着婉清，见到后，立马迎了上去。

婉清顾不上和银娣絮叨，拉着神父进了内室，对神父做了午夜去城北内河桃花埠码头拉粮食的交代。神父欣喜异常，不住地画着十字，说，这下难民有救了，你们用善良和智慧战胜了邪恶啊，你和严妈妈现在身上洒满圣母一般的神圣光辉。

婉清不好意思了起来，继续说，放粮是松井隐瞒小泽次郎所为，山田美惠子再三关照我们要低调行事，还望神父多多体谅。虽然被日军抢去的粮食本来就是属于我们的，但我们也应顾念一些，避免横生枝节。

神父说，那是应该的，要不是你们此番入虎穴，焉得粮食呢？呵呵，我今晚亲自拉车去取，其他人我一概不带。

婉清说，一个人怎么行，我叫上凤祥叔吧，他到时会助你一臂之力的。

神父说，甚好。说完，又百般感谢了一番。

婉清出了内室，和严氏一起被难民们包围着，像凯旋的勇士一样，弄得两人有些羞赧。这时婉清注意到那个羊角辫上缠着红头绳的小女孩闷声不吭地站在墙角，正扑闪着眼睛，茫然地盯着自己。

婉清连忙跑过去，抱起小女孩，小女孩就呜呜地哭了。

婉清问小女孩，丫丫，怎么了，为什么哭呢？妈妈呢？

丫丫哭得更急了，抽噎着。晓澜从婉清手里抱过小女孩，又流露出悲戚之色，说，丫丫的妈妈昨晚病逝了，死前还紧紧抱着丫丫，嘴角泛着凄婉的笑意。今天清早，丫丫使劲推搡着她妈妈冰凉僵硬的身体，一个劲地哭着，才惊动了其他的人，唉。

说完，晓澜擦拭起了泪花。

婉清说，可怜的孩子，这么小就没有妈了。丫丫，别哭，妈妈不在了，还有夏阿姨和晓澜阿姨疼你。

丫丫抽泣着伏在晓澜肩头睡着了。

婉清对神父说，孩子是无辜的，我把丫丫抱回去照料，你看可好？

神父说，也只好这样了，这儿难民多，我们人手又不够。你们照顾她，我想我们都会很放心。

傍晚，婉清抱着熟睡中的丫丫，和晓澜、银娣回了谭宅，临走前，修道院内其他孤儿投去羡慕的目光。

第二十一章　缘浅

回到家，婉清没吵醒这个可怜的孩子，把她小心地安放在自己房间的床铺上，无限爱怜地抚摸着丫丫的脸庞，就像抚摸自己未出世就夭折的孩子一样。

晓澜也坐在床沿上，说，好可爱的女孩子，记得小时候，娘也给俺扎一对羊角辫，没红头绳，就用碎布条系。春天里，田埂、山坡上开满五颜六色的野花，娘就采野花给俺系在辫子上。哎，小时候真是无忧无虑，好温馨。人为什么要长大呢？长大了，被世事烦恼着，感觉不到快乐了。

婉清说，是啊，童年是最美好的，我们都盼着长大，真的长大了，又想回到童年。如果没有战争，丫丫的娘就不会饿死，她还会天真无邪地在娘亲怀里撒娇。支离破碎的家庭又岂止是丫丫一家呢，亲人被夺去的又岂止是她一个呢？真希望这兵荒马乱的年月早点儿过去。

晓澜又好奇地探问起婉清在日本军部里发生的事，不敢相信他们会这样平和地对待婉清和严氏。婉清对晓澜说，通过和山田美惠子的交谈，我发觉日本军队里也有痛恶战争、向往和平的人，毕竟他们当中也肯定有被逼无奈才告别亲人、远渡重洋来到异国他乡的。我在想，当他们向无辜的百姓举起杀戮的刀枪时，是否会有一丝丝迟疑，是否会想到自己故乡的亲人？良知是一点一点泯灭的，想想真是可怕。

晓澜说，这次多亏你和严妈妈能顺利助产，否则吉凶无法预料，松井次茂、武藤津一郎和小泽次郎本来就是豺狼，松井次茂此次发善心，也是想到自己的妻子逢凶化吉，过些时日，仍旧会忘了咱们的恩德，重新举起屠刀的。

婉清说，我看也是，再善良的灵魂，在那样的环境熏陶下，都会泯灭良知的。让他们幡然醒悟是万万不能的，只能靠我们奋起抗争，才能把他们驱赶出中国，滚回东洋去。

丫丫醒来后，婉清喂她吃饭，丫丫哭闹着仍旧喊娘，婉清连哄带骗地说丫丫乖，把饭吃下去，娘就回来了。

丫丫于是乖乖咽下饭，不再哭闹了，眼泪却仍挂在腮边。

银娣说，可怜的孩子，这么小就面临亲人分离，不晓得她还有没有其他亲人尚在人世。

婉清说，是啊，我明天问问神父去，是否有和她母女一起逃难出来的乡邻，帮丫丫找找亲人。

银娣出门把拉黄包车的凤祥找了回来，婉清和他说待会儿去修道院找荷力加神父，午夜十二点去城北内河桃花埠码头拉粮食，其他没细说。

凤祥扒了个馒头，就出门了。

丫丫慢慢接受了婉清和晓澜，婉清问她，你爹呢？

丫丫说，爹打日本鬼子去了，我和娘在等他回来。

银娣说，我们留丫丫一起守岁过除夕吧，玉麟和紫钗不在，丫丫可以和我们做个伴，热闹一番。

婉清和晓澜就一起开心地笑了，对孩子说我们一起过大年喽。

有了粮食，解了难民们的燃眉之急，修道院里渐有过年的安乐气息了。

大年夜，大雪飘零，婉清从神父那儿得不到一丁点儿消息，只知道丫丫母女俩是从江苏逃难来的，其他一无所知。

婉清有抚养丫丫的想法，只是没说出口。她拆了旗袍，给丫丫做起棉衣来，半天时间，漂亮的棉衣就穿在了丫丫身上，显得更乖巧、可爱了。

谭家的粮食大多捐给修道院了，银娣说今年的年夜饭要紧巴巴的了。婉清说不碍事，只要大家平平安安的，吃什么都没关系。

仅有的一个鸡蛋，留给了丫丫。大年夜，饭桌上，凤祥多放了两双筷子、两个酒杯，说是给玉麟和紫钗留着。他轻声说，玉麟弟、紫钗女儿，不晓得你们现在在哪儿，半年过去了，你们一去杳无音信，也没捎个信回来。家人挂念你们，今晚是除夕，没啥好吃的，已不同去年。你们在他乡有知，就和我们一起举起酒杯，开开心心地吃顿团圆饭。

于是，饭桌上的人一起举起盛满清水的酒杯，相互碰了碰，互道新年吉祥。接着，啃起了馒头，算是吃了年夜饭。

饭后，凤祥和银娣拿出准备好的红包，塞给了丫丫。丫丫开心地说，夏阿姨，囡囡有红包了，囡囡有红包了。

婉清欢喜地说，丫丫，爷爷、奶奶好不好？对丫丫亲不亲？

丫丫扑闪着大大的眼睛，歪斜着脑袋，好奇地问，谁是爷爷、奶奶？

婉清指了指凤祥和银娣说，他们就是给你红包的爷爷、奶奶啊，快叫啊。

丫丫不依了，扔下红包，就跑开了。婉清连忙捡起红包。

凤祥和银娣连忙轮番对婉清说，这孩子还小，但聪明着哩，她许是想起自己老家的爷爷、奶奶了。我们也不图她叫什么，只是对她亲就是了。

婉清说，我有一个想法，叔、婶，我想把丫丫留在身边，抚养她长大。

凤祥说，这想法很好，这孩子无依无靠的，往后咱们一起来照料她，只要有我谭家一口吃的，就饿不着她，只要谭宅在，雨就淋不到她。

银娣也忙说是这个话儿。

婉清欣慰地笑了。

丫丫推开窗户，趴在窗口看夜色下波光粼粼的清河，清河上正漂浮着不知是谁放着的许愿灯，一闪一闪的，煞是好看。雪已经停了，星星依偎着月亮，在夜空里一眨一眨的，好奇地窥伺着人间。晓澜欣喜地抚摸着丫丫的头发，说，丫丫，你有娘亲了。

丫丫好奇地转过头，喃喃地说，娘亲在哪儿？我要娘亲。

晓澜指了指正坐在床沿给丫丫缝棉裤的婉清说，她就是你娘亲呀，快叫呀，丫丫。

丫丫把手含在嘴里，迟疑了一下，扑到婉清的怀里，叫着娘亲、娘亲。

婉清惊诧了一下，立刻欣喜地笑了，笑出了泪花。

这一晚，婉清搂着丫丫，睡得特别香甜，又丰实。她做了一个美好的梦，丫丫长大了，亭亭玉立的，忽然又出现了年少的自己，接着，自己的娘也出现了，三个人站在一朵蓬松绵软的白云上，相互牵着手，又是跳又是唱的。

天蒙蒙亮的时候，她还飘浮在梦境里，突然惊醒，喊着娘、娘。晓澜被惊醒了，忙问姐你怎么了。

婉清忙说，我做梦，梦到我娘了，真想她啊，不晓得她在水月庵怎么样了。

晓澜说，吉人自有天相，咱们也只能这样想了，俺娘也在安徽淮北，由俺妹照顾着。乱世之中，咱们也只好把自己交给命运了。亲人团聚的时候到了，自然会团聚的，你失去了一个孩子，老天补偿你一个女儿，这就是天意，姐，你说对吗？

婉清说是啊，抚摸着熟睡中的丫丫，此时丫丫仍静静地酣眠着，发出和缓的呼吸声。

丫丫给谭家人带来了久违的欢笑，也让婉清尝到了为人母的欢愉。有时，丫丫也会站在庭院里，对着四角的天空，黯然出神，一看就许久。婉清也不去打扰她，丫丫五岁了，脑海里肯定留存着一些记忆，她有思念，也是正常的。夜晚，丫丫也会经常哭醒，焦灼地喊着娘——娘——婉清无限爱怜地柔声哄她，直到丫丫复又睡去。

年关过后，天渐渐暖和了起来。圣加尔修道院的难民度过了最严寒的冬日后，终于迎来了春天。修道院内的食物又不够了，神父也爱莫能助，难民们友好地向神父和乌城市民告别，开始陆陆续续返乡，最后只留下经不起长途奔波的体弱老人。连日来神父已拜别好几位年轻修女，她们去往了别处，只有一位年迈的修女留在了修道院，偌大的修道院便渐渐空荡了起来。那些死了亲人的孤儿被陆续接走了，送往别处的天主教堂育婴所。

四月里，丽日晴天，草长莺飞，护城河堤上繁花如锦幛。婉清欣喜着丫丫渐渐忘却了自己的生母，又变得天真无邪了，充满童趣，惹人怜爱。

婉清用废纸做了一只纸鸢。在护城河边，晓澜扯着丝线，放飞，丫丫欢快地追逐着，婉清则坐在青草地上喜悦地看着她们，享受久违的轻松和欢快。这时她看见荷力加神父带着一个戴着黑帽的陌生男子朝她走来。

两个月未见，荷力加神父明显消瘦了好多，对婉清说，夏女士，你好，看得出你和丫丫已过得很融洽了。

婉清站了起来，看着神父和边上戴着黑帽的陌生男子，感到惶恐不安，感觉他们似是为丫丫而来。她将了将被春风吹乱的头发，故作镇定地说，神父，你好，我们过得还好，你也好吧？

神父说，是的，这些日子还算太平，我今天来，给你带来一个不知是好还是坏的消息。

神父向四周张望了一下，压低了声音说，这位是中共地下党员秦少逸先生，是曾和丫丫父亲程曙光一起工作过的战友。程曙光在前线得知昆山被日军占领后，妻女流离失所，就辗转多人，托江苏的地下党员四处打听妻女的下落。前几天，昆山的地下党员从返回的难民口中得知了他的妻女曾在乌城圣加尔修道院暂住过，所以秦少逸先生得到消息隐秘寻来了。

接着，陌生男子摘下黑帽，友好地和婉清握了握手，说，你好，夏女士，我是秦少逸，这儿不能久留，我们换个地方细说吧。

于是，婉清抱起丫丫，带着神父和秦少逸，返回家中。

在楼上房间里，秦少逸对婉清说，丫丫的父亲是我们八路军副司令员，我受他之托，帮忙打听他妻女的下落。前几日，我接到从作战前方传来的消息，丫丫的父亲在上月和日军的作战中光荣牺牲了。如今丫丫的母亲也已在年前离世了，按照我们共产党的纪律，烈士的遗孤要送往陕北后方延安烈士遗孤保育院统一抚育，所以今天来，我是想把丫丫抱走的，请你务必配合我们的工作。

婉清听着听着，微微发抖起来，虽然屋内被春日的阳光照得煦暖。晓澜听到了秦少逸的话，跑出房间，伏在楼梯上轻声哭了起来，丫丫在地上若无其事地拨弄着纸鸢。

神父和秦少逸注视着婉清，让她立刻做出抉择似的。

婉清痛苦地思索着，继而强忍住悲怆，说，秦先生，我理解你们的工作纪律，我也同意你把丫丫抱走，你容我再喂她最后一口饭好吗？新给她做的衣裳，还差最后几粒纽扣了，你等等啊，待我缝好。

婉清于是找出针线，坐在床沿上，缝起纽扣来，缝着缝着，眼泪扑簌簌掉了下来。

丫丫看婉清哭了，连忙放下纸鸢，给婉清擦眼泪。

银娣看见晓澜在楼梯口呜咽，也猜到了个八九不离十。

她进屋抱起丫丫，说，丫丫，大人们说话，你和奶奶下楼去玩耍。

丫丫下楼后，婉清对秦少逸说，秦先生，丫丫有夜惊啼哭的习惯，你告诉今后照顾丫丫的护理员，要记得轻轻拍打她的肩膀，她就没事了，用不着抱起她。她晚上还会踢被子，记得给她掖好被子，免得受凉。

婉清轻声关照着，秦少逸拿出随身带的笔记，一条一条记录着。

婉清给丫丫整理了一个大包裹，里面放满了丫丫穿的衣服，还有一些煮好的鸡蛋，让丫丫在路上吃。婉清从丫丫的头上剪下一绺头发，用红头绳系住，留个念想。

给丫丫喂过饭后，婉清无限凄楚地对丫丫说，丫丫，乖女儿，这位秦叔叔带丫丫去找亲爸爸，你要听秦叔叔的话啊。妈妈会去看丫丫囡囡的。婉清在丫丫额头上深吻了一下。

丫丫说，丫丫乖，丫丫跟秦叔叔找亲爸爸去。

秦少逸抱起丫丫，向谭家人鞠了一躬，说外面有人在候应着，该走了。

离别的时候终于到了，婉清、凤祥、银娣、晓澜依依不舍地送秦少逸和丫丫出门，很快，两人消失在夜色中，隐隐约约，丫丫奶声奶气的声音还在传来——叔叔带我去找亲爸爸。

婉清靠在晓澜身上放声痛哭起来，神父也沉默不语。

丫丫走了，婉清就像身上被剜去一块肉一样，悲恸欲绝。但她深知，这是没办法的事情，丫丫是红色遗孤，理应去延安烈士遗孤保育院，接受更好的教育。而且现在江南局势动荡，非常危险，在那儿毕竟安全多了，吃得好，受的教育也好。这样一想，她豁然开朗了。她转念一想，也许将来还会有和丫丫重逢的一天，那时，天下真的太平了。只是丫丫是否还会记得她，两个多月的相处，丫丫的脑海里是否留下对她的印象和回忆？

　　闲来无事时，她反复闻着被褥上丫丫留存的奶香味，又泪水涟涟了，做了没几月的母亲，到手的幸福，像水中捞月般，说失去就失去了，怎不让人绞肠锉心。她猛然又响起了算命先生当年那个咒语——"白虎女命不好"，她永远逃不出这道符咒，对将来的命运重新失去信心了。

第二十二章　相见欢

民国三十三年初，蒋介石在某次军事会议上宣布，国军向敌反攻决战的阶段——第三期抗战开始了，这正式拉开了国民党军队和共产党军队同仇敌忾、协同向日寇反攻的序幕。

日军在太平洋战场，受以美国为首的同盟军的夹击，节节败退。中国江南一带，日军兵力不断被抽调至太平洋战场，乌城内，日军驻扎越来越少，靠汪伪政府军、地主反动武装维持着统治。

汪伪政府军时不时地打着日军的旗号，杀伤抢掠，骚扰城民，掳走财物，婉清和晓澜在凄风冷雨中度日如年，却无可奈何。玉麟和紫钗一直没有消息，凤祥和银娣的心一直紧揪着。凤祥坚信玉麟和紫钗肯定在远方某处相逢了，只是苦于时局动荡，没有联系家人。银娣说要是他们也和丫丫父亲一样参了军，那就太危险了。凤祥说参军是好事，报效国家，就算死了也光荣，给谭家人长脸了。

银娣时常牵挂着玉麟和紫钗的安危，听说悦来茶馆清早经常有茶客喝早茶时议论时局，就一大清早去悦来茶馆帮忙烧水倒茶。那儿有不少茶客谈论时事，一会儿说蒋介石消极抗日，共产党军队背水一战；一会儿说八路军在晋冀鲁豫边区打了个大胜仗；一会儿说日本人打了败仗，溃不成军，猖狂的日子到头了；一会儿说蒋介石要将国民政府从重庆迁回南京了。

银娣从茶馆回来，就绘声绘色地讲给婉清和晓澜听。婉清也不了解时事，就当听故事一样。

一晃半年过去了，时局越来越朝好的方向发展，国共在前线捷报频传，茶馆内经常有茶客手舞足蹈，怒骂日寇死无葬身的日子到了，滚回东洋去。

时日很快到了一九四五年八月，日军在海外战场上四面受美、英、法、俄等同盟国军队夹击、围堵，在中国战场上也被国共军队围追堵截，节节溃败。但裕仁天皇仍誓不投降，负隅顽抗，苟延残喘，试图背水一战。八月六日，美军向日本广岛投下原子弹，八月九日，美军又向日本长崎投下原子弹。

一九四五年八月十五日中午，一个近似哀鸣的声音从日本全国各地广播中传出。全日本的活动都停止了，人们聚集起来收听天皇的"停战诏书"，这是日本天皇有史以来第一次直接向民众讲话。

广播之后，不时有手枪声在东京响起，一些陆军和海军军官纷纷自杀，日本还从来没有被外国征服过，如今没有在诏书中使用"投降"字眼的天皇已经不得不向盟军屈服，静候敌人的处置。他的皇位将被保留，但他的权力将被剥夺。至于他的文武官员，就只好生死由命了。

消息也同时传到远在万里之遥的中国乌城，小泽次郎听到裕仁天皇的诏书，喝下几杯清酒后，剖腹自杀，结束了罪恶的一生。松井次茂穿戴一新，亲吻了熟睡中的男婴和女儿后，抱着吻了美惠子，下楼，站在樱树下，举起军刀欲剖腹自杀。

山田美惠子注意到了松井的异常举动，急忙紧跟着下楼，看到松井正举起军刀欲对着赤裸的肚腹行自杀之事，立刻扑倒在丈夫的脚下，哀求松井看在两个年幼孩子的分上放下军刀。

此时日本军部内似世界末日般，空气中弥漫着垂死的气息，日本兵们哀号着，在乐师弹奏下，和艺伎们纵酒、乱舞，继而轮番倒在自己的屠刀之下，艺伎们惊慌逃窜，接着也倒在日本兵的屠刀下。

军部外，庞炳钦和他手下的汪伪宪兵同样惶恐不安，其他地主武装早已在清晨缴枪投降，出城迎接新四军队伍的到来。他此刻如丧家之犬般失魂落魄。汪伪宪兵急切地催促庞炳钦立刻做出抉择。

中午十二点，庞炳钦获知新四军主力部队已经冲入主城区了，便发号施令，让汪伪宪兵严密看守好日军军械、弹药库，迎接新四军的到来。

这时随着嘹亮的号角吹响，新四军的部队如排江倒海般从四面八方向日本军部聚集而来，将日军残余部队牢牢合围。

少顷，乌城市民闻讯后，都挤在了日本军部大门前，要亲眼见证日本鬼子举枪投降、滚出乌城的历史性一刻。此时，新四军军旗在午后的暖风里猎猎招展。

几分钟后，新四军战士荷枪实弹，押解着日军俘虏，从军部内出来。被驱赶的日军俘虏个个面如死灰，走在俘虏最前面的是耷拉着脑袋的松井次茂，他穿着黑色和服，垂丧着脸，曾经趾高气扬、不可一世的表情早已荡然无存。他曾向赶到的新四军战士提要求，换上体面的昭和五式军服，但被严词拒绝了。他看到婉清站在人群中尖厉地怒视他，又黯然地垂下了脑袋。

接着，小泽次郎的尸体被日本兵抬了出来，继而是几十具早已剖腹自尽的日本兵尸体。

活着的日本兵把枪举过头顶排着队走出来，将近有三个排。

乌城驱赶走了盘踞多年的日本鬼子，政权重回到中国人手里，全城市民燃起了篝火，载歌载舞，像过年赶大集似的，欢欣鼓舞地和新四军官兵拥抱在一起，熊熊火焰将夜空照得通明，宛如白昼。

新四军取缔了日本军部，日军已经烧毁了所有罪证资料。新四军从日军的地下牢狱里解救出了几位奄奄一息的抗日地下党员，大多数抗日志士在黎明破晓前被日军枪杀了。

接下来几天，新四军取缔了汪伪国民政府办公地点，对敌伪警察、特务工作队、宣传工作队、封锁工作队、汪记国民党员等人员进行了整编，缴了盘踞在乌城的非法武装的军火，拆除了耸立在城门口多年的日军碉堡。原日本军部的樱花树也被愤怒的乌城市民斩枝除根，笼罩在军部里的阴郁气息渐渐消散。乌城人民扬眉吐气，纷纷拍手相告，大街小巷洋溢着久违的欢欣气息。几天后，乌城才渐渐停止了喧嚣，恢复了平静。

八月二十四日晚上，新四军驻乌城临时指挥部找乌城的民主人士、社会贤达座谈，圣加尔修道院的荷力加神父也在受邀之列。荷力加向新四军政委郁子昂说起夏婉清赴日本军部为难民请愿弄出粮食的事迹，郁政委大受感动，遂亲自上门邀请夏婉清参加晚上在圣加尔修道院举办的民主人士座谈会。

晚上，圣加尔修道院内灯火通明，新四军郁政委向在座人士宣读了中共中央致电新四军驻乌城临时指挥部关于抗日战争取得圆满胜利的贺电。修道院内响起雷鸣般的掌声。

接着，郁子昂政委一一和在座与会人士亲切握手，代表乌城百姓，感谢他们为抗击日寇所做的努力和贡献。

随后，政委邀与会人士畅所欲言，对抗战胜利及以后如何建设乌城表达自己的想法。

在日军占领乌城时被烧毁的乌城四大绸布店永兴、兴昌、祥盛、泰隆的老板轮番控诉日军的暴行。其中祥盛的老板愤懑地说，庞炳钦是汪伪政府时期的保安队长，日军驻扎乌城这八年，他认贼作父，助纣为虐，残害忠良，恶贯满盈，所犯罪行真是罄竹难书啊。为什么新四军没有处决他？还未严加约束他，任由他四处走动？

接着，众人士纷纷义愤填膺，相继揭发庞炳钦的种种罪行，有的说着说着就声泪俱下。婉清虽也有百般话要说，但话到嘴边，又咽下去了。

这时郁政委脸色凝重，双手压了压，示意大家停止喧哗。少顷，他沉重地说，同志们，朋友们，你们反映的庞炳钦的罪行，我们都有掌握，他的确在乌城沦陷期间，干尽了伤天害理的事，祸害一方。但今天中午，他在新四军主力部队赶到乌城之前，认清形势，主动缴械投降，并看守好日军的军械、弹药库。所以根据我们共产党的纪律，权衡之下，我们决定宽恕他，当然我们会约束他的举动，通过群众监督和组织教育，促他尽早改邪归正，回到正义的道路上来。

政委这么一说，大家也不再议论了，婉清倒是将信将疑起来，她和庞炳钦较量过几次，晓得庞炳钦的奸诈本性，他是深感日军大势已去，才临阵倒戈的。诚如他自己所说的，识时务。但既然新四军政委以共产党的纪律为由宽恕他，婉清也不好说什么了，免得冲撞新四军，让政委下不了台。

昌记轮渡公司的老板冯松年发言道，郁政委，你们新四军把日本鬼子赶出了乌城，新四军会长久地驻扎在乌城吗？还是把刚从日本人手里夺回的乌城拱手让给国民政府接管？听说蒋介石要将国民政府从重庆迁往南京。我们老百姓经过多年抗战后，很想过太平的日子，局势稳定，我们才有生意做啊。郁政委，你说抗战胜利后，国共之间还会发生内战吗？现在已有这样的传言和议论。

郁政委又说道，这位同志的发言很具有代表性，首先我要纠正一个常识性错误，是共产党和国民党并肩作战，才将日寇赶出乌城的。全中国取得抗战胜利，也是国共合作的结果。至于国内是否还会发生内战，我和大家一样，渴望国内和平，不希望再发生战争。我给大家透露一个最新消息，蒋介石已于八月十四日、二十日、二十三日连续三次电邀毛泽东主席赴重庆谈判。毛主席很快将动身赴重庆，我和大家一样，都翘首以盼这次重庆会晤。我们中国共产党永远站在老百姓这一边，永远为天下苍生考虑，请大家相信党中央和毛主席会审时度势做出英明抉择的，我们拭目以待。

座谈会开到很晚很晚，临别时，郁政委又和婉清握了握手，说，在座的民主人士、社会贤达中，就你一位女同志，不容易啊，你很有胆识和魄力，敢深入狼穴。我们上午在清理日本军部时，缴获了一批战利品，你可以去挑一样留作纪念，夏女士。

婉清推辞着说，我没有荷力加神父说的这么勇敢。至于战利品，就更不能要了。

这时荷力加神父笑着走了过来，说，夏女士，政委的好意你可不能推辞噢，我看那台日式收音机不错，你拿回去，可以实时收听时局消息啊。

婉清心想收音机是不错，正好给银娣使用，这样银娣也不用大清早跑去茶馆帮忙了。于是她接受了收音机，谢过了政委。

婉清回到家，兴高采烈地将座谈会的情形告诉了凤祥、银娣和晓澜，三人都为婉清感到由衷自豪。婉清也一直心潮起伏着，下午居然被郁政委大大褒奖一番，着实令她感到非常意外。之前她对共产党了解甚少，只是从谭紫钗的嘴里得知，这是一个真正为天下老百姓当家做主的党组织，她心里就渐渐对它萌生好感。想不到今天和共产党靠得这么近，共产党的官员是那么亲切，就像家人一般，拉着家常，令人如沐春风。以往她总感觉自己身处底层，是那么卑微，说话都没有底气，但现在，她感觉自己腰杆直起来了。

她仔细地给收音机调频，忙活了半天，没声音，凤祥说是不是没有通电啊。婉清于是剥开了收音机后面的电匣，将电池重新嵌入后，终于收听到了声音，是国民政府的电台广播。

四人开心地笑了，广播里正在播放各地抗战的捷报，蒋介石犒劳前线作战凯旋将士的讲演稿也在播放着。

银娣说，这个收音机真好，能听到玉麟和紫钗的消息吗？

婉清说，恐怕不能吧，只能听到外面的时局消息。

银娣悻悻地说，抗战胜利了，玉麟和紫钗也应该回来了吧。

凤祥说，哪这么快就回来，兴许过几天才能回来。

到了八月二十八日，婉清在房间里缝旗袍时，听到一条即时播发新闻，应重庆国民政府蒋介石的邀请，中共中央派毛泽东、周恩来、王若飞为代表，在美国驻华大使赫尔利、国民政府代表张治中的陪同下，从延安乘专机赴重庆，进行为期数天的重庆谈判。这将是历史性的谈判，永载中华民族史册，开始历史性新的一页。播音员激情飞扬地读着。婉清放下手里的活，仔细地听着，心想太平的日子真的来到了。

街上，每个人都喜笑颜开，一扫多年积压在眉宇间的阴霾。街坊邻居都纷纷打扫庭院，还穿戴一新，像过年过节一样。关闭多年的老商号陆续迎回了躲避在外的商人，半个月过去了，乌城大街小巷大半的商铺恢复营业，城市内井然有序，市民渐渐淡忘了日军留下的惨痛记忆。

婉清时不时打开收音机，收听重庆谈判的进展。

毛泽东在机场向新闻界发表了简短的谈话，指出目前最迫切的任务，是保证国内和平，实现民主政治，巩固国内团结，以期实现全国统一，建立独立、自由与富强的新中国。

接下来几天，重庆谈判消息时断时续，每天广播里总是不厌其烦地说国共正在加紧磋商中，不日将公布和谈结果。

到了十月十日，电台突然发布了消息，国共双方代表王世杰、张群、张治中、邵力子和周恩来、王若飞共同签署了《政府与中共代表会谈纪要》，即《双十协定》。该纪要就和平建国的基本方针、政治民主化、国民大会、党派合作、军队国家化、解放区地方政府等十二个问题阐明了国共双方的见解。其中有的达成了协议，有的未取得一致意见。国民党方面接受了中共提出的和平建国的基本方针，承认要坚决避免内战。

消息很快传遍了全国。十月十日晚，乌城内早已成了欢乐的海洋，大街上，红旗猎猎，彩旗招展，街上市民舞起了彩狮和长龙，老人们跳起了节日里才有的秧歌，健壮小伙甩起了滚灯，打铁花艺人用浸湿泡透的柳木勺，舀起熔化的铁水，向空中抛去，顿时火星满天，又向墙壁甩去，璀璨夺目，一派喜气洋洋的过年景象。

婉清和晓澜也欢快地夹在人群中挥舞着彩旗，她看到新四军政委也和市民站在一起，饶有兴致地看着，但眼眸里却时不时地掠过一丝丝惆怅。

婉清看在眼里，心想，郁政委莫非有什么难言的心事，是否在思念自己远方的亲人？

她挤了过去，将手里的彩旗递给了政委，说，郁政委，你好，你给的收音机真好，我天天关注着时局，不像以前只能做睁眼瞎。

政委说，是啊，你以后要多多学习，为乌城的建设多做贡献。说完，政委轻叹一声。

声音太嘈杂，婉清提高嗓音大声说，郁政委，你会长久地留下来，和我们一起建设乌城吗？

郁政委俯到婉清耳边说，我过几天就要随新四军大部队撤出这里了。

婉清大吃一惊，说，怎么会这样呢？那这儿将交给谁管理呢？这儿时不时地还有动荡呢，地主反动武装余孽犹存，不是很太平啊。

郁政委说，南京国民政府已经着手接管这里了，在原来的日本军部成立乌城国民政府。根据国共签署的《双十协定》，为了和平建国，我党决定将新四军部队主动撤出广东、浙江、苏南解放区，渡江北撤。希望我们还会有回来的一天，再见到你和乡亲们，夏女士。说完，郁政委郑重地和婉清握了握手。

婉清怅然若失了起来，耳边的喧嚣声越来越远。

乌城老百姓很快得知了新四军北撤的消息。十月十五日就是新四军撤离乌城的日子，一大清早，乌城大多数老百姓，自发地守在新四军经过的街道上，有的还守在出城口，耐心等待队伍的到来，要送驻守乌城已有两月的新四军亲人最后一程。

十月十五日的清晨，天空飘着沥沥秋雨，一列列整齐的新四军队伍从城区整齐地走过来，新四军军长和政委走在队伍的最前面。军长和政委频频向街道两边的市民挥手作别，乌城的老百姓满含热泪，将一筐筐的鸡蛋和馒头送给新四军战士。

新四军战士们婉言拒绝了，政委看见婉清和晓澜站在市民中间，走上前去，握了一下婉清的手，说，夏女士，多保重啊。

婉清给郁子昂倒了一碗茶，说，郁政委再喝一碗乌城的水吧，你也多保重。

郁子昂接过茶碗，一饮而尽，又向市民们挥了挥手，和部队一起消失在茫茫雨雾中。

第二十三章　旗袍铺

抗战结束了，乌城又回到过去安静祥和的日子中去了。

清河仿佛有情，河水又恢复到过去的清澈，河两岸的居民没有自来水，井也不多，日常用水，都是到河里汲水。庭院里有三口水缸，银娣将河水提上来后，倒进缸里，投入明矾粉，用小竹棒头搅拌十几下，使水淀清，三只水缸轮流着吃用。

婉清和晓澜在河边洗衣，晓澜说，河水可真清呀，前几日洗碗筷时，不小心将红色骨筷掉下去了，沉在河底，一眼就见到了。河里的一根根水草、一条条在游的小鱼都看得清清楚楚。婉清笑着说，这条清河也憋了好些年，终于恢复到过去的清清朗朗了。

每天清晨六七点钟，河上从西面过来的船就多起来了。有卖蔬菜的，有装运粪便的，有收集垃圾积肥的，还有从乡下驶来城里的西瓜船。也有卖柴火的船，一种是附近的农民，装了自家的柴草进城来卖。一般有春收之后的麦秆、蚕豆梗，桑树修枝剪下的桑梗、桑树头，秋收以后的毛豆梗、稻草柴、络麻的麻骨。还有一种是苏北人装来的茅柴。婉清清早就是被河面上的划船声和吆喝声惊醒的。

日子渐渐安稳起来，街坊邻居见面时，都会心地寒暄着，可银娣脸上却仍郁结，婉清晓得紫钗和玉麟一日不归，银娣和凤祥夫妇俩悬着的心就一直放不下，日子也过不畅快。

婉清看时局安定了下来，便在临街处开了个旗袍铺。起初来做旗袍的人不多，一件旗袍能做十来天，空闲时，她就坐在铺面口，绕盘扣，练练手。晓澜好奇地坐在边上，看婉清用镊子绕盘扣，没几天，一些鲜活的盘扣出炉了，有仿动植物的菊花扣、梅花扣、金鱼扣，也有结成文字的吉字扣、寿字扣、"囍"字扣，还有几何图形的一字扣、波形扣、三角扣等。街巷邻居看得啧啧称赞，纷纷说婉清的手好巧。口碑越传越广。婉清在原有元宝领、凤仙领、筒子领的式样基础上，又扩展了波浪领、竹叶领、矮方领、矮领等几个式样，覆盖了不同年龄阶段、高矮胖瘦女性的需求，渐渐地，生意越来越好。

银娣有一回和婉清说，现在时局太平了，你不想回周里，探望一下家人吗？也该回去报个平安了。

婉清内心起伏不定起来，深夜不能安睡。

晓澜说，姐，银娣婶说得没错，乌城离周里也不远，坐船两三天也就到了。该回去看看家人了。

婉清仍旧举棋不定着，最后说旗袍铺刚有点起色，还是等过了年，再回去吧。

民国三十五年清明前夕，婉清告别凤祥银娣夫妇后，和晓澜坐上了去周里的轮船。

轮船沿着弯弯曲曲的水路，一路北行。清明时节，江南一派春意盎然，河两岸长势丰茂的油菜花一片片一团团，倒映在河面上。轮船驶过，漾起的波纹将倒影搅碎了，像洇染过了的锦缎似的，迷离绚烂。燕子在河岸的柳树间啁啾，婉转又明媚，叽的一声，又往远处飞去了。天气明朗，煦暖的阳光普照着大地。一路上，晓澜神清气爽，一直笑逐颜开着，久违的安定又回来了，船舱里的人也都气定神闲。而婉清却没有归家马上见到家人的喜悦，近乡情愈怯，眉宇间凝结着浓浓的愁郁。

晓澜说，姐，听掌舵的艄公说，快到周里了，十多年没有回家了，你不高兴吗？

婉清说，我现在这副样子，真是不想让家里人知晓，我爹看到我，不晓得会怎么样。

三天后的下午，轮船在周里城北轮船码头靠岸，婉清感觉来到了异乡似的，一切是那么陌生。周里同样经历了日军多年的践踏，目之所及，破败、狼藉随处可见。婉清的心又瑟缩了起来，两人上了黄包车，赶往五里外的夏府。

婉清没想到这次回去，二小姐夏淑瑾刚出殡没几天。她站在夏府门前，看见留有几处弹坑的大门口两边挂着两个写着"奠"字的白灯笼，还有一副丧幡、几副挽幛，以为老父亲去世了，她脚步发软，险些跌倒。

管家喜庚这时凝神细看，才认出了十多年未见的大小姐婉清，愁郁的脸上惊喜过望，朝门内大喊着，老爷，太太，大小姐回来了，大小姐回来了。

第二十四章　夏家木楼

民国三十三年初春，夏鹤年突然从南京带回来一个叫容绣的年轻女子。继室段文锦对于夏鹤年在外拈花惹草也时有耳闻，只要他不把那些女人往府里带，她便睁一只眼、闭一只眼，安安稳稳地做她的二房太太。可令文锦万万没想到的是，五十大寿都过了好几年的夏鹤年居然想纳妾了，这着实让她措手不及。

那是初春的黄昏，下着细雨，夏鹤年在外出差一个多月好歹回来了，文锦得悉老爷回来的准信，早命厨子开了宴席给他接风。当夏鹤年挽着一个穿着玫瑰色丝绒旗袍的年轻女子从人力车上下来时，候在门口的文锦，脸霎时阴沉了下来。文锦直勾勾地盯着面前这个陌生女人，问夏鹤年，她是谁？夏鹤年吸了下烟枪说，文锦，容绣她以后跟我了。文锦阴郁着脸说，老爷，怪不得待在南京好些日子不想回啊？原来心被钩住了。其实我早就该想到这一茬了，说完，文锦甩下脸，立马转身进了正房，闩上了房门。

夏鹤年对愣在一旁的容绣说，不用管她，她就是这脾气，消消气就好了，回头让淑瑾、琬玲、玉珑三个女儿一起轮番劝劝文锦。这接风宴缺了二房，成何体统。但文锦就是不开门，夏鹤年听见她在内屋摔打瓷瓶的声音。他隔着门说，容绣她已经怀上夏家的骨肉了，我是看在这一点上，才把她带回来的。上海沦陷后，婉清和志卿杳无音信，这么些年生死未卜，去上海打探了好几次，都没半点音讯。虽然淑瑾三姐妹也渐渐大了，可以帮忙料理酱园，但我想明白了，女儿终归留不住，都是要嫁人的，夏家的香火终究要靠男丁来续，没准儿这回就是个男娃了。

文锦用木梳敲打着房门，隔门说，那真是恭喜老爷你了，我没本事，只生了三个闺女，自个儿肚子不争气，没给你生出个少爷，对不住夏府列祖列宗了。我想清楚了，该是把这二房位置腾出来了，谁有那本事，就让谁占那位置去。我呢，人老珠黄老妈子一个，不能再碍手碍脚，尽给你添堵了。

夏鹤年打断了她的话，抬高音量说，文锦你说的是什么话？你就算不顾及我这张老脸，也得顾念夏家几代单传，夏家香火不能断在我手里，要不然我下去如何面对列祖列宗。况且男人纳个妾不也是很寻常的事吗？往后你仍安安稳稳地做你的二房，容绣她呢是三房，我让她往后好好敬重你，听你的差遣，绝不会抢了你的荣光的。

文锦细想这些年日防夜防，到头来还是竹篮打水——一场空。周里的人都说夏老爷原配琇如在水月庵出家后，他续娶了个凶狠跋扈的女人，半个妾都不许他纳，不晓得赶明儿他们该如何揶揄了。生米既已煮成了熟饭，也无法挽回了。她终于开了门，拉长着脸，接过容绣的跪拜礼，然后勉强用了家宴，却吃得索然无味。在餐桌上，她瞟了一眼容绣，对夏鹤年说，三姨太往后若是住在府里，两房之间难免磕磕绊绊，多生芥蒂，惹老爷心烦。凌堰塘东岸不是还有幢闲置多年的木楼吗？那儿空气好，容绣在那儿安胎再好不过了。夏鹤年晓得文锦心里一时半会儿容不下容绣，硬憋着一股怒气没发作，只能委屈容绣几日了，待孕产后再从长计议。

夏鹤年连夜让下人将两层木楼清扫了一遍，而后差柳红过去服侍容绣。容绣初来，就被二房挡在了府外，着实心郁不已。夏鹤年看得出她一脸不快，说，文锦就是这么小心眼，这么些年我把她惯坏了。琇如虽已出家多年，但她仍是夏府的大房，你做三房的忍忍。这边景致好，也比府里清静，柳红人伶俐，手脚勤快，往后会服侍好你的。容绣情真意切地说，老爷，既然我跟了你，享福也好，吃苦也罢，都跟定你了，我绝不会说一个不字。只要老爷心里有我和我肚子里的孩子，我什么苦都能忍了。

夏鹤年年轻时曾住在木楼里攻读诗文，后来四个女儿陆续在此读了几年私塾，淑瑾三姐妹平时也常结伴来此喝喝茶、看看书。她们的书房在二楼最东间，中间是宽敞的厅堂，夏鹤年用来会客，摆放着圆桌、木椅、茶儿。容绣挑了二楼西房做卧室，推开西窗能看见南北走向的凌堰塘，河对岸是商贾遍布的北大街，夏府在那设有恒泰酱园，专卖酱油、腐乳、酱菜、米醋。

容绣在飘浮着尘味的木楼里的第一晚睡得颇煎熬，夏鹤年把她安顿好就回府了，她躺在雕花木床上时，已是深更半夜，感觉自己像一只金丝雀被投进了鸟笼里，被禁锢起来了。她心想，自己不是鸟儿，怎么竟成了替夏府传宗接代的工具了？虽然正青春貌美，还怀有夏家的骨肉，老爷会宠她，但终有一天人老珠黄，也会像二房一样，被冷落，弃在一个冷清的地方，终老一生。她对自己将来的命运感到毫无头绪，越想，眼眶越湿润，蒙被轻声啜泣了起来。这时，她感觉肚子轻微动了一下，就用手轻轻触摸了下肚子。

容绣闲来无事，常站在西窗边，看凌堰塘上来来往往的船只，清晨时，河对岸北大街人声太杂沓，她关了窗户仍被扰得睡不好觉。夏鹤年说，要不换到东房，那间清静些，清早也不会被吵醒。容绣说，太太我都得罪了，若再把三位小姐也得罪了，往后我在府里还怎么活啊？算了，习惯了就好。

夏鹤年从南京回来后一直很忙，很少上木楼，容绣感觉很寂寞。柳红在楼下拣菜，她下楼帮忙。柳红说，这可使不得，让老爷瞧见，会怪罪我的。容绣说，我可不是什么娇贵人儿，在南京时也时常干些粗活的。两人话多了起来，容绣向柳红打听文锦，初次相见，文锦就给她脸色看了，容绣便认准了文锦是个狠角色。

夏鹤年空时，便和容绣一起用饭，常差柳红去河对岸张生记菜馆买菜打包回来吃。容绣的肚子渐渐显山露水了，这让夏鹤年喜笑颜开。

容绣也时常在西房里抚摸着月琴、琵琶，神情落寞。柳红说，三太太，这是你从南京带回来的吧？容绣莞尔一笑说，这两样东西跟随了我好些年了，原本是不想带来的，但还是有点儿舍不得。柳红说，老爷说你不光会弹，评弹也说得很好，柳红很想听。容绣拗不过她，便边弹月琴，边说起了

《黛玉焚稿》里的弹词开篇。

一天清晨，柳红在外买菜，文锦的丫鬟杏枝找上她，说二太太想见她。在夏府内室，文锦让柳红坐在圆桌旁，柳红看见桌上摊着一个包袱，包袱上摆着手镯、戒指、耳环、玉坠等首饰，一只白玉细瓶、数块银圆、一叠纸币。文锦睃了一眼包袱，对柳红轻声说，我叫你来，是想让你给我办件事，这些是赏你的。细瓶里面有鹤顶红，你拿回去下在容绣的饭菜里。柳红脸霎时白了，浑身直打战，怯怯地说，太太，这哪使得？三太太怀着身孕，我哪敢做这事啊？

文锦细眉倒竖，说，柳红，我待你不薄吧，你十岁时，你爹赌钱输了，想把你卖了翻本，是我在老爷面前替你求的情，先预支你爹一笔钱，收下你进酱园做工还钱。按说我和你还是远房姨表亲呢。我早差人去南京打探过了，容绣那娘们是南京秦淮河边出了名的水性杨花，不知勾搭了多少男人，怀了野种，硬说是老爷的。老爷求子心切，信以为真，带她回来了。我晓得容绣是盯上了咱夏府的产业，等老爷一闭上眼，就让那野种继承家业，那时，就没我和闺女们的好日子过了。

柳红看文锦恩威并施，不知如何再推辞。她浑浑噩噩地带着包袱出了府，脑子里嗡嗡直响。她沿着凌堰塘失神落魄地走着，几次想把包袱扔弃在河上了之，但又狠不下心。她徘徊了好久，站在木楼外时，天已黑。这时听到了琵琶声，声音断断续续地从楼上传下来，她猛打了个寒战，定了定神，在木楼西墙根下，用手刨了个土坑，将手里的包袱深埋了。

第二天，柳红回了趟娘家。她坐在矮凳上，帮母亲戚氏烧火炒蚕豆，闷声不响。戚氏看柳红心事重重的，问她是不是受三太太的气了。柳红道出了隐衷。戚氏说，二太太心也忒狠了，竟要毒死三太太。女儿你不能干那事，把包袱还给二太太，也别再去夏府做事了。

戚氏转念一想，又说眼下要是把包袱退回去，二太太还会想出其他幺蛾子对付三太太的，你回去把那包裹往深里埋，当什么事也没发生，以后的事，走一步看一步。

容绣推开了东房的门，里边摆放着书桌，还有书橱、花架，墙上贴满了阮玲玉、周璇、胡蝶、李香兰的明星海报。墙角边的冬青树干枯着，容绣心想，这屋子好久没人进来了，弥漫着一股呛人的尘味。她瞅了眼书架，有《唐诗宋词》，还有《啼笑因缘》《金粉世家》《京华烟云》。书架最上面摆着夏家三姐妹的合照，三人着蓝袄、黑裙女生装，紧挨着站在一棵樱花树下，笑得如花般妍丽。容绣心想自己怎么那么命苦。十岁时，母亲病逝，父亲续了弦，后母经常打骂她。她在那个凉薄的家里度日如年，十四岁时，连夜扒上运煤火车，从杭州逃往南京投奔远房表叔，学评弹。表婶小肚鸡肠，怕表叔对侄女心怀不轨，时时想撵走她。她只得揽下了全部的家务，只求能留下，洗衣做饭，拖地倒马桶，照看小孩，晚上蜷缩在楼梯底下。熬了几年后，表叔才教她评弹。她手指弹出了血痂，不言疼，说错了词，被扇耳光，也不说痛。终于有一天，她在秦淮河边评弹馆登台了。她对着黑夜下的秦淮河哭喊着说，娘，容绣谨记你遗言，要争气，女儿没给你丢脸。

　　木楼西墙根下原是一片荒地，长满杂草，没多久，竟长出藤蔓来，从藤茎上伸出的细触须，乳白色，像珊瑚一样，紧贴在墙上。藤蔓依附在墙头，弯弯曲曲地往上爬，淡绿色的藤叶呈细密锯齿状，后换成了墨绿色。藤蔓越长越高，越过了二楼西窗，藤叶又换成了深绿色。仲夏时，整堵西墙都被覆盖了。藤蔓中间缀满一粒粒花骨朵，没几天，花萼陆续绽放，一朵朵呈花冠状，像橘红色的小喇叭，三五成群地聚在一起，煞是养眼。柳红从藤蔓上摘了一朵给了容绣，说，三太太，你看这花多像风铃哪。容绣端详着，突然脱口说，这是凌霄花耶，曾在南京国民政府外的铁栅栏上见过。

　　文锦一直留心着木楼的动静，过了好些天了容绣仍好好的，这让她怒不可遏，心里暗骂柳红竟敢拿了她的东西不办事，非得想个法子治治她，但转念一想，不能把柳红逼急了，让她反咬出自己可不好，往后有的是机会收拾她。

　　一计不行，文锦又心生一计。趁夏鹤年出了远门，她一大清早去了趟娘家，娘家兄弟听完她的哭诉，破口大骂开了。老大段德彪一拳砸在八仙桌上，说，夏鹤年骑到咱段家人头上拉屎了，存心羞辱咱们，他不就是仗着有几个臭钱嘛。老东西居然和填房招呼都不打一声，就纳上妾了，这让二妹的脸往哪儿搁？

午后，段家兄弟一身酒气，跟着文锦上木楼来。三伏天，街上少有行人，主仆正在木楼里午睡，木门咣唧一声突然被撞开了。柳红急忙下楼，瞧见几个壮汉冲了进来，她忙说，这是夏家住宅，你们瞎闯什么？

文锦冲过来，扇了她两记巴掌，骂道，你个死丫头，竟敢拦我？说完，文锦冲上楼梯，往西房闯，容绣这时仍熟睡着。

文锦站在床边，骂着臭婊子大祸临头了，还睡得这么沉，伸手欲要掀薄毯。柳红迅疾跑上来，趴在容绣身上，说，太太，你行行好，别为难三太太，她还怀着身孕呢。

文锦往柳红脸上狠掐了几下，说，兄弟几个把她拉出去。柳红立即被拖出了西房，瘫倒在房门口，大哭着说，太太，你千万别为难三太太啊，她要是有个三长两短，老爷回来如何交代啊。

文锦骂道，你眼里只有容绣，没我这个太太了是不是？你再敢吃里爬外，向着外人，我就扒光了你的衣服，扔到日本军营大门外，让日本人玩了！什么怀孕，混账东西，我倒要好好验验这个婊子，怀的到底是不是夏家的种！

容绣这时被惊醒了，猛然瞧见文锦正站在床边怒视着她，身后站着几个壮汉，柳红正大声哭泣着。她下意识地往床内退了退，而后缓缓地说，太太，我一直想着去府里向你请安呢，但是身子太弱，一直耽搁着，没想到让你先过来了，我实在有愧，我给你请安了。说完她下了床，道了个万福。

起身时，容绣说，柳红，快去给太太倒杯茶来。

文锦说，我可不是好心好意来看你的，你听好，我是来赶你走的，像你这种来历不明的女人，不配给夏家绵延子嗣，你打哪儿来，回哪儿去吧。

容绣长吁了口气，摸了摸肚腹，说，太太，我是老爷从南京接来的，经过恩准，才住进这木楼的，我的去留，全由老爷说了算。

文锦说，哥几个听听，这个狐狸精，果然有两下子，搬出夏鹤年来压我。我跟你明说了吧，老爷人在外头，没一个月回不来，你不用指望他护你了，你要是不吃敬酒，休怪我动粗了。

容绣说，我活是夏府的人，死是夏府的鬼。太太你若苦苦相逼，我大不了拼个鱼死网破，但话说回来，要真的到那一步，老爷回来，你也难向他交代吧？

文锦怒骂道，臭婊子，终于出招了，哼，今儿个你就算死在这楼里，也没人瞧见是我逼的，等老头子回来，你早入土了，我会说是你自个儿想不开，寻了短见。你也不拿镜子瞅瞅自个儿，一身的烂肉，你以为老爷看上你了吗？他跟我说了只把你当成夏府传宗接代的工具罢了，想做三姨太，做你的春秋大梦吧。我才是明媒正娶的二太太，没我的准许，哪个女人敢踏进来舔骚？

容绣这时沁出了泪影，和缓了口气说，太太，你大人不计小人过，原谅我的不知礼数。你看在我肚子里孩子的分上，让我留下来，把孩子生下来吧。我名分、财产都不要。我也发誓以后永不让孩子踏入夏府半步。

容绣跪下来正要发誓，文锦呵斥道，你以为我是三岁小孩子，听信了你？你能迷惑得了夏鹤年，却迷惑不了我，留你迟早是个祸患。我心意已决，你赶紧收拾东西走人吧。

容绣缓步走到梳妆台前，对柳红说，过来给我梳下头，睡了一宿，头发都乱了。柳红心扑通扑通直跳，拿梳子的手直打战。

这时楼下传来了喧嚷声，打破了楼内的死寂，有声音连喊着太太——太太——咚咚咚跑上了楼，在西房门口被段德彪拦住了。文锦怒目睃了一眼，说，喜庚你不好好待在府里，跑这里干什么？这是你该来的地方吗？

喜庚哈着腰说，对不住太太，没您和老爷的差遣，我哪敢上这儿来，只是刚才接到老爷从南京打来的电话，叫我找到您，给您带个话。我觉着事情重大，不能耽搁，所以出府寻您来了。去了酱园，又去了北大街老字号，都没见着您，最后奔这儿来了。

老爷要你带什么话？你快说。喜庚你要是敢捏造，就算你是夏府的老管家，我也不轻饶了你。

喜庚谦恭地说，太太您说的是，喜庚不敢胡言，老爷电话里说在南京很是挂念三太太的安危，她正续着夏家的香火，要太太帮忙留心着。老爷还说府里再大的事，也要等他回来再定夺，谁要是给容绣难堪，回来后——回来后——

回来后做什么？文锦追问着。

回来后，定不轻饶了她。喜庚低下了头说。

老爷真这样说？文锦叱问道。

喜庚说，杏枝在场，也听到了。

老爷没再交代其他的了？文锦又问道。

喜庚说，没了。

文锦瘫软在了椅子上。容绣仍不疾不徐地对镜梳妆着。

喜庚说完话，下了楼。段德彪拉着文锦入了东房，说，二妹，怎么办呢？那老家伙像长了千里眼似的。

文锦说，大哥你有所不知，看来那老东西在府里安插了眼线，早有人盯上咱们了。她说完，火气又一下子蹿了上来，瞅见了搁在书架上的一把琵琶，啪地砸在地板上，抬起脚狠狠地踩踏着，很快琵琶被踩成了碎块。

段德彪说，妹子咱们走吧，咱们不能再吃这明亏了。文锦下楼时，嘴里仍叽叽不休地痛骂着臭婊子，我段文锦定让你不得好死，死无葬身之地。

柳红等人一走，迅即闩上了门，木楼又复归沉寂。楼外知了在浓荫里聒噪着，从河面上吹来的风里，有一股难闻的鱼腥味，黏糊糊的。容绣仍惊魂未定，脸被吓得没了血色，说，我早料到文锦会出手，没想到来得这么快，老爷前脚刚走，她就赶来了。我是她眼里的刺，我在一天，她就一天不消停。

柳红说，二太太心眼太小了，哪家老爷没纳妾的？非得要撺你走，也不顾你肚子里正怀着孩子。

容绣说，柳红你有所不知，她是一手遮天惯了。唉，可惜了我那把琵琶被她砸毁了。

　　柳红说，三太太你别太难过了，你要多爱惜自个儿身子。老爷人在外头，心仍在你身上，多亏喜庚赶来，吓退了二太太。

　　容绣幽幽地说，老爷他只是顾及他的骨血罢了。

　　容绣看柳红脸肿胀得厉害，说，文锦下手太狠了，连个下人也不放过。

　　柳红刚想说出文锦逼她下毒之事，忽觉不妥，收住了嘴，只说老爷对她有恩，受点儿罪没什么。

第二十五章　凌霄花藤

夏鹤年回府，和文锦约法三章后，住进了木楼，没有再回府睡过。容绣没心生多少欢喜，反而深添了隐忧，她了解文锦这种女人，不达目的，誓不罢休，一旦在老爷面前失了宠，会豁出一切，在所不惜。容绣又想，为了保全自己的骨肉，豁出一切，也值得。

夏鹤年安慰着容绣，给容绣打了好些首饰，说，你放宽心，我已交代过文锦了，她若再敢放肆，我定不轻饶了她。

几日后，容绣坐在绣花架旁，分理着绞成一团的彩色丝线。柳红惊喜地说，太太你这是要刺绣啊。容绣莞尔一笑，说，柳红，我是杭州人，女孩子家都从小学这个。我娘是杭州城里有名的绣娘，还没教我刺绣，就病死了。说到这里，容绣眼眶湿润了。

她拈着针线，盯着绣花架上一匹色彩淡雅的丝绸，迟疑了下，然后慢慢绣了起来，边绣边说，柳红，你仔细瞅着，你也得学会刺绣，等你出嫁时，我送你一对鸳鸯戏水枕套。

半天光景，那匹丝绸上就冒出了粉红色的荷花、墨绿色的荷叶、一对鸳鸯，还有淙淙流水。太好看了，柳红惊呼着，太太你的手实在是太巧了，这些好看的鸳鸯、荷花像藏在你手指缝里似的，柳红手粗，恐怕学不会这细活儿。

容绣说，女人的手，天生就会做女红的，就说这刺绣，只要心里不空，捏得住绣针就好。

几日后，首幅绣品完工，容绣端详了许久，一脸满足。她将彩色的丝线挂在临窗的绳子上,那些好看的丝线就随风轻轻拂动,五彩斑斓的颜色在窗外的初夏阳光里显得分外美丽。

容绣换了个方向坐下,避免了焦灼的阳光,又开始绣第二幅绣品,轻声嘀咕着,绣什么好呢?好些年没绣了,手仍有点儿拙,她这时微觉肚腹有胎动,抿嘴浅笑了下,绣针斜刺了下去。一日后,绸布上映出一张胖墩墩的男婴脸,张着嘴,笑得天真无邪。又过了一日,男婴身下绣出了一只女人的手,稳稳地托住了他,而后现出了女人的全部轮廓,秀美端庄。柳红细看那丝绸上的女人,像是三太太她自己,不久后,女人身边又站着一个穿宝蓝色长袍的中年男子,柳红看出来了,那是夏老爷。

琬玲和玉珑这时结伴上木楼来了,这是容绣第二回见到夏家三小姐、四小姐。上次是初到周里,在夏府接风宴上,当时两位小姐梳着齐耳的短发,穿着淡雅的丝绸旗袍,坐在容绣旁边,向她满含善意地微笑着。这是容绣在那晚收获到的为数不多的温暖,而二小姐淑瑾则紧靠在文锦旁边,与她隔了好几张椅子,脸始终冷冷的。

容绣拿出了瓜子、蜜饯,泡上了花茶,热情地招待着两位小姐。她说,不好意思啊,没征得两位小姐同意,用了你们的砚、笔、纸。琬玲说,姨娘你客气了,东房内的东西你随便用,若有缺的,我随时给你买来。

容绣说,那有劳了。玉珑抿了口花茶,俏皮地说,姨娘,你写了什么,让我瞧瞧。

容绣羞赧着说,四小姐,我写的哪是字啊,拿出来丢死人了,你别难为我了。

琬玲说,姨娘,你就依了小妹吧,你若不依她,她可好奇死了,会不依不饶的。

容绣扑哧一笑,遂拿出了抄写的偈子,娟秀、工整的字迹让琬玲和玉珑赞不绝口,问她是否上过大学。

容绣说,惭愧得很,没念过几年书,只是在南京学唱评弹时,才多认了些字。

柳红这时说，三太太刺绣也很厉害，她绣的荷花、鸳鸯都活灵活现，像真的一样，还有宝宝……

柳红——你瞎说什么?！容绣这时大声喝止了她。

琬玲说，姨娘，老早就听说你是杭州人，名字里有一个绣字，我也一直想向你讨教刺绣，你就让我俩开开眼吧。

容绣只得从衣橱里取出两幅绣品。琬玲、玉珑看呆了眼，玉珑细摸着男婴的脸，脱口而出说，这幅绣品寓意太好了，让我一下子想到了如意、吉祥、团圆、美满。

容绣红着脸说，我胡乱绣的，四小姐不要见笑才好。

聊完了刺绣，琬玲、玉珑从东房取出箫、笛，吹奏了起来，也央求着容绣弹月琴、琵琶，木楼里回荡着悠远的乐曲声。

吹罢，琬玲说，姨娘，西墙头的凌霄花开得好密，几月不见，木楼被掩映成这样了，太雅致了，是你种的吧？凌霄花藤生命力极强，凌霄花红艳艳的，很耐看，但此花又名堕胎花，女人孕期内，若服用凌霄花泡的茶数日，便会堕胎，姨娘你可要谨慎着点，离那花远点儿。此花还有其他妙用，研成末，酒调服一钱，能治通身瘙痒。

容绣说，三小姐你真是见多识广，我没种那花藤，也不知怎么冒出来的，往后可真的得离它远点儿。

琬玲说，姨娘你住进木楼，那凌霄花就有了，你真乃花仙耶。

夏鹤年在对岸的得月楼，和容绣、琬玲、玉珑一道用了晚饭。他喝着黄酒，对俩闺女说，往后多过来陪陪容绣姨娘，淑瑾在酱园里忙，等她空闲了些，也带上她，过来熟络熟络。

事实上，二小姐淑瑾对容绣一直心存芥蒂，她瞅着娘被爹冷落后，像丢了魂似的，整日哀丧着脸，和之前那个容光焕发的二太太相去甚远，很是心痛。晚上，她睡在偏房里，帮娘揉心窝。文锦说，我生了你们三姐妹，数你最贴心，我算是白养那俩丫头了，吃里爬外，上木楼和那贱人套近乎，存心和我对着干。我命怎么就那么苦，你爹不回府里睡了，成天陪着那狐狸精，我往后这日子怎么过。你在酱园，样样干得妥帖，生意又做得头头是道，哪一点输给那些臭男人了？唉，可惜你是女儿身，终要嫁人的。大小姐婉清失踪多年后，你爹才铁了心，想纳妾续香火。那贱人要是生出个带把的，你爹这一摊子家业，迟早会交到儿子手里，往后我们的日子就更艰难了，想着那贱人得意的样子，我揪心呀。婉清生死未卜，你就是夏家长女，娘治不了她，只好指望你了，好好替夏府也替你自个儿清理下门户，那样我就算死了，也能瞑目了。

有一日，容绣向柳红打探起了大小姐婉清，还有夏鹤年大房的事。柳红说，听我娘说，大太太很早的时候就出家了，但为什么出家，府里少有人知晓其中内因。至于大小姐婉清，我也没见过，听府里的丫鬟们说，大小姐嫁人后，就去了上海，先生是个留过洋的画家。日本人打进上海后，夫妻两人就失踪了，至今杳无音信。老爷一直为此事愁郁着，担心他们被日本鬼子打死了。你不要向老爷问起此事，免得惹他不开心。

天一日凉似一日，一转眼，夏去秋来。容绣鼓着腹，甚少下楼了，也很少开西窗，看见窗外摇曳的凌霄花，心里总感觉异样。琬玲和玉珑来了一次后就没再来了，柳红听府里的丫头说两位小姐上次来木楼后，被二太太狠狠训斥了一番。容绣心里总感觉空空的，月琴拨弄几下，就放下了，仿佛对什么都失了兴致，她心想或许是妊娠反应吧。

夏鹤年从南京、杭州进了好些蜜饯、瓜子，容绣总是有一搭没一搭地唒着，唒得细碎又无味。每顿饭都有从对岸得月楼送来的菜，像碧螺虾仁、响油鳝糊、蟹粉豆腐包、枣泥拉糕、松鼠鳜鱼，都是她一向爱吃的，但现在也提不起胃口了，浅尝几口，筷子就放下了。

周里出名的裁缝张，上楼来给容绣量身做秋衣，面料是上等的苏杭软缎，容绣推掉了，说正怀着身孕，尺寸量起来失了形，旗袍以后再做吧。

好些夜晚，她隔着窗户，听窗外的凌霄花藤叶飒飒作响。夏鹤年握着她柔弱的手，说，赶明儿，荀慧生、程砚秋那些名角来周里后，我带你好好去听听戏。等你生好孩子，身子恢复后，再带你去上海逛戏楼。你还想说评弹，我再包个场子，让你尽兴说一回。我买了台留声机，周璇、阮玲玉、李香兰的唱片不错，昆曲、京剧、越剧段子也有，你喜欢就听听。

一夜之间，秋风来得格外尖厉，窗外的凌霄花藤叶、河边的槐树叶已纷纷呈深黄色了。木楼里终日回荡着周璇曼妙的歌声，容绣旁若无人地倾听着秋后的木楼，听落叶在树下安眠。

初冬的某天下午，阳光淡淡地晒在凌堰塘上，给河边的木楼涂了一层稀薄的淡金色。二小姐淑瑾初上木楼，让正靠着窗打盹的容绣惊愕不已，她听见柳红在楼下叫着三太太，二小姐特意来看你了。她立刻从浅睡里惊醒了过来，急急取下铺在膝盖上的兔绒毛毯，站了起来，移步到楼梯口，朝淑瑾伸出了手，微笑道，二小姐，快这边坐，对柳红吩咐着快给二小姐泡茶，用那把梅花紫砂壶和黄铜盒里的祁门红茶泡。

淑瑾的乌黑短发用湖蓝色的缎带箍住，一身浅黄色的碎花及膝棉衣，她没有去握容绣伸过来的手，对容绣说，姨娘，我本早该来看你了，只是酱园里事多，又常往外跑，老抽不开身，所以拖到现在才来向你请安，你不要见怪。

容绣眉宇舒展了，抓了把瓜子放在了淑瑾的手心里，说，二小姐，你酱园那么忙，还过来看我，我心里过意不去，哪能再怪你。老爷一直夸你聪明又能干，往后哪个大户人家娶了你，是多么大的福分啊。

淑瑾粲然一笑，抿了口茶，说，三妹、四妹上月结伴去南京弘道女中上学了，临走时嘱托我，过来多陪你说说话。

容绣说，怪不得好久不见她俩了，我还准备了好些瓜子，等着她俩过来嗑，我一人嗑，好没味得很。我最爱嗑老家杭州的炒货，放了龙井茶叶一起炒，又香又脆。像南瓜子、西瓜子、葵花子，嗑了二十几年，门牙上都嗑出凹印来了。

淑瑾将手心里焐暖了的瓜子放回了茶盘里，说，我平素事多，也很少啃些细碎零嘴，三妹、四妹嘴馋，又挑剔，我除了会做做生意，女红一概不会，成天到晚混在男人堆里，搞得男不男女不女的。

容绣说，老爷、太太一直把你当长子一样栽培着，掌管家族生意，自然没让你有时间碰女红了，我看做女红也是打发打发时间，没出息得很。

淑瑾淡笑了下，说，姨娘你既年轻又漂亮，怪不得爹那么宠你，他和你在一起，气色比以前不知好了多少，走路也轻快好多。

两人有一搭没一搭地说着，三点多时，阳光从雕花木窗上缓缓移开了，木楼内渐渐阴了下来。淑瑾起身，掸了掸粘在棉衣上的瓜子壳，从灰色皮包里掏出一个绿丝绒方盒，说，姨娘，见你匆忙，没买啥好东西送你。我来的路上，看见丽人饰品店新到了一批胭脂水粉，遂给你买了盒胭脂。

容绣说，二小姐这哪使得，你留着自个儿用好了。

淑瑾说，姨娘，我们是一家人，不用太见外的，这是沪上产的美人牌胭脂，周璇、陈云裳、胡蝶那些大明星，都用这个牌子，很不错的，涂你那红唇最合适不过了，来，我帮你涂抹下。

容绣心想再推辞，怕拂了淑瑾的美意，惹她不开心。于是，她端坐于梳妆台前，任淑瑾将胭脂细细抹在了嘴唇上。她瞅了下镜中人，红唇如火，炽烈妖娆。几年前，那个风姿绰约、珠圆玉润的容绣仿佛又回来了。她握着淑瑾的手说，让你受累了，二小姐，你瞧手心里全是汗，快用我的丝帕擦擦。

淑瑾没留下来吃晚饭，就回去了。柳红说，三太太你好美啊，比月份牌上的美人不知好看多少倍，电影里的女明星也没你光鲜亮丽。容绣往她腰上掐了一把，故作愠怒地说，好你个柳红，也敢拿我取笑了，看我不撕了你的嘴。柳红连连讨饶。

容绣说，二小姐虽不苟言笑，但心地善良，也和她两个妹妹一样，容易相处得很。

柳红说，三位小姐中数二小姐最能干，喜庚管家月末做好的家账，都得交给她过目，酱园里酱油、酱菜、腐乳、米醋几个作坊，她都治理得井井有条，我从没见过这么能干的女孩子。

夏鹤年得知淑瑾下午来过后，十分快慰，一直悬着的心也放下了，对容绣说，我三个女儿和你相处得这么好，我很开心，我想文锦也会慢慢被感化的，你放宽心。

容绣说，我都听老爷您的，淑瑾该有二十了吧，你有没有给她订好亲？

夏鹤年说，我正为她的亲事操虑着，城东开钱庄的孔家，城北开酒厂的杜家，城西做缲丝的令狐家，都流露出想攀这门亲的意思，可淑瑾总是推脱着酱园事多，不想那么快考虑终身大事，她心气很高，一般的男人瞧不上。

容绣很喜爱那胭脂，一半也是因为淑瑾的心意，每日起来总不忘涂抹一番，她从镜里瞅见老爷看她的眼神都变了，亮闪闪的。数周后，她渐感疲乏，身子骨软而无力，头也总是昏昏沉沉的，以为是妊娠所致。夏鹤年请来郎中，给她调理，搭脉诊出容绣有中毒迹象，这让夏鹤年惊呆了，他要柳红跪在容绣面前，如实交代是否在容绣的饭菜里下了毒。

柳红受了惊吓，急哭了，抽泣着说，老爷，你们待我恩重如山，我报恩还来不及，哪敢给三太太下毒。三太太要是有个三长两短，我也不活了。

夏鹤年将信将疑，将容绣吃剩下的饭菜喂了猫，过了几个时辰，那猫仍活蹦乱跳，夏鹤年于是怀疑郎中是不是误诊了。

往后几天，他足不出户，陪着容绣。外面不叫菜了，楼内自己做，柳红做好的饭菜，他都先尝一尝，而后盛给容绣吃。可容绣仍柔弱着，下不了床，又喝了不少的草药，也总是病恹恹的。

柳红说，老爷，三太太莫非是中邪了，才老没精神，要不请个法术高明的巫师来驱邪。

夏鹤年请来了方圆百里最出名的张玄机道长作法。张道长在西房，烧着黄纸，燃着香，乱舞着桃木剑，嘴里叽里咕噜说着叫人听不懂的话，又在木楼外游走了一遍，后说三太太被凌堰塘里几个前朝的落水鬼附体了，已被我降伏，不出几日，便会好转。

冬日里，天总是湿冷冷的，木楼里总弥漫着草药的苦涩味道，任早晚燃着的檀香都驱散不了。容绣脸色仍未好转，支起身，喝了几口鸡汤，咳嗽着吐出一半。柳红变着法熬银耳羹、枣泥莲子羹、小米枸杞粥，她也只勉强吃几匙。离容绣分娩还有十来天，夏鹤年唤来了产婆，守在床榻前，伺候她。

冬至这一天，西风刮得异常凛冽，木楼里像冰窖似的，清冷异常。柳红在西房不停地往取暖炉里添柴火。戴着厚皮帽、身着虎皮长袍的夏鹤年，整日坐在二楼会客厅的木椅上，脸色凝重。他听见窗外响起簌簌声，撩起竹帘往外看，灰暗天空里正刮下稠密的雪粒子，不住地拍打着窗户，很快，窗棂下，积了厚厚一层白。他喃喃地说，这天怕是要下雪了，瑞雪兆丰年哪，好兆头，好兆头。

初冬第一场雪在黄昏降下了，周里城被裹进了白茫茫的雪海里。天未黑，容绣就在床上呻吟开了，产婆说三太太要生了，比预产期提前好多。她细摸着容绣瘦弱的脸，说，三太太，你莫怕，有老身在，定会保你顺利孕产。容绣倦怠地睁开眼，说，阿婆，有劳你了，我听你的便是了。二更时，容绣咬紧牙关，开始使力，进行分娩的最后冲刺。产婆擦拭着眼眶，对夏鹤年说，真是难为三太太了，我还从没见过这么柔弱的产妇，往后老爷你要多多怜爱她啊。

夏鹤年紧握住容绣的双手，好让她借力，产婆帮容绣匀着肚腹，喊着三太太，再使把劲，婴儿快出来了，再用力。柳红半跪在床边，把毛巾放在脸盆里洗着，给容绣擦汗。夏鹤年两只手都被容绣手心里的汗濡湿了。三更时，她拼尽了最后的气力，将婴儿送出了体外，一声娇弱的啼哭声在楼内响起，夏鹤年紧拧在一起的眉毛终于舒展了。他欢喜地喊着菩萨保佑，菩萨保佑，孩子终于降生了，太好了。

产婆说，恭喜老爷，贺喜老爷，你又多了个大胖儿子。夏鹤年仰天长笑道，我夏鹤年终于有儿子了，夏家后继有人了，好——好——好得很哪！

产婆把襁褓里的婴儿放入了夏鹤年的怀里，夏鹤年美美地瞅着，说，爹的宝贝疙瘩，爹可把你盼到手了。他腾出手，俯身撩了撩黏附在容绣额前的湿发，说，容绣你立了大功，我真不知该如何谢你。容绣微睁着眼，轻声说，老爷，让我瞅一下咱们的儿子。夏鹤年把襁褓放在她的枕侧，容绣抬手想摸一下婴儿，但手在空中停滞了，缓缓往下垂，落在了被子上，眼睛也合上了。这可把夏鹤年吓坏了，他推搡着容绣的肩膀，急喊道，容绣你怎么了，快睁眼瞧瞧咱们的儿子，长得多好看啊。产婆扑了过来，探了下容绣的鼻息，突然呜咽开了，掩嘴说，老爷，三太太元气耗尽，归天了。

夏鹤年这时从喉咙里爆发出哭喊声，把木楼震得咯吱咯吱响，襁褓里的婴儿也大哭着。柳红在楼下听到一片哭声，立即扔下脸盆往楼上跑，瘫倒在了西房门口，也碎帛似的哭开了。

夏鹤年紧抱着容绣冰凉的尸体，喉咙都哭哑了，好几人合力才把他俩分开。他跪在门外雪地里，仰天呐喊着，老天你不长眼啊，为何带走了我的绣儿？她还没享福，就走了，天理何在啊！柳红的一双眼睛也老早肿成了核桃似的，她紧抱着襁褓里的婴儿，心像被烙过一样疼。

夏府上下全穿上了麻衣孝服，夏鹤年凄然地说，绣儿的丧事就在木楼里办吧。他买了上等的檀香木寿材，收殓容绣的尸身。文锦在女儿的搀扶下，也来到了木楼，凭吊容绣。她一脸哀容，眼睛也哭红了，曾那么诅咒容绣，巴不得容绣早点儿死，但当真看到刚生下孩子，还没顾得上看一眼，就撒手人寰的容绣躺在棺材里时，她的心也碎了。琬玲、玉珑得悉噩耗，从南京一路哭着回来奔丧，长跪在容绣棺材前，哭得异常悲凄；淑瑾也一身缟素，在灵堂跪拜着，但没有哭，身子似在孝服里抖动得紧。

第二十六章　胭脂盒

　　容绣斋七未过，淑瑾没缘由地掉起了头发，越掉越多，西厢房地板上到处都是。她戴上了兔绒织帽，但衣服上也沾满了脱落的头发。她惶恐不安，感觉酱园里每个人看她的眼光，都像剑戟、匕首似的，让她不寒而栗。她犹如惊弓之鸟，整日魂不守舍，半夜也老是从梦魇中惊醒，然后睁着眼熬到天明。

　　有一日，文锦在西厢房门外，闻到一股古怪的气味，她想开门，但门上钥匙被拔去了。她急促地拍打着门，压低声音说，淑瑾你这是怎么了，好端端地怎么烧起头发来了，你快开门，让娘进来。

　　她在门外等了好久，淑瑾也没开门。文锦从库房内翻找出相同的钥匙，才进了西厢房。房内一股刺鼻的头发焦味立即朝她扑来，她干呕着，急忙捂住了嘴。房内漆黑一片，绸纱窗幔将窗户遮得严严实实。文锦喊着女儿你在哪儿，娘看不见你。这时一束微弱的火苗亮起，文锦才瞧见女儿坐在床沿上，点燃了根火柴，往头发梢上凑，点燃的发丝哗哗响着。文锦扑了过去，掸掉了火柴，拉了灯绳，淑瑾青白瘦弱的脸立即浮现了出来。

　　文锦捉着女儿的瘦肩，说，淑瑾，你怎么老待在房里不出门啊，不就是掉个头发嘛，有啥打紧的，既然这边的医生看得不行，那咱们去上海的大医院看看，肯定能治好的。

　　淑瑾凄婉地说，娘啊，我不想治了。掉就掉吧，掉光了才好，没了头发，索性出家当尼姑了，像大娘一样，在水月庵里落个清净快活，也不用再遭受人世间的罪了。

文锦说，傻丫头，瞎说什么，你以为姑子那么好当的，别学你大娘那样，动不动就出家。只有那些走投无路的女人，万不得已，才遁入空门的。你是大户人家的小姐，往后要凤冠霞帔，被八抬大轿风风光光地抬进大户人家做少奶奶的。

过完年，文锦和夏鹤年一道，带淑瑾去了上海。在广慈医院，外国医生取下淑瑾头上戴的兔绒织帽时，倒吸了口凉气，她头发稀稀疏疏的，已掉得所剩无几了。

各项检查完毕后，外国医生请二老进了内室，用生硬的中国话说，经过化验，令爱各项指标都很正常，经临床分析诊断，她的毛病出在身心上。患者面色萎黄，神情沮丧，按你们中国的中医讲，是长期抑郁不畅，肝血失养，才引起心理失常，最终导致生理紊乱的。落发是最典型的症状，要治愈她的毛病，必须搞清楚她的心病在哪儿，找准了，对症下药，解开心结，再吃些疏肝解郁药，才能见效，除此，再无他法。

文锦和夏鹤年面面相觑，对医生说，不会吧，我这个女儿向来大大咧咧，像个男人一样，藏不住心事。几个月前府里有位三太太难产而死，我们都心痛了好些日子，我这个女儿对三太太也很有感情，也难过了好长日子，但三太太都走了好几个月了，她不至于仍放不下痛楚吧？

外国医生说，可能不是一般的心病，你们好好想个法子，打开她的心结，单靠吃药是不行的。夏鹤年双手托起淑瑾下颚，焦灼地说，乖女儿，你有啥心事快说出来，爹和娘会为你做主的。淑瑾别过了脸，倚靠在墙角，慢慢倒了下去，整个瘦脸抵在膝盖里。夏鹤年长叹了口气，没有再说话。

返回的路上，淑瑾把身子深埋进了风衣里，到府时，从人力车上迅速蹿下，从后门跑进了西厢房。文锦追得急，小腿卡住了门，才没有被她关在房门外。文锦坐在床沿上，抚摸着淑瑾的背，说，女儿，这儿只有咱娘俩，你跟娘交个实底吧，别藏着掖着了。你是娘身上掉下的一块肉，你再这样下去，娘真的要愁死了。

淑瑾掀开了被子，淡淡地说，娘，你还记得那个胭脂盒吗？

胭脂盒？文锦惊愕地问是哪个胭脂盒。她沉默了下，突然失声喊，女儿你指的是那个送给容绣的胭脂盒？

淑瑾在床里蜷缩成一团，痛楚地说，娘，你以为我是为了取悦容绣，才上木楼，陪她聊了一下午，还送给她胭脂盒的吗？

文锦一脸讶异，说，难道不是这样子吗？当初你爹跟我说，你去见了容绣，还聊得很欢，我听了很是气愤，连你也倒向她了，但平静下来后，我慢慢想通了，两房要是再争斗下去，传扬出去，迟早会败坏夏府的名声，殃及夏府一家子人。琇如当年莫名其妙地出家，已经让整个夏府蒙受很多流言蜚语了。我总归要顾及你们三姐妹的前程的。

淑瑾大声哭泣着，说，娘，你想错了，容绣她被我整了，我在胭脂里做了手脚，混入了鹤顶红，我想让她流产，为你出气。

啊——文锦失声尖叫着从床沿上弹了起来，指着淑瑾说，这么说容绣是被毒死的了？这——这怎么可能呢？她若中毒了，怎么还能生下孩子？她是死于难产呀。

淑瑾说，娘你不懂，容绣每日把那混入鹤顶红的毒胭脂涂在了嘴唇上，毒液慢慢渗入她的肌肤，她分娩前身子总是很疲乏，药也吃不好，是鹤顶红起效了。我以为鹤顶红下得很轻，只会让她流产，不会置她于死地，但她宁死，也要护住了那孩子，保全了夏府的命根。娘啊，那是老天对夏家不薄，不想绝夏家的后啊。容绣的死给爹的打击很大，他怎会料到是我害死了容绣，那苦命的孩子，一出世就没了娘，哭得好悲，我的心都要碎了，我往后还有什么脸面见他啊。

文锦把淑瑾紧紧抱在了怀里，劝慰她道，女儿，这都是天意，容绣命中注定遭此一劫，谁让她贪慕荣华富贵，给人家做妾，才摊上了这事。要说错，也是娘的错，是娘逼你那样干的。既已如此，说什么都晚了，往后咱好好善待她的孩子，将功补过，也算对得住她了。

淑瑾凄怨地说，她怎么就死了呢？我可没想要她的命啊！

文锦把女儿搂得更紧了，说，女儿你要振作些啊，再这样下去，要出人命的。唉，老天你要责罚，就冲我来吧，由我一人承担，别再为难我的女儿了，她那么年轻，还要嫁人的啊。

淑瑾嘘了一声，说，娘你听，那男婴哭得好悲，他在喊娘亲，娘亲。

文锦说，哪有那孩子的哭声，隔那么远哪能听得到。

文锦终于找到女儿掉发的缘由了，但知道了，又有何用？淑瑾已步入了自怨自艾的死胡同，一直在内耗自己。靠她一人，是根本劝不动淑瑾走出执念的，而老爷那头，只能瞒着他，能瞒多久是多久，要是让他知晓了容绣死亡的真相，等于要了他的老命。可怜偌大的一个夏府，愣是没个可商量的人。

文锦凄眉泪眼地跪在列祖列宗牌位前，磕头如捣蒜，哭诉着列祖列宗啊，文锦不贤、不慈、不孝，一时鬼迷心窍，想替夏府把关，清理门户，却害得淑瑾做了傻事，求你们保佑我这个苦命的女儿，早日好起来，她才二十一岁啊，年纪轻轻若没了头发，哪还像个女人啊？她要是有个三长两短，我这个做娘的也活不下去了。

说完，她瞅见了容绣的牌位，发觉容绣飘浮在阴暗处，正怒视着她，逼问她为何害死自己。文锦这时全身像电击似的剧烈抽搐着，她朝那牌位又跪了下来，哀求着说，容绣我错了，真的错了，你在天有灵，一定要原谅我一时糊涂，你一定得放过淑瑾，她还要嫁人的啊。我明天就把你的儿子抱回府里，亲自照料他。我给你多烧元宝，让你在那边不愁吃穿。你要是惦念你的儿子，你托梦告诉我，我一定会像亲娘一样把他带大，你放心吧。

次日清早，文锦敲开了凌堰塘边木楼的大门，这让柳红惊愕不已。夏鹤年正喝着早茶，瞟了一下文锦说，你上这儿来做什么？文锦怯怯地说，老爷，我也是那孩子的娘亲啊，我过来抱一抱他。

文锦走入西房，抚摸着睡梦中的金宝，说，娃长得多周正，天庭饱满，地阁方圆，将来一定会考取功名，为咱夏府光宗耀祖的。夏鹤年吸下烟枪，说，文锦你有啥话就敞开说吧。文锦说，老爷，你心里肯定怨我，当初处处刁难这孩子的娘，如今我心里很是愧疚，想跟容绣道歉都没机会了。说完，她抹起了眼泪。

夏鹤年叹了口气说，你说这些还有什么用呢？我当初那么劝你，可你听进去过吗？背着我，处处刁难她，她怀有身孕，你仍要撵她走，她人不在了，你才良心发现了。你还是好自为之吧。

文锦说，老爷你说的是，我之前真是昏头了，这回算是彻底醒悟了，你看在三个闺女的面上，原谅我吧。不瞒你说，我想抱那孩子回府里亲自教养，外人照看，我终究不放心。夏鹤年这时颇觉意外，稍微迟疑后说，金宝也该回府了，柳红，收拾一下，咱们都回府里去。

文锦抱起褓褓中的金宝，站在了木楼外。夏鹤年正要锁门，柳红红着脸，支支吾吾地说，老爷，我想留下来陪三太太，她人走了，但魂还在木楼里，从没离开过，我陪着她，她就不会孤单了，我每日给她上香，念经，超度。

夏鹤年拍了下柳红的肩膀，说，难得你一片忠心，对容绣如此深情厚谊，不枉她生前那样待你。往后你需要什么，尽管来府里取，要是觉得寂寞，叫你娘过来陪你。

柳红留下来，其实另有隐衷，西墙脚深土里的那个包袱一直是她的心病，她寸步不离地守着那木楼，就是怕有人挖走了那包袱。她在等待时机，把包袱还给二太太，好让二太太明白她可不是贪财的势利小人。

夜晚，木楼里阒寂异常，柳红跪在容绣的遗像前，边哀泣边说，三太太，你答应过柳红，将来我出嫁时，要绣一副鸳鸯戏水枕套送我，你怎么就走了呢？小少爷被抱回府了，兴许也合了你的意吧。二太太虽有过错，但看得出她对少爷是真心的，你在天有灵，一定要宽恕她，让她好好把少爷带大。

文锦把采光很好的南房让给小少爷和奶妈住，她住进了南房东隔壁的跨院，和夏鹤年说金宝的满月酒一定得抓紧办，要办得隆重、体面。

玉珑趴在西厢房门外，对着门缝，朝里说，二姐，小金宝长得粉嘟嘟的，好可爱，那眼睫毛、耳朵、小眼睛和她娘长得一模一样，你快开门，出去看看吧，保准会喜欢上他的。

淑瑾坐在地上，木然地说喜欢，喜欢，好喜欢。

玉珑心想二姐好古怪，还没见到金宝就说好喜欢。

事实上，夏府里的人都好久没见到淑瑾了，即使小少爷回府这样大的事，她也没有走出西厢房瞧上一眼。夏鹤年心里更忧恼了。晚上，文锦对枕边的夏鹤年说，得抓紧给淑瑾订门亲，冲冲喜，那城东开钱庄的孔家二少爷好像一直对淑瑾很上心，他父亲孔青山早年也曾说笑着想两家结成儿女亲家。要不找王媒婆，上孔家一趟，由我们主动开口，把那层窗户纸捅破了。

夏鹤年僵直着身子，说，按理只有男方上门提亲，哪有女方上门说亲的道理？可事出无奈，也只好如此了，文锦，就按你的意思办吧，唉，这日子过得可真是……

次日早上，王媒婆来到夏府，眉飞色舞地对夏鹤年说我定会把二小姐的亲事说圆满了。

文锦心里空落落的，一个上午全站在夏府门口，朝城东孔家的方向焦灼地张望着。门口高挂着两盏大红灯笼，金宝的满月酒，就在一周后。她吩咐管家把灯笼再挂高点儿，挂正点儿。夏鹤年说，文锦你一脸心神不宁，是不是担心什么？王媒婆是见过世面的人，她那张巧嘴，死人也能被她说活了，只要她出面，没有说不下来的亲事，兴许吃中饭时她就来回话了。

晌午过了，文锦仍没瞧见王媒婆过来，她心里又添了隐忧。傍晚时，夏家人正在厅堂用饭，王媒婆悄悄地跨进了夏府大门。文锦听见下人说王媒婆来了，旋即放下碗筷，快步迎了出去，脸上收回了愠怒，喊，王婶你才来啊，快里边请，刚开席，和我们一块吃。

王媒婆从皱纹里挤出了一丝笑，慢慢朝饭厅走去。夏鹤年指着一张空椅，说，王婶，坐下用个便饭吧，吃好了，再说——

夏鹤年嘴里继续咀嚼着，腮帮子里发出咕噜咕噜的声响。王媒婆贴在他耳边，低声说，老爷借一步说话。夏鹤年缓缓起身，朝一桌人看了一下说，你们继续吃吧。

在会客厅，不待王媒婆开口，文锦抢话说，王婶你来得好晚，让我急死了，你快说说，孔家那边啥意思？有没有应允了这门亲事？夏鹤年吸着烟枪，默不作声。

王媒婆反搓着手，局促不安地轻声说，老爷，太太，老身对不住你们，没把亲事说下来。孔老爷听明我的来意后，说多谢夏老哥美意，犬子俊生也早对淑瑾暗生情愫，只是犬子已决定明年开春出国留洋，继续深造，一时半会儿顾不上终身大事。孔老爷还说淑瑾才貌双全、温润贤德，他们二老一直都很喜欢，只是年轻人志向远大，做爹娘的想拦也拦不住，若拂了夏家的一番美意，还望多担待些才好。

文锦的脸霎时堆满了乌云，夏鹤年也黑着脸，持烟枪的手在微微颤抖。

文锦说，可从没听淑瑾说起过那孔二少爷出国留洋的事哪，他前几年刚从西南联大毕业回来，钱庄里里外外才刚接上手，孔老爷这个时候肯放他出国，逍遥自在去？这——这——这太奇怪了。

夏鹤年对王媒婆说，那个孔青山还搁下什么话没有？

王媒婆思忖了番，说，有的，孔老爷最后说若淑瑾愿等犬子两三年后学成归来，甚好，到时更显二人情比金坚了。

放屁——放屁——放屁，这个混账老东西！夏鹤年怒骂起来，把烟枪往桌上猛敲，狗仗人势，什么东西，门缝里看人，把人忒看扁了，气杀人了。

文锦这时也拍着桌子怒骂道，孔青山那个混账老东西，心也忒歹毒了，硬生生往咱夏家人心口剜去一刀，好像咱闺女嫁不出去似的，硬塞给他们，真是欺人太甚。

夏鹤年仰面躺在太师椅上，气咻咻地喘着粗气，茫然地盯着墙头的"苍松翠柏"画轴，然后直起腰对王媒婆说，王婶，有劳你了，去管家那领赏钱吧。王媒婆说，事没办成哪能收。夏鹤年说，跑腿钱总归要收的。

文锦扶着夏鹤年说，孔青山为人阴鸷狡诈，我打心眼里不乐意让淑瑾嫁过去，过几天，再差个媒婆，合议合议。夏鹤年闷声不响，稍后说，淑瑾怎么样了？老躲在西房也不是个事，会遭人闲话的。文锦说，我也正为这事操心着……

夜已深，文锦在被子里瑟缩着，弯成了弓，紧贴着夏鹤年的后腰，感觉好无助，厢房内是那么漆黑，漆黑得近乎虚无，感觉自个儿身子也轻飘飘地浮了起来。这时房外传来了婴儿的哭声，她怔了怔，喃喃地说小金宝又饿了，该给他喂奶了。

一天，杏枝从外边急匆匆回来，神色慌张地对在佛堂里捻佛珠诵经的文锦说，太太，外面风传淑瑾小姐头发都掉光了，像水月庵里的尼姑似的，人也瘦得皮包骨头，不成人样了。

文锦手里的佛珠串这时候被捻断了，佛珠噼里啪啦掉了一地。她身子一晃，跌落在了地上，凄然地说，完了——完了，纸终包不住火，怪不得，怪不得啊……杏枝俯下身，闷声捡起散落一地的佛珠。

夏鹤年去了城外的水月庵，见了夏府原先的大太太、如今的住持慧因师太。夏鹤年说，婉清至今下落不明，三太太容绣难产而死后，淑瑾也掉起了头发，现如今和尼姑一般无二了。这个家弄到现如今这样，甚是凄凉。好在我有了小金宝这块心头肉，心才有所宽慰。琇如你可否为咱们夏府拨云见日一番？

慧因师太默然无语地低头捻着佛珠，好久，深长地念诵了句"南无阿弥陀佛"，继而说过去心不可得，现在心不可得，未来心不可得。世间皆是因缘和合，似梦境般非真，幻化无实，水泡易灭，影子难存，有情世界皆为无常，人生百年，弹指即过，荣华富贵，更是过眼云烟，施主何必苦苦执着呢？不如随缘聚散，聚散随缘。

几日后，夏府迎来了小少爷的满月酒，四合院里一片张灯结彩，回廊下、厢房门口、天井、观音兜墙都挂上了红灯笼，一条三尺宽的红毯，从大门口铺到了正房门口。庭院里的榉树、梅树、桂花树上也披上了五颜六色的绸带。夏鹤年请来了梅园昆曲班连唱了三天大戏，整个府里处处洋溢着喜庆，一扫多日来的阴霾。夏鹤年遍请了周里城场面上的人，宾客们纷纷祝贺夏鹤年老来得子，这让他脸上充满了久违的笑意。

全府上下似乎都忽略了一个人，那便是终日躲在西厢房里的淑瑾。下人走过西厢房时，都习惯性地捏紧了鼻子，快步走开，门缝里飘散出来的头发焦味，总让人闻着反胃。淑瑾终日对着蜡烛，在床沿上枯坐着，蜡黄的脸上两颗眼珠子空洞无物，快瘦成一具皮囊了。她倾听着门外的杂沓声，脸上挂着凄然的笑容。

文锦端进来丰盛的饭菜，搁在床边梳妆台上，抚着淑瑾瘦弱的肩膀说，女儿你听见了吗？外头多喧嚷，今天金宝的满月酒来了好多人，你爹遍请了城里头面上的人，连周里县县长程世勋也登门贺喜来了。咱们夏府好久没这么热闹了。庭院里的梅花也开了，红的、黄的、白的、紫的、绿的，都是你种下的，娘这就拉开窗户让你瞅上一眼。她顺势拉开了绸纱窗幔，推开了窗，室外的寒气，随着雪亮的光线迅即扑了进来，西厢房角角落落变亮堂了。穿着夏天薄衫的淑瑾这时失声尖叫起来，蒙脸躲到床后面，瑟瑟发抖着，极力躲避着亮光。

文锦吓得又立即拉拢了窗幔，说，好——好——好，女儿，我不开窗户，不开窗户啊。文锦心想淑瑾还是恐惧外面的人瞧见她。

次年清明前夕，江南阴雨连绵，凌堰塘一直在涨水，河水快漫到堤岸上了。清明这一天，久雨放晴，周里城里的桃花、城外的油菜花憋着的花骨朵，一夜间全开了，河边、田野里，草长莺飞，虫嘶蛙鸣。夏鹤年率一家老少，又去夏家祖坟祭拜先祖了，通往坟场的路上，粉红色的桃花飞扬，飘满一地，行人走过，桃花纷纷被碾没在湿泥里。夏家祖坟新添了两块墓碑，一块是容绣的，一块是淑瑾的，坟茔上长了青草，积满了花瓣。

一个月前，淑瑾开始颗粒未进，滴水不喝，没多久，就死了。她的尸身轻盈得像个小孩，棺椁在府里停放两天就出殡了，丧事简单得不近人情，府里的下人都这么说，比三太太的丧事还办得潦草。夏鹤年闩上了大门，不放外人进来凭吊她，他想让淑瑾安静地上路，她生前最怕人，不能再让她受惊吓了。文锦听到女儿病逝的噩耗，立即昏厥了过去，没有赶上两天后女儿的出殡。

西厢房从此成了夏府的禁区，房门终日紧锁，下人们经过西厢房时，纷纷绕道，说隔着门还能闻到里面的头发焦味。不巧被琬玲撞见了，琬玲训斥下人，说，二姐都死了，你们仍不放过她？数落她个没完。说完，眼泪又蓄满了眼眶。她一直迷惑，二姐活生生一个人，为何一年时间，身子迅速垮塌了，垮得那么彻底，到死都没见好过。那么年轻、端庄的人，在眼皮子底下就这么走了。

夏鹤年在愁云惨雾里看见多年未见的夏婉清突然而至，又是悲又是喜，老泪又纵横起来。夏婉清跪倒在老父面前，泣不成声。

夏鹤年慢慢接受了大女儿这几年来的漂泊，喃喃地说，爹以为你早不在人世了，乱世中活着就好，活着就好啊。他带着婉清去城外拜祭了容绣和淑瑾。

夏鹤年在坟场说，你失踪这些年，爹怕你再也回不来了，精气神是一天比一天不济，好在淑瑾完成初中学业后，就帮忙料理酱园生意，这些年真是多亏了她，把米醋、酱油、酱菜、腐乳四块产业料理得妥帖，可惜年纪轻轻的，突然就走了。你叫爹怎么撑得住。好在，你回来了，爹才缓过气来。志卿这么薄情，是我始料未及的，混迹在上海滩，没几年心竟黑成这样，也是爹看走了眼，他本性应该就是如此，我最恨当初竟把你托付给了他，把你一生都毁了。往后你就留在爹身边，咱家底还是有一些的，往后这一摊子家业，终归要靠你们三姐妹继续撑下去，还有金宝。

夏婉清也愁郁着脸，她原本以为回来看望一下家人，很快就会回乌城，谭玉麟和谭紫钗叔侄俩杳无音信，那边只有凤祥夫妇俩，她不放心他们，但在这个节骨眼上，她道不出埋藏在心底的话。

夏婉清叩开了文锦的房门，文锦得知大小姐回来了，眉宇才舒展开，她哭着说，我这是在做梦吗？婉清你这些年去哪儿了啊？让一家子人好揪心，要是淑瑾还在，看到她一直念叨的大姐回来了，该有多开心，她真是好命苦啊。话说完，眼泪像断了线的珠子一样坠落了下来。

夏婉清趴在文锦的肩上，说，二娘，是婉清不孝，不该这么晚才回来，家里出了这么多事，都是我的罪过。

夏鹤年走了进来，对文锦说，萧志卿这混账东西真是狼子野心，我这些日子越想越憋气，枉我资助他留洋。我不怪他移情别恋，但我最恨他在上海沦陷时，不顾婉清安危，把婉清孤零零地扔在上海，自己却远走高飞，一走了之，心思忒歹毒了，当真比陈世美还甚。

文锦幽幽地说，可苦了婉清了，我们这两个女儿为啥这般福薄啊。说完，她又垂起了泪。

婉清宽慰了她几句，出了门。

她和父亲说，爹，这些年，生逢乱世，我见惯了太多的生离死别，对他的恨也渐渐放下了，曲终人散，强留是留不住的。爹你也放下吧，女儿心里真的不那么苦了。我娘还在水月庵吗？我很想去看望她。

夏鹤年说，她闭门清修，我前些天去庵里见过她，说起你仍杳无音信，她又是合掌默念了句佛号，叫我随缘自适些。

几天后，夏婉清在琬玲、玉珑两姐妹的陪同下，去了郊外的水月庵。

得知婉清来了，慧因师太才走出念佛堂。十多年未见，婉清还是一眼认出了僧袍裹身的娘亲，她眉宇间还是过去清秀的样子。

得知婉清这十多年的境遇后，慧因师太默念了句佛号，说，当年贫尼出家，是为了破算命先生的咒语，成全施主的一世好姻缘，想不到，你的命运仍是如此多舛，看来业力真是无法改变，各人前世铸就的业报，都要在这一世亲自偿还，贫尼也无法替施主消灾。我佛慈悲，愿菩萨保佑施主余生逢凶化吉，康泰呈祥。

婉清说，娘，你为女儿出家修行，吃了那么多苦，可怜女儿仍不争气，让你和爹担惊受怕，往后你随女儿走好吗？让女儿好好服侍你，尽一份孝道。

慧因师太说，各人有各人的因缘，各人有各人的福报。贫尼和施主的尘缘已了，施主放下挂念吧。贫尼已皈依佛门，早已看破了红尘。

夏鹤年对婉清说，那庵是你娘的宿命，女儿你就放下了吧。金宝还年幼，爹也渐渐老了，一家人团圆了就好。

婉清说，爹，这些年，多亏银娣一家子收留我，待我如亲人，我才能在日本鬼子眼皮子底下得了周全。眼下，谭师傅和紫钗在外，音讯全无，两老揪心不已，惶惶不可终日。我总归要回去，好好守着他们，以报答他们当年的收留之恩，待叔侄俩平安归来，我再回来，侍奉双亲。

夏鹤年长叹口气说，你说得也有道理，做人不能没有良心。爹也不好强留你，你此番回乌城后，如果那个谭师傅，还有紫钗安然回来了，你就回来，这儿总归是你的家。

夏婉清说，我一定会回来，好好侍奉爹爹的。

在家待了一个月后，夏婉清和一家人泣泪作别，坐上了返回乌城的轮船。

天又一天天地热了起来，端午过后，文锦一个人坐在庭院里的梅树下，发着愣，灼热的夏日阳光穿过疏朗的梅枝，照在她消瘦的身上。奶妈抱着哭闹着的金宝，走到文锦身边说，太太，小少爷全身长满了痱子，要不叫个医生来治治？文锦瞅了一眼金宝，闷声走开了。奶妈对着她的背影又连叫了几声，文锦头也不回。

晚上，金宝仍哭闹不休，文锦对杏枝说，快把金宝抱远点，抱远点，哭，哭，哭，好好一个夏府都要被他哭塌了，我听着心烦，烦透了。杏枝和奶妈说，太太早对小少爷不闻不问了，毕竟不是亲生的，唉，小少爷好可怜。

南京弘道女中又开学了，玉珑对夏鹤年说，大姐回乌城了，三姐不去南京，接管二姐在酱园里的活，我也不想去上学了，想留下来带金宝，娘身子弱，奶妈又粗手粗脚，我不太放心。夏鹤年思忖了下，准了她。

金宝三岁时，才会走路，饭菜不肯吃，只吃奶，小身板很消瘦。夏鹤年瞅着心疼，心想金宝估计是受他娘的影响，在娘胎里没发育好，容绣分娩前几月总是吃得很少，身子也弱不禁风。

第二十七章　钢琴师

夏婉清回到乌城没多久，老百姓又人心惶惶起来。六月下旬，江南笼罩在初夏的潺热中。国民党撕毁重庆谈判停战协定和政协决议，向共产党解放区发动全面进攻。国民党军队围攻鄂豫边境的中原解放区，接着大举进攻华东、晋冀鲁豫、晋绥、东北等解放区，全面内战由此爆发。老百姓的生活刚有些起色，又重坠入黑暗。

婉清的旗袍铺关了个把月，重新开门，但来做旗袍的人很少。她有一天忽然想到了圣加尔修道院，很想去看望一下荷力加神父。

夏日，外体黄铜色的圣加尔修道院被一棵棵葱郁的香樟树掩映着，静谧幽深。粗壮的枝丫纵横交错，展示着顽强的生命力，即使在腥风血雨里，仍无畏地经历着沧桑。

她走近正门，这时听到舒缓的钢琴声从楼上飘了下来，那跃动的音律和树荫里的蝉声杂糅在一起，让婉清的心渐渐浮了起来。

她心想，谁在楼上弹钢琴？莫非是荷力加神父。

她推开了厚重的正门，跨入了修道院，循着钢琴声，走上了木质楼梯，推开了木门，看见破旧凋敝的窗前，一女子坐在钢琴前，入神地弹着。琴盖上放着一个玻璃瓶，瓶里插着几枝野花。

室内一片昏暗，那女子的上身被琴盖挡着，只看见她纤巧的手臂。透过窗棂射进来的光，婉清看见那台钢琴断了一只腿，用砖块垒起来支撑着。

那女子入神地弹着，柔缓的音乐，像是唱诗班的声音。婉清曾在上海教堂里听过，修女们在唱《圣经》时，也是和着这样的音乐。

她一只手扶在门框上，没有向那窗前走去，脚仿佛被钉住了。这时身后有人走了过来，说，婉清女士，你好。

婉清猛然惊了一下，急忙转身，看见荷力加神父不知何时站在了身后。

婉清说，神父，你好。打扰你们了，今日突然造访，有些唐突。

神父说，抗战胜利了，修道院里没有再收留难民，这儿好些日子没有外人来了，你是多月来的第一个访客。你是循着这钢琴声，才走到这房间的吧，来，我给你介绍一下，她叫褚小芹。

这时弹钢琴的女子听到了说话声，结束了弹奏，站了起来。婉清看见了一个年轻的女子，娇小的身材，挽着发髻。

褚小芹怔怔地盯着婉清，很快，莞尔一笑，鞠了个躬。

神父说，小芹，这是夏婉清女士，我以前和你提起过，她曾慷慨救助过修道院内不少难民，还和产婆一起去日本军部救助产妇，很了不起啊。

褚小芹又笑了，朝婉清走过来，说，婉清姐，你好厉害，好有胆色，神父和我说你的义举时，我都惊得说不出话，日本军部那样的地方，你都敢去。

夏婉清说，小芹，很荣幸在这儿遇到你，神父把我说得太好了，那会儿，我也是怕不从了日军，他们会做出伤天害理的事，才横下心，和产婆一起去了军部。那会儿，我也是想着那难产的孕妇肚子里的孩子，毕竟是无辜的。

褚小芹说，你真像是圣母玛利亚，那么慈爱、勇敢，又有智慧。

回头，夏婉清从神父那里了解到，褚小芹是外乡人，跟随做入殓师的父亲漂泊到了乌城。有好几次，她碰到荷力加神父为死者祈祷，才认识了他。有一回在坟场，日军看见有人群聚集，一顿扫射后，她父亲不幸惨死。她孤苦无依，才去了修道院暂避。神父念她孤身一人，收留了她。修道院内，那时已没有其他修女。小芹烧火做饭，还替神父洗衣。她每天打扫厅堂，擦拭楼梯，让神父很是满意。神父在做祈祷、念《圣经》时，小芹也不声不响地祷告，祈祷父亲能上天堂。

神父从仓库里拉出破敝的钢琴，本以为被日军的炮弹炸毁了，调试了下，还能弹出琴声。小芹对钢琴十分喜欢，她有一回没经神父允许，按下了琴键，入神地弹着，也不管是什么声音。神父听得入神，觉得是一首从未听过的美妙的音乐，走近，才知小芹是盲弹。他便教小芹弹钢琴，让她弹鲍罗丁的《在修道院》，没出数月，小芹已经弹得有模有样。

小芹有一回和神父说，她想做修女，一直侍奉在神父身边，一生追随他。

乌城新成立了国民政府，市长叫唐瀚卿。他的三姨太梅黛媛有一天向保安队长庞炳钦打探乌城有没有手艺高明的旗袍手艺人。

庞炳钦不敢怠慢，全城搜查，最后把目标放在了夏婉清身上。婉清在酱园弄口开着旗袍铺，声名远扬。庞炳钦说明来意，叫婉清上唐公馆给梅黛媛量体裁衣。夏婉清头也不抬地说，庞队长真是会见风使舵，踢开了汪伪政府，又攀上了国民政府，换了青天，官照样做。庞炳钦说，这叫风水轮流转，今朝到我家。老子管谁当道，只要识时务，就有饭吃。夏婉清你也得识时务啊。婉清不敢吃眼前亏，只得随庞炳钦去唐公馆给梅黛媛做旗袍，是福不是祸，是祸躲不过的道理，她懂。

梅黛媛出乎意料地大方得体，对夏婉清以礼相待。婉清给她量好后，梅黛媛拿出几匹好料交给婉清做，婉清从没见过如此高档的锦缎、金丝绒料子。梅黛媛说把开襟分别做成如意襟、琵琶襟、斜襟，盘扣分别做成蝴蝶盘扣、缠丝盘扣、镂花盘扣，领型分别做成立领、凤仙领、水滴领。婉清细细记下了要领，做得很细心。梅黛媛看到成衣后，赞不绝口，稍做改动后，把旗袍穿在身上，很得唐瀚卿喜欢，出入社交场合，出尽了风头。梅黛媛光鲜亮丽，引得同僚夫人纷纷效仿，叫婉清给做旗袍，给的工钱也很丰厚。婉清把钱悉数交给了银娣掌管，银娣和她早和睦成一家人了。凤祥叫银娣告诉婉清，别和国民党官员走得太近，恐多生枝节，再说庞炳钦又身为保安队长，诡计多端，防他放冷箭。

一次，唐瀚卿款待前线作战回来的同僚，喝茶寒暄之际，婉清正好在给梅黛媛量衣，听到他们说国民党军队和共产党军队交战的情形，说前方战事吃紧。梅黛媛跟婉清说，他们一帮大老爷们都是战功显赫的军人，在一起谈的除了军事还是军事，我一概不懂。这时婉清听到一个发福的军官大大咧咧地痛骂共产党军队里的厉雷霆，在上月双方交锋中，让他损失了不少兄弟，说他是军队里很有计谋的团长。婉清不便打听，她想或许是同名同姓罢了，没这么巧吧，但她真希望是他，活着就好。她搞不懂既然抗战胜利了，自家人为什么又打起来了呢？她像所有的平民百姓一样，只愿平平安安地度过每一天。

梅黛媛招待同僚的夫人一起搓麻将，婉清在一边修改旗袍。梅黛媛说，婉清你休息下，会打麻将吗？过来看一下。婉清说，略懂一点点。梅黛媛说，有空你就过来陪陪我，我们三缺一时，你也好玩几圈。乌城没什么戏院、歌厅，沉闷得很，要是不打麻将，这日子可真没法过。

婉清也不好拂了她的美意。深更半夜，婉清要回去了，梅黛媛叫庞炳钦送她回去。庞炳钦不怀好意地讪笑着，婉清心里发怵。

梅黛媛几天后又叫婉清进唐公馆，不是叫她来做旗袍，而是打麻将，麻将桌边，除了梅黛媛，还有两个军官，婉清只好硬着头皮打。

婉清输过，偶也有赢，梅黛媛直夸奖婉清。麻将局散后，梅黛媛留婉清吃饭，说，你为何孤零零一人，你丈夫呢？婉清垂泪假说死在日本鬼子的战火里了。梅黛媛说，那真是可惜了，你一个弱女子，无依无傍的。

她对婉清说，其实我过得也不开心，唐瀚卿还有两房太太，现在在南京唐府里，他时常回去，还经常招蜂引蝶，干些偷腥的事，我也管不了。你别瞧我表面风光，其实心里的苦处只有往肚里咽，也怪我没给他生一儿半女，所以被二房占尽了风光。我在唐府里处处受气，忍气吞声，便跟随瀚卿来乌城，出来透透气。

夏婉清回去后，仔细思忖着梅黛媛的这番话，很晚才睡去。次日，她交旗袍了，梅黛媛对她说，上次和你一块打麻将的那位军官看上你了，他叫梁中孚，是位国军少将，想娶你当姨太太，名分虽然低了点，但乱世里也好歹有个靠山庇佑，总比你单身要好，你意下如何？

婉清不允，梅黛媛说，你年纪轻轻的，也该为自己考虑一下了，国民党财大势大，将来稳坐江山也是指日可待的事，到时梁军长封官加爵，不要太显赫。你投靠了他，稳赚不赔。婉清直觉梅黛媛的话透着俗气、恶心，坚决抗拒。梅黛媛突然拉下脸来，开始挑旗袍的刺，说没以前做的考究了，心思都花在别处了。婉清默不作声，讪讪地回了家。

她的愁郁被晓澜看在眼里。晓澜追问之下，才得知了缘由。晓澜嘴快，告诉了凤祥和银娣。凤祥说，果不其然，被我猜中了，国民党本来就和汪伪军一丘之貉，蛇鼠一窝。他劝婉清不要再去唐公馆了。

一天午后，梅黛媛在庞炳钦的带领下，撑着纸伞，上门游说婉清，被婉清婉言谢绝。梅黛媛说，那个梁军长原本要回华北作战前线了，但因日夜挂念着你，要等你同意才回前线。这让瀚卿大为难堪，也给我施加了不少压力。你就顾全大局，为了党国的利益，也为你自个儿考虑，答应这门亲事。咱们做女人的，不趁年轻时，找个好依附，还指望什么？

庞炳钦把一份厚礼搁在桌上，凤祥和银娣十分愤怒，又不敢作声。

婉清说，我们平民老百姓，只想过安稳日子，其他也不奢求什么，婉清自知身份卑微，不敢攀高枝，望夫人体谅，您请回吧，请把东西带走。

梅黛媛面上挂不住，铁青着脸，拂袖而去。庞炳钦对婉清说，我们较量也不是一次两次了，识时务者为俊杰，你别不识抬举，到时吃不了兜着走。梁军长看上你，是你的福分，往后穿金戴银，吃喝不愁，身份显贵，是求也求不来的恩宠。

晓澜听不下去了，愤愤地说，庞队长，你既然这样想，那叫你的妹、你的姐嫁给那个军长好了，婉清姐不会答应的，你死了这条心吧。

庞炳钦怒甩了晓澜一巴掌，骂了句日本人操不死的小婊子，啐了口痰，拿起礼物，出了门。

晓澜被戳中了伤口，上楼大哭了起来，想起了多年前的噩梦，五脏六腑翻江倒海着，婉清也只好陪着抹泪。

华北战事紧张，梁中孚连夜赶回作战前线，临走时还念念不忘婉清，告诉唐瀚卿务必办妥此事。庞炳钦也常来纠缠，婉清关闭了旗袍铺，拒不开门。凤祥拿木棍驱赶庞炳钦。国民政府有别于汪伪政府，唐瀚卿有言在先，不能硬抢，怕引起民愤，只能智取，庞炳钦也不敢造次。

梅黛媛正苦于说服不了坚贞的婉清不好交差，唐瀚卿接到电话说梁中孚上前线指挥杀敌时，被共产党军队的炮弹炸死了，英勇捐躯。消息传来，唐瀚卿带领部下摘帽致哀，游说婉清的事也终于搁弃了。消息传到婉清耳朵里，谭家人一起欢天喜地，好不痛快，骂梁中孚遭报应了，死有余辜。

下部

第二十八章　相逢

民国三十七年夏天起，国民党和共产党在北方发生激烈战事的消息，一波一波地传到江南小城周里。周里的平静一如往昔，但夏鹤年嗅到时局在慢慢发生变化，国民政府大肆印制金圆券，物价暴涨，酱园账上资金没隔几日，就贬值大半。县长程世勋带着一众人，亲自来夏府收军需费，说，政府集资向美国买武器，支援国军前线奋战，蒋"总统"率虎狼之师，很快将扫尽"共匪"，一统江山，到时论功行赏，封官加爵。夏老哥你出军需费，将来定保你夏府的人封个一官半职，谁出的钱越多，谁封到的官就越大，你不想做官，但你得为儿女们考虑。夏鹤年遂又多掏出些银圆，说，程县长，你可要一笔笔记清楚哪。

程世勋前脚刚走，文锦就朝他背影翻了个白眼，啐了一口，怒骂道，一帮吃人不吐骨头的白眼狼，蒋介石打仗，关我们什么事，以前打日本鬼子的时候，也来收钱，说打鬼子，人人有责，有钱的出钱，有力的出力。日军投降了，安稳日子没过几天，自家人又闹不和，打起来了，又让咱掏钱了。咱们老往那无底洞里扔钱，连个泡都没冒一下，再没完没了地掏下去，家底都要被掏空了，咱们的银子又不是从天上掉下来的，哪那么好挣的？

夏鹤年说，也只能在背后发发牢骚了，现在两党打得你死我活，没准哪天醒来，就变天了。程世勋那种人，我还不清楚？我不是怕他，而是畏惧他头上的那顶官帽，若不把钱交上去，他会给我捏造一个通共的罪证，到时明目张胆地来查封咱们的酱园，霸占咱们的房宅，侵吞咱们的家产，哪还有我们的立足之地。周里城大大小小的商户，也都叫苦不迭，就当破财消灾吧。

夏鹤年常去茶馆，打听前线消息。有人说打到最后，国民党定会胜，这时有人立即跳出来反驳，说共产党才会笑到最后，毛泽东用兵如神，他的军队又得民心，北边好些个解放区，地主都被打倒了，佃户们都分得了土地。夏鹤年听得一头雾水，他和程世勋喝茶，讨论局势。程世勋说，城里混入了不少"共匪"奸细，到处散布谣言，蛊惑人心，已被抓进去不少，严刑拷打。蒋"总统"已亲临前线督战，鼓舞士气，国军又接连打了好几个大胜仗，把"共匪"打得落花流水，老哥你别道听途说，我的消息才可靠。

回头玉珑对夏鹤年说，爹你别听信了程世勋的胡话，他在睁眼说瞎话，我常在收音机里，偷偷收听共产党的陕北新华广播，第一时间报道前线战况。年前的几个月，解放军在华北全境接连打赢了辽沈、淮海、平津三大战役，重创了国民党的军队，邱清泉、黄百韬那几个高级军官都阵亡了。夏鹤年听得傻了眼。这是民国三十八年的初春，新年刚过去没多久。

初夏时，中国人民解放军横渡长江，势如破竹，一举攻下了南京，拔下了插在中华民国总统府上的青天白日旗，插上了红旗，继而挥师向东，长驱直入，又解放了上海及周边各县市。半夜里，周里城外响起一阵又一阵激烈的枪炮声，华东野战军第八纵队和国民党的守军在激烈交火。次日凌晨，共产党攻下了周里，全县解放了，几天之内全城各处被覆盖上了红色旗帜，程世勋早已闻风而逃，不知去向。

酱园停工了，夏府大门紧锁，好几个百来斤重的石臼堵在门口。夏鹤年对府里的人说，外头乱得很，没我的允许谁也不准出去。他极力抵抗着外面的喧嚣。

文锦惴惴不安地问夏鹤年，这江山是不是要落到共产党的手里了？他们会不会因咱们给国军上交过军需费，而定下个罪？

夏鹤年长吁一声说，我没跟共产党打过交道，该怎么样就怎么样吧，别跟府里的人瞎嚷嚷，免得人心惶惶。

身在乌城的夏婉清，也在同一时间期盼着共产党的部队来解放全境。解放军马上到来了，如今城内仍旧不太平，枪声不断。梅黛媛和唐瀚卿已经逃离了公馆，去了上海，城内国民党残余势力负隅顽抗。庞炳钦也惶惶不可终日，狗急跳墙，想和唐瀚卿的人马一起逃跑。狡猾的唐瀚卿叫庞炳钦留下，继续抵抗，过几日，国民党主力部队会杀过来，和城内的小股军力接应。庞炳钦心里暗骂唐瀚卿是个老狐狸，但也无可奈何。庞炳钦自觉罪孽深重，若是不逃，落在解放军手里，没有好果子吃，就和几十个手下携带着唐瀚卿委托他保管的日后用作招兵买马、图谋复辟的几箱金银珠宝，连夜逃离了乌城，躲进了几十里外的青龙山，住进了曾经一个被剿灭的土匪的老巢。

乌城政权重新回到了共产党手中，城内红旗招展，普天同庆。红旗和标语几天之内覆盖了所有的街道。晓澜很快也学会了从北方流传过来的歌：我们都是神枪手，每一颗子弹消灭一个敌人，我们都是飞行军，哪怕那山高水又深……

这一天，久雨初晴，城内老百姓不顾夏日炎热，不约而同地都涌出了城，手里挥舞着临时做的彩旗，夹道迎接解放军的到来。他们已经盼了一天，不想错过这激动人心的一刻。

队伍中也有婉清和晓澜。她们踮起脚尖，站在城门外，难捺兴奋地夹在人群中，等待解放军的到来。

欢呼声从远处传了过来，这时鞭炮应声响了，人群里像炸开了锅。

婉清听到边上的人都在喊，来啦，来啦，解放军来啦，亲人哪。

这时穿黄色军装的解放军，列队走入了发出排山倒海般掌声的人群中。

一个拿着烟斗的老伯握着走在队伍最前面的解放军首长的手说，解放军同志啊，你们来了，我们的腰杆就挺直了，再也不怕那些国民党反动派和土匪流氓了。

首长说，政权从此回到了咱老百姓手中，共产党就是你们的主心骨啊。

夏婉清看这位首长有些面熟，仔细分辨，发现是多年未见的郁子昂政委。

她迎上前去，说，郁政委，您好。你们的队伍不会再离开吧？

郁子昂盯住了夏婉清，继而爽朗地笑了，说，是夏婉清女士吧，多年不见，你好啊。你是担忧我们像上次那样撤退吗？这回不同往日，毛主席带领全国军民，解放了大半个中国，接下去要解放剩下的地方，我们永远不会走了，一起留下来建设我们美丽的新中国。

人群里又爆发出一片掌声。

两天后，夏婉清听到之前的解放军部队又出了城，听说解放南边的城市去了。她正焦灼之时，听说城内又来了共产党的队伍，据说是南下干部工作大队。

有一天，她正在旗袍铺里缝制着旗袍，这时几个南下干部从店铺前走过。她走出了店，看见走在前面的穿黄色军装的干部有几分眼熟，她紧盯着，挪不开眼了。晓澜扯了下她的衣袖，轻声说，姐，你怎么了，你认得那个军官？

婉清突然想到了什么，说，是厉大哥，那位长官，多像厉大哥啊。

这时南下干部们已经走了过去，晓澜瞅着那个人宽厚的背影，说，还真像厉大哥呀，不会这么巧吧？厉大哥不是在上海吗？

婉清不假思索地追了过去，又端详起那位走在前面的长官，被其他几位干部察觉了，有几位女干部朝她微笑着。

这时有人提醒了那位走在前面的干部，他停住了脚步，转过身来，黄色军帽下是一张刀削般冷峻的脸，眼神十分坚毅。

婉清这时失声道，厉大哥——厉大哥，真的是你吗？

厉雷霆这时也惊愕住了，突然大笑道，你是——你是夏婉清吗？怎么这么巧，居然在这儿碰到你了。

婉清也笑了起来，这时晓澜也赶了过来。婉清拉住晓澜的手到厉雷霆面前，说，晓澜，你快看，这真是厉大哥，千真万确。

晓澜也惊住了，要屈身下跪。厉雷霆急忙拉住了她，说，晓澜，使不得，使不得。这么多年，你们还好吧？他又对身后不远的军人说，怀远啊，你快过来，快瞧瞧，这是婉清和晓澜。

这时宋怀远走了过来，看见了婉清，也欣喜地说，真是太好了，婉清，多年不见，在这儿碰到了。

婉清也盯住了他，十几年未见，他的脸上堆积着浓郁的沧桑。

很快，婉清得知了厉雷霆和宋怀远是随南下干部工作大队进城的，解放军前脚走，他们后脚来接管乌城，着手乌城战后重建工作，恢复生产、生活秩序。他们大部分是从东北第四野战军挑选来的优秀干部。

南下干部驻扎在原先的国民政府里，大门口已经挂起了乌城军事管制委员会的牌子。

婉清沉浸在故友重逢的喜悦中，晓澜却惴惴不安起来，和婉清说，看见厉大哥，我打心眼里欢喜，可是那个宋怀远，我却瞧着心里不畅快，姐，你还记得当年，临别时，宋怀远那副样子吗？他硬生生索要了你的玉镯，那可是先生送给你的。他得了好处，才没将咱俩抛在冰天雪地里，又载了一程。要不是被谭师傅搭救，咱们早冻死在半道上了。

婉清说，我怎么会不记得呢？这些年，我每每想起这事，心里就堵得慌，想着厉大哥将我们托付给他，我们当真全部身家性命全系于他一身。他在半路上财迷心窍，后来我细想，也想通了，那时炮火连天，到处沦陷，人心惶惶，他也是图起了自己的前程，已经顾不上咱们了。若咱俩一直跟着他，就会拖累他，他才想抛下我们。毕竟非亲非故，把我们送出那么远，也不容易。这样想，我也不再怨恨他了。没想到，他现在和厉大哥一样，成了南下干部，是解放军、共产党干部。我们往后，千万不能提起旧事，更不能在厉大哥面前提起半句。在宋怀远面前，也要尽早忘了旧事。

晓澜说，这个理我懂，我们可以忘了旧事，希望宋怀远也淡忘了那事。

夜晚，过了一更，婉清正在旗袍铺里赶衣，这时窗外闪过一个黑影，让晓澜察觉了。晓澜说，姐，门外有人。

婉清朝窗户一望，那人影微动着，婉清喊了声，是谁？

晓澜壮着胆，心想，都解放了，还怕什么。她打开了门，这时才看见那黑暗里，居然站着一身黑袍的荷力加神父。

婉清脱口道，神父，你来了，快往里面坐。

荷力加神父神情有些拘谨，不像是婉清之前交往中看到的气定神闲的样子，即使在日军铁蹄之下，他也是凛然的，气定神闲的。

正在婉清纳闷之时，神父说，与我去趟修道院吧，有事要和你相商。

婉清便趁着夜色，随神父往修道院而去。

晓澜原本也要一同前往，但婉清颇觉神父神色凝重，这么晚上门来，肯定有隐衷，而且刚才也在门外，没有推门而入，便让晓澜在家等。

路上，神父说前几天清晨，他开门发现正门外台阶上放着一个襁褓，打开一看，是一个女婴，脸红扑扑的，留有脐带，刚出世没两天。他抱入院内，用米汤喂养她。但他没有什么经验，所以找婉清来相商。

婉清一听到女婴，立马想到自己那多年前流产的胎儿，心不觉提了起来。她加快了脚步，仿佛已经听到婴孩的啼哭声了。

靠近夜色笼罩下的修道院时，她果真听到了急促的啼哭声，那二楼的灯火亮着，虽然是那么微弱，但在时远时近的啼哭声里，像是特意为自己点亮的，似乎在等盼着自己的到来。

婴儿估计是饿坏了。荷力加神父说。

婉清急促地跨入了正门，上得二楼，看见一个襁褓放在神父的床上，婴儿正哭得紧。她立马抱起了女婴，检查了下，襁褓已经濡湿了。她立马要给女婴换尿布，突然看见婴孩脖颈下有一块狭长的红色胎记，状如枫叶。神父立马将他穿过的黑袍撕成了块状，充当尿布。

神父又从厨房间，舀来一小碗米汤。

婉清瞅着稀汤寡水的米汤，眉头皱紧，一勺一勺喂给女婴。女婴像吮吸乳头似的，用力吮了起来。她肤色雪白，脸蛋白里透着温润的红，樱桃似的小嘴，那眼睛眯缝着，像细细的弯月，真是个极漂亮、标致的娃儿。

婉清看着看着，眼眶都湿了，心想，这么漂亮的女婴，谁会忍心丢弃在修道院呢？

等米汤吃光了，女婴停歇了下，又啼哭了起来。

神父说，要不再去煮一点米粥，熬些米汤？

婉清说，神父，女婴只靠米汤，营养恐怕是不够的，最好是吮吸母乳。我出去打探下，新近有没有产妇，帮忙喂养下这个女婴。对了，你有没有给她起名字？

神父说，还没有呢。这几天，解放军进城了，走了国民党，来了共产党，我正在焦灼地考虑出路，没顾得上给婴儿起名字。

婉清说，共产党、解放军来了，是穷苦老百姓的救星，神父为什么担忧呢？

神父说，我一时半会儿也和你讲不清楚，但凡换了政权，总归是要变变天的。

婉清说，之前我从修道院里领养过丫丫，那暂时也叫这个女婴为丫丫吧。

神父说，好得很，小名就叫丫丫。改天再起名字。

婉清抱着褓褓，走出了修道院。神父在胸前轻画了十字，意味深长地说，圣母玛利亚，保佑你，婉清女士，你的恩泽像大海一样无边宽广。

婉清将女婴抱到谭宅时，沉睡中的女婴突然啼哭起来，急促的哭声惊醒了楼上酣睡的谭凤祥和银娣夫妇，两人披衣下楼，才发觉婉清抱回个女婴，惊愕不已。晓澜也惊呆了，半晌才缓过神来。

听明了缘由，银娣连忙拿出米糕，说用开水泡一下，弄软和了，喂女婴吃。

她说，真是造孽，都解放了，新中国也眼看着要成立了，谁还这么心狠，将这么个可爱的婴儿扔弃，真是和日本鬼子的狼子野心差不离。

谭凤祥说，你少说几句吧，肯定是走投无路了，才这样做的。

晓澜说，姐，你是不是又想从神父手里，收养这个宝宝了？你忘了上次丫丫的事？心才刚刚焐热，就被接回延安了。我现在还经常想起丫丫呢。

婉清对银娣夫妇说，神父实在没法，才拜托我暂时收养这个婴儿，我们以后也叫她丫丫。

她又紧接着对银娣说，婶，附近有没有刚孕产的产妇，帮忙喂养下丫丫？

银娣说，冯夷弄王德贵的老婆刚生了二胎，我打明儿去询问下。

夜深了，丫丫吃饱后，甜甜地入睡了，婉清也累了一宿，贴着丫丫睡了过去。

后半夜，婉清又做起了梦，先是五六岁的丫丫出现了，丫丫戴着镶有五角星的军帽，穿着一身黄色军装，欢快地朝她跑来，个子明显长高了，婉清差点儿认不出来，直至丫丫一个劲地喊着妈妈——妈妈，她才认了出来。眼看着丫丫跑到跟前，突然草地上出现了一道极深的沟壑，丫丫跑不过来了，紧接着沟壑越来越宽，丫丫的身影也越来越远。婉清焦灼地哭了起来，奋力跑了起来，朝沟壑跳了过去，想和丫丫团聚，突然她两脚一空，坠了下去，底下是望不到尽头的深渊。她急促地往下坠着，丫丫站在上面大声叫喊着，身影越来越小。婉清无比绝望，心想自己是必死无疑了。

突然，深渊里腾出一股浓雾，将她下坠的身子托住了。她感觉自己被一股神奇的力量托举着，定睛一看，是神父那宽大的黑袍甩了下来，那黑袍上的黑带缠住了她的腰，将她往上拉，紧接着，她看见了银娣、凤祥、晓澜、紫钗、玉麟也出现了。她终于得救了。

她上岸时，神父将丫丫送至跟前，丫丫那么弱小，像刚出生不久似的，还睁开眼，朝婉清笑着。

婉清从神父手里抱过了丫丫，丫丫突然睁开了双眼，那眼瞳蓝绿色的，像晶莹的宝石一样透亮，还有硬挺的鼻梁、羊脂白玉似的雪白肌肤、黑蓝色的头发。

她心里猛然一惊，丫丫怎么换了模样，变成洋娃娃了？她手一脱，丫丫掉了下去，她惊讶一声，突然就惊醒了。

她差点儿叫出了声，趁着月色，侧身端详身侧的丫丫，那皎洁的清辉，泻在丫丫白皙的脸上，那薄薄的胎发紧贴着，月色下，不像是黑蓝色，倒像是绒毛似的透亮。婉清心里嘀咕了起来，回想着梦境，心想，莫非梦有某种隐喻，总觉得丫丫长相有点说不出的怪异。

天亮后，婉清醒过来时，银娣正从外面进来，她对婉清说，一早就去了王德贵家，正赶上他媳妇给儿子喂奶，王家媳妇长得粗粗壮壮，臀厚背宽，奶水很足，喂饱了娃儿，奶子还鼓胀着，就让我把丫丫抱过去。

婉清大喜过望，立马抱起了丫丫，去王德贵家。

王家媳妇史秋菊看见丫丫，说，多俊的娃儿，像个洋娃娃似的，讨人欢喜。丫丫仿佛寻到了生母似的，嘴一碰到乳头，两只小手便紧紧攥住了乳房，用力吮吸了起来，发出叽咕叽咕的声音。

可怜的娃儿，真是遭大罪了，出生到现在，都没喝过娘亲的奶水呢。史秋菊的婆婆说。

把娃放我这儿吧，我把两个娃儿一起喂养，就当是生了一对花棒儿。这样奶子也不胀得慌了。史秋菊说。

婉清说，真是多谢你了，秋菊妹妹。丫丫真是好福气。

得悉丫丫有母乳吃了，荷力加神父也十分宽怀。

他有一次和婉清说，我一直在考虑丫丫的将来，干脆你收养她吧。你给了丫丫生机，你们母女有缘。

婉清惊愕异常，出乎她意料之外，细想似乎又合情合理。

她对神父说，和丫丫几天接触下来，我真的把她当闺女似的。现在成立军管会了，南下干部颁布了一系列规章、法规，我领养丫丫，也得依法依规，神父，你说呢？

神父说，还是你考虑得周详，一切都得照章来办。

婉清特意冒雨去了趟军管会。雨已经连续下了半个多月，没有停歇的迹象，江南就是这样，阴雨连绵，已经进入了梅雨季。

军管会内一派忙碌的景象。男女干部皆穿黄色军装，她想去找厉雷霆，但找了好几间简陋的办公室，都找不着他人。

这时她听到一个年轻女干部在喊厉副主任，你的电报。

她循声看见一个宽厚的身影，赶紧加快脚步迎了上去。

厉雷霆拿着一份电报，在阳光下，仔细瞅着。婉清这时叫了一声厉大哥。

厉雷霆放下了电报，仔细看着婉清，笑着说，婉清，你怎么上这儿来了，找我有事吗？我们南下干部工作大队刚到乌城，各项工作千头万绪，本想抽时间去找你叙叙旧，一时腾不出时间，等空了，再去拜访你。

婉清说，厉大哥，那等你有空了，我再和你说吧，也没什么大事。

夜晚，婉清在睡梦中时，听到急促的枪声。

这时隔壁房间响起窸窣声，银娣在喊，怎么有枪声哪，哪儿传来的？

婉清起身，往窗外探望，枪声是隔几里远传来的。

她对银娣说，婶，别开灯，枪声远着呢。

这时银娣走了过来，手里拿着煤油灯，惴惴不安地说，婉清，乌城不是解放了吗，怎么还有枪声啊？难道国民党又杀回来了？

婉清说，我今天去了军管会，听共产党干部说，眼下乌城周边还有不少的地主反动武装和土匪没有被剿灭，活动很频繁、猖獗，这几声枪声，估计是土匪趁夜摸进城，被南下干部发觉了，两方在火拼。

银娣说，听晓澜说，你认识南下干部队伍里的头头，叫什么厉雷霆的？

婉清说，几年前，上海沦陷时，我和晓澜就是蒙厉大哥搭救，才被送出城的。他那时在法租界当巡捕房副警长，我也不知道他是怎么加入八路军的。

银娣说，我听说共产党里有不少的地下党员，专门打入敌人内部，估计你这个厉大哥也是，在上海潜伏下来，干革命。他肯定是顶有本事的人，往后应该就是咱们乌城最大的官了。眼下，全国都要解放了，天下太平了，可紫钗、玉麟怎么没有半点音讯呢？我都不晓得去哪儿打探他们的消息？要是他们也加入了共产党、解放军就好了。要是出去加入了国民党，或者被国民党抓去当兵，眼下国民党败退了，可如何是好？

婉清宽慰银娣道，婶，紫钗当初和谢耀熙、陈璧秋两个小伙子老早痛恨国民党的腐败了，肯定坚定跟着共产党走的。玉麟师傅也是痛恨汪伪政府，

不可能投靠国民党的。他们估计也快回来了，就像南下干部们一样，打败了
国民党反动派，接管城市，着手恢复建设。厉大哥眼下很忙，等他空闲些，
我找他帮忙打探一下紫钗的消息，兴许能打探到什么。

银娣说，这再好不过了。我也不图什么，就希望紫钗和玉麟能平平安安
归来。

几天后，雨势迅猛，河水暴涨，清河水淹至清河街，婉清的旗袍铺也淹
进了水，她马不停蹄地往外舀水。土匪趁乱打劫，炸开了清河上游乌陵江的
水坝，水决了堤，往下游淹来。眼看乌城被水围困，南下干部们一边火力阻
击土匪武装，一边想尽办法转移下游被围困的群众，并在下游地势趋缓地
带，拦坝堵截洪水。

南下干部上门要求银娣一家人转移到别处，银娣和凤祥恋恋不舍地锁好
了家门，和婉清、晓澜一道离开了家。

丫丫要喝奶，离不开秋菊，只得让她跟随王德贵一家，暂时住在别处。

几日后，雨势收缓，天渐渐放晴，洪水慢慢退去，市民陆续返回了家园。

还好，清河边的住宅没有遭洪水损毁，街巷邻居们都一边痛骂土匪武
装，炸毁了堤坝，祸害百姓，一边感激南下干部们，治住了洪水，保护了
家园。

返回的老百姓们都蜂拥围在军管会大门前，要感谢恩人。

厉雷霆和一众南下干部们，频频和老百姓握手。厉雷霆说，我们是毛主
席派来的，要和全城老百姓一道，建设我们的新家园。接下来，我们要涤荡
一切反动派，还望乡亲们大力支持我们，打败国民党反动派和地痞恶霸武
装，我们老百姓的生活才能更安定。

婉清看见厉雷霆消瘦好多，眼眶深陷了进去，蓄了很浓的胡须，肯定与
半个多月来抗击洪水和击退反动派有关。

他任乌城军管会副主任，郁子昂为主任。郁子昂召开了紧急会议。郁子
昂捻灭手中的烟头说，同志们，目前形势很严峻，乌城有两股土匪活动很猖
獗，一股是伪保安队，共五百多人，队长庞炳钦；另一股以西区涟水乡的伪

乡长张云鹤为首，手下有四五十人，还有几十杆枪。庞炳钦于一九三四年起，任国民党保安旅保安队长。几天前，在解放军的威势下，他带着一小股国民党散兵躲进深山，其余大部分聚集在乌城下面的拱城乡。拱城乡是乌城唯一还没有解放的乡，现在成了他们的老巢。那里的百姓仍生活在水深火热中。此前，我们曾与他进行谈判，劝他放下武器，用和平方式解决问题。但庞炳钦很狡猾，不识时务，居然提出要在乌城保存保安队长建制。他是败退的国民党的内应，我们当然不能同意，省委指示，用武力把他一举歼灭。

不投降就是自取灭亡，立即将他消灭。厉雷霆斩钉截铁地说。

厉副主任说得对，我们这次的任务就是一举端掉庞炳钦的老窝。郁子昂一挥手，痛快地说。

乌城周边水网密布，湿地、滩涂密集，上游是乌陵江，几十里外是青龙山，山脉连绵起伏。乌城的下游是江面更宽的尼摩江，连接两江的河流很细，每年梅雨季时，乌城境内排水不畅，两江水倒灌，时常发生洪灾，老百姓叫苦不迭。

郁子昂心里盘算着一步大棋，一个多月来，他和厉雷霆一道，走遍了乌城的山山水水，已经将地形实地调查了个遍，找到了发生洪水的症结。此次发生严峻的洪灾，一部分原因是土匪捣乱，把堤坝炸出了缺口，一部分是乌城的地理原因。等平息了反动武装，就在两江之间开挖一条五十里长的大河，这让南下干部们群情激昂。

郁子昂继续说，这次行动定在后天凌晨，部队调了171团三个连，这一仗由厉副主任统一指挥，希望同志们密切配合。

郁子昂稍停片刻，又补充道，哼，庞炳钦很狡猾，早知道我们要去狙杀他，但他做梦也没想到，我们会这么快要了他的命，诸位听明白了吗？

明白了。大家齐声回答。

还有一件事要强调，今天我们几个南下干部在走访群众，帮他们恢复生产秩序时，又碰上藏在暗处的土匪放黑枪，情况很复杂。我们这段时间不能再去打扰老百姓，免得伤及无辜。同志们艰苦一下，除了女同志住旧仓库，其他人住草屋棚。

淋不着雨，旧仓库很不错了。闵秀娥笑着说道。

这些日子里，为了提高警戒，全体南下干部住在临时搭建的草屋里，连绵的梅雨让草屋里也湿透了，被子都很潮。

宋怀远朝闵秀娥看去，瞄了眼她鼓起的肚腹。

两人上年底在部队刚刚举办了个简朴的结婚仪式，证婚人是厉雷霆。结婚没多久，两人就接到了南下的命令。闵秀娥在部队里是一个卫生所的护士长。

记住，排好岗哨，提高警戒。郁子昂强调说，厉副主任，下面你来。

厉雷霆铺开地图说，同志们，咱们接着来谈谈具体部署。

大家站起身，朝灯前围过去。

战斗在凌晨四点左右打响。头天半夜，厉雷霆就领兵进了青龙山，埋伏进土匪营房四周的茂草里。土匪们还睡得死沉死沉的。厉雷霆一声令下，打。

霎时，营房四周隐蔽在暗处的解放军战士一跃而起，朝土匪们扑去，枪声、喊声大作。从睡梦中惊醒的匪徒没有半点儿防备，解放军竟这么快出现在面前，当务之急是拿武器。但解放军的机枪早已封锁了营房，几个欲拿武器的匪徒当场毙命，营房内的几个匪徒吓得像筛糠一样。土匪们见状，纷纷放下武器，跪地举手投降。

庞炳钦到底老奸巨猾，枪声响起时，觉得大事不妙，插上枪从后门窜出，冲往后山，夺路而逃。

厉雷霆机警地紧追了过去，左手拔枪，朝庞炳钦的背影一阵点射，但庞炳钦仗着对地形熟悉，很快隐没在浓郁的夜色里。

厉雷霆紧追不舍。

这时宋怀远也拿着驳壳枪追了过来，厉雷霆示意他朝另一个方向追击庞炳钦，合围包抄。

宋怀远身形敏捷，他是从小在山上长大的，对夜色下山上地形极为熟悉。他像一条狗獾，全身披了油皮似的，山上的荆棘对他毫无阻碍。他像风一样，在山林里疾行。他灵敏地捕捉着身边的动静，区分着风声和鸟声。突然他听到了不一样的声响。他眼光如炬，穿透浓重的黑夜，能看清楚几丈远的动静。突然，一块巉岩后露出了一个身影。他渐渐放缓脚步靠近。

不许动。他厉喝一声。

这时那黑影像雕塑一般定住了。

宋怀远怒喝道，你还想往哪里逃，你的日子到头了！

这时那黑影颤颤巍巍地说，解放军兄弟，我们谈谈条件。

想必你就是庞炳钦吧，说吧，你想要什么条件。宋怀远答道。

放我一条狗命吧，我以前是投靠国民党的，你投靠了共产党，我们不过是各为其主。你放了我，我在王家村一枯井里，藏了几箱金银珠宝，原本是往后助国民党反攻大陆用。你放了我，那些财宝都归你，你为共产党卖命，不就是为了些军饷嘛，那些尽可以保你往后荣华富贵了。庞炳钦不敢转身，对着黑夜怯怯地说。

宋怀远说，你死到临头，还敢拉上我，腐化我。我们共产党员一不贪生怕死，二不贪慕享乐，你竟敢拿这些不义之财求我放你，休想。

他正要结果庞炳钦。

长官，不要轻举妄动，你好好想想。你不为自己想，也为死去的弟兄们想一想，他们死了，成了鬼魂，而你站在这儿，你觉得拼了这一切，值得吗？人死了，什么信念，什么主义，还有用吗？你想想老家的父母，你的妻儿。你哪一天冲锋陷阵，没命了，这一切还有意义吗？庞炳钦继续游说。

宋怀远突然迟滞了，陷入了几秒钟的沉寂。

庞炳钦觉察到宋怀远有迟疑，幽幽地说，王家村土地庙前枯井，谢谢。他突然窜了开去，又混入了黑夜。

宋怀远听到了这句话，想再追击，却迈不开腿了，他心想，我这是怎么了？怎么脚步不听使唤了？手里的驳壳枪这么沉，使唤了这么久，现在居然扣不动扳机。

他听到身后有异响在迫近，不假思索地扣动扳机，朝自己左手臂打了一枪，然后倒在了地上。

他醒来时，发觉自己躺在床上。闵秀娥守候在身边，看见他苏醒了，欣喜地说，老宋，你终于醒了，郁主任和厉副主任刚过来看你。

宋怀远说，我怎么了？我记得在山上追击庞炳钦，突然忘了后面的事。

闵秀娥说，你中枪了，昏迷了两天两夜，还发着高烧，我真是担心死了。

宋怀远这才慢慢想起那夜的事，那些记忆是那么飘忽，不真切。他突然想起了庞炳钦，还有自己朝左手臂开的一枪，还有王家村、土地庙、枯井，庞炳钦逃走前说的一句话。他牢牢记在心里。

这时厉雷霆进来了，说，怀远，你终于醒了，这次剿匪大获全胜，剿到了不少枪支，端了庞炳钦的老巢，但还是被他逃脱了，你记得左手臂是怎么中枪的吗？子弹穿透你手臂，没发现弹壳。

宋怀远说，我和你兵分两路，我仗着过去在山上生活的经验，追出去几里远，发现了庞炳钦的踪迹，呵斥他缴枪投降。他放下了手里的枪，转身时，突然拔出别在腰间的枪，隔着几十米远，朝我开了一枪。我毫无防备，接下去的事，就不知道了。

厉雷霆说，此人诡计多端，还是被他逃走了，咱们的兵力正在合力追击他，你眼下好好养伤。

宋怀远看厉雷霆眉宇间凝结着浓厚的焦灼。他和厉雷霆在一起工作这么些年，了解厉雷霆心细如发，某些方面又粗狂，他刚才的说辞能蒙混过关吗？他不敢细想。

几日后，郁子昂开庆功会时，着力褒扬了宋怀远。但宋怀远并没有多大的欢喜，他心里惴惴不安，厉雷霆目光如炬，他们眼神交汇时，他不敢直视。

几日后，厉雷霆对宋怀远说，你手臂的伤也好得差不多了，婉清上次过来找我，我因为剿匪，把这事忘了，不晓得她找我有什么事。故友重逢，也应该会一会，晚上，你随我去看望一下她们吧。

宋怀远说，好得很。他这时突然想到了多年前，风雪里临别时，他向婉清讨要过一只玉镯，而这只玉镯，正戴在闵秀娥的手腕上，她一直紧紧地护在衣袖之下。他心里惴惴不安着。

厉雷霆和宋怀远，还有闵秀娥的到来，让婉清颇感意外。

婉清忙沏茶倒水，一番寒暄后，互相了解了上海一别后各自的遭遇。婉清猜想闵秀娥应该是宋怀远的妻子，她左脸上有几处坑坑洼洼的斑痕。秀娥也不遮挡，额前头发挽起，任那几处斑痕暴露着。

婉清从厉雷霆的口中，得知厉雷霆在上海真正身份是中共地下党员，接受上级组织的安排，安插在巡捕房，一是成立地下党组织，吸收进步分子和革命者；二是宣传马克思主义民主思想，配合全市罢工，举起反帝大旗，保护进步分子。朴俊彦就是他着力保护的进步分子，但可惜被人谋杀。上海沦陷后，他在上海暴露，被日军追杀，受上级安排，出了城，去了北方，从事革命工作。宋怀远将婉清和晓澜送至乌城后，无处可去，想了想又返回了上海，追随厉雷霆，随他去了北方，加入了八路军。

当厉雷霆和宋怀远说起当年的分别时，婉清抢在宋怀远之前，说，多谢宋大哥当初将我们送至乌城，我们一路劳顿，已经没有力气坚持再往前行了。

宋怀远想不到婉清会巧妙地将此事遮了过去，一路上，他一直不安，生怕婉清将当年之事抖出来。

闵秀娥对婉清说，听厉大哥之前说，你们当初在上海住过，上海沦陷后，才漂泊至此。我当年也是被我们村里的地主逼迫，要我嫁给他的弱智儿子，我连夜出逃，正巧碰上八路军路过，才加入了部队。旧社会，我们女性总受欺压，现在好了，新中国眼看就要成立了，咱们穷苦老百姓从此翻身做主人，可以挺起胸膛了。

厉雷霆这时赶忙介绍，这是闵秀娥，是宋怀远的妻子，咱们南下干部队伍里的护士长，再过几月，宋怀远这小子就要当爹了，可喜可贺啊。

闵秀娥不好意思地笑了，看了眼宋怀远说，厉大哥可要抓紧些了，你一直说全国不解放，不想考虑终身大事，现在全国大部分解放了，你也该成家了，再过几年，你也快四十了。

厉雷霆说，我这样一个大老粗，谁会瞧得上我啊。他说完，朝婉清多瞧了一眼。

银娣看婉清的旗袍铺里人声喧哗，好奇地走了进去，听说是军管会来人了，而且是厉雷霆，她连忙打听起了紫钗的下落，问他有没有听闻过紫钗。

婉清连忙对厉雷霆说当年来乌城后，借住在银娣家，这些年多蒙她周济，才熬到了现在。

厉雷霆对银娣说，我参加的是东北野战军，也一直在东北作战，估计紫钗是在其他战区吧，我回去帮忙打探一下。

他忽然想到了什么，说，婉清，上次你来军管会找我，有什么事吗？

婉清眼神躲闪着，闵秀娥心细如发，便和宋怀远说，老宋，我想上街再走走，想看看咱们乌城的清河街的风貌。厉大哥你和婉清姐再叙叙旧。

婉清对厉雷霆说起了神父让她抚养丫丫的事，就是不知道军管会有什么抚养的政策。

厉雷霆说，军管会颁发了一系列法规，我陪你一道去修道院，拜见那位荷力加神父吧。我听郁子昂主任说起过神父的义举，他曾在日军驻扎乌城时，收留过好多的难民，还有你，也很有胆色，曾进日本军部，救了一个难产的孕妇，还是少佐的妻子。记得以前你不是这样的，来到乌城，你变得这样有胆色，临危不惧，我非常佩服。

婉清和厉雷霆去了圣加尔修道院。婉清看到半月未见的荷力加神父，瘦削不少，眼神凹陷，眉宇间堆聚着浓郁的忧愁。她以为神父是为丫丫的命运而忧虑。

荷力加神父见到了军管会的副主任，一时局促，不知道该如何交谈。

厉雷霆初到圣加尔修道院，这座二十世纪初建立的修道院，四十多年过去了，饱含着沧桑。修道院内空荡荡的，弥漫着颓废与苍凉。

厉雷霆对神父说，尊敬的神父，你在抗战期间，为解救难民、护卫一方平安，和日本侵略军做了艰苦卓绝的抗争，我们郁主任极力夸耀你的义举。我厉某也很钦佩你，若不是你和你们的修道院为难民们支起避难所，还不晓得会有多少无辜的难民葬身在日军的暴虐之下。

神父莞尔一笑，给厉雷霆冲了杯咖啡，说，承蒙长官夸耀，鄙人不胜感激。我只是做了教内应尽的职责，倒是婉清女士，着实令我钦佩。你也听闻了，罗马教廷于数月前，指示中国各地教会、大修院生迁往安全地带。教廷发布指示后，国内部分外籍传教士和大小修道院学生开始有计划地撤离中国。我也接到有关的指示，我虽是瑞典国籍，但我出生在中国，一直在中国工作、生活，对中国怀有深厚的情感，我将生命与传教事业融为一体，不忍就这样离开钟爱的传教事业，离开中国。

厉雷霆说，神父的忧虑，我也有所耳闻。我们中国共产党始终执行宗教信仰自由政策。在抗日战争和解放战争中都有明确规定并认真执行，从而团结了宗教界人士和信教群众共同参加抗日和解放战争。神父你在抗战期间，不也是和老百姓站在一起，坚决抗日吗？我们保护合法的宗教团体和信仰。凡事总有两面性，日军侵略中国，占领我国东北时，成立了伪满洲国，梵蒂冈不仅不反对，还首先承认伪满洲国，并派了使节。日本在中国有关教区开办学校，强行授日语课和进行"大东亚共荣圈"教育。解放战争期间，有的地方天主教会成立了反动武装组织，反对解放战争和土改运动，等于成了继续被帝国主义利用的侵略工具。这样肯定是不被我们党所允许的。他们的行径也严重背离了天主教义，被驱逐出境也是自找的。

神父说，《圣经》上说，凡有爱心的，都是由神而生，并且认识神的，没有爱心的，就不认识神，因为神就是爱。凡坚持行善，寻求荣耀、尊贵和不朽的人，才赐予其永生。我一生奉献给天主，也坚决谴责这些违背教义、践踏中国黎民百姓的恶劣行径。

婉清一直听得摸不着头脑，这时她听明白了大概意思，说，神父是要离开乌城吗？

神父说，我半生都在中国，我也想成为新中国市民，我是不会离开的。

婉清这时笑了，说，神父，今天我和厉大哥是为收养丫丫的事而来的。

　　厉雷霆说，神父，按照我们的政策，收养弃婴是合法合规的，前提是办理领养手续，你能再说一下当天看到这个女弃婴的情形吗？

　　神父将那天清晨开门看见女弃婴被放在台阶上的事细说一番。

　　厉雷霆说，当时褓褓里有留下什么纸条吗，写明生辰啥的？

　　神父说，留下一张纸条，上写女婴的生辰八字。

　　这时厉雷霆说，那恭喜婉清，能收养这个女婴了。

　　次日，婉清抱着女婴去军管会，厉雷霆亲自将一张领养证交给了她。婉清喜不自胜，感觉从此可以真真切切地永远地做一个合法的母亲了，再没有人能从她手里剥夺做母亲的权利了。

　　婉清对厉雷霆说，厉大哥，帮我们丫丫起个名字吧。

　　厉雷霆细想了下，说，姓嘛，自然是姓夏了，你这些年，有胆有谋，胆识过人，坚贞不屈，我也希望丫丫在以后的岁月里有你的风范，困难压不倒，坚忍，果敢，就叫慕贞吧。

　　婉清乐坏了，高兴地说，我们丫丫有名字了，夏——慕——贞。

　　闵秀娥赶过来说，婉清姐，我给丫丫做一下检查吧，脸红扑扑的，真可爱。

　　婉清抱着丫丫离开军管会时，宋怀远正从外面进来，他看见了婉清，怔住了，神情有些局促。

　　婉清也看见了宋怀远，说，宋大哥，你好。

　　宋怀远说，婉清，你好，你这是？这是你的女儿？

　　婉清一时不知如何作答。这时闵秀娥正巧路过，对宋怀远说，这是婉清姐的女儿，夏慕贞。

　　夜晚，闵秀娥正在缝制一件小孩棉袄，枣红底子泛着小黄花的袄面。

　　宋怀远捧起小棉袄，轻轻地揉了揉，把它贴在脸上，小棉袄软绵绵的，仿佛有一股婴儿的体香蔓延开来。

　　他放下棉袄，抚摸着闵秀娥微微凸起的肚子，说，婉清怎么突然有个女儿了？她结婚了？

闵秀娥说，多年前，你将她们送至乌城，她们借住在银娣家，至今没有结婚，这是从修道院领养的女弃婴。除了脖颈下有一块胎记，其他都完好，像个洋娃娃似的，很可爱。怀远，你看见了肯定也喜欢，不过你喜欢的是儿子，要为你们老宋家传宗接代的。

宋怀远说，什么洋娃娃，难道是外国人生的，遗弃在那儿？

闵秀娥说，现在胎发仍很少，看不出什么，就是鼻梁很硬挺，眼珠子蓝绿色的，皮肤也很白，很少见的女婴。现在还不好说，等一周岁，长开了，再看就明显了。

宋怀远说，这就匪夷所思了。

闵秀娥说，你都三十四了，眼看着要当爹了，怀这孩子的时候，我和你还在淮海战场上呢。这孩子怀的真是时候，也和我一道冲锋陷阵，在枪林弹雨中，经受着洗礼。新中国快要成立了，可真好，我们的儿子出生在新中国，再不要他吃我们吃过的苦了。

宋怀远说，以后的日子会越来越好，可惜厉哥，比我大三岁，眼下都还没成亲。

闵秀娥说，我们卫生所有好多姑娘还没出嫁，有好几个对厉哥很爱慕，赶明儿我来牵牵线。厉哥忙着正事，婚姻大事可耽误不得，你和他患难与共这么些年，要多催催他，成家是顶要紧的大事。

郁子昂和厉雷霆一直忙于剿匪，宋怀远一直惴惴不安，心有隐忧。庞炳钦那夜遁入黑夜下的深山后，像鱼入大海，杳无影踪。南下干部乘胜追击，四路设关卡，也找寻不着他，他的手下全被歼灭，他也如失去了左膀右臂，没再构成什么威胁。郁子昂深知国民党反动派在撤退时，仍安插了不少人员，里应外合，策划暴动，他怕庞炳钦和反共势力勾结，继续对乌城新生政权图谋不轨，所以一直下令追击他。

宋怀远心里一直暗暗期望庞炳钦最好已暴毙在深山里，坠入某一条深涧，或病死。否则哪一日被逮住，交代出曾经被他放跑，那他就惹祸上身，把后半生的前程葬送了。

涟水乡伪乡长张云鹤也频频发生暴动，他的手下在乡下制造事端，引起了郁子昂的重视。张云鹤的手下四处打游击，埋伏在沼泽湿地中，昼伏夜出，频频骚扰百姓。郁子昂和厉雷霆欲一起筹划个万全之策，将他们一窝端，追击庞炳钦的事暂时缓了下来。

在军管会后院，二三十个妇女和新上任的妇联主席闵秀娥一道，做军鞋支援前线。宋怀远正向群众讲解收缴枪支、减租减息。

婉清和晓澜也在边上帮忙做军鞋，宋怀远的讲解，她听了进去，筹粮捐款几个字，她听得最清晰。她想到了墙壁夹缝里的那个紫檀木盒，里面躺着一张五万银圆的支票。

婉清这才发觉整整一天，没有看到厉雷霆。闵秀娥看见婉清四处张望，问她找谁。

婉清说，今天怎么没见厉大哥。

闵秀娥说，是呀，兴许厉副主任去下面走访了，等入了冬，要开挖一条大河，动员一切力量，贯通尼摩江和上游的乌陵江，以后老百姓就不会受洪灾了。

她们不知，这时候的厉雷霆正在小屋子里，忍受着身上的枪伤所带来的痛苦。他身体里留有好几块弹片，其中有一块留在头部，劳累过度时就会头痛欲裂，现在支撑不住倒下了。他痛苦地在床上痉挛着，若不是宋怀远来找寻他，他险些昏死过去。

宋怀远连忙差人将他送至医院救治。

婉清也目睹了厉雷霆脸色煞白，像纸人一样晕死过去，相貌分外骇人。

闵秀娥说，你有所不知，从战场上归来的人，大多留下了战争后遗症，就算没有在战场上捐躯，身上也留下了各种伤痕。怀远身上也有两块弹片，一块在后腰，一块在左肩。我左脸上的几处斑痕，也是在战场上抢救伤员时，被敌人炸开的霰弹所伤。我不觉得这毁了我容貌，反而觉得光荣。这是战争赐予我的军功章，我为干革命而受的伤，这是战争在我脸上镌刻的印记。可能你不甚明了，我们这些干革命的，经受了大熔炉的考验，有共产主义信仰，比起那些牺牲了的千千万万的先烈，我们活到现在，参与新中国建设，多么幸运。说起厉哥，他伤得更严重，抗战时头上就留有一小块弹片，无法取出。一九四七年，孟良崮战役时，他又受伤了，有一块弹片差半厘米就会伤到左脑关键部位而导致瘫疾。当时我正好在卫生所，参与了抢救。厉哥大难不死，恢复过来仍要上前线，组织上体谅他的身体，要他抓紧学习，为全国解放后，组建南下干部队伍做准备。解放后恢复建设，他这才从战场上下来，接受了另一个革命任务。

婉清听秀娥这么一说，对秀娥心生敬佩，说，厉哥真是太厉害了，这半生都是为了革命。不过他现在的样子也是吓人，这弹片留在脑子里，要经常受折磨，太苦了。身边没有一个贴心的人照料，可如何是好。

闵秀娥说，这也是我经常考虑的。他过了年就三十八岁了，我让怀远催他结婚，他总推托乌城百废待兴，工作千头万绪，个人事情再放一放，我看两样事一样重要，你和他是故交，好好劝一下他。

婉清看见闵秀娥的左手腕上露出一小块玉镯，通体莹润，泛着幽幽光泽，一下子认出是当年被宋怀远要去的那只玉镯。她心想，秀娥定然不知这只玉镯的由来，她也打算将此事永远深埋在心底。

第二十九章　归来

婉清正在为厉雷霆的伤病忧虑，为他的终身大事焦灼时，谭紫钗突然回来了，让一家子人分外惊喜。

谭紫钗是跟随后续来的南下干部一道来的，她也穿着一身黄色军装，齐耳短发，要不是听那声音，看外貌，全然看不出当年的样子了，早褪去了当年的天真与娇俏。

银娣和凤祥喜出望外，连忙喊来婉清和晓澜，说，死丫头，也不事先报个信，全国都快解放了，到现在才回来。这些年，你音讯全无，外面又战乱不止，你究竟去了哪里？

谭紫钗镇静地说，爹，娘，我不是平平安安地回来了嘛。我老早就告诉过你们，我会平安回来的。小叔回来了吗？他在哪儿？

凤祥说，你小叔到现在仍没个影子，你在外头，难道也没听到他的消息吗？

谭紫钗说，我当年和谢耀熙、陈璧秋出城，加入了城外的新四军，后被编入了八路军，随军去了山西、河北、陕西。后来我和他们分开了，我在延安保育院，照料烈士遗孤，我还见到了毛主席，还有周副主席、朱德总司令呢。毛主席还和我握了手，和我们保育员、遗孤们一道合了影，可惜照片在转移时弄丢了。

说到这，谭紫钗两眼放光，真想把那珍贵的一幕，搬到家里，呈现在双亲面前。

凤祥说，了不起啊，我们谭家添了这么荣光的大事，紫钗居然和毛主席握了手，你是左手握的，还是右手握的？爹也要摸一下你的手，沾沾光。

谭紫钗举起右手说，爹，你真是糊涂了，哪有用左手和毛主席握的，我们好几个保育员都和毛主席握了手，都感到无比荣光，几天内都舍不得洗手呢。

婉清这时想到了丫丫，说有没有在保育院看到过丫丫。

谭紫钗说，婉清姐，我当时在延安杨家岭的洛杉矶托儿所，延安还有第一保育院、第二保育院，我没见着丫丫，许是在其他保育院吧。现在除了第一保育院迁往西安，洛杉矶托儿所和第二保育院都迁往北京了。我离家这么多年，本想写封信报平安，正好有南下干部要去南方，我也报名了，辗转多地，现在回老家支援建设。

夜晚，银娣和紫钗和衣而睡，紫钗说，又闻到家里熟悉的味道了，这些年，我感觉没有白活，经受了抗日战争和解放战争，我的人生圆满了。我终于明白我之前坚信的共产主义道路是正确的，跟着党走，解放全中国，是多么有意义的大事。往后要一道建设我们的祖国，我们老百姓的日子会越来越好，娘，你苦盼的好日子，终于来到了。

银娣说，当初你要参加革命，娘拦不住你，但心里一想到你在外吃苦，枪弹无眼，真怕你有个闪失。你在外受不少苦吧，让娘好好看看你。听婉清说，咱乌城军管会的厉雷霆在战场上受了伤，头部留有弹片，这几天疼得昏死过去，经常发作。你身上有没有留有弹片，让娘好好看下。

紫钗说，我已去军管会报到了，接下去，等待军管会分派工作。战场上，哪有不流血牺牲的，虽然保育院在后方，但之前有日本鬼子侵犯，后有国民党反动派搞突袭，我们保育员接到命令，经常要带着孩子们转移。我们用马背驮床，类似于驮筐或摇篮，放在马背或驴、骡背上，一边一个，将孩子放在里面。我们教育孩子们学习，把"炮弹来了要趴下""敌机来了要卧倒"等躲避技能编成儿歌，并通过做游戏的方式教给孩子们。通过反复训练，孩子们基本掌握了这些技能。去年转移时，走到晋绥解放区李家湾时，又遭遇了敌机俯冲扫射，一匹马受惊狂奔，一下子翻到了田里，小驮床也扣到地里，驮床里的孩子哇哇大哭。我顾不上飞机扫射，快速跑过去把孩子拉出来抱走隐蔽。我扯开棉衣把孩子紧紧裹在怀里卧倒，自己左腿被炸伤，炮弹在身边炸响，鼓膜被震坏了，听力很受影响。

银娣心疼地抱紧紫钗，说，知道你在外受苦了，遭罪了，娘心都要痛断了。你好歹回来了，娘心里像卸下一块石头似的，轻松好多，好几年都没这么放松过。可是你爹，这心里仍不安生。不晓得玉麟他现在在何方。他一日不回来，你爹就一日茶饭不思。眼下天下太平了，玉麟也该回来了啊。我现在就是担心他投靠了国民党蒋介石和他那个部队，国民党节节败退，据说要退到那个台湾岛上了，玉麟要是再不回来，难免在左邻右舍那里落下闲话，说他也去那个岛上了。咱们家要是出了这等事，这脸面怎么过得去？

紫钗说，娘，你也莫瞎想，小叔这点大是大非难道分辨不清吗？他是很重气节的人，晓得国民党不是真心为老百姓谋福祉的，和汪伪政府也差不了多少，抗战时，要不是共产党强烈要求，蒋介石还不想组成抗日民主统一战线，一起抗日呢。小叔不是会唱戏吗？我估计他在远方某个地方驻扎下来，正在上台唱戏呢。过些时日，他会写信过来通知咱们，或者也会回来的。

银娣说，也只好这样想了。你多宽宽你爹的心，他这心已经操得千疮百孔了。你和玉麟离开这些年，多亏婉清和晓澜支撑着这个家，一直不住地宽慰我们，婉清是我们这一家的主心骨。前几年，婉清回了趟老家周里，她父亲也强留她别再回来，但她为了报恩，还是回来照顾我们。现在你回来了，全国都要解放了，娘也决不生出撺她们走的心思，我们老早把她们当一家人了。你明白娘的心思吗？

紫钗说，娘，我懂，我也老早把婉清和晓澜当自家人了，往后患难与共，她们的事就是咱家的事，丫丫就是我的亲侄女，我们共同经历了患难，以后仍要共患难、同享福下去。

谭紫钗仍回之前的德仁小学教书，之前的校长已退休，她被聘为校长。

厉雷霆病刚愈，便和南下干部一道，去乡下各个村踩点，访贫问苦，发动群众，一起搞生产。为了安全，他们都很晚回城，摸回宿舍，回来的时间秘而不宣，没有规律。张云鹤的反动武装搞游击，经常突袭南下干部，南下干部刚来没几月，已有三人遭伏击而牺牲。

这天，闵秀娥顺手从箩筐里拿起刚收上来的军鞋，感到轻飘飘的。她眉头一皱，扯开鞋面将鞋底一扭，发现里面包的竟然是黄色的草纸。

闵秀娥厉声喝道，这是谁交的，赶快查查。太可恶了，这简直是欺骗政府。穿这样的鞋上前线，是要出大乱子的。

第三十章　青山河

一九四九年十月底，新中国成立的热烈气氛还萦绕在乌城上空。军管会主任郁子昂在大会上宣布，今冬明春正式开挖乌陵江至尼摩江的大河。每年梅雨季，上游乌陵江水位暴涨、外溢，西部山区山洪叠加，而乌城所在的平原处低洼地带，北排受阻，洪涝水倒灌乌城，向南开辟出排往尼摩江的排水工程蓝图在此背景下应运而生。

郁子昂联合乌城下面几个县的县委书记、县长开动员大会，说，第一，乌城处于长江中下游，虽是山灵水秀，但亚热带气候的弊病十分突出，不是旱就是涝。每年梅子黄熟时节，下一个多月有时两个月的梅雨，经常发生水灾，梅雨过后，紧接着是伏旱天。我们要利用两年时间，在乌城境内，开挖一条五十余里长的青山河，一劳永逸地解决洪涝灾害问题。水患不解决，谈何安居乐业。第二，这次开挖工程，要动员一切力量，不分男女老少，包括全县市所有的单位能抽出的人，全部分到乡镇，领导干部担任具体负责人。第三，整个开挖工程全部采取军事化管理，一个乡镇设一个指挥部，各指挥部都在青山河开挖工地两侧搭草棚，或临近居住在老百姓家里，安营扎寨，吃在河边，住在河边。第四，有关部门尽量调配好劳动工具，要土法上马，各乡镇要发扬共产主义风格和艰苦奋斗优良传统。最后一点，这次开挖青山河，是我们乌城市域自古以来开天辟地的大事，必须全力以赴在两年内完成，最好争取一年半内提前完成。不获全胜，决不收兵。我说完了，看看厉副主任还有什么意见。

厉雷霆说，更重要的是，在开挖过程中，决不能放松和反动武装做斗争，他们会趁机捣乱，破坏开挖大河的工程。开挖青山河是功在当代、利在千秋的大事业，争取早日完工，为新中国成立两周年献上厚礼。

老百姓群情激昂，想到从此改变逢雨季就涝的局面，都巴不得早点儿开挖。

厉雷霆比以前更忙了，跟省里来的水利工程队下田地勘探，到涟水乡时，遭到了当地百姓的强力阻挠。那儿有一片古墓葬群，厉雷霆听当地保长说，张云鹤的张氏家族几百年来的祖先都埋在那儿，而大河开挖，必须从古墓葬群穿过，墓必须得搬迁，张云鹤趁机发动涟水乡族人暴动，强力抵制工程队开挖大河。

工程队碰到了棘手的问题，如果从古墓葬群绕过，要绕远两里，而且来了个大转弯，不利于洪水排涝。厉雷霆暗中调查走访，发现涟水乡绝大多数老百姓还是认同在此开挖大河的，虽然动了祖坟，但想到发洪水时，古墓葬群由于地势低缓，也常遭洪水淹没，所以他们也想将古墓葬群迁往高处。但张云鹤作为伪乡长，一直和新政权作对，还神出鬼没，厉雷霆好几次上门找他商谈，他都避而不见，还落下狠话，说要是敢动祖坟，就将军管会炸了。

厉雷霆和郁子昂在涟水乡开了动员大会，宣读了军管会的政策，说肯定要将古墓葬群迁往高处，不再受水淹，也保了涟水乡一方平安。老百姓要提高警惕，绝不能被反动武装利用，助纣为虐也不知，要主动回到光明大道上来。

绝大多数老百姓不再受挑唆，放弃了抵抗。但仍有一部分人紧跟张云鹤，暗中挑唆，好几个农妇扑倒在祖坟上，阻挠挖坟。工程队久久动不了工。

郁子昂请示省委，只有以雷霆之势拔掉张云鹤这颗毒瘤，才能确保开挖大河顺畅。

郁子昂假意将工程队撤退，向张云鹤妥协，说愿意绕远几里挖河。

张云鹤得意扬扬地返回涟水乡，郁子昂和几个小分队一起趁夜合围，将张云鹤和他的手下一举抓获，并开了公审大会。张云鹤罪大恶极，为害一方，还袭击征粮车队，数罪并罚，公审之后，押往坟场枪决。其他人等，投入牢狱。

这一次公审大会，极大地震慑了土匪地主武装的嚣张气焰，让好几个县的地主武装主动交出了枪械，为下一步开挖大河奠定了基础。

立冬这一天，闵秀娥临盆，生了个胖小子，宋怀远喜不自胜。原本他一直噩梦不断，每次洗澡换衣时摸到左手臂那个伤痕，想到那夜在自己手臂上打了一枪，放跑了庞炳钦，他都惶恐不安，工作上也时常出差错。有一次在教一帮贫下中农唱宣传歌时，差点儿将共产党说成了国民党。他一想起那枯井里有好几箱财宝，就坐立难安，那些闪着金光的财宝时常在他梦里熠熠发光，召唤着他去取。

他好几次想，莫不是庞炳钦当初设下的迷魂阵，故意假说枯井里有财宝，诓骗他，也未可知。他好几次很想去王家村找一找那个土地庙，但工作繁忙，又太显眼，不敢贸然前往，他只得强压住内心的欲望。有好几次，他真想找厉雷霆坦白自己的罪孽，光明正大地走到迎接新中国、建设新中国的光明大道上来，但看到闵秀娥热火朝天干革命的上进样子，还有将要出世的孩子，他没有底气了，一步错，步步错，只能当一天王八，驮一天碑了。

儿子的出世，让他困在心间的愁郁消散好多，他明白，只要自己不去想那些财宝，此生不去取那些财宝，那他就不存在罪证。

这样一想，他眉宇舒展了。

厉雷霆抱着宋怀远的儿子，开心地说，眼下正要开挖大河，而你的儿子出世了，我觉得这是个好兆头。我们开挖了大河，就是希望这些出生在新中国的宝宝们享福，不再受解放前的苦，名字嘛，就叫振河吧，宋振河。

闵秀娥微笑着说，厉哥的名字起得好啊，振河，响亮，寓意又好。

一九四九年十二月一日，青山河开挖工程正式开工，家家户户出力，挑着畚箕，一起去开挖。谭凤祥作为一家之主，也出力。银娣和婉清也去了，只留下晓澜照顾丫丫。

江南的冬天，气温虽不算低，但越是走近平原湿地，湿气越重，凉气透心。寒风裹着细碎的雪粒子，拍打在人们脸上。黑土地渐渐被雨夹雪濡湿，阴云低垂，狂风呼号，尽管这样，仍抵挡不住人们开挖青山河的脚步。

这是排山倒海的脚步，是不畏艰险、开挖长河的号角。

从全市各县召集的二十几万人从各自的家中启程，开始了史无前例的开挖青山河工程。他们背着被褥和行囊，肩扛铁镐、铁锹、铁搭，挑着畚箕、土筐，浩浩荡荡地向平原湿地进发。他们斗志高昂，人人心里像点亮了一支火把。因为，军管会郁子昂主任、厉雷霆副主任也走在队伍中。

宋怀远特意将枣庄老家的娘接来，照顾振河。闵秀娥也要下工地，帮忙开挖。她说这是一项很有意义的工程，她不想落在后头，要上进。

厉雷霆劝说她还是多休息，还未出月子，但闵秀娥坚持要去，她说可以做一些轻便的活，帮忙做做宣传员工作。

她和一帮妇女干部在开挖现场一处处工地陡坡上，插上一面面红旗，红旗迎风招展着，鼓舞着人们奋勇向前。她们还拉起了红色长幅，用两根竹竿矗立在工地上，上面写着"共产党好，跟着共产党干革命""毛主席万岁，共产党万岁""鼓足干劲、奋勇当先、加油冲刺"等标语。

一个个擎在竹竿上的高音喇叭，终日播放着高亢嘹亮的革命歌曲："解放区的天是明朗的天，解放区的人民好喜欢，民主政府爱人民呀，共产党的恩情说不完……"

学校里正放寒假，谭紫钗也和几个年轻老师一起到工地，拿起工具垦土，还到伙房帮忙烧火做饭。临时搭建的食堂烧的是大锅菜，四邻八乡的农民自愿送来了青菜、芋艿，把家里留着过年的猪、羊都牵来了。

冬寒料峭的工地上，谭紫钗看见厉雷霆热火朝天地带头挑泥，干劲十足，她多看了他好几眼，心里渐渐喜欢上了他。看见他热得脱去了外套，里面的头绳衫肩头处已经破损，她特意回了趟家，找出头绳，织起了头绳衫。

过年时，工程停了半个月，老百姓回家过年。

厉雷霆才终于歇一歇，婉清将厉雷霆叫到家里一起过年。

解放后第一个除夕夜，谭家挂起了红灯笼，门楣上贴上了春联，天刚黑透，城里就此起彼伏地响起了爆竹声。谭紫钗刚走到房门口，掩上门，门外突然炸响的爆竹，将她惊得差点儿跌坐在地。这时厉雷霆正巧提着糕饼，走进门来，连忙搀扶住了她。

银娣也看见了，连忙跑了过来，焦灼地说，紫钗，你怎么了，怎么摔跤了？多亏厉副主任进来，搀扶住了你，厉副主任，快往里坐。

紫钗说，刚才爆竹在跟前炸响，我被惊得摔倒了。以前在保育院，半路转移时，一次炮弹也在跟前炸响。往后，我一听到爆炸声，就想起炮弹，惊恐得差点儿晕厥。

厉雷霆说，这是战争后遗症，从战场上回来的人，或多或少都会留下后遗症，这也是隐形的伤痛，有些会在以后的岁月里渐渐治愈，有些则会伴随一生。谭老师，你真是了不起的女性，往后，你多加注意。

银娣说，厉副主任说得对，我还买了些爆竹，那今晚就别放了，省得紫钗再受惊吓。

紫钗说，除夕放爆竹是传统，再说丫丫也要看呢。我躲到房间里，捂住耳朵就好。

凤祥从昨天开始，就张罗这一顿年夜饭，饭桌上满满一桌丰盛的饭菜，有红烧狮子头、东坡肉、老笋干、八宝饭、千张包等。

谭凤祥拿出了自家酿的米酒，给一桌子人倒上了满满一大杯米酒。

他拿起酒杯对厉雷霆说，你是咱们谭家最尊贵的客人，给我们全城老百姓带来了福音，我这第一杯酒先敬你。

厉雷霆举起酒杯，说，凤祥叔，我是山东临沂人，十七岁离开家乡，出来闹革命，已经二十多年没在家乡和父母吃一顿年夜饭了。我捧起这杯酒，就想起老家的爹娘，想想真是有愧，对国家我是无愧的，但对父母我一直有愧。说完，厉雷霆仰起脖颈，一饮而尽。

银娣说，厉副主任，你父母，就你一根独苗吗？

厉雷霆说，家里还有一个弟弟叫厉雷震，和我差了十岁，要不是他在家陪着父母，我这心里着实不好受。

银娣说，那厉副主任有没有在老家许过亲呢？你抓紧结了婚，生了娃，把你娘接过来，享享清福多好。说完，朝紫钗瞄了一眼。

紫钗脸上堆着红晕，刚才险些跌倒，被厉雷霆搀住，心里一直扑通直跳。

厉雷霆说，我一门心思闹革命，还没有许过一门亲。

银娣说，部队里有那么多女兵，就像宋怀远和闵秀娥夫妇一样，在战场上结成了革命夫妻，你没有想过吗？

厉雷霆说，娣，不瞒你说，我在战场上时，看着身边不断倒下的战友，真是看到了今天的太阳，就没想过明天能不能继续看到。我是怕成了家，哪天在战场上牺牲了，辜负了另一半，害她守寡。

银娣听得眼睛都红了，说，你跟随部队这么多年，走南闯北，解放了一地，又解放了另一地，眼下全国都快要解放了，你也该考虑终身大事了。

吃完年夜饭，厉雷霆给丫丫一个红包，在煤油灯下端详着丫丫，看她刚长出的头发是黑蓝色的，眼瞳蓝绿色，肌肤雪白，穿得又洋气，像个洋娃娃，喜欢得不得了，说，咱们丫丫，真像个洋娃娃，怎么这么好看啊，招人稀罕。遂抱起丫丫，出门看烟花了。

婉清和紫钗说，你瞧，厉大哥多喜欢丫丫，他还给秀娥的儿子起了名，有文化，起的名就是有寓意。我看你们都是在战场上经受过考验的人，走到一起，也是真正的革命夫妻，我看你们很般配。

紫钗羞红着脸说，婉清姐，你别拿我逗趣，厉大哥当了那么大的官，哪会瞧得上我这样的。

婉清说，你哪里差了？你已经是德仁小学的校长，还和毛主席握过手、合过影呢。我就瞧你厉害。你如果有意，我就和厉大哥捅破了这层窗户纸。我听你娘说，你给厉大哥织了件头绳衫。等会儿，你送送厉大哥，顺便把头绳衫给他。

紫钗羞涩地低下了头。

除夕夜，弯月皎洁，爆竹声已渐渐远去，街巷复归静寂。

厉雷霆酒酣耳热，披上外衣，准备回去，银娣和婉清朝紫钗使了眼色，紫钗拿起了一个纸袋，银娣说，厉副主任，让紫钗送送你，往后常来啊，这儿也是你的家。

两人走在夜深人静的街巷上，厉雷霆说，紫钗同志，你们一家人真好，厚道，热闹，婉清当年流落到此，多亏你们接济，才得以挺过来。

紫钗说，我爹娘就是这样，我小叔也是这样的人。当年在半路上，看到婉清和晓澜站在风雪里，离乌城很远，就立马让她俩上货车，才进的乌城。我爹娘常说，乱世中，人命最可贵，能帮衬就帮衬一把。

厉雷霆很奇怪，说，上次听婉清说，当年是宋怀远开车将她和晓澜送到了乌城，再返回上海，难道是半路上就放下，受你小叔的接济，才来的乌城？

紫钗说，是的，当年婉清和晓澜，就是随我小叔半夜来投靠的，听小叔说，她俩险些冻死在破草棚里，半路上拦路，才将她们带到了城里。

厉雷霆说，那这里面就悬乎了。我不晓得婉清要帮怀远隐瞒什么。我听说你这些年在延安的保育院任保育员，革命真是不分家，你在红色中央，肯定见着了不少首长吧。

紫钗说，是的，我真是幸运，毛主席、周副主席、朱总司令都见过了，他们对烈士遗孤，还有八路军的后代都很照顾，自己吃得很差，总是把最好的给孩子们吃。

厉雷霆说，这些娃娃都是咱们新中国的后代，理应要妥善照料。

紫钗说，厉大哥很喜欢孩子吧？我刚才看见你抱着丫丫不撒手，喜欢女孩多一些吧？

厉雷霆哈哈一笑，说，我没有重男轻女或者重女轻男的思想，男女都好，你看我们南下干部当中，像闵秀娥那样多能干，巾帼不让须眉。你也很能干，成了德仁小学校长。

紫钗将手里的纸袋交给了厉雷霆，说，上次在开挖的工地，看你的头绳衫肩膀膀处破了个大洞，就趁空给你织了一件。还有一双棉鞋，江南湿冷，冬天难熬，小心脚别生出冻疮了。

厉雷霆说，谢谢你，寒假不顾休息，还下工地挑泥，趁空还给我织头绳衫，你肯定熬得很晚。江南的冬天湿冷，真是难熬，但江南的人心暖，让人心里舒心。

大年初一，婉清抱着丫丫，去了圣加尔修道院。

荷力加神父蓄着长长的胡须，一身黑袍肮脏不堪，手里还拿着酒瓶子，一副穷困潦倒的样子。

这让婉清大呼意外。她对神父说，神父，你这是怎么了？

神父睁开醉醺醺的眼，迷离地看着婉清，说，你和丫丫来了。不是过除夕夜吗？我开心，喝了很多的酒。

他怕自己这副样子吓着丫丫，连忙挣扎着起身，一个趔趄，险些摔倒。

婉清说，神父，你不能再这样下去了，你是去还是留，该早做打算了。

神父默然地说，去还是留，是个问题。婉清啊，我在中国传教几十年，把它当成毕生神圣事业来做。

他进了屋，拿起剃须刀，刮去了脸上的乱须，洗了把脸，换下了那件脏兮兮的破损黑袍，穿上了件棉袄，仔细看，不像个洋人，倒像个中国老汉了。

婉清一手抱着丫丫，一手在厨房给神父煮了碗面。灶台上也堆积着碗碟，已很久没清洗了，弥漫着馊臭味。

神父从房里出来时，婉清看他清爽不少。

神父朝丫丫微笑着，拿出一个拨浪鼓，一转，叮咚叮咚。

他说，丫丫，这个拨浪鼓多好玩啊，给你的。他将拨浪鼓塞到丫丫的手里。

婉清笑着说，神父，丫丫一周岁还没到，她还那么小，不会玩拨浪鼓呢。

神父说，不要紧，没过多久，她就会玩了。

婉清说，昨晚，厉大哥和我们一道吃了晚饭，还给了丫丫压岁钱呢。

神父说，厉长官是个大好人，曾经在上海也解救过你。往后有他的照拂，你和丫丫也能保个平安。我刚才在剃须之时也想通了，不能再这样潦倒下去了，否则丫丫都不喜欢我这副样子，迟早把她吓跑。我就当丫丫的教父吧，等她三岁时，我教她学英文，教她弹钢琴，她要是和天主有缘，将来也信天主教。

青山河开挖过程旷日持久，郁子昂觉得两年工期太长，要缩短进度，争取在一年之内开挖成功。

大年初二，婉清上厉雷霆处，和他说了银娣一家的心意，想撮合他和紫钗成婚。

厉雷霆说，我过了年已三十八岁了，为了干革命，成了大老粗，紫钗姑娘三十岁，我比她大好多，她应该找个更般配一点的。

婉清说，都是干革命的，都说革命夫妻感情最深，我听说好多革命将领，解放后都四十好几，耽误了成家，组织上帮忙撮合年轻一点的姑娘和其成婚，这是很正常的。莫非你有其他的意中人了？

厉雷霆说，这倒是没有。我这一身的病，脑子里还有弹片，像上次那样，指不定什么时候就发作了，头痛欲裂，身体都控制不了。我怕拖累了她。

婉清说，紫钗的耳膜也在战场上受伤了，正因为这样，才更显得患难与共。如果你不愿意，我立马回绝了人家，如果你愿意，就趁青山河开挖前将此事办妥了吧。紫钗一家都是穷苦出身，成分很好，这点你是知晓的。

厉雷霆思忖了一番后，说，你的意思我很明白。我和紫钗姑娘再当面说一说。我有一事，一直想听你说说。

婉清说，什么事，厉大哥你直说好了。

厉雷霆说，你离开上海后，怎么也不再成个家？你打算就这样一个人过下去了？虽然晓澜忠心，一直陪着你，现在还有丫丫，但不成个家，一个人着实艰难。你难道心里还过不去，对萧志卿的诀别耿耿于怀？

婉清说，我这辈子就这样了，对男女之事已经看淡，现在有了丫丫，就想把她好好带大，其他的也就不想了。

厉雷霆说，那晓澜呢？她跟随你这么多年，已经是新社会了，她也不能一直以用人的身份留在你身边，她也应该成家了。

婉清说，我老早把她当妹妹看待，一直在给她张罗着，也希望她早点儿成个家。要不是在日本鬼子占领乌城期间，她被糟蹋，她也不会这样决绝地不肯成家。

厉雷霆听了分外震惊，没想到婉清和晓澜到乌城后，还吃了不少的苦。

厉雷霆忽然想到了什么，说，当年，我让宋怀远护送你们离开上海，听紫钗说，他在半道上将你们放下了，没有护送你们进乌城？当初你为什么说他将你们送到了乌城？他当初回到上海后，我问他，把你们送到哪儿了，他指东说西，也说不出到底送到了哪儿。

婉清紧张了下，调整了呼吸说，那日他送我们，开了三天三夜，我晕车，十分疲惫，实在坚持不下去，听过路的人说乌城就在前方不远处了，是我要求宋大哥放下的。后来，正巧玉麟师傅的昆曲班经过，我们才搭上他们的车，进了城，然后被银娣夫妇俩收留。

婉清极力为宋怀远开脱，怕引起不必要的纷扰。

厉雷霆说，他终归还是没有把你们送进乌城，放在半道上，幸亏碰到了谭玉麟，否则后果难料。

元宵节前，厉雷霆和谭紫钗的婚礼在军管会食堂举行。饭桌并在一起，长条木凳摆在两边。毛主席像下，贴着大大的红双喜剪纸。桌上撒了瓜子、糖果和红枣。在干部们的簇拥下，厉雷霆和谭紫钗胸戴大红花走进来，站在证婚人郁子昂两边。

郁子昂清了清嗓子说，同志们，今天我们诞生了一对革命夫妻，他们是厉雷霆同志和谭紫钗同志，我很荣幸地为他俩证婚。厉雷霆是我的亲密战友，当年虽在不同的战区南征北战，但我们的心是一样火热的，都是为了解放全中国，为了解放全国受苦的老百姓。我们当年哪里能想象现在的幸福生活呢？今天，他和相爱的姑娘结为伉俪，我感到由衷的高兴，我祝愿他俩在今后的漫长岁月里，互相帮助，互相进步。

两张木质的单人床合并成一张，一张桌子，几条凳子，一面镶着金边、写着"百年好合"几个红字的椭圆形的镜子，一个旧衣橱，这就是厉雷霆和谭紫钗的新房里的全部家当。新房的确过于简陋，但窄小的空间里涌动着甜蜜与温情。

真是对不住你，破破烂烂的，就把你给娶过来了。厉雷霆说着，来到谭紫钗的身边。

谭紫钗看到床上有床红色的新被子说，谁说的，不是还有新棉被吗？多亏婉清姐忙这忙那，张罗着凑齐了这些家当。

厉雷霆说，婉清真是热心肠，就像姐姐一样。丫丫很可爱，我也把她当闺女一样看待。我们以后的孩子一定会很幸福的。

说什么呢？谭紫钗一把堵住丈夫的嘴。厉雷霆转身舒展自己强壮有力的臂膀，拥紧了这个要和他度过一生的女人。

谭紫钗这时轻声抽泣了起来。

厉雷霆说，你怎么了？我弄疼你了吗？

谭紫钗说，没有，我想到了小叔，全国都快要解放了，仍没有他的消息，他要是知道我结婚了，该有多高兴啊。

厉雷霆说，紫钗，往后，你的家人就是我的家人了，或许小叔已经为国捐躯了，国家正在统计烈士名单，对一些身份不明的，统计排查起来有难度。或许小叔正在某个地方疗伤，过些时日，也就回来了。我们一起等候吧。

厉雷霆紧紧拥吻着她。谭紫钗感觉自己像驶入一片宁静的港湾里，那么有安全感，不再害怕和恐惧了。

紫钗，我让你受委屈了。下月初，我要去省里开会，你想要点儿啥，我给你买，就算是我对你的补偿吧。黑暗中，厉雷霆柔声说道。

谭紫钗躺在丈夫的臂弯里，幸福地说，有了你，我什么都不要。

第三十一章　想念

一九五〇年一月，一场由新成立的中央人民政府，在全国新解放区开展的土地改革运动如火如荼地展开。夏鹤年足不出户，也能嗅到外面的气息，周里农村的土改运动已经轰轰烈烈地展开了，夏鹤年预感到一场史无前例的风暴正在袭来。

府里的用人过完年，相继回乡下闹革命了，斗倒地主老财，革了他们的命，没收他们的田产。几天后，文锦听回来的用人刘福贵说，他回去后，正赶上乡民对地主恶霸头子吴奎荣的批斗会，三千多人，场面好大啊。那吴恶霸耷拉着脑袋，和几房太太紧挨着站在宅院前的空地上，像霜打了的茄子，早没了张狂。佃户和长工们围成了好大一圈。工作队长当众焚烧了吴家的地契账本，对农民们大声宣布地主老财被打倒了，地契账单没用了，现在是新中国了，你们有了自己的田地，往后挺直腰杆做人了。

夏鹤年心想打倒了地主，也该轮到自己了。酱园早已停掉了酱菜、腐乳、米醋三块作坊，只剩下酱油一块，还在艰难维持。

新年刚过，乌城的青山河开挖工程如火如荼地展开。与此同时，国民党反动派的破坏行动仍时不时地暗流汹涌，几天里，已发生好几起。老百姓清晨采购食材运往开挖现场，半道上，遭反动派伏击，被炸伤好几人。厉雷霆严厉指示，由民兵荷枪防卫，全程护送，确保物资运送安全。几十里开挖现场也有警卫不时荷枪守护，五百米一哨，一千米一岗。对参与开挖的群众，也广泛发动宣传，宣传共产党关于建设新中国的主张。

　　郁子昂担忧全城主要精力放在开挖现场，国民党反动派会在兵力空虚的城里发生暴动，便让公安局局长赵柏松动员一个营的兵力，驻扎在城里，并由各机关单位加强警哨，而军管会是重中之重。

　　这一天，宋怀远因连日来挖泥土过于劳累，手臂伤口发炎，疼痛得不得了，组织上要求他歇息，他便在军管会担任警戒工作。

　　闵秀娥在妇联接到新的任务，农村暴露出很多受压迫的妇女，长期遭受婆家的欺凌，旧社会嫁鸡随鸡、嫁狗随狗的封建思想遗毒很深，市军管会要求妇联迅速承担起解放妇女思想的工作。解放妇女，也是建设新中国的主要主张之一。

　　这天下午，敷上伤药的宋怀远在市军管会警务室值班。他的烟瘾上来了，好些日子没嗑三炮台了，他记得在宿舍里的木箱底，还放了一包三炮台。他烟瘾难耐，便和警务室人员打了声招呼，回宿舍取。

　　就在这当口，几声爆炸声从军管会传来。

　　宋怀远心急火燎往回赶时，几百米远就闻到刺鼻的硫黄味，看见主楼燃着滚滚浓烟。

　　军管会乱作一团，工作人员迅速从大楼里撤出，宋怀远拔出枪，冲入了军管会，看到主体建筑被炸开了一堵墙，好在没有人员伤亡。

　　郁子昂和厉雷霆闻讯，从开挖现场赶回，了解到这次军管会被炮击是国民党特务所为。现场有公安局人员介入，细心摸排，发现草丛里有遗留的雷管。国民党特务有预谋地埋伏了爆炸装置，趁军管会安保空虚时，启动了爆破定时装置，然后仓促逃窜。

　　郁子昂要求对军管会所有人员进行摸排，能在眼皮子底下安装爆破装置，肯定有内应。而引爆之时，有多少人在现场，是摸排的主要工作。宋怀远主动交代现场爆炸时他脱岗了，原因是回宿舍取三炮台。

　　郁子昂怒不可遏，当场将宋怀远革职严办，并关了禁闭。

　　厉雷霆对宋怀远此行为也怒不可遏，他进禁闭室，质问宋怀远为什么擅离职守，对进出军管会人员没有做到全程监控，让可疑之人混入军管会大院，现在发生如此严重事故，军管会被炸，这是国民党反动派对共产党新生政权的反戈一击，影响很恶劣。

厉雷霆还说，我们是十几年休戚与共的兄弟，多少枪林弹雨都蹚过来了，而在新中国，感觉安逸了，就放松思想这根弦了，乱了纪律，这是非常严重又可惜的事情。他将起宋怀远的袖子说，你这枪伤，能当着我的面，好好说一说吗？

宋怀远被怔了一下，盯着厉雷霆，而厉雷霆逼视着他。

厉雷霆说，要不是当年我帮你兜着，你老早就出事了。你当年和我一道，深夜追庞炳钦时，你说庞炳钦离你三十米远，他用寻常的驳壳枪朝你开了一枪，你左臂中弹，倒下，让他逃脱。可从你受枪伤的位置看，伤口圆整，子弹穿出，伤口被高温子弹烧焦，止血，种种迹象表明，这是近身袭击，绝不是三十米远开出的。你应该清楚，你是在蓄意欺骗组织。你是神枪手，在部队里是出了名的，别说是黑夜，即使把你蒙上眼，你辨听声音，也绝不会被偷袭。唯一的事实是，你故意往自己手臂放了一枪。我不知道你是因为什么放跑了庞炳钦，现在也没有指证你的证据，但我告诉你，庞炳钦可能就在我们身边，哪天他暴露，被摘获，他交代出来，你知道你将面临什么样的后果吗？

宋怀远听得瑟瑟发抖，冷汗淋漓。那夜，庞炳钦和他说的话，像幽灵临终审判似的，又在他耳边响起，他已经被这一幕困扰好久了。

厉雷霆出去了，宋怀远明白冲两人多年的交情，厉雷霆是在保他，但是能保他一辈子吗？万一庞炳钦没远走高飞，被摘获，将他交代出来，那他就完蛋了。

宋怀远实在没有底气和厉雷霆交代事实。他想起了闵秀娥，想起了儿子宋振河，没有勇气，也没有底气向厉雷霆交代内心的隐衷。他知道，厉雷霆早不说，晚不说，偏偏这个时候说，又不让别人知道，是为了警告他，要是想揭发他，老早就揭发了。

他感觉有一张密不透风的黑网，在向他罩来，无论他如何挣扎，都挣脱不得。闵秀娥走入禁闭室看望他。宋怀远感觉无言以对，闵秀娥气不打一处来。她对宋怀远说，大家现在都在求上进，拼命干革命，唯恐拖后腿，你怎么就掉队了呢？大家都在施工现场，拼命赶工期，开挖青山河，而你在军委会却脱岗，如果你在岗，军管会被炸，也顶多追究你一个警告处分，可现在，你说往后怎么办？

宋怀远说，该怎么样就怎么样吧，你回去，别告诉娘，娘刚来没几天，要照顾振河，我不想让她一天省心日子都没过上。

闵秀娥这时眼泪淌了出来，说，宿舍和军管会这么近，你说瞒得了吗？

宋怀远被关了五天禁闭放了出来，他感觉三月的春日阳光是那么毒辣，射入眼睛里的光芒像一把匕首，让他不寒而栗。

他从宣传科长职位又退回到宣传干事，他知道这是组织上对他最轻的发落了。

他也知道，从此，他是没有勇气再直面厉雷霆了，他们的距离只会越来越远。真是一步错，步步错。当初风雪天时，一时起贪念，索要了婉清一只玉镯。然后这玉镯像一个绳套一样，一直套在他脖颈里，他无法挣脱。哪怕在战场上，如何骁勇作战，如何受表彰，但一触及内心，他都无法直面内心那个污点，和表面高大的自己相比，内心那个他是那么怯懦。

而如今，时隔多年，他又在相同的地方折了戟。一念之间，抉择之时，他又屈服于内心的贪婪和阴暗，然后堕入更深的无底黑洞里。一想到这儿，他痛楚得直不起腰来。在黑夜里，他不止一次地质问自己，还可以回头吗？一切还可以重来吗？黑夜回复他的，是冰冷的绝无可能。

闵秀娥是个忍辱负重、坚强的女性，虽然丈夫在工作上受了很大的挫折，但她仍义无反顾地投入工作中，一种共产党最可贵的信仰在支撑着她。政治生命是她最重要的生命，她要靠双手，搓出熊熊火焰，来照亮自己的人生和前行的征途。

下农村了解到的情况，非常令人震惊。她想起自己十六岁时，若不是反抗，自己也将被卖入地主家，给地主的傻儿子做老婆，那她一生都要被葬送了。妇联缺人手，她便想到了夏婉清，让婉清加入妇联，下基层，摸排受苦的妇女，向她们宣传共产党的解救政策。

妇联牵头，成立缝纫生产合作社，组织妇女们自食其力，解放出来，闵秀娥了解到婉清懂缝纫技术，请她负责教妇女们缝制衣服。婉清感觉自己有了用武之地，工作热情高涨。丫丫已经不吃奶，由晓澜照看着，喂她吃饭。

宋怀远有一次碰到闵秀娥和夏婉清走在一起，有说有笑的。他感觉连婉清也干得热火朝天，而只有自己像是走入了无边的黑夜里，找不到人生的方向。

他在热火朝天的新中国建设序幕里，找不到前进的方向，好像前行的路被拦腰斩断了。他不止一次和自己说，我有什么错，我是贪得无厌、贪图享受的人吗？我可没有去王家村下那枯井，没拿过分毫财宝。我没有去拿过，就证明没有违反纪律，老天都看在眼里。但想到夏婉清和闵秀娥走到一起，他又心虚了，夏婉清难道不会将当年的事告诉厉雷霆吗？说不定也已经告诉闵秀娥了，那自己是怎么样一个人，他们不是都清楚了？

若不是夏婉清告诉了厉雷霆当年之事，厉雷霆怎么会对他成见如此之深，会怀疑到手臂上的枪伤，还会敲打他。他感觉自己被设计进了命运的绝境，层层密网向他罩来。无论他如何挣扎、反抗，结果都早已注定。他为什么要随南下干部工作大队来乌城呢？感觉乌城就是自己的一个劫，不是枪林弹雨，而是无法躲避的劫。夏婉清是他的劫，庞炳钦也是他的劫，如今他只能在劫难逃。

闵秀娥看他一直郁郁寡欢，以为他是因被关了禁闭，剥夺了宣传科长的事而黯然伤神。她睡在床上，宽慰他道，组织上对你还是看重的，我们毕竟南征北战，是从战场上走下来的人。新中国刚成立，各条战线都在开展，我们有的方面学苏联老大哥，但大多数都是摸着石头过河，工作上犯松懈错误是难免的，但有则改之，防止以后再出错。你不是说，我们要共同进步，赶超争先吗？你想想，厉雷霆夫妇也是你争我赶，夫唱妇随，多么模范的一对夫妻。

宋怀远半天不吱声，闵秀娥怀疑他没有听进去，推搡了几把，转换话题说，振河会走路了，还长了两颗乳牙，越长越大了，和慕贞个一般高，一对发小放在一起，就像龙凤胎似的，乖巧可爱。我还和婉清开玩笑，将来结成儿女亲家，岂不很好。紫钗听见了，也开玩笑说，她肚里的孩子，要是生出来是儿子，可不依呢，也要和振河抢要一番。

宋怀远说，谁是慕贞？

闵秀娥说，你傻了呀，是婉清的女儿慕贞呀，你抱过的。像个洋娃娃似的，皮肤白得像面粉似的，眼瞳又圆又亮，蓝绿色的，像珠宝似的。

宋怀远说，她怎么是夏婉清的女儿，她来历不明，不晓得从哪儿捡来的，将来怎能做我们的儿媳妇？你往后，让振河少和她在一起玩。长得洋不洋，土不土，怎么看，都像个美帝国主义。

闵秀娥很震惊，恼怒地说，你是怎么了，对一个小女孩也这么刻薄，什么美帝国主义，洋不洋，土不土。虽然她是婉清领养的，但有军管会发的领养证，就是婉清的亲闺女。我看婉清人就是很好，品行很好，又知书达理，将来教导出来的女儿，定不会差。银娣和凤祥夫妻俩和她生活这么多年，也对她很赞赏。听得出，你对她很不满意似的。你莫非有什么心事瞒着我？

宋怀远说，我能对她有什么成见。我是想她是什么成分，老家是开酱园的，不是地主，也算是反动资产阶级。咱们又是什么成分，振河是根正苗红的下一代。成分不一样，终究是混不到一起的。你往后少和那个夏婉清掺和到一起。还有那只玉镯，你还是放入木箱底吧，现在都倡导勤俭节约，你工作时戴着玉镯，享乐思想很重，影响不太好。

闵秀娥说，我也就冬春时节，棉衣厚，才塞入胳膊里戴。当年听你说是祖传下来的，我觉得沉甸甸的才戴上，前些天，娘看见了，说这玉镯多水灵，我问她是哪一代传下来的，她说老宋家没这祖传的玉镯。我就纳闷了，你和我说道说道这玉镯的来历。

宋怀远感觉自己真不该提起玉镯，这是真撞枪口上了。他说，我当年说是祖传的，你才肯收下这定情物呀。事实上，我是在上海巡捕房工作时，有一回从城隍庙买来的，打算回老家时给娘，让她开开眼，觉得我在上海滩也混出了个人样来。哪知，十多年都没回过老家枣庄，然后和你在战场上相遇，我就觉得遇到相伴一生的人了。我受伤后，你还拼了命地救我，熬了一宿又一宿，我从胸口摸出了这个贴身藏着的玉镯，想到没有其他的定情物，这个送给你最合适了，便说是当年离开老家时，我娘特意让我带上的，说哪天碰上心上人了，就送给她。然后你才收下了。

闵秀娥说，你早该说实话的。你既然这么说，天也变暖了，我就将玉镯收起来。将来谁做我们家的儿媳妇，我也将这玉镯送给她，当定情物。这往后就是你们老宋家的传家宝了。

宋怀远将玉镯的事圆了过去，但仍感觉这玉镯像个圈套，紧紧套在自己的脖颈里了，憋得慌。

这一年国庆刚过，抗美援朝、保家卫国的声浪一浪高过一浪，街坊都在传，美帝国主义侵略朝鲜，毛主席要率兵出战，支援朝鲜，打击美帝国主义的狼子野心，粉碎他们征服朝鲜又企图侵略东三省的阴谋诡计。

军管会宣传动员老百姓支援抗美援朝，夏婉清觉得时机已到，便搬开老衣橱，从墙壁夹层里抱出紫檀木盒，将五万银圆的支票交给了厉雷霆。厉雷霆得知这是当年秋冷蓝离开上海前卖公寓的房款，给了萧志卿，萧志卿诀别时又给了夏婉清。她在凄风苦雨的日子里，都没有动过支票的念头，而此刻，抗美援朝之际，她义无反顾，拿出来支援给了国家。厉雷霆深感佩服。乌城军管会向夏婉清出具了抗美援朝捐资证明，并评她为抗美援朝积极分子，极力宣传褒扬了她，这让夏婉清感到非常荣光，又非常惶恐。她觉得这本就不是自己的钱，她只是把这笔钱回馈给国家，她不想承担这份殊荣。而不明就里的郁子昂，却极力褒扬她。

宋怀远自然知道这五万银圆支票的由来，他发觉夏婉清也不是等闲之辈，认为她是想以此捞取政治资本。她如今在妇联，成了国家干部，昔日逃离上海亡命天涯，靠自己这帮人在前线战场浴血奋战，全国解放了，却让夏婉清这帮人得了实惠。他越想越堵心。

有时候，他也会想起王家村土地庙枯井里的那些财宝。庞炳钦当年只说了个大概，给他画了个虚幻的大饼，这几年里这个饼吃不着，悬在半空中，让他饥渴难耐，寝食难安，他知道是内心的虚火在作祟。有时候他想，都说新中国了，日子会更好一些，在前线作战，无非就是为了将来解放后，天天有饭吃，有肉吃，儿女们有学上，一家人平平安安，再也没有战争，手里也有钱，也会有属于自己的住房，最好还有一官半职可做。可是如今，一官半职没有了，如果那些金银财宝是真的，有了这些财宝，还怕没有其他吗？往后，自己也可以过那些资本家、地主一样阔绰的日子。整天没命地干，还不是为这样的享受吗？

好几次，他都盘算好了，反正无官一身轻了，没有人再关注他这样一个小小的宣传干事，他可以神不知鬼不觉地去王家村，实地察看一番。但真的盘算好了，想动身了，想到自己年迈的双亲，还有宋振河，他就迈不动脚了。感觉这一脚踏出去，就再也回不了头，再也迈不进自己的家门了。身后有几百双几千双，甚至上万双眼睛在盯着他，他真的畏缩了。

军管会被炸时，他也担心是不是庞炳钦动的手，他真的希望炸死的是庞炳钦，庞炳钦要是一命呜呼了，那当年的事就永远石沉大海，只有自己知晓了。但一日没有庞炳钦的消息，一日有反动派暴动的消息，他就寝食难安，如坐针毡。这样的煎熬，他无人可倾诉，即使是睡在同一张床上的闵秀娥，也不能吐露半个字，他不晓得这样的日子何时是个头。眼下全国如火如荼开展的镇压反革命的运动，像插在他胸口的一把利刃，让他时刻提着心，观察着周围的局势。

乌城周边县市公审了一批又一批特务、土匪、恶霸、反动党团骨干及反动会道门头子。缉拿庞炳钦仍是乌城公安局工作的重中之重。根据掌握的消息和抓取的特务交代，庞炳钦是国民党败退台湾前，安插在乌城的策反内应，他受中统直接管辖，一直在乌城周边活动，行动极为隐秘。

谭紫钗生下儿子那天，乌城下了场很大的雪。青山河正好全线贯通，厉雷霆在施工现场，在爆竹声声里，主持了贯通仪式。他说，今天对乌城几十万百姓来说，注定是个载入史册的日子，咱们齐心协力，上下一心，奋战了一年，终于迎来了青山河的贯通。都说瑞雪兆丰年啊，咱们老百姓往后的日子肯定会越过越红火。

十点钟，上游的乌陵江堤坝一开通，滚滚江水在河道里汹涌而来，像千军万马似的，两岸的老百姓沿着河道奔跑着，想和江水比试一番。

滚滚江水一泻而下，往下游咆哮而去，汇入尼摩江。

老百姓欢呼着，从此，乌城将一改逢梅雨季便涝的局面了。

一九五一年元旦刚过，乌城市人民政府成立，厉雷霆成为乌城市市长。在锣鼓喧天和爆竹阵阵里，乌城从此掀开了新的一页，全城百姓群情激昂，铆足了劲，投入社会建设新征程中。

银娣细心照料着外孙，厉雷霆原本想将临沂的老母亲接来，享享清福，但弟弟厉雷震说，母亲秋收时累伤了腰，远途难行，所以他只好寄去了孙子的一张满月照，以表相思。厉雷霆答应，等儿子大些，一家人回临沂过年。

厉雷霆给儿子取名厉江河。

谭凤祥走入了杂物间，站在衣、盔、杂、把四大箱昆曲行头前，箱子几年没拂去尘埃，积了很厚的一层灰尘。打开后，里面的五色蟒服、五色顾绣帔、梅香衣、采莲裙、鸾带、绿绫裙、秋香绫裙、大红龙铠、紫花海衿、白茧裙、红蓝丝绵带仍光彩熠熠，和放入时一个样。他这些天又想到了弟弟玉麟，心里难受得不行。他几乎夜夜梦到父母双亲，在梦里他跪在二老面前，感觉对不住弟弟，当初要是挽留他不让他出去，现在一家人团圆多好，玉麟也该结婚了，自己的侄子侄女也应该很大了。那谭家有了后代，人丁兴旺，也越来越热闹喜庆了。

他将箱子里的行头一一取出，放在庭院里，天平冠、堂帽、牢子帽、凉冠、三叉盔、虬髯、黑满髯、红黑飞鬓、战靴、连幌幌子、纨扇、茶酒炉、虎头牌、龙剑、挂刀、皂隶旗等。这全是玉麟这些年的一番心血。他后悔自己曾为了阻止玉麟学昆曲，怒甩了玉麟一巴掌，那是他第一次打玉麟，也是仅有的一次。他打了就后悔了，一个巴掌下去，仍没有阻止玉麟学戏的念头。

玉麟去上海后，他虽然不闻不问，只有银娣一直念叨着玉麟，可他心里怎么会不想弟弟呢？凤祥跪在父母坟前，痛哭流涕时，谁会知晓他这个当哥哥的心里的苦衷呢？

眼下新中国成立一年多了，四海平定，可玉麟仍毫无消息，街坊邻居中不好的传言又出现，更难听的话都有，人啊，一辈子做好事，一步错都迈不得。他们会拿抗战时，玉麟进日本军部唱昆曲来说事，说毫无气节，比一个女流之辈都不如。要不是紫钗参加了八路军，还和毛主席握了手，那谭家的脸面何在，如何在这清河街上立足。

听到此时，他心里就非常难过，感觉五脏六腑都纠缠在一起。虽然紫钗一直宽慰他，街坊不明白我们的苦衷，只有自家人知晓，组织也知晓，世人自会公断，但他这个当哥的，心里特别难过，感觉玉麟生死未卜，还要遭人非议，除了他，没有人在意玉麟的安危，他感觉特别无助。

他在黑夜下，对着明晃晃的清河，不止一次地哭喊着，玉麟哪，你究竟在哪里啊？你是生还是死啊？你要是有知，能不能托梦，给哥一个准信好不好？

好在有外孙厉江河在，多少宽慰了凤祥的心，有厉雷霆这样一个当乌城市市长的女婿，他的脊梁骨也挺起不少，在清河街也有了不少面子。

晓澜看着谭家人一脸愁郁，她不禁为当年没有同意嫁给玉麟而懊悔，婉清看到晓澜黯然神伤的样子，问她怎么了。晓澜说，姐，当年我真该嫁给谭师傅，只要结了婚，他就不会出去了，那谭家人就团圆了，银娣婶和凤祥叔也不会这样难过了。

夏婉清搂着她的肩膀说，妹子，你不要多想，这都是天意，也许他很快就会回来了。

第三十二章　失心疯

好些日子，厉雷霆一直不间断地敲击着头，有时还往墙上乱撞，在卧室墙壁上留下一个个坑。谭紫钗拉住厉雷霆说，别再撞了，再撞，头要撞碎了，要不去大医院治治吧，把留在头内的弹片取出来。

厉雷霆十分痛苦地说，没用的，以目前的技术，根本无法将大脑里的弹片取出来，卡在很深的位置。工作上一劳碌，我就头痛病发作。都是可恶的日本鬼子将弹片击入的，紫钗，我还是上朝鲜战场吧，只有在炮火声声的前线，我的头痛病才能控制住。我用这条命和美帝国主义拼了，才觉得有所值。再这样下去，我要发疯了。我是适合在战场上带兵杀敌的，只有这样，才能控制住头痛病。你就允了我报名上朝鲜战场吧。

谭紫钗说，眼下全国都快要解放了，你们这些有功的老兵，不可能一辈子打仗吧。现在你不是一个人，你还有一大家子人，有我，还有江河，我不允许你去朝鲜战场。乌城建设也同样需要你，这儿也不亚于朝鲜战场呀。这里是没有硝烟的战场。

谭紫钗为厉雷霆的痛疾忧心忡忡，她晓得不仅是她自己，身边好些从战场上下来的老兵，身上都或多或少背负着伤痛，这是永难弥合的伤痛，不仅是肉体上的，还有精神上的。

初春的夜晚，谭紫钗从学校出来，走在空无一人的油厂弄里。昏暗的路灯下，她夹着包，往家里赶去。厉江河正等着娘回去给他讲故事。

这时，从拐角处走出一个人影，紧紧跟随着她。

谭紫钗也觉察到身后有异样，便加快了脚步，那人跟得更紧了。

突然，她前方又冒出个人影，挡在她面前。那人穿着长风衣，戴着黑色鸭舌帽，帽檐压得很低，将大半张脸掩了进去。

谭紫钗转身，这时身后也被人挡着。她觉察到被人盯梢了。

前面那人昂起了头，借着路灯，谭紫钗才终于看清了那人，阴郁的眼神，冷峻的脸，像从深井里捞上来似的。

那人冷冷地说，谭校长，别来无恙，你还认得我吗？

谭紫钗朝他瞅了瞅，终于分辨出，那人居然是多年未见的庞炳钦。

谭紫钗惊愕了下，猛然想起庞炳钦就是多年来政府一直通缉的国民党特务，是自己的丈夫和其他同志们一直要逮捕的人。他神出鬼没，隐匿性极强，仿佛不在乌城，又时常在乌城出现，此时此刻他居然在此出现了。

谭紫钗说，庞队长，你在跟踪我？找我有什么事？

她下意识地往边上一退，靠在了墙上。

庞炳钦说，谭校长，不用紧张，我给你带来一张照片，你瞅瞅这人是谁。

谭紫钗接过了一张黑白照片，照片里，是她日思夜想的人，居然是小叔谭玉麟，边上是一个穿军服的国民党高官。

她惊愕住了。

她焦灼地问，你怎么会有我小叔的照片，这是什么时候拍的照片，居然和国民党官员合了影？

庞炳钦说，这是谭师傅为国军一位高官唱昆曲后的合影，估计是在重庆时拍的照吧。现在我再告诉你你小叔的行踪，他现在在台北，一九四九年夏，他也登上了去台湾的轮船。他现在仍旧为那位高官唱昆曲。我晓得你们一家人都日夜苦等谭师傅回来，如今你知晓他的行踪了，你应该感谢我才是。

谭紫钗愕然了，她绝没想到，小叔谭玉麟不是战死了，而是去了台湾。

庞炳钦说，我话不多说，你也晓得我的身份，我也晓得你丈夫是厉雷霆，正想方设法抓捕我。我仍是那句话，解放前，我投靠国民党，解放后，我仍是如此。你是为共产党卖命，我是为国民党，我们各为其主。你不用担心你小叔的性命安危，他目前在台北过得很好。不过，现在共产党夺了江山，蒋"总统"一直心郁不快，谭师傅现在也投靠了国民党，你作为他的侄女，应该为他多多考虑。这是一张委任状，我需要谭校长你为我们提供有用的情报，你丈夫是乌城市市长，你有的是机会，为国民党反攻大陆效力。家人血浓于水，你为了谭师傅的安危，想必会好好斟酌的，你多多效力，那么谭师傅在那个岛上，也会多多地被厚待。

说完，庞炳钦将一张委任状递给了谭紫钗。

谭紫钗气得瑟瑟发抖，接过委任状，欲要撕碎，却停住了。

庞炳钦紧盯着她，很快，诡谲地一笑，像夜空里的乌鸦一般，发出森然的笑声。

他说，往后，会有人和你接应，我们会给你下派任务。当然，我们也会给你想要的东西，我们会继续提供谭师傅在台北的生活照片，告诉他你们家的境况，以慰藉相思之苦。

谭紫钗手里紧紧捏着委任状，眼泪涌出了眼眶，她一个人在森然的老巷里，久久地站立着，直至冷风吹来，才将她的神志吹醒。

她一个趔趄，瘫软在地，心里惶恐不已。她一下子失了主意，手里捏着的委任状，有如千斤巨石般，让她憋闷，喘不过气。她仿佛坠入了深不可测的黑洞。突然她想到了厉雷霆，她心爱的丈夫，有如一点火星，在黑洞里一闪，给了她少许光亮。她紧紧抓住这一点火星，仔细分辨着方向，心想应该尽快把此事告诉丈夫，将委任状交到他手里，让他帮自己出出主意。

她立即站起身，朝前走，突然脚步又迟滞不前了。庞炳钦阴冷的声音这时又在耳边回响，谭玉麟的身影立马闪现了，她的眼泪又涌了出来，握着委任状的手剧烈颤抖着。她质问自己这是怎么了，多少枪林弹雨都走过来了，为什么这个时候变得如此软弱和胆怯。

她在弄堂里僵持了许久，仍旧举棋不定。这时她瞧出老巷墙壁上有一块凸起的砖。她将其用力拔了出来，将委任状折叠好后，塞了进去，又将砖块压好。

她怔了会儿，才愣愣地朝家里走去。

她一到家，正要敲开父母的房门，想将小叔的消息告诉日思夜想的他们，但又停住了，她万万不敢将此事告诉父母。他们要是知道玉麟叔在台北，该要承受多大的相思之苦和内心煎熬，有这一层境外关系，她知道意味着什么。此生都难以再相见了。她能告诉的或许只有厉雷霆了。

这几天，厉雷霆下乡去了，才没能看见她失魂落魄的样子。她焦灼地等丈夫回来，一回来，她就将此事告知他，让自己内心搁着的重石卸去一些。但她又渐渐害怕丈夫此刻回来了，那个身为乌城市市长的丈夫，正在全身心地忙着革命事业，要是因此事而受牵连，该惹来多大的祸患。不行，这事只能她一个人承受，她不想让家人牵涉进去。

她不敢再一个人出门了，一放学，就早早地和人结伴回家。她生怕再走入那条老巷，被特务尾随，给她下派任务。

她惴惴不安了一个多月，庞炳钦没有派人联系她。她悬着的心渐渐放下了。

她也接二连三地得悉政府紧锣密鼓地打击国民党特务和镇压反革命。

有一次，她听学校教导主任说，邻县一个女教师，因父亲被国民党带去了台湾而被停职，连带着被批斗。她的内心越发惶恐，更不敢将此事告知厉雷霆，不想他牵涉进来。

清明前夕，乌城市政府要在东郊坟场集中枪毙一批国民党特务和反革命分子，各机关、企事业单位，要组织人员到现场观看。

谭紫钗作为小学校长，也被要求带领教职工去现场观看。她真希望枪杀的人当中有庞炳钦，只要他被枪毙，她就不会被挟制了。

但当她想到墙壁夹缝里的那张委任状时，真担心庞炳钦落网了，或者他没落网，其他落网的国民党特务将她交代出来，那她岂不是完了。她完了不要紧，儿子厉江河怎么办，丈夫厉雷霆怎么办，若被她拖累了，她如何承受自己的政治污点给家人带来的巨大冲击。

她不晓得自己是如何和老师们一起去的东郊坟场。

当她看到那些被五花大绑，头颈上悬挂着国民党特务、反革命牌子的囚犯，被押解着，从囚车上下来，迈向坟场时，她瑟瑟发抖。她想自己何尝不是和他们一样，她的名字出现在委任状上，再也讲不清了，她和那些跪在地上，等待枪决的罪犯有什么区别呢？她仿佛看见了庞炳钦，也跪在那里，正看着她，朝她诡秘地笑着，仿佛在说，我先走一步，记住，你还得留下，继续为国民党卖命。

就在这时，几十声枪声紧锣密鼓地在她耳边炸响。谭紫钗眼前一黑，仿佛自己也身中数弹，只觉脚步瘫软，立马栽倒了下去。

身边的人在凛冽西风里发出一阵阵惊呼，没有人留意谭紫钗已经倒在了泥地上。

当一众罪犯伏法，人群渐渐平息散开时，才看见地上赫然躺着一个女人，已经昏厥多时，脸色惨白，浑身冰冷。

厉雷霆得悉后，赶忙赶往市医院，谭紫钗依旧晕厥着。

医生说，厉市长，谭校长过往有没有晕厥过？

厉雷霆眉宇紧锁着，细想了下，说，前年过年时，我去谭家，紫钗听到爆竹声，受惊吓摔倒在地，我听她说，解放前在延安保育院，有好几次转场时，炮弹在身边炸开，她受惊吓，也差点晕厥过。她莫非是听到了坟场枪决罪犯的枪声才受了刺激而晕厥。

医生说，有这个可能，我们已经收治过好些曾经经历战场的患者，他们因各种原因得了创伤后应激障碍。

厉雷霆说，那紫钗还有希望苏醒过来吗？

医生说，我们观察她的脑电波，发觉意识很微弱，即使苏醒，神志也很难恢复得很好，最差的可能，会神经错乱。

厉雷霆跌撞着坐在了地上。

银娣看到厉雷霆这副样子，也哭开了，说，好好的一个人，怎么一下子变成这样了，我苦命的女儿啊。

半月后，紫钗慢慢苏醒了，但她眼神空洞，早已认不出眼前的任何一个人。她突然凄然地大笑着，又撕扯自己的衣服，衣衫不整地在医院过道上狂奔，边奔边甩下了上衣，光着上身，在医院里狂跑，甚至跑出了医院，在大街上狂跑。

疯了，真是疯了。

医院里的护士说，真可怜，德仁小学的谭校长疯了，一个女人，居然光着上身乱跑，大喊大叫着，不是疯了，还会是什么呢？

银娣脱下自己的外套，追上紫钗，用外套捂紧了，说，女儿啊，你不要吓娘，你这是怎么了，怎么好端端的一个人，就这样疯了？

谭紫钗头发蓬乱地瞅了眼银娣，只是傻笑着，她已经认不出银娣了。

婉清得知谭紫钗疯了后，也惊愕不已。

她抱着江河，挽着慕贞，和晓澜一道去医院看紫钗。

她将半岁大的江河抱到床边，让紫钗好好认认。

但紫钗依然不为所动，她连儿子也认不出了。

银娣凄然地说，还是将江河抱开吧，别吓着孩子了。

全城的人都传厉市长的老婆去了趟坟场就疯了。不明就里的人说，好端端一个人，听几声枪声就疯了，这样的人怎么能当校长。也有明理的人说，她以前在战场上受过惊吓，可能数声枪声，让她昏厥，发了疯。受过战场伤害的人，是很难讲得清的。

谭家人又陷入了浓重的忧愁之中。紫钗像个犯人似的，被囚禁在家里。她经常像个纸人似的，枯坐在床上，眼神空洞，谁也不晓得她在想什么。

婉清坐在她身边，和她细细说着以前的事，她也一片茫然。

银娣说，这个家往后该怎么办啊，江河还这么小，可苦了雷霆了。花烛夫妻才起了个头，就成这样子了。

婉清说，婶，你和叔年迈了，我和晓澜往后会好好帮衬紫钗和孩子的。

银娣凄然地说，慕贞还那么小，要你照顾，紫钗现在这样，连个孩子也不如，江河还这么小，怎么能给你增加负担。我只希望我这把老骨头能多撑几年，把江河拉扯大就行。我真是想不通，紫钗好端端一个人，怎么突然一下子疯成这样，自己不能吃饭穿衣。

婉清说，姉，你别多想，走一步看一步吧，兴许过些日子，紫钗妹子就会缓过来。

可是谁又知道夜深人静时，紫钗在被子里偷偷地抹泪呢？紫钗半夜起身，看着睡在一侧的母亲，还有另一张小床上，可爱的儿子江河。她心碎欲裂，她有多久没有认真地瞧一眼雷霆了，她心爱的老公。此刻，他在哪里呢？是在那个温馨的小家里，还是在工作前线呢？为了她，他这些日子不知道有多愁苦，他还要硬撑起来去工作，往后就靠他一个人顶起这个家了。还有，她从未见过公公婆婆，没有尽过一天孝道，这辈子她永远欠厉家。

她不装疯卖傻，又能如何。那天在坟场，她已经想好了，她若不趁机在坟场上晕厥，然后发疯，将发疯癫狂的事传遍全城，又如何让躲在暗处的国民党特务知晓她谭紫钗已经疯了，往后不能为他们卖命，提供情报，不如此，她如何能躲得过去。

她内心极度撕扯、惶恐，真的想一死了之，但想着年迈的父母，还有在台湾岛上的玉麟叔，还有儿子、老公，她万万不能死。她只有装疯，才可以继续留在这个家里，才能让国民党特务死心，谁会给一个疯子下命令呢？

再好的医术，也唤不醒一个装疯卖傻的患者吧。

只是她得将疯病装得天衣无缝。那天在医院，她甩光了上衣，光着上身，满医院乱跑，跑出了医院，光着上身在大街上狂跑，还差点儿甩下了裤子，让路边的人侧目，让所有的人都深信无疑，如果她不是一个疯子，世上还会有比她更疯癫的女人吗？

有一回，银娣对厉雷霆说，紫钗疯了，可不能拖累你，她不能服侍你，只会给你添乱，我们想好了，她往后由我们照料，你再娶一个吧，再组个小家，日子才能过下去。

厉雷霆头发白了不少，因家庭变故，一下子老去好多，他说，娘，你说什么话，紫钗永远是我的老婆，但凡有我在，这个家永远不能散。我想好了，我让我弟弟带我娘过来，和我们一起住，让她帮忙照料紫钗和江河。

银娣听后，欣慰不已。

她和凤祥说，雷霆真是好女婿，真是有情有义的人哪。

闵秀娥也为谭紫钗突然发疯而心郁不快。她频频去谭家看望紫钗，眼下节骨眼，乌城百废待兴，厉雷霆身为市长，日理万机，原本紫钗可成为得力的助手，但现在，却分了厉雷霆的心。她看到厉雷霆浓重的眉宇间凝结着愁郁，作为从战场上下来的革命干部，她深知厉雷霆的苦，她也知道紫钗是在过往战场上受炮弹轰炸而留下了心理阴影，听到密集的枪声，她应激了，才精神崩溃，疯癫了。

她对宋怀远说，你一直跟随厉大哥，往后，咱们要好好帮衬一番，但凡能帮到的，一定不能含糊。

宋怀远此前一直感觉和厉雷霆的差距越拉越远，曾经在上海时，两人旗鼓相当，厉雷霆也拿他当最好的兄弟一样对待，但自从到战场上后，厉雷霆身居高位，他一直感觉两人越来越没有共同语言了。自从跟随南下干部到乌城后，他越发明显感觉到，他不能再像以往那样，去看待厉雷霆了。他不过是个宣传干事，而厉雷霆是一城的市长，知道底细的人，还揶揄他应该向厉市长请求，封个官什么的。他怎么开得了这个口呢？庞炳钦逃跑的事让厉雷霆瞧出了端倪，这让他如坐针毡，还有当年从夏婉清那得来的玉镯，一直让他感觉乌城是个牢笼，全国那么大，来到这，就是走得最差的一步棋。想不到，这时候一直顺风顺水的厉雷霆也踏入了泥潭，他老婆居然疯了。这让宋怀远心里畅快不少，表面上，他装出失望和惆怅的神情，而内心他着实找到些许安慰。

他在厉雷霆面前主动承担起了照料的责任，频频上谭家，帮忙搬运煤球，接送振河时，还顺便一道将江河接回来。但他知道他是装出来的，他巴不得谭紫钗的疯病越来越严重，把厉雷霆拖垮才最好。

闵秀娥给振河做棉鞋时，也不忘给江河做一双。她感觉自己有责任这样做。都是参加过革命的战士，是同胞，别人的痛苦，就是她自己的痛楚。

第三十三章　诀别

　　银娣抱着厉江河，晓澜左手牵着夏慕贞，右手拉着宋振河，一起在初秋的下午，来到圣加尔修道院游玩。墙外的梧桐树的枯叶，飘落在了修道院门前的草坪上，显露出淡淡的秋意，阳光穿越了香樟树的枝蔓，投射下来，草坪上斑驳一片。

　　小慕贞和小振河欢快地在草坪上追逐着，欢笑声引得荷力加神父推开木门，走了出来。

　　神父手里拿着新做的五彩纸鸢，用油彩绘上了圣母玛利亚的画像。

　　他对慕贞说，贞儿，快过来，放风筝喽。

　　小振河抢先过去，赶在了慕贞前头，推了她一把，先来到神父面前，踮起脚尖，抢要纸鸢。

　　慕贞摔在草地上，哇哇哭了起来。

　　晓澜说，振河，你怎么这样调皮，力气这么大，将慕贞推倒了。

　　神父说，慕贞不哭，勇敢地站起来，振河欺负小姐姐，不能玩纸鸢。

　　振河听见神父不肯给他纸鸢，也哇哇大哭起来。

　　小江河听到慕贞的哭声，在银娣的怀抱里，挣脱着伸出手臂，似乎想要拉扯一把慕贞，嘴里发出咿咿呀呀的叫唤声。慕贞听到江河的声音，停止了哭泣，从草地上站了起来。

　　晓澜对银娣说，婶，你瞧，江河多乖，多仗义，这么小，居然想着去拉扯她一把，不像振河，欺负慕贞。

银娣笑着说，都说三岁看到老，我们江河宅心仁厚，随他爹，将来也是做大事的人。我看他和慕贞投缘得很，将来倒真能成为夫妻。

晓澜笑着说，我看行。

神父听见了两人的谈话，笑着说，这个年龄的孩子，都是天真无邪的天使，都是那么纯真，像璞玉一样，将来长成什么样，一部分靠天性，另一部分靠家人的引导。我真希望这三个孩子在以后的人生中，能相互扶携，平安顺遂地度过一生。能不能走到一起，携手同行，看各自的缘分。

神父放飞了纸鸢，引得慕贞和振河欢快地追逐着，早忘了刚才的耍闹。

有时候，神父将那架断了腿的破钢琴抬到草坪上，在香樟树下静幽幽地弹着。好几年，他没有再传道布教，也没有信徒前来打扰他。他穿上了当地民众的衣服，就像个当地市民一样，除了灰棕色的头发、英挺的鼻梁、蓝绿色的眼睛，其他和当地人没什么两样。他享受着这平静的日子。他将罗马教廷电令他撤往澳门天主教廷的命令置若罔闻。他在圣加尔修道院生活了二十多年，传教布道，早已将全部的心血洒在这片土地上，怎么会轻易离开呢？

他将小慕贞放在自己的腿上，暖暖的春光洒在他们身上。慕贞调皮地按着琴键，很享受这些奇妙的音乐从琴键上流淌而出的感觉。

神父耐心地教她弹。而钢琴边的振河和江河，调皮地耍闹着，一点儿也没被钢琴声吸引。

慕贞极有耐心地坐在神父的腿上。婉清走了过来，发觉两人是那样神似。三岁的慕贞，也是蓝绿色的眼瞳、白里透红的肌肤，她给女儿扎了两个小辫，缠上了好看的蝴蝶结，还穿上了好看的花衣。婉清会裁缝，用最绚烂的布料，给女儿做各式各样新颖好看的衣服，打扮得像天仙一样，惹得秀娥羡慕不已，说还是生闺女好呀，打扮起来多好看，又文文静静的，不像男孩子那么野，新穿上的衣服，没两天，腿上胳膊上都破了洞，缝都来不及。

婉清发觉慕贞的面容很像神父，她坐在神父腿上，很像坐在父亲的腿上，两人都有英挺的鼻梁。慕贞的皮肤还要白，像白雪一样，嫩菱似的，白得无瑕，而神父的皮肤则是白里微红。

她突然生出奇怪的想法，莫非慕贞真的是神父的亲生女儿？当年神父说天亮时，发觉一个襁褓被放在室外的台阶上，也是说谎？那慕贞的生母是谁呢？她突然想到了褚小芹，好几年前，她不是在修道院里吗？解放前夕，突然杳无影踪，神父也没有说她为什么突然就离开修道院了。

看慕贞似乎和钢琴天生有缘，莫非就是褚小芹所生，才继承了她的钢琴基因。

她这样想时，感觉自己突然生出的怪异想法非常可怖。神父以前和她就信仰做过交流。婉清问起佛教和天主教的相同点，神父说，佛教的僧尼，一旦出家，就不能结婚生子，天主教的神父、修女也一样。

婉清于是想，那么虔诚信仰天主教的神父，怎么可能和一心想成为修女的褚小芹有女儿呢？这是万万不可能的，她问都不敢问。这是极大冒犯神父的事情。

不过闵秀娥也说神父对慕贞实在是太好了，像对待亲生闺女似的，不过慕贞算是降生在修道院，和他有缘。她有一次和婉清说，慕贞现在越长越漂亮，特征也越来越明显，不像中国人寻常的长相，她的头发、肤色、鼻梁、眼睛都不像是中国人，又不全是外国人，就像是中外混血儿。

婉清第一次听到中外混血儿这样的说法，说，闵主席，你见过混血儿？

秀娥说，我不是学过护理吗？我在书本上看到过。

婉清说，听神父说，慕贞是被扔弃在台阶上的，啥时放在门口，他也不知。他不知，我更不知了，事到如今，过了这么久，也没有人来打探过下落抱回婴儿。话说回来，中国人也好，混血儿也好，慕贞都是我的女儿，将来任谁来怀疑她，作践她，我都是不依的。

秀娥说，这是自然，都是一手带大的，是自己身上掉下来的心头肉，岂能容别人说三道四。

深秋时，慕贞坐在神父的腿上，会弹奏一曲简单的钢琴曲了。

神父对婉清说，慕贞有钢琴天赋，将来这台钢琴就抬回去，送给慕贞了。我估计也要离开乌城了，我和慕贞的缘分，和你们母女的缘分要尽了。将来若有缘，还会见面的，只是不知是何年何月了。

神父说得很惆怅，眼睛里一片湿润。婉清也晓得时局之下，神父能在乌城待这么些年，已是非常不容易，也是乌城市政府顾念他在抗日战争和解放战争时期，都站在共产党一边，做了很多有利于乌城百姓的事，他也停止了传教，作风低调、务实，才没有管束他，让他离开。

有一天，晓澜火急火燎地追到妇联，对婉清焦灼地说，慕贞不见了，慕贞不见了。下午，还和江河在家门口玩着知了，我上楼打了个盹，醒来下楼时，江河还在，慕贞却不见了。

婉清焦灼地和晓澜出了妇联，说，会不会慕贞一个人去修道院了，她又想着让神父伯伯教她弹新的钢琴曲了？

晓澜说，我也是出门，就先赶往修道院，但修道院大门敞开，别说慕贞，神父都不在，修道院空荡荡的，一片死寂。只有那架断了腿的钢琴，仍放在香樟树下，琴盖上堆积着好多树叶。

婉清沿着护城河，又焦灼地寻找起来，大声呼喊着，贞儿——贞儿，你在哪里啊？

这时闵秀娥也和几位女同志追了过来。

秀娥对婉清说，莫不是神父抱走了慕贞？

婉清说，怎么会呢？他离开，为什么不事先和我们说一声？他为什么要带走慕贞呢？

这时秀娥说，现在你也知道，我们正在抗美援朝，反美帝国主义呼声强烈，荷力加神父和他的天主教有很浓重的西方色彩，他再留在乌城，已极不适宜。

晓澜说，慕贞在我眼皮子底下失踪，没有超过半个时辰。估摸着神父想抱走慕贞，离开乌城，我们往船码头、火车站寻找。

婉清呼喊着慕贞，喉咙都喊嘶哑了，发疯似的急跑着，她一心想着尽早寻回慕贞，担心自己稍微一懈怠，慕贞从此就和她天涯永隔，永远也见不到了。

此刻，乌城火车站，神父正战战兢兢地抱着慕贞，坐在站台的椅子上。他穿着黑色风衣，压低了黑色呢帽，神色慌张地斜睨着前方，不敢左右张望，极力克制着内心的惶恐。

好在火车马上要出发了，慕贞在他怀里也不闹，只是喃喃地说，神父伯伯，你要带我去看很大很好看的钢琴吗？能弹出像鸟叫声像风声一样好听的音乐。

神父摸着慕贞的头发说，女儿啊，爹当然要带你去见识世上最漂亮、最豪华的钢琴。你知道吗？爹为了你，为了这一生和你相遇，违背了天主，违背了圣母玛利亚，甘愿沉沦地狱。我也辜负了你的亲娘。我向天主夜夜忏悔，唯愿余生在黑夜里行走，只为了让你今后的岁月，永远生活在阳光里，永远无忧。爹看到江河和振河都有爹可叫，有爹疼，有爹爱，有爹守护。一想到女儿你一出生，就不能和爹相认，不能有爹陪伴，心里好绞痛。爹永远陪着你好吗？

慕贞眨着好奇的眼睛，似懂非懂，说，慕贞要娘亲，慕贞要娘亲。爹爹是啥呢？

神父说，爹爹就是我呀，爹爹才真心对慕贞好，天天陪慕贞玩耍，陪慕贞弹钢琴。

慕贞这时挣脱了神父的怀抱，在地上小跑了起来，朝火车的另一方向跑开。神父立马跑了过去，喊着慕贞别跑，火车快要出发了。

他很快抓住了慕贞的衣襟，将她抱了起来。

这时婉清火急火燎地赶到了。她看到了慕贞，双腿在打战。她感觉重心不稳，摔倒在地。继而又使出浑身解数强撑着，积攒起全身气力，站了起来，发了疯似的扑过去，哭泣着说，慕贞，你跑到火车站干吗，让娘好找，娘要急死了啊。

神父这时看到婉清，神色极其慌乱。他知道他再也带不走慕贞了。

火车的启程汽笛声响起。

慕贞挣脱了他的怀抱，挤入了婉清的怀里。

神父这时念念有词道，主啊，宽恕我吧，宽恕我吧。边说，边从脖颈里摘下一串银制十字架吊坠。

婉清看神父身边有一只藤条箱，说，神父，我刚听说你要离开，你早说一声，我也会来送行。你为什么不辞而别，为何要带走慕贞呢？你当初让我收留了她，如今，你突然把她从我身边带走，你叫我余生如何过下去？你这是要我的命啊。

神父失魂落魄地说，这一切都是我的罪孽。婉清，我也不好向你隐瞒了，反正我这一离开，余生也不会与你和慕贞相见了。像你怀疑的那样，慕贞的确是我的亲生女儿。当年褚小芹流落到修道院，我收留了她，多年朝夕在一起，原本一心成为修女的她，要委身于我，奈何我定力太差，又因局势动荡之故，心里彷徨、失落，动了邪念，和她乱了性，之后又觉罪孽深重。事后，褚小芹一直要我脱离天主教，和她结为夫妻，恩爱在一起。但我信奉了天主教，不能背叛我的信仰。已怀孕的褚小芹万念俱灰，每天变着法子，想动摇我的心，而我又不能让她再往地狱的路上越陷越深，就极力阻止她堕掉腹中之胎。她临盆前夕，离开了修道院，生下孩子后，将襁褓放在室外台阶上，是婴儿的哭声唤醒了平日上午晚起的我。她塞在襁褓里的一句话，才让我明白，是她将我们的骨肉送了回来。她写的那句诀别的话是："我到往地狱，也对你的恨永生永世。"

我对她是有愧的，我又实在无法一个人抚养女儿长大，正好想到了你。当初丫丫被你照料得很好，当秦少逸将丫丫抱走后，看见你伤痛欲绝的样子，我晓得你是一位伟大的母亲，我的女儿交给你，我很放心。我也成全你，你这样善良慈爱，有如圣母的样子，这辈子，值得当一回真正的母亲。所以我义无反顾地将女儿托付给你了。事实上我也没有看错，你为了让慕贞吃上奶，上产妇家，苦口婆心地乞求，你甚至帮人家做衣服，换得慕贞能吃上奶。

我看着慕贞一天天长大，长得很可爱，很健康，就像我心目中女儿理想的样子。有她陪伴这几年，是我这一生最幸福快乐的时光。可是我知道我迟早是要离开的，我不可能永远陪伴在慕贞身边。我将这几年和她相伴的宝贵的记忆放入衣箱里，作为珍宝，永远带在身边，直至将来带往另一个世界，哪怕是地狱，我也义无反顾。

我教慕贞弹钢琴，一起在草坪上嬉戏，我就像一个父亲一样陪伴着她。我不想对慕贞这样残忍，让她一出世就没有父亲。她将来觉察到身边的小伙伴都有父亲，而她注定一生没有父亲，该有多难过。所以我发了狠心，想带她走。我不想让她受苦。以她现在有别于旁人的长相，在以后的岁月里，不晓得要带给她多少磨难，遭受多少非议和冷眼，这是我万万不想见到的。如果我和你说出带走慕贞的想法，你即使肯，我却又如何面对你哀伤凄绝的样子呢？我宁可你永远恨我。我将所有的事实都写成一封信，放在钢琴的琴盖下了。我原本想就这样失魂落魄地带着慕贞去往另一个国度，以后的日子，就和她静静地在钢琴声里度过了。哪知，还是天意，临走前，你还是赶到了。我释然了，慕贞是属于你的，我是一个悍匪，一个卑微无情的刽子手，想要剥夺你的幸福权利，太可笑了。

婉清听得瑟瑟发抖，曾经极力排斥的想法，果然血淋淋地成了现实。

时间紧迫，已容许不了她多想了。她理了理思绪，说，慕贞是你的女儿，这是事实，如同她也是我的女儿，一样是事实。你马上要离开了，我不多说什么，慕贞无法选择自己的出生，但她的现在和将来，全在我的手里。无论今后她遇到多大的风浪和坎坷，我这个做娘的，都心无旁骛地站在她身前，永远为她遮风挡雨。我八岁时，算命先生就说，我是白虎女，一生命不好。前三十几年里，我一直对这个咒语深信不疑，也一度对将来的人生心灰意冷。是你将慕贞送到我身边，点亮了我的生命，我将我的生命和慕贞紧紧绑在一起，我们母女生死相依，休戚与共。慕贞在，我的生命才在，才鲜活，她不在了，我的心也死了。所以我会豁出命，保她一生周全。神父，你安心地离去吧，若有一天，你回来，我和慕贞张开双臂迎接你，圣加尔修道院也在等待一个合适的时机，等待他的主人归来。

神父听得泪流不止，他将银制十字架吊坠放入婉清的手里，提起藤条箱，说，这个吊坠，等慕贞长大了，交给她吧，就当是我留给她的一点念想，一点儿微不足道的记忆。将来她泛起遥远的记忆，按响琴键时，想起曾经有一个留着长胡子的古怪老伯，曾抱着她弹钢琴，你告诉她，我在另一个遥远的国度，在夜以继日地思念她。她就不会孤单。

　　婉清和神父紧紧地拥抱了下，说，我会的，我会让慕贞将来好好学钢琴，等候你归来倾听。她若与天主有缘，也让她自己选择天主教。

　　神父听得无比动情。

　　他最后摸了摸慕贞的头发，恋恋不舍地离开了这片生他养他四十五载的厚重土地，上了西行的火车，在车窗口，恋恋不舍地和婉清、慕贞告别。

　　婉清已经明了，这将是他们的永别。

　　闵秀娥赶到时，婉清正和慕贞往回走，婉清还不时地擦拭着眼泪。

　　秀娥问，神父走了？

　　婉清说，是的，他和慕贞告别，慕贞缠着他，一定要他抱，他才抱着慕贞来到了火车站，临出发前，一直在等我来接慕贞。

　　秀娥说，神父也是至情之人，对慕贞那么好，难怪慕贞对他那么依恋。

　　婉清关上了修道院的大门，锁了起来。她将那台断了腿的钢琴抬回了家。这也是神父留下的唯一的念想了，虽然慕贞现在还小，好奇的东西很多，但她的纯真记忆里，永远摆放着一台断了腿的破钢琴。

　　婉清在琴盖下，看到了神父留给她的那封信。

　　婉清饱含热泪地读完了信，信滴溅上了她的眼泪，上面，还有神父的斑斑泪迹。

　　她原本想把信也放入墙壁夹缝的紫檀木盒里，瞅了眼在床上和晓澜玩耍的慕贞，心里绞痛了一下，想想还是下楼，放在灶膛里烧了。

　　有一种隐隐约约的担忧，在她心里萦绕起，这也是神父临别时，和她提起的隐忧，她不得不为慕贞的前程，多多考虑。

第三十四章　恒泰酱园

夏婉清进了市妇联后，经常和闵秀娥一道下乡去摸排深受压迫和摧残的苦难妇女。雪水村一个叫石兰香的妇女解放前曾做过妓女，经过劳动改造后结了婚，但夫家人经常因她曾经的经历，处处刁难她。她生了孩子后，家人就不让她上桌一起吃饭，将她赶进了猪舍，一个人住，男人性欲上来后，才将她叫进屋。有一回，男人想要，石兰香说自己来了例假，不允，男人刚喝干了一坛酒，酒性上来，拿起烧红的烙铁，恼怒地往石兰香的阴部烫下去，石兰香疼得满地打滚，晕厥了过去。

闵秀娥得知这一情况后，悲愤异常，立马和夏婉清赶往了雪水村。

她看到石兰香虚弱地躺在猪舍边的地铺上，遂质问她男人，为什么对自己老婆下这么毒的狠手？

那男人说，谁叫她以前做过妓女，身子那么脏，我气不过，才这样对她。

闵秀娥说，那是解放前，她是被压迫才走了那一步，现在已经从良了，经过改造，自食其力，这你也是知道的。现在她已经是你的妻子了，你非但不爱惜她，还这样对待她，枉她给你生了儿子、女儿，你如此折磨她，你还算是男人吗？

夏婉清也气愤地说，现在已是新社会，人人都享有生命权，受国家法律保护，有尊严地活着。她虽然是你的老婆，但受你残害，你要受到法律的惩处。

那男人说，自己的老婆，任我打，任我骂，难道还要砍我头不成？

闵秀娥对随行的公安同志说，这个人触犯了法律，对老婆下这么重的死手，应该怎么惩处？

公安同志说，起码要拘役半个月。

那男人的娘赶忙跳出来说，我儿子原先对老婆是很好的，都怪村里的人阴阳怪气地数落他娶了个妓女，千人压万人骑的主，他脸上无光，才对自己的婆娘下狠手，他现在知道错了，往后再也不敢了。

那男人仍旧被公安带走了。

闵秀娥差人将受伤的石兰香送上了车，赶往医院救治。石兰香下身已经溃烂，在家敷上草药也不顶事，猪舍里弥漫着恶臭。

夏婉清看着虚弱的石兰香，眼泪不禁流了下来，不由得联想起自己多舛的命运，感觉女人地位卑微，真是太苦了。

石兰香被送往医院，医生说，伤口化脓，免疫力低下，随时可能引发并发症，能不能治好要看她的造化了。

闵秀娥问雪水村的人，石兰香有没有娘家人，应该让他们知晓此事。

村里的人说，石兰香是异乡人，很小就被卖进窑子里，他们也不晓得是哪方人氏。

石兰香在医院没住几天，她的婆婆叫来一帮男人，要将她接回家。

那时闵秀娥回去了，只留下夏婉清在医院看护着。

夏婉清说，你们眼里还有没有王法了，石兰香现在身体极度虚弱，你们非但不想着救治，还想抬回去，要是出了人命怎么办？

石兰香的婆婆气焰嚣张地说，我请了仙婆作法了，她死不了，回去喝喝中药就好了，在医院那得花多少钱，我们乡下人，付不起。

夏婉清说，不允许你们胡来，闵主席马上来了，你们有事找她吧。

这时闵秀娥来了，对老妇人说，石兰香现在性命垂危，不能出院，她好歹也是孩子的娘，为你们王家续了香火，你们要善待她，往后，再敢刁难她，你们也得坐牢去。

几日后，石兰香渐渐好转，也能下地走动了。

她男人也被放出来了，过来接石兰香。

闵秀娥对她男人说，你把她接回去，不能再让她住猪圈，我们过些日子要随访的，再敢刁难她，你下次就得入牢狱了。

那男人说，不会了，自己的婆娘，是自己讨来的，不会难为她了。

闵秀娥经过此事后，感觉农村妇女的解放工作还任重道远，夏婉清也觉得妇女工作神圣而艰巨。她一心扑在工作上，很少回到家里，也很少抱一抱慕贞了，几次回去，慕贞快认不出她了。

一九五四年秋，夏鹤年迎来了人生当中重大的转折，周里县人民政府首任县长萧劲夫召集全城的手工业者和私营工商业主开动员大会，宣读了中央人民政府对农业、手工业、资本主义工商业三大行业进行社会主义改造的政策。事实上这是全国继土改运动后掀起的另一场重大运动。

深夜，夏鹤年跌跌撞撞地回到了府里。文锦看夏鹤年哭丧着脸，焦灼地问，老爷你怎么了，开会讲些什么了？

夏鹤年从衣兜里掏出一张纸，拍在了桌上。琬玲拿起来，看到纸上"公告"二字，她读了下，而后对文锦说政府要改造我们的酱园了，采取公私合营方式。

文锦追问女儿，什么叫公私合营，我怎么从来没听说过？酱园往后难道不是我们一家的了？

琬玲说，政府派人来接管酱园，爹不再是酱园的东家了，往后酱园里的盈利四马分肥，政府得大头，咱们得小头。

什么——文锦惊呼着，眼前一黑，差点儿摔倒。

她继续说，出这么大的事，和婉清说一声呀，让她帮忙出出主意，她住的那户人家的女婿叫什么厉雷霆，不是大官吗？让他帮忙打个电话，圆通圆通，说不定还有转圜的余地。

琬玲说，和大姐说有什么用。这是全城的事情，每个商户都是这样的。找谁说都是没有用的，听天由命吧。

第二天上午，几个穿着深黄色工作服、胳膊上套着红袖章的工作人员敲开了夏府的大门，出示了县政府的接管令，要夏鹤年配合改造，把恒泰酱园的账本上交。夏鹤年叹了口气，从腰间取出了一串钥匙，对琬玲说，去房里，把账本拿出来吧。

账本交出不久，酱园改换了厂匾，恒泰酱园变成了光明酿造厂，政府新派的男干部浓眉大眼，英气逼人，坐在夏鹤年之前在酱园的办公室里，和夏鹤年谈起他是南下干部，叫徐焕程，山东济南人，十几岁就参军了，参加过平津战役、辽沈战役。他说酿造厂要尽快招工，恢复生产，把产量抓上去。夏鹤年听得唯唯诺诺。从前的雇工看到招工告示，纷纷回到了酿造厂继续工作。开工第一天，新来的徐厂长宣布了工厂的纪律，而从前的酱园主人夏鹤年，却缩在一边，低头不语。

几日后，县长萧劲夫上门来，对夏鹤年一家说，新中国三大改造，就是要将旧社会资本家改造成自食其力的从业者，所以你们夏家大部分家产要被政府接收，只留下一部分供生活必需。现在是新中国成立初期，全国财政困难，举步维艰，外有帝国主义阵营在搞仇视、孤立、封锁、包围，内有国民党残余军队、特务、土匪搞破坏，合力威胁刚刚成立的新政权，你们一定要有觉悟，站到广大人民的一边，支援新中国建设。

政府给夏家下了限期搬离四合院的通知书，为他们留了凌堰塘东岸一栋木楼和其他一些房产，府里的用人也都解除了雇佣关系，由政府发了工钱，遣散回乡。喜庚拒领工钱，说，不用把我遣走，我没亲人了，我蒙夏老爷信任，做了几十年的夏府管家，我往后也仍跟着夏家人过，老爷有饭吃，我也有饭吃，老爷饿肚子，我也跟着饿肚子，绝不说一个不字。

夏鹤年听后，感动得老泪纵横，紧握着他的手，说，老哥啊，夏家人欠你太多了，我对不住你。

夏家人最后从宗祠里抱出几十个牌位，装在一个纸箱里，带去木楼。玉珑紧紧抱着淑瑾的牌位，对文锦说，娘，二姐也跟我们一起回木楼，走吧，走吧。

　　黄昏时，天下着淅沥秋雨，夏府一家人神情黯然地拎着、扛着、推着家什，朝凌堰塘东岸走去，边走边不时地回望着，夏府大门前两只早已褪色的大红灯笼，仍在秋风里抖动着。路过的人都纷纷说真是世事难料，昔日阔绰的夏府也会沦落到这步田地，你们瞧夏老爷佝偻着背，好像一下子老去不少，头发都全白了。夏鹤年颤巍巍地牵着十岁多的小少爷金宝，金宝新奇地圆睁着双眼东张西望着。

　　夏鹤年说，把祖宗的牌位摆在底楼东间吧，夏府不在了，夏家的规矩仍在，不能怠慢了列祖列宗。

　　柳红闻讯，从婆家赶来。她手里撑着把黑绸布雨伞，背上驮着三岁大的女儿。她把女儿拉到夏鹤年跟前说，珠莲，快给老爷、太太、小姐、少爷磕头。

　　夏鹤年说，柳红，你女儿都这么大了，现在是新社会，不行磕头礼，我也不是老爷，文锦也不是太太，他们仨也不是小姐、少爷，你要改口，叫错了要惹出祸端的。

　　柳红说，老爷，我嘴笨，都叫惯了，一时半会儿还真改不了口。

　　婉玲、玉珑睡二楼东房，拆掉纸墙，打通了书房，摆下了两张床，小金宝和玉珑睡，夏鹤年夫妇睡西房。临睡时，文锦执意不肯进西房睡，夏鹤年似悟到了什么，只好和两闺女换了下房，他们睡在了东房。

　　文锦在木楼里的第一夜，睡得不踏实，她总觉着木楼里的气息怪怪的，憋闷得透不过气来，在床上翻来覆去了很久才睡着，半夜又从梦魇中惊醒，滚下了床，缩到了墙角，凄厉喊叫着鬼啊，鬼啊。

　　夏鹤年被吵醒了，拉了下灯绳，昏黄灯影里瞧见文锦蜷缩在墙角的样子分外骇人。他下床，捉住文锦的手臂摇晃着，说，文锦你做噩梦了，快醒醒，木楼里哪有鬼，活生生住满了一家子人，你快起来，坐地上多凉。

　　文锦指甲深深嵌入了他的胳膊里，惨白的脸上冷汗涔涔，说她做噩梦梦见容绣了。

　　夏鹤年说，文锦你平日里太畏惧她，才做了这样的噩梦。今时不同往日，夏家如今已家道中落，容绣也都看到了，她若在天有灵，也不会和你过不去的，往后咱一家人心要紧紧拴在一起，再苦再累也要把日子过下去。

文锦换了身睡衣，又躺回了床上，说，老爷你说的是，以前享太太福时我还瞅这个不称心那个不合意，如今我才明白以前真是神仙过的日子，钱用不完，衣服穿不完，菜吃不完，首饰也戴不完，出门有人抬，洗个脸解个手还有下人好生伺候着。我现在才看明白这荣华富贵是三更梦、水中月，是春杨柳、秋黄菊，说没就没了。人跟人也不长久，走着走着就各奔东西了，还是好好珍惜眼下的日子，活一天，就过好一天。

酿造厂厂长徐焕程要夏鹤年把白酱油酿制工艺贡献出来，捐给国家，造福百姓。夏鹤年对他说，让琬玲去酿造厂上班吧，她就是白酱油秘方，她就是作头师傅，黄豆浸泡、蒸煮摊凉、抖粉接种、竹匾制曲、落缸加盐、日晒夜露、翻酱发酵、酱熟压榨、杀菌分装这九道工序她都熟络，跟她的亡姐一样。

好些日子，文锦总感觉浑身不爽快，手脚提不起力气，提水桶去河边打水时，手臂酸酸的，使不上力。夏鹤年说，你没干惯这些粗活，还是让琬玲和玉珑干吧。

文锦说，我闲着无事怪闷的，想干，就是浑身不利索，头总感觉晕晕的，有时候声音又很远。

夏鹤年说，要不去看看郎中，抓几服中药吃吃，调理一下身子。

文锦说，不要花冤枉钱，我自个儿有数的。

年底的某个深夜，气温很低，下着鹅毛大雪，文锦出门，上河边茅房解手。木楼里的马桶她用着不习惯，不管多晚，不管是否刮风下雨，她内急时仍执意上茅房。夏鹤年拉着她说，你还是别上茅房了，走路都不利索，万一跌倒了咋办？文锦说，我有数的。

她出门好一会儿了，仍没回来，夏鹤年披上衣，提着煤油灯，出门去瞧瞧。楼外风卷着雪，把他刮得跟跟跄跄的，到处白茫茫一片，他找不着去茅房的路。他喊着文锦——文锦，但都没有回音。好半天，他才摸到了河边，走近被厚雪覆盖的茅房，隐约看见粪缸里伸出两只脚，在剧烈抖动着，也被裹上了白雪，凑近看，终看清是文锦，她半个身子陷在粪缸里，正奋力挣扎着。夏鹤年急忙把她拉了上来，文锦冻得瑟瑟发抖，含糊地呻吟着。他紧紧抱住了文锦全身，拍落她身上的雪。好在气温低，粪缸里早已冻上了厚冰，文锦才没被粪水淹着，要是再晚来半步，她就要冻死在这冰天雪地里了。

夏鹤年背不动文锦，他朝木屋呐喊着，但声音被风雪声吞噬了。他使尽力气，将文锦驮上身，踉踉跄跄地往木屋挪去，好一会儿，才挪到了木屋，雪地上留下了很深的拖痕。

夏鹤年一直庆幸自己多了个心眼，出门救了文锦的命。往后几天，他渐渐发觉文锦嘴巴越来越歪斜，言语含糊，说话都不利索了。她走起路来，上肢屈曲，下肢伸直，瘫痪的下肢走一步，画半个圈，再走一步，又画半个圈。

琬玲连忙叫来人力车，将文锦送往医院诊治。医生说，患者受了风寒，引发了急性脑血管病，也叫中风。寒冬季节，这种病老年人常发，致死率很高。发病前，患者会有些渐进性的发病迹象，你们之前有没有发现患者有些异样？

琬玲说，我娘前些日子老感觉乏力、头晕，走路晕晕乎乎，手臂无力，使不上劲。

医生说，这就是典型的中风前兆。如果早点儿来诊治，吃些药，还能规避中风。

夏鹤年急切地问，文锦还能治愈吗？她现在都无法走路，歪斜着嘴，说话都不利索了。

医生说，这种病很难治愈，需要家人配合，给患者做恢复性的锻炼，平时帮她按摩一下四肢，搀扶着她多走动，防止她跌倒，能缓解下偏瘫病症，再做些语言功能训练、智能训练等，还要长年服药。

木楼里又弥漫着中草药苦涩的味道。

夏鹤年在底楼清理出杂物间，和文锦住了进去。琬玲和玉珑得空时，就帮文锦按摩腿和手臂。文锦时常很焦躁，夏鹤年将中药端给她喝时，她恼怒地将手臂一抬，打翻了碗，中药洒了一地。她歪斜着嘴，含糊地说着什么。夏鹤年听不清她在说什么，晓得她心里苦，也只得忍着，蹲下去，捡起碗，重新煎了一碗。

玉珑看不过去，和文锦说，娘，爹一把年纪，服侍你不容易。我们都知道你心里苦，但你也不能这样犟着不喝药。医生说了，只要按时吃药，多训练，病能好的。现在日子越过越好了，咱们一家子人要和和美美地过下去，一个都不能少。

文锦深陷的眼眶里滑出了一道眼泪，她抖颤着抬起手臂，用手抚摸了一下玉珑的头发，很快手臂又垂了下去。

玉珑端起碗，用汤匙喂文锦喝中药。文锦歪斜着嘴，慢慢喝了下去，一半的中药，顺着豁开的嘴，淌了出来。

姐妹俩搀扶着文锦，在屋前的空地上缓步走动。文锦也能晃晃悠悠地挪开步，走几步远。

喜庚闪了腰，动弹不得，夏鹤年拿起竹刀，在木楼外劈起了柴火，又去煤厂拉回几车煤，码在了灶间。他又在楼外的槐树下，给金宝做了一个秋千。金宝坐在秋千架上，忽上忽下，玩得分外开心，不停地喊着爹高点儿，再高点儿。老槐树抖颤着老枝，在风里咯吱咯吱地响着。坐在门口藤椅上的文锦看着金宝玩得欢快，眼睛里也有了一丝神采，歪斜的嘴角泛起了笑意。

玉珑对老父说，新成立的向阳小学在招年轻教师，我想去报名，三姐都进酿造厂上班了，我中午午休时，会赶回来，给娘喂饭。

次年初春时，木楼里接二连三地发生稀奇古怪的事，深更半夜总响起若有若无的琵琶声、月琴声。琬玲最先听到，她坐在床上，对睡在旁边的玉珑说，妹，你快醒醒，容绣在房外弹琵琶，她弹得好凄切啊，妹，快醒来听哪。玉珑这时从床上坐了起来，屏气听着，听了一会儿，也没听到任何异响，她说，姐，哪有琵琶声啊，我一点儿也没听到，你是不是产生幻听了？

几天后的深夜，玉珑在睡梦中被一阵时断时续的月琴声唤醒，她坐了起来，在黑夜里揉着睡眼，竖耳听着，那月琴声又戛然而止。她摸了摸熟睡在侧的金宝，思忖着琬玲前几日的话，觉得万分蹊跷。

吃早饭时，夏鹤年还没听完两个女儿的话，就立即制止了，说，你俩和你娘之前一样，都得妄想症了，怎么住进来没几月，不是撞见了鬼，就是听见了琵琶声、月琴声，我怎么就没撞到，难道那鬼、琵琶声、月琴声就只躲着我？我人老，脑子可不糊涂。你们把木楼搜个遍，看看哪还有那琵琶、月琴，也不用脑子想想，容绣那把琵琶早被你娘砸毁了，月琴也随容绣埋在地底下了。

某日清晨，夏鹤年出门倒夜壶，瞧见一个身穿灰黑色中山装的男青年候在楼外老槐树下，不住地朝木楼张望。而后，琬玲出了门，跟他一前一后走了。

夏鹤年站在二楼西窗，暗中观察了几天，那男的每天清晨同一时间站在槐树下，等琬玲出门上班。夏鹤年给文锦掐腿时，微笑着说咱三闺女谈对象了。琬玲拗不过父亲的盘问，说出了原委，那男的叫赵荣新，苏北人，是光明酿造厂新来的技术员。说完，她脸霎时红到了耳根。

夏鹤年说，看得出女儿你对那小伙子有意思，爹一向开明，只要对方家庭成分好，爹是不会反对的。

琬玲说，荣新家几代都是渔民，他不嫌弃咱家成分，对我也很照顾，工作上对我也帮助很多。

夏鹤年说，那就好，那就好，能接受咱家成分的小伙子不多了，女儿你好好珍惜，改天带他见我，我想当面和他聊聊，不要老让他站在槐树下，让人家畏惧我。

赵荣新几日后进了木楼，给小金宝带了一包零食，晓得文锦腿不能受凉，给文锦带来了羊毛毯，羊毛毯可以铺在她腿上保暖。赵荣新见到夏鹤年时，向他深鞠了一躬。夏鹤年和赵荣新聊起酿造厂的生产工艺，赵荣新答得头头是道，很合他的意。夏鹤年回头和婉玲说，荣新这小伙子心细，不错。

又是一年冬去春来，桃花又盛开了，凌堰塘边的杨柳又鲜绿清亮着，柳条依依，娉婷婀娜，在春风里轻快地摇曳着。没多久，白茸茸的柳絮从柳枝间飞了出来，随风四处飘散，飘满了整个河面、石板街。时断时续的春雨，让空气潮湿又凝重，木楼里的地板每天都是湿漉漉的，人走过，都能洇出脚印和水渍。琬玲就是这个时候突然浑身瘙痒起来，开始时是手臂上冒出一粒粒小红点，继而蔓延到了全身，小红点变成了米粒般大的红疹。她上班时坐立不安，奇痒难耐，想揉搔，但穿着春衣，又绝非易事，晚上也总睡不踏实，半夜总被一阵又一阵的瘙痒弄醒，只得躺在床上，熬到天明。她白天恍恍惚惚，中午想趴在桌上打个盹，又毫无睡意，一次检查酿造车间时，光线昏暗，差点儿掉进一只赭红色的酱缸里，幸好被站在几米外的赵荣新及时跑过来拉住。

赵荣新说，琬玲你怎么了，你脸色不太好，是不是没休息好？要不请个假回家好好休养几日？你的活儿我帮你顶着。

琬玲慌乱地说，荣新我没什么大碍，金宝老是夜惊，惹得我总睡不好，平日里还要服侍我娘，你放心好了，过几日就没事了。

琬玲一个人全身紧裹偷偷去看了医生，才得知是得了湿疹。医生说湿疹是一种很常见的皮肤病，春季里易发，江南一带湿气重，木楼里空气流动性差，易浑浊，更加重了过敏体质者的皮肤病，空气中飘浮的柳絮和花粉也是致病因素。

琬玲于是决定搬离木楼，住在酿造厂宿舍里，那儿靠近田野、河浜，地势开阔，空气清新。她找了一间狭窄的只供一个人住的小宿舍，方便抹药膏、煎草药。她还对着中草药书，去郊外田野沟渠边采摘草药回来自己煎服。几日后，浑身瘙痒明显好转，晚上也睡得好了，半夜没有再痒醒，一直睡到天亮。她心中窃喜，以为控制住了湿疹，人也精神好多，工作也更有劲了。她摘了几株桃花斜插在窗前的瓶子里，粉红色的桃花瓣让她感觉到一丝温暖。可没过几日，痒症又卷土重来，比之前更甚，之前配的药膏和草药，也不管用了，身上的红疹一抓，鲜血淋漓，更加痛痒难忍。她极度惶恐，没有再去上班，终日困在宿舍里，拉拢窗帘，光着身子，好让全身凉爽点儿，减少瘙痒。赵荣新担心她，在宿舍外拍打着窗户，让她开门，但琬玲在黑漆漆的屋内捂紧鼻子，屏住呼吸，没发出一丁点儿动静。

这时住在木楼里的玉珑身体也出现了问题，几日里哮喘不止，一天到晚气喘吁吁，给学生上课，在黑板上写字时，吸入粉笔灰，咳嗽得更厉害了。夏鹤年只得亲自带金宝了，心想好端端一家人，住进木楼后，搞得心惊肉跳，文锦中风，金宝总夜惊，琬玲一身湿疹顽疾，玉珑又得了哮喘，只有他安然无事，难道之前木楼里半夜传出的琵琶声、月琴声，当真是闹鬼了？他细思极恐，遂请来了能作法驱邪的仙婆。

那仙婆六十开外，高颧骨，塌鼻脸，一身老式斜襟衫，脚跐一双白底黑面蚌壳鞋，灰白发髻上扣着一个油黑发亮的龟壳，用木簪子斜插着，暗缀老人斑的干瘪面庞像凌霄花藤的枯叶一样失了水分，塌陷昏花的眼眶里，两颗浑浊的眼珠子滴溜溜发出阴黯的光芒。她神秘兮兮地说她那双阴阳眼能看到隐藏在暗处的鬼魂。

她在木楼里里外外走了几圈，左手拎只乾坤袋，右持一柄拂尘，东指指，西撩撩，嘴里默念得唾沫横飞。她做完法事后，坐在木椅上，大汗淋漓，猛喝着茶，对夏鹤年说，当家的，你出门瞧瞧木楼西墙头有些啥？你好糊涂啊，一把年纪了，连这个都不懂。你怎么让那些招鬼魂的藤蔓缚住了木楼，把河里漂过的、路上游过的鬼魂都招进来了，躲了木楼里的暗处，它们靠吸人的精气存活。那些藤蔓长年锁住了木楼里的阴气，才让那些鬼魂待得住，在楼里兴风作浪，越来越厉害了，你的婆娘，还有你那几个子女就是被鬼魂附了体，才病病歪歪的。没点儿真本事，根本无法降伏这些成了精的鬼妖，我刚一作法，它们就向我连连讨饶，我一张开乾坤袋，念了降妖咒，鬼妖们都被收进去了，想逃也逃不出来了，回去再用三昧真火通通烧死。

夏鹤年听得毛骨悚然，唯唯诺诺，怔怔地说，仙婆法术高明，不瞒仙婆，西墙的藤蔓也长得蹊跷，自个儿冒出来的，以前的三太太住在这儿，喜欢这凌霄花，我便没有清除了它们，没想到招来这么多祸患。

仙婆走后，夏鹤年开始清理凌霄花藤，拿着锄头，斩断了藤根，拔除了攀附在墙头的粗藤。他花了好几天，才把藤蔓清理干净，墙头只留下藤蔓攀缘过后一条条灰黑色的印迹，像蜿蜒交错的黑龙，张牙舞爪着。夏鹤年又用白粉漆，将墙粉刷了一遍。做完这些他仍不放心，又用铁镐将墙根下的泥土刨开了，刨得很深很深，将深埋的藤根悉数除尽。

他在刨土时，铁镐在深沟里发出清脆的当当响，他蹲下细看，发现沟底躺着一只布袋，布袋已腐烂了，一只白玉细瓶露了出来。他怔了怔，捞起了布袋，里面的东西全掉了出来，除了白玉细瓶，还有些首饰、银圆、纸币。他捏着白玉细瓶，端详了好久，发觉很眼熟，想起文锦在夏府时也用过这样一只白玉细瓶，用来盛薄荷水，她有头昏的毛病，常把薄荷水涂抹在太阳穴醒脑开窍。

他摇晃了一下细瓶，瓶里发出水声，拧开瓶盖，倒出了淡黄色的水，细嗅没有气味，不似薄荷水清凉刺鼻。他满心疑惑，鬼使神差地将瓶里的水倒在碗里拌上饭，放在门口，等狗来舔食，一只路过的土狗舔光了碗里的饭，躺在了槐树下，没多久，就口吐白沫，剧烈抽搐着，挣扎几下就咽气了。

夏鹤年看得心惊肉跳，额头直冒冷汗。他心想，布袋已烂得不成形，被埋在土里好些年了，那到底是谁埋在自家楼外的呢？他突然想到了柳红，遂把她从乡下叫来盘问。

柳红站在木楼外，看到西墙头的凌霄花藤全没了，心里咯噔了一下，当看到桌上的布袋时，脸煞地白了，整个人瑟瑟发抖着。夏鹤年看在眼里，说，柳红你不要紧张，叔叫你来，只是想和你说会儿话。他指了一下布袋，说，你认得这个布袋吗？我在墙根下刨土时发现的，这个细瓶是放在布袋里的，瓶里的水有毒，我拌上饭，狗吃了立即死了。

柳红神色慌张地直摇头，突然跪了下来，哭着说布袋不是她的。夏鹤年扶起了她，又追问，那你见过这布袋吗？柳红迟疑了一下，点了点头。

夏鹤年反着手，在屋里踱着步，当他停下来时，又问道，那布袋是容绣的？柳红又摇了摇头，夏鹤年长叹了口气，指了指里屋，说，那是太太文锦的了?! 这回柳红不摇头了。

夏鹤年拿起细瓶，正要往地上砸，手在空中停滞了下，又放了下来。他眼睑下映出两条湿痕，对柳红说，文锦当年把这布袋交给你，让你毒死容绣，你下不了手，才把布袋埋在了泥里，我说得没错吧？柳红涨红着脸点了点头。

夏鹤年指了指桌上的首饰，说，柳红，难为你了，你小小年纪，识字不多，却深明大义，没给容绣下毒，不仅救了她，也救了我们一家，你是我们夏家的大恩人哪，我这个当家人，真应该好好赏你。可现在夏家家道中落，已没钱了，我没什么好赏你的，这些首饰本就是你的，你都带走吧。

柳红说，老爷我不能收，首饰是太太的，你还是都留给三小姐、四小姐吧。

夏鹤年突然发觉有一张密不透风的黑网正向他劈头盖脸地罩过来，躺在里屋浑然不觉的文锦让他感到窒息。他望着木楼里的一切，这里一下子变得很陌生。他用狐疑的目光，在楼上楼下来来回回逡巡着，举起了蜡烛，钻到楼梯底下，在旮旯里翻找着，又上楼移开衣橱、书桌，细瞅着墙壁上一条条细裂缝，用手指关节敲敲，耳朵贴在墙头听听。他将木箱里的东西全倒了出来，拿起每样物件细看了下，又将衣柜里叠好的衣服全取出来捏了个遍。他一把年纪，趴、卧、跪、蹲一番后，累得气喘吁吁，骨头都要散架了，但仍不停歇，又钻到每张床底下，往内细细张望着，最后在容绣睡过的床底下，发现了一只小方盒，捞过来看是她曾用过的胭脂盒，估计是无意间滚落到床底的。掰开后，跑出一股醇厚的香味，盒底还有一层褐红胭脂。

夏鹤年现在对一切都充满了深深的疑惑，细瞅着胭脂盒，掀开又合拢，合拢又掀开。玉珑说，爹你怎么了，老拿着胭脂盒半天不撒手，这是女人用的东西，爹你不会懂的。

夏鹤年紧锁着眉宇说，我瞅着这胭脂盒有些古怪，你把盒里的胭脂拿去化验下，看看有啥名堂。

半月后，化验结果出来了，胭脂里含有剧毒化合物鹤顶红，果然如夏鹤年所料。他捶胸顿足，半天缓不过气来，心痛得像被剜去一大块。他想起当年给容绣诊治的郎中，曾出过她中毒的诊断，他还以为郎中误诊，没有往那处深想，才耽误了容绣的病，断送了她的性命。他号啕大哭，容绣，你死得好冤啊，我对不起你，没有保护好你，我该死啊……

他拿着淑瑾的牌位和胭脂盒，站在文锦面前，愤懑地说，你们两个的心，真是比鹤顶红还毒啊，杀人灭口的事居然也干得出来。文锦你处处给容绣使绊，给柳红好处，让柳红毒死容绣，柳红下不了手，你又上门来撵容绣走，撵不走她，又拉上淑瑾，送给容绣有毒胭脂，毒死她。可恨啊，容绣正怀着夏家的骨肉，你们也不放过她。

夏鹤年像头愤怒的狮子，在房间里咆哮着，文锦看得瑟瑟发抖，惊恐地睁着眼睛，歪斜着嘴，哼哼唧唧，极力躲闪着。

夏鹤年内心燃起的愤怒火焰，将双眼都烧红了。他抓紧文锦的双臂，说，怪不得容绣死后，淑瑾就掉起了头发，上哪儿都治不好，因她心里明白，容绣不是生孩子生死的，而是被她毒死的，是被你们娘俩设计害死的。淑瑾害怕容绣找她偿命，惊吓过度，才茶饭不思，掉起了头发，最后抑郁而终，这是报应，你懂吗？你这个不守妇道的女人，你眼里还有我吗？还有王法吗？你一心想害死容绣，拉上了咱们女儿，是你一步步地把她往火炕里推，我看你那晚，就应该溺死在粪缸里。你们怎么就不懂人在做天在看的道理？唉，你们两个，好好给容绣做牛做马，把恩恩怨怨了结吧。

几天后，玉珑和金宝搀扶着父亲，去坟场拜祭。夏鹤年瞅着容绣和淑瑾的坟冢，突然一阵晕眩，栽倒在了地上，好半天，才被唤醒了过来。

文锦的嘴歪斜愈发严重，走路越发不稳当。经夏鹤年这一顿斥骂，她精气神愈发不济。玉珑喂她中药，她紧闭牙关，拒不服药，给她掐腿，也拒不配合。夏鹤年对文锦说，你以为一心求死，就是谢罪了？你要真想忏悔，就早点儿好起来，将金宝好好带大，多念念经，给容绣和淑瑾超度。

初秋时，琬玲悄悄地离开了光明酿造厂的单身宿舍，好几个月杳无音信。水月庵的慧因师太找上门来，夏鹤年才知道了女儿的行踪，此前他四处找寻琬玲，急火攻心，有一次晕倒在半路上。

师太对他说，水月庵里的雪窦泉水有祛病延年的奇效，兴许琬玲施主喝了那泉水，才逐渐控制住浑身痒疾吧，她刚来的时候，全身疮口渗出的血水把衣服和肉紧黏在一起，惨不忍睹。

夏鹤年愠怒道，为啥不早点儿过来告知，一家人担惊受怕，四处寻找得好苦。

慧因师太合掌，默念了声罪过，低声说，是琬玲施主阻止贫尼说的，否则她执意要出走，贫尼也强留不得。

玉珑拿着琬玲的几身衣物，带上金宝去水月庵看琬玲。跨入水月庵佛堂时，琬玲正和几个尼姑跪在观世音菩萨像前的蒲团上，诵着经，她身着一袭海青，粗看，和尼姑无二。

早课结束后，玉珑对琬玲说，爹找你找得好苦啊，差点儿死在半路上，我们都以为你想不开——

琬玲从供桌上拿起几块糕饼，塞给了金宝，说，妹妹，我当时全身痛痒难耐，真想跳进河里死了算了，活着真是受罪。我离开酿造厂后，沿着凌堰塘往城外走，走了很远，天黑前，隐约看见了水月庵的黑瓦黄墙，心想着除此再无其他地方可去了。我不想让你们再为我担忧，就当我死了吧。

玉珑倚在琬玲肩上抽泣着，说，姐，咱们的命怎么就那么苦呢？你晓得金宝的娘是怎么死的吗？是被二姐淑瑾下毒毒死的，娘指使她做的。淑瑾把混入鹤顶红的胭脂送给了容绣，容绣每天把它涂抹在唇上，毒液慢慢渗进肌肤，流遍全身，她才会一直病恹恹的，生下金宝后，元气耗尽而死。容绣在天有灵，指引着我们，才让她俩的阴谋败露。

琬玲怔了怔，继而合掌默念了几声佛号，抚摸了下金宝，说，妹妹，淑瑾一直对娘言听计从，娘又对容绣恨之入骨，可怜金宝，还在娘胎里时，就遭受来自亲人的迫害。淑瑾和娘又能从中捞取什么好处？一个落尽头发，英年早逝，一个中风，半身不遂，真是自作孽，不可活，她们怎么就不懂因果报应？还有容绣，要不是贪慕荣华富贵，甘做人妾，也不会有此横祸，断送了性命。你瞧这一家子人，如今是死的死，瘫的瘫，离的离，散的散，早败落得不成样子了。

玉珑说，爹遭受的打击很大，腰都被压垮了，整日愁容满面，唉声叹气着，我也劝不动他。

琬玲捻了几下佛珠说，一切都是因果，还是随缘，看开些吧。爹老了，金宝还年幼着，娘又那样，往后都托付给你了，我在庵里会每日为你们祈福的。

玉珑说，姐，你往后有什么打算，难道一直在庵里住下去了？

琬玲拨弄着供桌上松油灯的灯芯，说，在庵里，念念佛经、吃吃斋饭，清清净净也挺好的。

玉珑说，你难道不再想那个赵荣新了？他可仍到处寻你啊，前几天还来木楼打探你的消息。

琬玲陷入了长久的沉默，在观世音菩萨像前长跪着，起身时说，有缘无分，有分无缘，一切都是天意，他若再上门来，不要说出我的踪迹，让他把我慢慢忘掉吧。

黄昏时，玉珑眼圈红肿地回到了木楼，夏鹤年长叹口气说，看来你姐铁了心不回这个家了，也罢，这是她的命，就让那庵成为她的归宿吧。

有一回，已上四年级的金宝问父亲，老师布置作文，要写妈妈，我妈长什么样呢？

夏鹤年摸了摸儿子的头，继而长叹口气，将容绣的遗像拿了出来，指着说，这就是你娘，你以后就对着她做作业吧。

次年春天，西墙头的凌霄花藤又冒了出来，夏鹤年把幼嫩的藤蔓掐断，铺上了石板，几场春雨后，藤蔓又从石板夹缝里钻出。玉珑说，爹，由那些藤蔓去吧，该来的总会来，该走的想留也留不住。

冬日的一天清早，檐瓦上覆着一层浓霜，夏鹤年拄着拐杖，颤颤巍巍地去河边的粪缸拉屎，他走三步，歇两步，不住地咳嗽着。他双脚蹬在粪缸上，用拐杖撑在身前，老半天仍解不出屎来。金宝出门刷牙，朝数十米开外的父亲喊着，爹，你好了吗？快回来喝稀粥了。夏鹤年说，金宝啊，爹老了，爹的屎也老了，一时半会儿拉不出来，你别等爹了，先喝粥，喝好快上学去，莫迟到了。

金宝远望蹲在粪缸上的老父像栖在枯树上的秃鹰，在风中坚如磐石。

金宝背着书包出门时，父亲仍未回来。他朝河边粪缸走去，还在喊爹，稀粥快要凉了。他叫了几声，父亲头都没抬一下。他走到粪缸边，抓着父亲的衣服，使劲摇了几下。这时夏鹤年嗵的一声倒在了粪缸下，身子僵硬着，早没了气息。

接到父亲死讯，琬玲从水月庵哭着回来奔丧。婉清带着慕贞也前来奔丧，和琬玲、玉珑、金宝一道，将老父送入了夏家祖坟，安葬在容绣、淑瑾两座坟冢中间。此前，婉清将慕贞的照片寄了一张给老父。想到父亲一次也没抱过慕贞，她心痛不已。在坟场，金宝哭得最悲惨，哭喊着我娘没有了，爹也没有了，我成了没爹没娘的娃娃了。婉清指着容绣的坟，无尽唏嘘地对他说，金宝你长大了，去给你娘多磕几个响头吧。在场的人无不动容。

躺在里屋的文锦，从早到晚流淌着眼泪，她歪斜的嘴里，一直在含糊地哼唧着，没人知道她在哭诉什么，任凭女儿们轮番劝，都不顶用。

丧事过后，琬玲又回了水月庵。婉清想文锦需要玉珑照顾，金宝就没人照料了，想把他接到乌城，但金宝死活不肯走，说爹和娘都在这儿，他要守着他们，哪儿也不想去。玉珑说，大姐，我会好好照料金宝和娘的，爹不在了，庚伯还能搭把手的。我将来不会远嫁，一直守着金宝长大。玉珑看到金宝把爹娘的牌位放在书桌上，每次做作业前，都先瞅一下牌位。玉珑捂嘴跑开了，怕哭声惊扰了他。

慕贞比金宝小五岁，整日跟在金宝后面玩耍。金宝也很喜欢这个可爱的外甥女。慕贞叫他哥哥，婉清说贞儿，不能叫哥哥，叫舅舅。慕贞于是便改口叫舅舅。

玉珑笑着说，大姐，慕贞和金宝差不多年纪，她还不晓得哥哥和舅舅的区别，你就随她叫好了。让她叫舅舅，我们听着，反而感觉怪异。

婉清说，可不能乱了辈分，现在不这样叫，往后就改不回来了。

婉清也带着慕贞去了水月庵，她又见到了穿一袭海青的三妹琬玲，还有母亲慧因师太。她凄恻不已，想不到夏府两位女性，都以不同的因缘入了庵门。她心想，自己的命运原本就比她们更加坎坷，而自己更有理由看破红尘，入庵门，或许是佛缘未到吧。

慧因师太看到慕贞，仿佛看到了小时候的婉清。她欣慰不已，有了这个念想，婉清后半辈子也不会太孤清吧。

婉清对琬玲说，爹走了，偌大的夏府，如今就只剩下这两三号人了，我真是忧心金宝。谭家对我有恩，也发生了变故，我不能不回去，可乌城和周里相距二百多里路，我真是忧心这儿。二娘现在这样，玉珑迟早是要嫁人的，我真想带金宝走，可他又不肯。

琬玲说，金宝小小年纪，懂得的却很多，他恋着这一方水土。大姐，你就随了他吧。我虽然皈依了佛门，但我也会时刻挂念金宝的。我娘呢也就那样了，能活一天算一天吧。

婉清决定回去了，慕贞执意要金宝一同去乌城，金宝也想去，但他又离不开玉珑。玉珑只得将文锦送回了娘家，托娘家人照料几日，她和金宝随婉清一同去乌城住几日。

在船舱里，金宝和慕贞又耍闹得不行，从船头跑到船尾，看江面上驶过的船帆，波涛汹涌的浪花拍打着堤岸。婉清又见机和金宝说，慕贞很喜欢你，离不开你，你就留下来陪着她好了。说到这，金宝不语了，他还是想念着爹和娘。

到了谭家后，婉清才得知厉雷霆的娘从山东临沂过来了，是他弟弟厉雷震送来的。

厉大娘妥帖地照料着从未谋面的媳妇，银娣既是感激又是愧疚，对厉大娘说，真是对不住，亲家奶奶，我没看管好闺女，让她疯癫成这样，给你们厉家添乱了。

厉大娘说，可不能这样说，亲家，都是一家人，不能说两家话。好媳妇给厉家生了这么好的小子，俺打心眼里欢喜，只要俺这把老骨头在，就会好生照料媳妇的。

慕贞大半月未见江河、振河，仨发小在一起，又要闹开了，这会儿加入了金宝，金宝年长几岁，带着他们，又四处疯玩。

开春了，天气渐暖，他们在修道院的草坪上玩打仗。金宝用小刀将木棒削成了木枪，躲在树后面，和他们玩枪战。

他们推开尘封已久的院门，修道院里空荡荡的，弥漫着灰尘的味道。

金宝带他们进去捉迷藏。不知怎么的，慕贞突然感觉眼前好熟悉，仿佛以前曾经来过。

她记忆里仿佛有一个高鼻梁、留着很长胡须的男人，经常抱着她，一起倾听很美妙的音乐。

但是她感觉这仿佛是梦似的，一切都好遥远。

金宝看出慕贞在发愣，说，慕贞你怎么了，怎么发起了呆？你藏好，我可要寻你们了。

慕贞说，舅舅，我好像以前来过这里，好像有一个爸爸抱过我，亲过我。江河和振河都有爸爸疼，带着他们玩耍，舅舅，我怎么没有爸爸呢？

金宝说，我也没有爸爸了。我去问一下大姐，慕贞的爸爸去哪儿了。

当金宝带着慕贞，向婉清问起爸爸时，婉清吓了一跳。婉清感觉慕贞真的慢慢长大了，已经觉察得到她和其他小朋友的不同。当厉雷霆牵着小江河的手，在夕阳下的河边散步时，当宋怀远将小振河架在脖颈处，在大街上挤入人群中看猴戏时，慕贞是那么孤苦，眼睛里流露出羡慕的眼神。

婉清对慕贞说，你也有爸爸，只是他现在去远方工作了，等你长大了，他就回来了，他也像江河、振河的爸爸一样，身材魁梧，很雄壮。

慕贞说，娘，我有模糊的印象，有一个长胡子的高鼻梁的人抱过我，亲过我，带着我玩耍，他就是我的爸爸吗？我已经好久没看见他了。有时候，我按响钢琴的琴键，就会突然想起那个长胡子的大伯抱过我。

婉清吓了一跳，那时候慕贞才两周岁多，对神父的记忆却这么清晰。婉清一时语塞，不好回答。荷力加神父原本就是慕贞的生父，难道父女俩有心灵感应，她小小年纪就将神父的神情、相貌，牢牢装在记忆中了？

婉清便谎说，那是一个陌生的老伯，不是你的爸爸，你爸爸可比他硬朗高大多了，没有那么长的胡须，剃得光净。

慕贞好些日子怅然若失着，十岁的年纪，已经开始想心事了。江河得知慕贞是因为没有爸爸陪伴才不开心，便说，慕贞，我爸爸借给你好了，让他空了带着你玩耍。等你爸爸回来时，再还给我。

这时，慕贞才开怀了。

婉清发觉玉珑频频和厉雷震在一起，两个年轻人经常在一起聊天，出门散步，玉珑经常喜笑颜开的。厉雷震在唐山煤矿工作，年底回来探亲。

玉珑说，厉哥，你好厉害，是新中国第一代大学生，我也好向往大学生活。你上的东北人民大学，在哪个省？

厉雷震说，在吉林。一九五〇年夏天，我高中毕业，听从了我哥的意见，报考了东北人民大学，读煤田地质勘查专业。我哥说新中国成立后，百废待兴，而能源是重中之重，像钢铁、石油、煤炭、天然气，都是基础能源，而我们祖国地大物博，能源储量惊人。有能源，才能支援国家经济建设，机器才能运转，火车才能跑得快，将来还要发展核能。我立志学好本领，为祖国开采出更多的能源，支援国家建设。

玉珑无限钦佩地仰望着他。

婉清瞧出玉珑对厉雷震有情，但她没挑明，只是任由两个年轻人互生情愫，任情感滋长着。

玉珑带着金宝回去了，厉雷震也坐上火车，返回唐山。

在唐山煤矿，厉雷震频频给玉珑写信，玉珑也给他回信，她已将情思寄往遥远的北方了，全身心依附在这个像钢铁一样坚韧的男人身上。

第三十五章　唐山眷侣

有一回，婉清对厉大娘说，雷震好有出息，像他哥一样出色，他有没有定亲？

厉大娘说，还没有。俺正为这事焦心着。他过完年就二十七岁了。年前，上门提亲的人家可不少，连俺们县的县长也来提亲了，想将闺女许配给雷震。俺们瞧着也欢喜，但这小子就是不允，他总推脱工作忙，等缓些，再考虑终身大事。雷霆也劝俺，任由雷震去，年轻人有自己的想法。

婉清心里无比畅快，对厉大娘说，我四妹这些天和雷震经常在一起，交流各种思想，对新中国的未来充满激情。他们在一起很谈得来。大娘，你觉得我四妹如何？

厉大娘说，玉珑这姑娘，俺瞧着真是欢喜，人长得周正，心眼也好，把江河照顾得妥帖细致，还经常和俺唠嗑，要是她能做俺儿媳妇，俺可真是欢喜坏了。

婉清和厉雷霆说起了两个年轻人的婚事。厉雷霆说，我非常乐意和你们结成亲家，雷震这小子有福气，能娶到玉珑这么好的姑娘，我这个做大哥的欢喜坏了。要是紫钗能清醒过来，知道咱们两家结成了亲家，她不晓得有多么开心啊。

婉清说，会有这么一天的，厉大哥。

有一日，慕贞和江河、振河放学一起结伴回家，看见河边滩涂上有一只小狗在呜呜叫，浑身沾着泥浆。慕贞飞跑了过去，抱起了小狗，小狗浑身湿淋淋的，在微弱地叫唤着，慕贞怕小狗受凉了，便脱下了自己的外套，将小狗抱在怀里。

正是早春天气，天比较寒凉。

江河和振河看得傻眼了，说，慕贞，你难道要将小狗抱回去吗？想要养它？

慕贞说，我也不晓得，看小狗这么可怜，在河边要冻死了。

江河说，那咱们将小狗抱回去，喂点儿食物给它吃吧。

振河说，咦，小狗太脏了，估计养不活的。大人才不允许咱们养小狗。

慕贞听到江河支持她将小狗抱回去，浑身来了劲，说，不要你管，我和江河一起将小狗喂大。

振河跟在他们后头，感觉不是滋味。

回到家，晓澜最先看到慕贞怀里的小狗，说，我的小姑奶奶，你怎么将小狗抱回来了，是哪家的小狗？你怎么脱下了外套，你不怕着凉啊，被你娘看到了，不晓得要发多大的火。

江河说，姨，是我叫慕贞抱回来的，我们喜欢这只小狗，想将它养大。

晓澜说，江河，你瞎起哄什么，不拦着点儿，还想养大小狗，你们晓不晓得现在有多少传染病，不晓得这是哪家扔弃的小狗，有什么毛病也不晓得。

慕贞说，姨，你就将小狗留下来吧，它多可怜，要是不把它抱回来，它在河边肯定冻死了。它不会有啥毛病的。

晓澜说，看小狗瑟瑟发抖的，把它放在灶边，暖和一下吧。

婉清下班回到家时，看见从灶边跑出来一只小狗，才知晓是慕贞抱回来的。

江河吃完晚饭，也跑过来看小狗，特意用手帕包着几块肉骨头，喂给小狗吃。

婉清说，你们两个小屁孩，怎么净往家里捡小狗回来，深夜叫唤起来，惊扰了大伙睡觉，可怎么了得。

慕贞说，娘，你放心，小狗很乖，将它放在我床边好了，有我在它身边，它不会叫的。

婉清说，你干脆将它放你被子里好了，陪你睡觉，你乐不乐意？听你晓澜姨说，你脱下了外套，将小狗包裹了回来，你自个儿冻病怎么办？做事冒冒失失的。

慕贞说，我们学校的老师叫我们从小要有爱心，我正想表现一下爱心呢，看见小狗这么可怜，我和江河就决定把它抱回来喂养了。

婉清说，你有爱心是好事，可你晓澜姨平日里这么忙，娘还要上班，留只小狗在家，不是给她添乱吗？

晓澜这时打圆场，说，姐，这不妨事，既然慕贞这么喜欢小狗，就留下吧，看起来也蛮可爱的，好养活。

这时慕贞和江河欢呼了起来。

第二天清晨，振河早早地过来要看小狗，慕贞不给他看，说，你不是反对我们养小狗吗？这会儿想看小狗，它可不想搭理你。

振河拿出一个馒头，说，这是喂给小狗吃的，小狗可不会记仇，倒是你记起仇来了。

下午，慕贞突然打起喷嚏，发起烧来，剧烈地咳嗽着。婉清一摸她额头，直发烫。再摸全身，也浑身发烫。

她紧张起来，立马抱着慕贞赶往医院。朱医生给慕贞做了简单的检查，又问了孩子发病前后的情况，说，孩子高烧四十摄氏度，肺部有严重感染，需要马上打针退烧消炎，否则有生命危险。只是我们医院缺乏盘尼西林这一种青霉素消炎药。现在这种关键药很难买到，孩子如果再耽误下去，可能引发脑膜炎，更危急了。

婉清急得冒出了冷汗，说，那可怎么办，医生，去哪儿买得到盘尼西林？

朱医生说，眼下只有省城部队医院才有盘尼西林。像我们这种地方医院，缺货很严重。现在流行性肺炎这么猖獗，这种药经常断货的。

婉清说，省城部队医院，我们又不认识那边的人，这可怎么办才好。她看着慕贞惨白的脸，猛然想起，昨天慕贞脱下外套，将小狗抱回来，莫非因为这才感染了？或者现在是初春时节，病毒、细菌滋生，孩子体弱，难保不会染病。

她真是心急如焚，看着孩子这么严重，她真想不出有什么办法能立马买到那种药。

这时晓澜说，要不要去求下厉雷霆厉大哥，他应该认识省城部队医院的人。

婉清仿佛抓到了一线希望，立马跑向市委。厉雷霆刚开好会，听明了婉清的来意，说，省城部队医院的政委是我的战友，我打电话过去问问，如果有药，马上派车去取。慕贞这么弱小，可耽误不得。

厉雷霆从电话里得知，省城部队医院有这个药，要首长特批，有厉雷霆亲自申请，战友网开一面，愿意将这种紧需药调拨出三支，可以连着打三天。

厉雷霆对婉清说，你马上坐上公车，去省城取药吧。

婉清感动不已。

她马上坐上公车去了省城，很快取到了盘尼西林，马不停蹄地赶往市医院，一针下去，半夜前，慕贞渐渐苏醒了，烧也退下去了。

慕贞渐渐睁开眼，轻轻喊了声，娘，我口渴，想喝水。

婉清泪水哗哗地往下流，抚摸着慕贞的额头说，我的好女儿，你的命是你厉大伯救的，你要永远念着厉家人的恩情。

小狗长得越来越活泼可爱，毛茸茸的，白色的毛，像个雪球，慕贞经常唤它雪球，江河也唤。江河唤着小狗，进了家门。江河将雪球带到娘的房间里，说，娘，你看雪球多可爱，你待在房间里，闷得慌，我让雪球来陪你。

这时装疯卖傻惯了的紫钗用余光打量着江河，她不敢正眼瞧江河，哪怕只有他们娘俩时，她也不敢流露出一丝一毫清醒的神情。她实在是怕极了，要是被查出，她是为了躲避国民党特务而装疯，那是祸及一家人的事情。

她心里是甜的，一个人的装疯委屈，能挽救一家人于水火，至少此时此刻，家里是宁静的，平安的，也没有让厉雷霆受影响。她是因为战争中的创伤而发疯，也算是工伤，学校不能去了，政府也按月发给抚恤金。

此刻，江河抱着雪球，在地上玩耍，紫钗用余光贪婪地看着自己心爱的儿子，她多想亲亲他。可她不敢，她只有夜深人静时，等娘熟睡过去了，才敢起身，俯在江河身边，用手抚摸着儿子的脸庞，亲亲他。她又怕太用力，让儿子醒来，也让娘发现她的异常。在很多时候，她只能以木讷、痴呆的神情示人。

有一次，慕贞放学回来，一路哭哭啼啼着。振河说，白雪梅和曲灵珊也太过分了，我明天抓几只癞蛤蟆，放在她们抽屉里，吓唬吓唬她俩，谁叫她们嘲笑慕贞是小美帝、小苏修。

慕贞看着振河，又破涕而笑，然后她捋起袖子说，江河，振河，你们瞧，我手臂为什么这么白呢，不像你们黄黄的，我的鼻梁也特别挺，眼珠子也是蓝绿色的。班里那几个女生嘲笑我是怪物，说洋不洋，土不土，美帝、苏修分子才会长这样，说我是小特务。我苦死了。

江河说，我也不晓得为什么你和我们长得不一样，你回去问问你娘好了。

婉清听明了慕贞的委屈，她惶恐着，感觉当年荷力加神父离去前担忧的事渐渐发生了。慕贞因为异于旁人的长相特征，承受了不该承受的委屈。

婉清说，女儿，你别心里不畅快，你只是比我们皮肤稍微白一点儿，白一点儿多漂亮啊，别人想白还不能呢。再说鼻梁、眼眶啊，你不是听左邻右舍叔伯阿姨们夸你打小就长得精致漂亮啊，别听学校的女生笑话你，她们这是妒忌你。

但娘的话，没有让慕贞解开愁郁。

夏天到了，她穿着无袖衫，没有像其他女生一样撑着伞，而是在烈日下暴晒着。她要将身上的皮肤晒黑一点儿，那么班里女生就不会嘲笑她了，她也不会像异类一样，被旁人指指点点。

她在烈日下大汗淋漓，险些虚脱晕倒。江河看见慕贞站在烈日下，发觉她是那么执拗，无论他如何劝都不听。

慕贞几日晒下来，皮肤渐渐呈现麦色，她欣喜得不得了，特意挽起袖子，挺起胸，好让班里的女生们看看，她的皮肤多黄，和她们没有什么两样。

可几日后，她再在烈日下行走时，皮肤灼烫着，瘙痒异常，开始发白，蜕起了皮。

婉清发觉后，说，女儿，听江河说，你上学放学，没有打伞，女孩子家皮肤细嫩，会被晒伤的。

慕贞说，我是想把皮肤晒黑，哪想会将皮肤晒坏了。

婉清说，你不要再纠结皮肤白不白了，顺其自然最好。

夏天过去后，天越来越凉爽，太阳不再那么毒辣，慕贞发觉皮肤上的麦色渐渐淡下去，又恢复到之前雪白的样子了。

她心里的优越感又渐渐泄了下去，又开始躲避曲灵珊和白雪梅那几个女生了。

秋天，厉雷震和玉珑领了结婚证。

完婚后，婉清对玉珑说，你嫁给雷震这样优秀的男人，姐打心里欢喜，要是爹晓得，不知该有多欢喜。

玉珑对雷震说，我娘半身不遂，离不了我照料，眼下不能随你去唐山了。

雷震说，好老婆，我晓得的。我们可以将娘也接到唐山去，这样我就可以帮你分担了。

玉珑说，我娘行动不便，走不了那么远的路的。再说唐山冬天那么冷，她身子那么弱，肯定吃不消。我们暂时要两地分居几年。

雷震将玉珑抱紧，说，我一年有好多探亲假，一有假期，就赶回来。

婉清总觉得玉珑夫妻俩两地分居不是办法，她提议将文锦接到乌城来照料。玉珑说还有金宝呢，他正在读初中，也不肯离开周里的，雷震他说了一年有不少探亲假，会时常回来，不打紧。

第三十六章　白雪馒头

有一次，慕贞和江河、振河、曲灵珊、白雪梅几个人玩捉迷藏。小孩子翻脸得快，好得也快。慕贞和江河躲入了谭宅房间，看四下无处可躲，角落里有几个箱子，江河使劲掀开箱子，看见里面都是从未见过的宝贝，五颜六色的，散发着熠熠金光。

慕贞也看傻眼了，说，江河，这些衣服好漂亮啊，我想穿。

说完，她拿起一件梅香衣套在了身上，又拿起了一件秋香绫裙套在了下面。

江河将天平冠戴在了头上，还拿起纨扇，把玩了起来。

外面的人喊藏好了没，他俩都没顾上回应。

振河和曲灵珊、白雪梅闯了进来，被慕贞和江河的样子怔住了。

曲灵珊看见慕贞穿得像戏台上的戏子一样，说，这是啥东西，居然有这么多？

白雪梅惊呼道，真好看啊，我也要穿。

说完，她拿起采莲裙也穿在了身上，曲灵珊则将绿绫裙套在了身上，还照着戏台上戏子的样子，云起了手，咿咿呀呀哼了起来。

这时振河拿起龙剑和挂刀，和江河耍闹起来。

慕贞说，咱们玩结婚吧？穿这新衣服，真像新娘子哎。

好哇——好哇——大家欢呼雀跃。

江河说，慕贞，你来当新娘，你最漂亮。

曲灵珊和白雪梅应和着说咱俩当伴娘。

振河说，谁当新郎？

江河说，我来当新郎。

振河说，凭什么你来当新郎，我比你大，我来当。

白雪梅说，你们俩不要争了，让慕贞来挑选吧。

慕贞想了想说，我要江河来当新郎。

白雪梅和曲灵珊手忙脚乱地打扮新娘。她们跑出去，从菜地里，用番薯藤鲜嫩的梗给慕贞做了项链，系在她脖颈里，又垂挂在两耳边，把粉红的木槿花插在慕贞的鬓角，用喇叭花做成花环，用凤仙花的汁给慕贞涂抹口红。

准备好了，要接新娘了。

振河将两面皂隶旗一挥，送慕贞出阁。

曲灵珊和白雪梅左右搀着慕贞，来到江河身边，让两人学大人拜堂。

这时，慕贞似乎想到了什么，说，我不想和江河拜堂了，拜完堂，就要生孩子。

江河说，生孩子就生孩子，我们要生一大堆孩子。

从哪里生呀？

振河扑哧一笑，指了指腋窝。

曲灵珊说，不对不对，是从肚脐眼里生。

是腋窝。

是肚脐眼。

两人争起来。白雪梅说，别吵了，别吵了，还拜不拜堂，生孩子有什么好，天天要换洗尿布的。

这时凤祥从外面回来，看见几个孩子居然拿着昆曲行头捣乱，他大声嚷道，你们这些小屁孩在干什么，谁叫你们打开箱子翻出这些东西来，是江河你吗？小捣蛋鬼。

江河说，外公，这些是什么东西？好好玩，让我们玩玩吧，屋子里还有好多宝贝。

凤祥说，这些是大人用的稀罕东西，岂能让你们这些小屁孩糟蹋了。你们几个，快脱下来。真是一天不打，敢上房揭瓦了。

夜晚，慕贞还沉浸在下午穿花衣、扮新娘的喜悦中。

婉清听说了慕贞他们打开昆曲箱子，拿谭玉麟的昆曲行头耍闹的事，对慕贞说，你们怎能去屋子里翻出那些箱子里的物件，以后不许再胡闹了。

慕贞缠着婉清说，娘，那些宝贝真漂亮啊，我还从来没见过这么精美的衣服，我以后可以穿吗？

婉清说，女孩子家，不能穿那些东西。

慕贞说，那是为什么呢？

婉清说，江河的舅公以前是唱昆曲的，这些是唱昆曲时用的，他现在出远门了，以后回来要用的，被你们折腾坏了，到哪里能补全。记住，以后不能再去捣乱了。

闵秀娥怎么也没想到，因为在党的组织生活会上过激地发表了几声"大民主"的议论，她就被打成了右派。厉雷霆想保她，也保不了。婉清也没想到，像闵秀娥这样一心跟党走的妇女干部，全身心扑在工作上，也会被打成右派。

闵秀娥被关进了牛棚，婉清凄苦不安地去探望。

闵秀娥对婉清说，我会在牢里接受改造，只是我担忧娘和振河，我不放心宋怀远，他没办法将振河照管好。

婉清说，闵主席，你放心吧，我会好好照看振河的。

宋怀远得知闵秀娥被关入牢狱，心急如焚。当他去牢狱看闵秀娥时，他鼓励妻子，坚强起来，振作起来，问题查清后，自会摘帽的。

闵秀娥看着丈夫，神情很沮丧，她说，眼下只忧心振河，还有娘，你一定要照顾好他们。我估计熬不到出狱那一天了，你好好收好那只翡翠玉镯，将来给宋家的儿媳妇。

几日后夜晚，闵秀娥发起了高烧。看管人员送来饭菜，叫了几声闵秀娥，都没有回应。半夜时，看管人员过来，叫了几声闵秀娥，发现她仍旧没有动饭菜，这才发觉闵秀娥昏迷过去了。

二十多分钟后，两个看管人员把昏迷不醒的闵秀娥抬上了车，送到了人民医院。

闵秀娥被抬着放在急诊室走廊的长椅上，看管人员喊了声患者来喽，随车便回去了。

过了两小时后，一位穿白大褂戴眼镜的老同志过来，发现被扔在长椅上的闵秀娥，大吃一惊说，这不是闵主席吗？他一边摸脉，一边给她看了巩膜，立即神情紧张地跑到急诊室对医生说，有患者休克了。

护士测完血压对医生说，血压，0。

脉搏呢？医生问。

还有，但几乎摸不到。

但一切早已无济于事，因耽搁了抢救，闵秀娥已经去世。

慕贞好些日子，被饿得眼冒金星。她已经好些日子没吃到大米饭了。不仅是她，江河也是如此。

银娣好些日子，去湖边挖一些空心草来，和木薯根切碎在一起，煮了给家人吃。这种没有营养的东西，只能饱腹一阵，根本抵挡不了饥饿。

振河也同样饿得皮包骨头，他现在没有娘照顾，也是饥一顿饱一顿，奶奶吃不饱饭，不想留在乌城，给家里添麻烦，回了山东老家。

宋怀远失去了闵秀娥，更加萎靡不振。

婉清瞅着家里所剩无几的面粉，还是想尽办法抠出来，贴补给谭家。紫钗疯成这样，如果再没有营养，人就垮掉了。她同样牵挂着金宝，饥馑之年，她真是忧心金宝如何熬过去。好在喜庚捎信来说，他老家还有前几年存下的一点余粮，饿不着金宝，这让婉清宽慰不少。

宋怀远总是半夜饿醒，只好拿起葫芦瓢，喝些水饱腹。

他看着衣橱里的那只翡翠玉镯，好几次想拿出去卖了，还能背回半袋面粉，让振河吃几顿白面馒头，但记着闵秀娥给他的最后的告诫，还是忍下来了。

突然，他又想到了王家村那个土地庙枯井，那些埋藏在井底的宝贝，仿佛是暗夜里划亮的火星，将他陷入困顿的精气神重新集聚了起来。

那些宝贝，仿佛给他带来了生活下去的勇气，他需要用那些宝贝买回来一大袋一大袋的面粉，没有比吃一顿饱饭，让振河、自己，还有老父老母活下去更重要的了。什么共产党信念，什么共产主义，在他面前，已经不堪一击。

他终于鼓起了勇气，悄无声息地赶往了王家村，虽然他没有把握找到土地庙和那口枯井，或者枯井下究竟有没有宝贝。饿昏了的他，一定要去瞧一瞧。

多年来，一直萦绕在他心头的王家村，就在他眼前。他压低了竹帽，不敢和身边路过的山民打探土地庙的位置。

他假装本地山民，不敢东张西望。他爬过一个山坳，在一片松林掩映下，看见了一座倾圮的土地庙，坐西朝东。

土地庙破敝不堪，许是很久没有人来打理了。在饥馑之年，民不果腹，信仰早被弃之一边了。

他兴奋异常，果然找到了土地庙，庞炳钦所言非虚。

他对着土地庙拜了几下，又在四周搜索了起来。几丈之外，山崖边一片平地处，现出一口井，往内一望，能望得见井底，井口小，井壁都是山石，井底却没有水。井边留有一棵碗口粗的老松树。

他欣喜异常，有土地庙，有枯井，那庞炳钦所藏的宝贝就一定在枯井之下了。

他朝四周张望一下，只有附近的枯树上停着几只乌鸦，正看着他。

他往井壁上细瞧，有凸出的块石，如果用绳子绑住身子，将绳子系在井边松树上，然后抓住绳子，还是能下到井底的。但哪里来的绳子呢？他犯了难。

不容耽搁，他去附近寻觅，在一荒废的破屋里，捡到一卷麻绳。

他将麻绳系在松树上，又将麻绳另一端扔进了枯井，然后等天黑，拿着蜡烛，慢慢沿着井壁，下到了井底。

到了井底，一阵冰寒往他身上袭来。井底有一丈多宽，整口井像个葫芦，上窄下宽，他不禁暗暗佩服庞炳钦觅得这一绝佳藏宝处。他点燃了蜡烛，不敢用力喘息，怕出一丁点儿声响，在井里传开，让外人发觉。

这时他用蜡烛，对着井底四周察看，突然发觉湿漉漉的井壁上有一块凸出的门板，用力一扣，门板移开，现出一个空洞，往内细瞧，有两个黑褐色的木箱子。

他欣喜异常，用力掀开木箱，白花花的银圆、翡翠、项链、玛瑙、金条，显露在眼前。

他一阵狂喜，差点儿昏厥。庞炳钦所言的宝贝，果然分毫不差地显露在眼前。他不敢相信，这一切究竟是虚幻还是真实。

几分钟后，他渐渐恢复了神志，这么多的宝贝，他如何才能带上去？眼下，银圆在市面上早已不流通，或许翡翠、项链、玛瑙、金条还能带上去，卖点钱。

于是，他抓起几块金条，揣入了衣袋，心想拿这些换几袋面粉不成问题，便循着麻绳，上了枯井，解下了麻绳，悄无声息地离开了王家村。

他不敢回乌城，脚下像生出了无限的力道，连夜走出五十多里地，去了邻县，在银行前坐等到天明。天亮时，他将金条在银行换了钱，怀揣着赶回了乌城，小心谨慎地背回了一袋白面，溜回了家，将剩下的钱压在了箱底。

振河放学回到家，还未进屋就闻到了一股馥郁的香气，口水都被引出来了。他迅即推开门，看见灶边正冒着热气，父亲正往灶里添柴火。

振河开心地问，爹，你在煮什么，这么香？

宋怀远说，傻儿子，你掀开锅，瞅瞅是什么。

振河掀开锅盖看见锅里是一蒸屉白花花的馒头，开心坏了，连忙抓起四个馒头，也不顾烫，一口气咽了下去。

宋怀远说，傻儿子，慢慢吃，别噎着。我们要关紧窗户，躲在家里，小声吃，别被旁人瞧见了，抢了去。

振河终于吃饱了，半天缓不过气来，说，爹，往后，我能天天有馒头吃吗？再也不饿着肚子了吗？

宋怀远说，那是当然，只要你乖乖的，别出去声张，也别拿给慕贞和江河吃，爹保准你天天有馒头吃，不会再饿着肚子。爹过几天，要出趟远门，回老家看看你爷爷奶奶，他们也正饿着肚子，爹得给他们捎点面粉回去。爹会给你蒸好些馒头，让你十天半月都饿不着肚子。

振河说，爹，我晓得了，保准关起门来，偷偷摸摸吃馒头。

振河干瘪了大半年的肚子鼓了起来。他仿佛生出了无限力道，走路时，脚下都生出风来。没有再半夜饿醒，狂喝水了。他渐渐忘却了娘，一天到晚，沉浸在馒头的芳香里。夜晚，他将馒头堆放在枕边，只有他一个人在家里，这一堆像白雪一样洁白松软的馒头陪伴着他，没有什么比这个更让他安心了。

他看见饿得走路不稳的慕贞，于心不忍，偷偷将藏在衣袋里的两个馒头塞给了慕贞，让她快吃了，别告诉江河。

慕贞眼睛亮了，大半年没闻到馒头的香味了，吞了几下口水，说，振河，你哪来的馒头，太让人稀罕了。我现在可以吃吗？

振河说，当然了，只要你别告诉江河，别和他拜堂成亲，不做他的新娘，只做我的新娘，我保准你天天有两个馒头可吃。

慕贞说，为什么不能告诉江河呢？你不想给他吃馒头吗？我为什么不能做他的新娘？你这样，我不要你的馒头了。

说完，慕贞要将馒头还给振河，但她喉咙抖动得急，肚子又不争气地咕咕叫了起来。

振河说，是我爹不让我告诉别人的，我只想对你好，你就别让江河知道了。你快吃吧，以后你想和谁结婚就和谁结婚。

慕贞怀揣着两个雪白的馒头，回到了家。她细想了下，还是将一个馒头塞给了饥肠辘辘的江河，他正靠在弄堂的墙壁上，小口喘息着。

江河和慕贞坐在地上，一起傻傻笑着，将馒头吃了下去。

江河将沾在衣上的馒头碎屑收拢起来，又吃了下去，仍意犹未尽。

他这时问慕贞，你哪来的馒头，你家有面粉了？

慕贞说，你轻声些，是振河给的，他叫我不要告诉任何人，你假装什么都不知道，他每天都会给我两个馒头，到时我给你一个。他要是知道我告诉了你，就不会给我馒头了，我们就会饿肚子。

江河回到家，看见父亲吃着野菜粥，说，爹，我们家啥时才能吃到馒头，吃到面疙瘩？

厉雷霆说，现在粮食紧缺，老百姓都在饿肚子，哪来的馒头吃呢？儿子，有野菜粥喝就不错了，你外婆做的这野草米糠粑粑也很香啊，快吃。

江河说，爹，我不想吃这种粑粑，我想吃馒头，振河家天天有馒头吃。我好羡慕他。

厉雷霆问道，怎么可能，现在哪有人家有馒头吃，还天天有馒头。

江河说，是慕贞说的，振河给了她两个馒头，还说每天都给她两个。她给了我一个。

厉雷霆看到宋怀远回了老家，好些日子没有人影，而且突然家里天天有馒头吃，他不禁陷入了沉思。

一个花格帕包头、穿无领大袖满襟衣的女人，背上背着个女娃，在街上四处游逛。得知她要找寻的是庞炳钦家时，路人都傻眼了，问她找他家所为何事，那女的支支吾吾地讲不清楚。

路人说，庞炳钦是国民党特务，他家里只剩下老母，前年饿死了，你找他们什么事。

女人不肯细讲，她抱着女娃，在店门口屋檐下躲着。所带的盘缠已所剩无几，她饥肠辘辘地看着路人。

市妇联的女同志察觉了，和夏婉清一道，将女人和孩子接进了市妇联。

夏婉清仔细盘问才得知，这女人来自湘西苗族地区，叫祖桃，居然是庞炳钦的女人。她带着孩子来找庞炳钦家人。

夏婉清从祖桃的讲述中才得知，庞炳钦多年前在乌城从事反革命活动，被四处通缉，期盼着台湾的军统特务接他去台湾，但越往后，机会越来越渺茫，在乌城待不下去了，他只得西逃，想最终逃往国民党残部活动较为频繁的滇缅金三角地区。为此，他还特意给自己设计了逃亡路线：先渡过川黔交界的赤水河，再经由贵州前往云南，最后越境抵达金三角，投奔在那里的国民党李弥的第八军残部。

他原本想去王家村，下枯井掏取宝贝，他没有把握宋怀远有没有取走宝贝，只要有一线生机，他就想尝试。潜逃需要大笔的盘缠，他本想去王家村，但一路盘查严格，他无法赶往，只得放弃。

他来到了湘西，成为一名走街串巷的担货郎。担货郎的流动性较大，而且居无定所，可以减轻怀疑。之后，庞炳钦为了多一重掩护，便想到了结婚，正式在这里安家落户。毕竟此时的他已经四十多岁了，还没有结婚的男性很容易引起非议，容易暴露。

就在这个时候，一个名叫祖桃的苗族女人走进了他的生活，经过一段时间相处之后，二人结为了夫妻。或许，刚开始的他只是为了可以更好地隐藏身份，但日积月累，庞炳钦不免对祖桃产生了真正的感情。也是从这个时候开始，他突然觉得，自己离过去的那个保安队长越来越远了。

一九五六年，国家恢复了供销合作社，他因做事严谨，为人老实，被调到了公私合营商店当会计。

有一天，庞炳钦在和同事清点货物、记账时，发觉一直戴着的袖套不见了，突然说了一句"不知去向"。也正是这么一句无心之语，彻底改变了他后半生的人生轨迹。

庞炳钦化名的刘正刚的政治背景是贫下中农，由于家境不好，并没有上过学，而一个没有文化的农民突然说出了"不知去向"这样一句文绉绉的话，不免让人起疑心。

此时的他也明白，自己此刻已经置身在一张无形的大网之中了，无论再怎么伪装，过去欠下的血债，终究还是要偿还的。所以，这次他不想再逃了。

几个月后的某天清晨，刚刚起床的他，发现有两名湖南的公安干警出现在了他家中，见此状况，他感慨道：该来的，终究还是会来的。至此，潜逃多年的军统高级特务庞炳钦，终于被缉拿归案了。湖南干警立即赶往乌城。

祖桃从干警口中得知庞炳钦的复杂身份，知道了他是江南乌城人氏。她是个坚强的女人，知道庞炳钦十有八九会被枪毙，但女儿毕竟是庞家的骨肉，她这才赶了两千多里路，走旱路，赴水路，赶来投奔庞家人。

夏婉清想起了庞炳钦过往的种种恶行。在市妇联工作多年，她明白同为女性，祖桃是无辜的，她的女儿更是无辜的。但庞家已无人，只有些叔伯近亲，碍于庞炳钦国民党特务身份，也无人想收留她们。

夏婉清只得将祖桃母女接到家中。晓澜得知祖桃是庞炳钦的妻子，怒不可遏，不让两人进屋。晓澜说，姐，你难道忘了庞炳钦以前是如何作践我们的吗？我当年所吃的苦，还有谭家人遭的罪，你难道忘了吗？要不是庞炳钦，我们不会吃这么多的苦，你现在居然还想收留他的妻儿。

夏婉清说，我怎么会忘了庞炳钦的恶行，但自作孽，不可活，他纵然逃到了天涯海角，也天网恢恢，疏而不漏，如今，他被投入牢狱，估计要被正法。但一路寻来的庞炳钦妻女是无辜的，祖桃当年也被他蒙在鼓里，要是知道庞炳钦是逃亡的通缉犯，她怎么会和他成亲，还生下孩子。眼下，她们母女俩赶了两千多里路，想来投奔庞家人也无果，你让她们往后怎么过下去。

晓澜这才让开了身子，夏婉清整理出床铺，还拿出了食物，招待她们吃。

几日后，夏婉清和妇联的几位女同志整理出了庞炳钦家的老宅，之前是庞炳钦的老母住的，老母过世后，老宅一直被庞炳钦的大伯占着。祖桃和她的女儿住了进去，夏婉清还给她发了些粮票，让她们能过下去。

祖桃抱着女儿，给夏婉清磕头，感谢她为她们母女所做的一切。

银娣得知了这一切，心里虽愤愤不平，但也理解夏婉清的做法。

凤祥近些日子又唉声叹气着，清明前夕，他最终还是不想再无望地等下去，在谭家祖坟，给玉麟筑了个衣冠冢，隆重地祭拜了几番。

整日待在屋里的紫钗，半夜里也哀伤地哭出了声，她好想和爹娘如实告知，其实小叔并没有死，他就在台湾，和大陆隔着一湾海峡。但她只能强忍下去，她知道一旦说出真相，他们谭家只会受到更大的波及。她也听到了银娣和婉清的议论，庞炳钦已锒铛入狱，他的妻女赶来投奔了。她心里虽然愤恨庞炳钦所做的恶行，要不是他出现，她也不会装疯卖傻，人不像人，鬼不像鬼，但她还是忍住了。她想一直等下去，总有一天，玉麟叔会从台湾回来，和家人团聚，到时，她就不会再装疯下去了。

第三十七章　昆曲行头

多年后，一场政治风暴就像一场染有瘟疫的飓风，袭遍了角角落落，一个个开始染病、发病，变得不能自控，焦躁不安。

厉雷霆去省城新单位上任不久，就被押回了乌城，作为头号"走资派"，被关入了牢狱。一场运动开始了，就连他们的后代也遭到牵连，未能幸免。

乌城文生中学也变了样。校门口站着手持梭镖的戴着袖套的学生。

任高一班主任的秦老师对学生们说，学校通知我，咱们班要选出十名成绩好的学生当红卫兵，目的是保卫党中央，保卫毛主席。

夏慕贞和厉江河被选上了。

这时曲灵珊跳出来说，厉江河的爸爸是省委领导，是头号"走资派"，被打倒了，他无权任红卫兵。

白雪梅也说，夏慕贞血统不纯，洋不洋，土不土，是美帝、苏修分子，也没资格任红卫兵。

秦老师说，夏慕贞学习成绩好，能歌善舞，有能力当红卫兵。

曲灵珊说，学习成绩好有什么用，我们要的是革命，革资产阶级的命，革牛鬼蛇神的命，革"走资派"的命。

宋振河站出来说，同学们，从今天开始，我们不要学封资修那一套，我们要做革命的接班人。刚才白雪梅和曲灵珊说得对。从明天开始不上课，学校已成为全国红卫兵串联的一个点，大家做好接待工作。

夏慕贞听得眼泪都出来了，她对宋振河说，我为什么不能当红卫兵，我也要求上进，保卫毛主席，保卫党中央。

宋振河说，你和江河只能先忍一忍，我会努力争取的，不过你也要积极表现，表明你的决心。

市委的大字报铺天盖地，红卫兵给"走资派"厉雷霆列出了数条罪状。

宋怀远当上了大联筹主任，沉寂已久的他瞅到了时局之变，在市委这些"走资派"身上找到了用武之地。他在各种各样的批斗会上疯狂地叫嚣，哈哈，你们这些臭当官的，没想到也有今天。这是老天给我的机会，让我出心中这口恶气。

夏慕贞一直为不能穿一身草绿色军装和没办法戴红卫兵袖套而心郁不快。而厉雷霆被打倒后，谭家又陷入血雨腥风里，厉江河也不去学校了，他不再搭理宋振河。宋振河已上任为红卫兵司令，而曲灵珊和白雪梅也任红代会常委。

夏慕贞不甘人后，逮着几个常委便质问，凭什么我不能加入红卫兵？

曲灵珊说，就凭你是"黑五类"的子女。

另一个男同学说，家庭成分不好，跟我们有什么关系吗？我们能选择家庭出身吗？

不能，宋振河说，但是你们可以勇敢地站出来，背叛自己的反动家庭，与反动父母决裂。夏慕贞，你可以和你反动的母亲决裂，站在毛主席革命路线这一边，参加学校纠察队，成为造反派的一员，和我们共同战斗，共同生活。

夏慕贞太想成为红卫兵，一回到家，就和母亲说，我要搬出去住，我要和你划清界限。

夏婉清默然地看着女儿，说，你搬出去，能住到哪儿去？还是在家安全。

夏慕贞说，不用你担心，我会住到学校里去，和红卫兵们住在一起。

苏晓澜说，慕贞，你娘已经被打倒了，你不能再在这个节骨眼上生事了。听你娘的话，好好安分地待在家里。

夏慕贞说，我要当红卫兵，学校马上要成立毛泽东思想宣传队，我要以实际行动加入进去，捍卫毛主席革命路线去。

夏慕贞在大会上，主动表态和自己的资产阶级家庭划清了界限。宋振河便将红卫兵袖套分发给了她。

夏慕贞感到无比荣光。

一大清早，夏婉清拉着劳动车，去清扫街巷，还去倾倒马桶。大街上铺天盖地地贴满了各式各样的大字报，每天扫都扫不过来。她凄楚不安，市妇联也已经瘫痪，不仅是她，好些女同志也被打倒了。

革委会给她列了数条罪状，翻出了老账，要她老实交代：抗战时期进日本军部，为少佐夫人接生的汉奸反革命事件；解放初期捐的五万银圆支票的由来；收容国民党反动派庞炳钦的妻女的特务行径；长期奴役用人苏晓澜，让其端屎端尿，享受资产阶级情调；还有长年穿旗袍，封建余孽滔天。夏婉清接二连三去革委会交代罪行，有一次，她看见宋怀远的身影，她便明了，自己所有的罪状，都是宋怀远捏造的。她感觉宋怀远找到了机会，疯狂地整她。

凤祥在里屋，瞅着几箱昆曲行头，连日来陷入了愁绪。为了破四旧，家里好些长衫、旗袍，以及祭拜的烛台、蒲团都烧了，这些昆曲行头，理应也要烧毁。但他下不了决心，这毕竟是玉麟的全部家当。银娣也反对毁了这些行头。凤祥实在没有办法藏匿这些物件，银娣说在屋后空地刨开土坑，将几大箱子埋起来吧，等风声过了，再取出来。凤祥便在屋西空地上刨开土坑，趁夜将几大箱子埋了进去。

厉江河去牢狱看父亲，父亲满脸胡须，头发花白，对他说，照顾好外公外婆，还有你娘，去当兵吧，远离是非，越远越好。

厉江河很快去了中苏边境当兵，连宋振河也不知。

这一天，宋振河带领一群红卫兵冲进了谭宅，要破四旧，曲灵珊要谭凤祥交出那几大箱昆曲行头。

银娣说，什么昆曲行头，老早烧毁了。

曲灵珊和白雪梅冲进了里屋寻找，一件也没寻到。

夏慕贞为了表现，从自己家里搬出那架破钢琴，当众砸毁。宋振河带头拍起了手，说，慕贞表现得好，主动和反动家庭划清界限。

夏慕贞被虚荣冲昏了头脑，说，我晓得那几箱昆曲行头在哪里，前几日我还看见放在里屋，不可能这么快就没有了。肯定是谭凤祥藏匿起来了，让他老实交代。

这时谭凤祥扶着门框瑟瑟发抖，险些晕倒。

苏晓澜走上前来，质问慕贞，说，你疯了，瞎说什么。

曲灵珊这时说，你就是苏晓澜吧，一个旧社会开始就被奴役的下人，你怎么一点儿觉悟也没有，你也应该像夏慕贞一样，主动和"走资派"夏婉清划清界限。你要出来控诉她的反动罪行，交代清楚她是如何控制你、奴役你的。

苏晓澜说，什么奴役、下人，我是家里的一分子，婉清是我姐，我们不是主子和下人的关系。

宋振河对谭凤祥说，谭爷爷，你还是主动交出昆曲行头吧。这几位，小时候可都看见过那几箱昆曲行头，戏服还曾经穿在身上。你今天要是不交出来，就是反革命，这些红卫兵可不依，拆了你的老宅，都要把这些反动变天账翻出来。

他说完，好些红卫兵冲进了屋，翻找起来。

夏慕贞看见墙角一把锄头上还黏附着新鲜的湿泥，思忖了下，说，那几个箱子，估计被埋在土里，大家去屋外找一找。

果然，几个红卫兵看见屋西的泥土有翻过拢起的迹象，用锄头翻开，赫然露出了几个木箱。

红卫兵们将木箱抬出来。

曲灵珊兴奋异常，说，好啊，变天账在这里。谭老头，你还有什么话可说？

这时宋振河拿来一个火把，说，把这些昆曲行头堆在一起焚烧。

谭凤祥疯了一样地跑过来，跪在红卫兵面前，号哭道，不能烧啊，不能烧，这些是玉麟留下来的，要是烧了，他就再也回不来了。

宋振河指着谭凤祥，大笑道，这个老古董，真是腐朽到顶了，把他拉开，马上烧变天账。

顷刻，戏服毕毕剥剥被点燃，燃起了熊熊大火，那些精美绝伦的戏服，似燃烧的蝴蝶，在火焰里翩翩起舞，又像是名伶们围着火堆在吟唱。

银娣也扑了过来，试图将火扑灭，很快被几个女红卫兵拉开了。

夏慕贞还是害怕了，她躲在角落，看着两个老人在火堆边号哭。

此时，在屋内的谭紫钗听闻屋外的动静，心痛无比，她多想此时此刻冲出屋，和这些红卫兵造反派决一死战，但她牙齿咬得咯咯响，将嘴唇都咬破了，手指深深掐进了木床，也迈不出去一步。

几天后，红卫兵造反派们又瞅上了圣加尔修道院。夏慕贞走在最前面，当她跨入修道院时，依稀发觉好熟悉，仿佛想起了在很小时，在这里，她坐在一架破旧的钢琴前，有一个长满胡须的男人抱着她弹钢琴。

圣加尔修道院很快被造反派们打砸一空，烧的烧，毁的毁。

谭凤祥病倒了，弥留之际，他对银娣说，别告诉江河，让他安心待在部队里。我要去找玉麟了，向他道歉，没有保护好那几箱昆曲行头。你要照顾好紫钗，要是她清醒过来，让她等雷霆回来，再好好过日子。

夏婉清周详地料理了凤祥的后事。

得知谭凤祥去世了，夏慕贞惴惴不安。夏慕贞感觉自己罪孽深重，此事都是因她而起，谭凤祥的死和她脱不了干系。她去谭宅祭奠，被晓澜拦在了外头。晓澜质问她，为什么这样对谭家？真是忘恩负义，失去了理智，晓不晓得谭家对咱们有恩，你这样对得起人家，对得起江河吗？

夏慕贞的眼泪流淌了下来。

"文化大革命"的巨浪也同样波及二百里外的周里。

运动开始后不久，已在光明酿造厂上班的夏金宝被人揭发，说夏金宝的老子解放前是资本家大老爷，夏金宝就是资本家大少爷，他们一家都是十恶不赦的"黑五类"，必须把夏金宝从工人阶级队伍中清除出去，和他这个坏分子划清界限。

夏金宝和造反派争辩道，那时我还小，夏府的祖业、房产大多被充公了，支援新中国建设，全府上下所有的人都挤在一幢小木楼里，我也和你们一样，靠自己的双手养活自己，凭什么诬蔑我是坏分子？

造反派头头狠狠地说，大伙仔细瞧瞧，这个人冥顽不灵，言语之中分明是对新中国心生抱怨，毁了他的资本家大少爷的阔绰生活，他分明就是一副反革命分子的嘴脸，非得好好斗一斗他不可了。

造反派队伍中有人跳出来说，我可以让他心服口服，低头认罪。他家木楼里边还住着一个老头，叫喜庚，你们知道他是什么身份吗？那是当年夏府的老管家啊，夏鹤年那个老东西，解放后竟然还摆着旧社会老太爷的阔，继续奴役、欺压、剥削下人，让那老头一把年纪了，仍给这个资本家少爷端屎倒尿伺候着，你们大伙说夏金宝可恨不可恨？

造反派队伍齐声喊出可恨哪，斗死这个万恶的坏分子。

喜庚在木楼里坐立不安，好晚了，夏金宝仍未回来。这个时候，夏金宝正被反绑着，交代罪状。翌日，喜庚也被叫去了"文化大革命"小组，说将他调查清楚了，几辈子都是贫下中农，让他揭发、控诉夏金宝的罪行，和夏金宝划清阶级界限。

喜庚对造反派的人说，当年他是自愿留下来，和夏家人住一起的。造反派头头指着喜庚说，老头子你遭毒害太深，好歹不分，已无可救药了。

几日后，造反派们涌进了夏家木楼，对夏金宝说，我们奉命抄你的家。

夏金宝木然地说，木楼早被抄过家了，你们搜好了，不会搜到什么东西的。

这时他依稀看见造反派队伍中一张熟悉的中年男子的脸，油亮的头发梳成四六开，怒目圆睁着，似曾相识，但又想不真切。

只听那人说，夏鹤年财大气粗，我们不信他没留下些什么，要仔细搜，别遗留下任何罪证。木楼里稀稀落落，没几样摆设，他们只在夏金宝睡的西房内找到一只樟木箱，挂了把锈锁，如获至宝。

那人对夏金宝说，把木箱打开，里面藏着什么？

夏金宝说，这木箱是老父的遗物，留着存个念想，里面没啥物件，钥匙已丢。

那人便说别信口雌黄，当着众人面将木箱劈开，凑近看，里面是几块牌位、一张容绣的遗像、一块惊堂木、两幅绣品，还有一只胭脂盒。造反派们争相瞅着，纷纷倒吸了口凉气。

那人一一瞅了瞅牌位上的名字，还拿起了容绣遗像，拂去尘埃，端详一番，遗像上的容绣姿容秀美，正盈盈浅笑着。

他突然将遗像砸在地上，抬脚狠狠踩了几下，遗像在他脚下发出尖锐的刺耳声音，像是容绣在战栗着。他又用力将胭脂盒碾扁，气咻咻地说，你们瞧啊，这分明是封建四旧，夏金宝还说没东西了，拿出去全烧了。

这时喜庚扑过来，跪在造反派一众人面前，哀号着说，祖宗的牌位烧不得啊，烧不得啊。

夏金宝满脸泪痕地搀扶住喜庚，看着夏家列祖列宗的牌位、父母及二姐的牌位、母亲的遗像、两幅绣品、惊堂木被熊熊烈火瞬间吞噬了。那遗像上的母亲像一只黑色的蝴蝶，在烈火中飞舞着，那微笑渐渐变成了凄恻的哭泣，绣品也在火焰里越烧越旺，发出了丝绸特有的呛鼻焦味。

数日后，批斗队伍中多了一个人，夏金宝认出是他那待在水月庵的三姐琬玲。造反派从胥溪村将已被勒令还俗、正在进行劳动改造的净月揪出来批斗。

这天，下着瓢泼大雨，净月光秃的头上已长出些头发，土布衫外还被造反派们套上了件绛红色旗袍。她脸上被涂抹上了各色油彩，红的，紫的，黄的，绿的，黑的，白的，蓝的，像极了京剧里的花脸。

造反派们把净月和金宝押到一起，先站在胥溪村的尚胥古戏台上开批斗大会。台下站满了四邻八乡的农民，他们都一脸茫然着，大多数人无法将平日里慈眉善目的净月师太和坏分子联系到一起。然后造反派们又将两人转移到城里，冒雨游街示众。净月和金宝在滂沱大雨里默然对视，金宝心想，他和久未谋面的三姐居然以这样的方式重逢。净月的脸上始终保持着平和，在叱骂和责难里也看不出一丝一毫的愤懑、嗔恚。

夜深了，雨仍在下，空旷的北大街上到处都是散落一地的大字报。被大雨洇湿了的字报，墨汁和各色染料纷纷洇染开了，模糊到了一起，然后流淌到了石板街上，汇成了一条条奇形怪状的小溪流。

夏金宝和净月两人默默地站在雨里，任滂沱夜雨浇在身上，洗去一脸的油彩和一身的耻辱。一天的批斗终于过去，迎来了难得的片刻喘息。许久，金宝对净月说，姐，夜深了，咱们回木楼里去吧。这是净月第一次听到金宝这样叫她，她合掌默念了句南无阿弥陀佛，然后回到了阔别已久的木楼，走到木楼前，她苍白的脸上突然垂下了一泓清泪。

喜庚愣是没有认出这是多年不见的夏家三小姐琬玲。金宝将净月带往她的卧房，说他没用，没能护住夏家列祖列宗还有父母、二姐的牌位，全被造反派搜出焚毁了，夏家祖坟也被捣毁。净月抚摸了下金宝的额头，说一切有为法，如梦幻泡影，小弟，你看淡些吧。

很晚了，净月仍坐在床沿上，抚摸着昔日穿过的一件件衣服，闻着衣服上熟悉的味道，老宅和木楼里的往事又一幕幕地涌了出来，却如前世一样，隔着千山万水，越想越不真切了。她眼睛渐渐迷蒙开了，又起身，将衣服一件件放入了衣橱，关上，躺上了床，紧紧合掌，置于胸前，默念起了清心咒，这才渐渐睡了过去。

天未亮，雨歇了，夏金宝拿起扫帚，出门去清扫大街，从街头一直扫到巷尾，净月也紧随着出了门，去倾倒街巷里市民们搁在大门边的马桶。

净月推着装满马桶的粪车，去街南停靠在河边的粪船里倾倒，然后在河埠头清洗，洗好后，将马桶一一放回原处，再沿街取马桶，倒粪，清扫，悠长的石板街上回荡着粪车的辘轳辘辘声。

她借着昏暗的路灯，将一只只倒空了的马桶慢慢搬下了河埠头，然后拿竹帚搅了起来，习习凉风，断断续续从河对面轻拂过来，撩起了她旗袍的一角。

黎明前的凌堰塘，黑魆魆地，幽寂异常，只有路灯淡淡的光，泻在近岸的河面上。有小鱼从水底蹿上来，啄吞水面的小虫子，发出短促有力的啵唧啵唧声。岸边的空心草里有水虫发出吧唧吧唧的声音，水草间停着几只萤火虫，仍忽明忽暗着，不远处，陆陆续续传来嘀嘀咕咕的蛙鸣。净月不时地擦拭着额前的汗珠，觉得这个初秋的清晨寂静又安谧。

当她洗完最后一车马桶，离开河埠头时，天已亮了。她抬起粪车，起身离开时，看见一个人影站立在石板街中央，挡住了她的去路。她抬头，猛然看见了一张似曾相识的脸，仔细辨认了下，是十多年未见的赵荣新，这让她错愕不已。赵荣新头戴绿军帽，身着绿军装，胸前佩着毛主席像章，左臂佩红袖标，腰间束武装带，手握红宝书，正逼视着她。净月内心咯噔了下，不禁打了个冷战。

赵荣新紧掩口鼻，后退几步，与粪车保持几丈距离，眼睛仍直勾勾地瞟向净月。这时他阴阳怪气地说，夏琬玲小姐——好久不见，别来无恙啊，噢，我现在该尊称你一声净月师太了，哈——哈——哈——

净月睃了他一眼，说阿弥陀佛，阿弥陀佛，罪过，罪过，然后推着粪车，缓缓向前方走去。

赵荣新不紧不慢地跟着，继续说，净月尼姑，你放下粪车，我们还是聊点儿什么吧。

净月迟疑了下，缓缓放下了粪车。

赵荣新说，十几年前的事你还没忘吧？你还叫夏琬玲时，仗着自己是夏府的千金小姐，身份高贵，瞧不起我们这些贫下中农。我真是看走了眼，被你当猴耍还浑然不知，你——你竟然连一句话都没搁下，便失踪了，枉我当年那么对你。

赵荣新越说越气急，脸因愤怒而横了起来。他铁青着脸继续说道，你知道那些年我是怎么找你的吗？差点儿冻死在半路上，被狼狗啃了。你宁愿躲在那个破庵里，也不肯见我，你太令我心寒了。你伤透了我的心，我也让你尝尝这等滋味，我定要让你们夏家家破人亡，付出沉重代价。

净月沉静地听着，而后缓缓撩起旗袍袖子，纤细手臂上赫然密布一粒粒深褐色小点，如集聚着成群结队的蚂蚁，令人不寒而栗。她说，施主，贫尼对不住你，当年深染痒疾，四处医治无果，万念俱灰，才委身于水月庵里。菩萨慈悲解救，这些年贫尼靠喝庵里的雪窦泉水，才慢慢控制住了顽疾。阿弥陀佛，贫尼虽身处红尘中，因业报因果，招致磨难，怨不得谁，但心已在红尘外，施主你把旧怨放下了吧，阿弥陀佛……

赵荣新惊愕异常，哑然无语了。净月推着粪车走很远了，消失在街的尽头，他仍愣愣地呆在原地。

夏金宝极力挽留净月，说，姐，水月庵被砸毁了，你回不去了，留下来跟我一起住吧，你即使出家了也仍是我姐，我们永远是一家人，往后由我好好照顾你。净月从脖子上取下一串紫檀佛珠，放在了金宝的手里，握着他的手说，贫尼从哪里来，回哪里去，施主你多珍重，菩萨会保佑你的。

清晨，夏金宝站在空无一人的北大街上，目送着净月的背影在连绵的秋雨里渐渐远去。他眼神里也布满了连绵的雨丝，净月那清瘦的身影在细雨秋光里熠熠发亮，远看像一尊坚毅的佛像。事实上，这是他和三姐夏琬玲的诀别。

第三十八章　镯归原主

夏慕贞每每想起厉江河，心里就无比愧疚。厉江河从部队回来探亲，也没有再找过夏慕贞。当他得知外公是因为夏慕贞才猝逝的时候，他心痛欲裂，怎么会原谅她呢？

被革委会控制的朝阳棉纺厂里，宋怀远摇身一变，成为厂长。夏慕贞、曲灵珊、白雪梅也都一一进了棉纺厂。

夏慕贞回到家，再也感觉不到家的温暖，和娘夏婉清也很疏离，谭家人也对她冷眼。宋振河对夏慕贞爱慕不已，但夏慕贞并未接受他，她只想在棉纺厂里崭露头角。宋怀远眼瞅着曲灵珊模样俊秀，要宋振河和曲灵珊处对象，但宋振河心仪夏慕贞，对曲灵珊比较冷淡。

而夏慕贞只是把宋振河当兄弟，她心里只有厉江河。可如今，厉江河对她只有恨，她心里极其痛楚。

宋怀远如今春风得意，把曾经看不起他的人一一打下马来。他曾经上谭家，对疯癫的谭紫钗说，厉雷霆如今被关押在五七干校，念在兄弟一场，我会向上级求求情，不会让他在干校里吃太多苦。

谭紫钗心痛如刀绞。

夏慕贞一直心心念念着厉江河，她往厉江河所在部队写去的信都被退了回来。她万念俱灰。

宋振河看夏慕贞很惆怅，便宽慰她酒能解千愁，咱俩找一晚放开喝，醉了啥都不晓得，醒了便都忘了。夏慕贞闷声不响。

有一晚，宋振河让国营饭店炒了好几个菜送至宿舍，和夏慕贞边喝边细述从前。那些久远温馨的画面都一一涌了出来，夏慕贞又是哭又是笑，直至喝得酩酊大醉。宋振河看着夏慕贞酡红的脸，感受着她温热的气息，意乱情迷，俯身轻吻了她的额头、耳际、红唇，呼吸越来越急促，一股原始的冲动在酒精的驱使下，像火山爆发前的泥浆剧烈翻涌着。他将她轻轻抱上了床榻，解开了她的衣衫，在她浑然不觉时，与她发生了关系。

天亮时，夏慕贞发觉自己衣衫不整地睡在宋振河的床上，而宋振河正光着膀子侧躺在一边，细细抚摸着她脖颈下那块枫叶形胎记。她怒不可遏，甩了宋振河几个巴掌，宋振河这才坐起了身。

宋振河说，你打吧，打死我算了。从小，我就一直想要比厉江河强，当我看到你对他好时，我就怒火中烧，我发誓，将来一定要娶你。我哪一点不如他，你就应该是我的妻子。

夏慕贞说，厉江河比你仁义，比你大气，你哪样比得过他。你即使占有了我的身体，也得不到我的心。我的心只属于他。

宋振河说，如今厉雷霆已被革去职务，打倒，关在五七干校，永远翻不了身。厉江河还有什么前途？我爸身为革委会主任，还兼着棉纺厂厂长，喜欢我的女人不要太多，但我只喜欢你。你嫁给我，有什么吃亏的。

夏慕贞穿上衣服，头也不回地离开了男工宿舍。

她没有再去棉纺厂，一直把自己关在家里。她真想揭发宋振河玷污了自己，但一想到过去的点点滴滴，在她饿得眼冒金星时，宋振河每天给她两个馒头吃，她就又不忍心了。夏婉清和这个女儿疏离，只有晓澜一直不离不弃，关心着夏慕贞的安危。

宋振河上门来，让夏慕贞开门，慕贞也避而不见。直至三个月后，她突然反酸、呕吐，上医院才得知怀了身孕，万念俱灰之下，才和晓澜说出了实情。

夏婉清得悉后，怒不可遏，没想到，夏慕贞居然和宋振河发生了关系，怀了他的孩子。事到如今，已无可挽回。

夏慕贞去棉纺厂找宋振河，和他摊牌，说已怀有他的孩子，事已至此，愿意嫁给他。

宋振河无比开心。宋怀远得悉后，知道已无法阻止两人成婚，只得和曾经的仇人夏婉清结成了亲家。

婚礼办得很简单，只宴请了三桌。这是夏慕贞的意思。

宋怀远将闵秀娥的翡翠玉镯送给了夏慕贞，说是秀娥一直以来的心愿。

夏婉清看到夏慕贞手腕上戴着的翡翠玉镯，感觉分外眼熟，仔细分辨，才知就是当年被宋怀远讨要去的那只玉镯。她心想世事就是这样难料，兜了一圈，玉镯以这样的方式回到了自己女儿身上。

婚后，夏慕贞依然对宋振河冷淡。她对自己很痛恨，明明已经是宋振河的女人了，为什么还在日思夜想着厉江河？他在那个寒冷的地方过得好不好，有没有也这样思念着她？他会不会一直记得小时候，两人牵过手，拜过堂，成过亲？得悉厉江河回来了，她犹豫了好久，还是决定去探望。

厉江河看着夏慕贞微微鼓起的肚腹说，你已经嫁给了振河，恭喜你了。事到如今，我们还有什么好聊的。

夏慕贞淌出了眼泪，说，我是逼不得已，才走到这一步的。希望你不要恨我，也愿你有个好归宿。

宋振河看到夏慕贞的神情依然冰冷，心里十分惆怅。

白雪梅一直暗恋着宋振河，看见夏慕贞嫁给了他，十分眼红。当宋振河失意时，她百般靠近宋振河，直至将醉了的宋振河搀扶进自己家里，发生了关系。

宋振河沉醉在温柔乡里，老不着家，经常和白雪梅厮混在一起。

宋怀远看在眼里，也不阻挠。

夏慕贞有一次看见宋振河挽着白雪梅，旁若无人地走在街上，嬉笑着，她心里痛得滴血。她知道宋振河这样是在报复她，娶了她，无非就是做给厉江河看的，如今，他就是以这样的方式作践她。

夏慕贞挺着五个多月的身孕，失魂落魄地走回家，上楼梯时，一个闪失，从楼梯上滚落了下来，不慎流了产。

她从昏迷中醒来，再也不愿原谅宋振河，两人离了婚。

苏晓澜得知夏慕贞是因白雪梅而流的产，就上棉纺厂，破口大骂白雪梅是勾搭有妇之夫的破烂货。而宋振河也没有替白雪梅出头，白雪梅也自知是自己横插一脚，才导致夏慕贞流了产，自觉惭愧，便万念俱灰地离开了棉纺厂，深夜出了乌城，没有人知道她去了哪里。

曲灵珊被宋怀远提拔，升任为工会主席。她颐指气使，仗着有靠山，在厂里十分得意。

宋怀远对宋振河说，曲灵珊这女人灵光，做咱们宋家的媳妇才合适。

但宋振河心意消沉，瞧不上曲灵珊这样势利眼的女人。

宋怀远有一晚，要曲灵珊陪他喝酒。趁着醉意，他强行抱住了曲灵珊，并强行占有了她。

曲灵珊原本想嫁给宋振河，但没想到被宋怀远玷污了。

事后，宋怀远说，此事只要你不张扬，你照样可以嫁给宋振河，我保你不久之后升为副厂长。

但曲灵珊自觉被他玷污了身体，愤懑不已，不久之后上省城革委会揭发了宋怀远的罪行。

省城革委会对宋怀远进行了审讯，通过排查，了解到其担任厂长期间，有贪污腐化行为，并对其住所进行抄家，发现了大量珠宝玉石。通过审讯，宋怀远如实交代，是从王家村土地庙的枯井里搬的，是当年庞炳钦赠予他的。

数罪并罚，宋怀远被判处死刑。他临刑前，想着唯一的儿子宋振河，但宋振河没有为父亲送行。

宋怀远在凄风冷雨里，结束了自己罪恶的一生。

一九七六年七月二十七日晚，天气出奇燥热，人们感到胸口堵得慌。许多人坐立不安，整条胡同里有上百口人，都拿出板凳坐到院子里。人们聚在一起，没有几个人说话。过了零点，人们便陆陆续续回到家里。

夏玉珑批改完了作业，浑身是汗，翻来覆去怎么也睡不着。

后半夜凌晨两点左右，她才迷迷糊糊睡着了。凌晨三点多，她又被燥热憋醒，睡不着了。而十七岁的儿子厉红军和十五岁的女儿厉秋红，正睡得沉。

她向窗外望去，只见夜空中发出阵阵耀眼的亮光。这是闪电吧？要下雨了，因门窗全敞开，她便赶紧起床去关窗户。

她站在窗前仰望漆黑的天空，只见东南方不断闪射出好似闪电一样的亮光，光中还渗透着红、黄、白等各种颜色，又不像是平时要下雨时的电光。

从云层中突然射出的亮光，长长的，突然发光又突然消失，消失后马上又有新的光闪现。

过了一会儿，所有的光亮都消失了，窗外伸手不见五指。

几分钟后，一种极强的青白色的光在夜空中闪了一下，立即使人产生一种大灾难就要来临的恐怖感。

她关了门窗，不敢继续看下去了，仰面朝天躺在床上，仍可见到闪烁的光亮照进来。

她望了一眼墙上的钟，正好是凌晨三点三十分。

她倍感迷茫和恐慌。忽然间，一种放射状的光芒在天空中闪了一下，随即消失，这时的窗外变得像浸透了墨汁一般漆黑。

她心生恐惧，有一种大难临头的灾难感，可又不知该怎么办。

强烈的白光又一次出现，院中的一切在白光的照射下全变成白色，就像白天一样明亮。同时，又隐隐约约听到一种沉闷的声音，似乎是发自地下，渐渐地越来越大，起初像远处山上的放炮声，又像是近处压路机声，接着又似重型车辆经过门前，在黑夜里很是可怖。

她目瞪口呆，不知发生了什么事，只觉得害怕极了，四肢根本不能动弹，头发根也竖起来了。

这时，外面的夜空好像骤然紧缩了一下，黑暗中突然出现耀眼的光亮，持续有两三秒钟，又戛然消失。

地下阴沉沉的怪声由弱而强，她在床上吓得直打哆嗦，惊骇至极。

就在这时，地震发生了，房屋摇晃，轰然坍塌……她被剧烈摇晃，甩出了屋，甩到了马路对面，竟侥幸脱险，但同院的邻居中有好多人，包括她的一双儿女，在睡梦中再也未能苏醒过来，被压在了倒塌的筒子楼下面。

她在废墟里奋力地刨着，身边的人也沉浸在一片哀号之中。

更不幸的消息传来，厉雷震所在的唐山古冶红星煤矿也在地震中发生垮塌，地震发生前，他正在矿井之下，所有下井的几百号人都被埋在了井下，生死未卜。

一夜之间，夏玉珑的精神垮了。她不断地深切痛责自己，为什么看见夜空异象、听到地底沉闷怪声，没有第一时间想到地震，不尽快将儿女唤醒，一起往外逃。

几天后，一双儿女的尸体才被解放军从废墟里刨出来。她心痛如刀绞，偌大的唐山城，没有人可以给予她力量，抵抗无边的痛楚。

煤矿人员前来安抚她，说煤矿的职工宿舍、厂房、设备机房都遭到严重破坏，有八成建筑物倒塌，运煤的铁轨弯曲变形像条死蛇，有的竟然竖起两米多高，连运送工人上下井的井架钢筋都扭成了麻花。但凡还有一线希望，都一定会解救困在煤矿井下的工作人员。几天后，困在井下的工作人员被陆续救了出来，夏玉珑强撑起身体，守在矿井外，希望厉雷震能从矿井里出来，给予她最后的力量。厉雷震是最后被担架抬上来的，身上蒙着白布。井下人员说他是为了推开快要被滚落的巨石砸中的煤矿工人，导致自己不幸被砸中，失血过多而去世的。

夏玉珑无法承受这一变故，晕厥了过去。

夏婉清接到从唐山煤矿打来的电话，才得知玉珑的儿女和丈夫在大地震中不幸遇难。她一直关注着唐山。连日来，她为玉珑一家忧心忡忡，希望一切都好好的，哪知，还是发生了惨痛的事。她原本也想告诉厉家人，但厉雷霆仍被关在五七干校，谭紫钗依然疯癫。她很想去唐山，她知道，此时此刻，她是玉珑唯一的支柱。但她仍没有被平反，出不了乌城。夏慕贞便说自己可以代替母亲前往唐山。夏慕贞离异后单身着，一直在乌城肉联厂工作。夏婉清欣慰不已。

但很快，夏慕贞得知，部队进驻唐山后，对城市所有路口进行了封锁，对出入人员进行严格检查，而无关人员不准进入唐山。

夏婉清便只好祈祷玉珑能挺过来，她深信那么多困苦都过来了，玉珑一定能挺过去。等唐山解除封锁后，她会第一时间赶去唐山，照料玉珑。

年底，夏婉清在女儿的陪伴下，启程前往唐山。

几个月过去了，整个唐山城从废墟中渐渐缓过来。夏婉清多方打听，才知玉珑仍在医院，神志不清，未从巨大哀痛中缓过来。

夏婉清看见瘦弱的玉珑孤零零地躺在病床上，紧闭着双眼，不禁悲从中来。她抚摸着玉珑，轻声呼唤着玉珑，好妹妹，大姐来看你了，大姐来迟了，你遭罪了。

有亲人的呵护，玉珑渐渐缓过气来。玉珑出院后，婉清操持了厉雷震和两个孩子的葬礼。

丧事之后，夏婉清看着孱弱的玉珑，无比怜惜，说，四妹，随大姐回南方吧，往后我照料你。把你一个人留在这里，我不放心。

玉珑憔悴不堪，疲弱地说，大姐，我哪儿也不想去，我要是离开唐山了，雷震和两个孩子就找不到回家的路了。我要留在这里，亮着灯，一直等候他们回来。

厉雷霆终得平反，离开了关押他数年的五七干校。他腰弯了，走路不稳，瘦削成一张弓。

厉雷霆得悉厉雷震和一双儿女死于唐山大地震，悲痛不已，又得知宋怀远已被枪毙，他说，罪有应得，我曾经好几次劝过他，让他回头，但他鬼迷心窍，已无法挽回。

谭紫钗在凄风苦雨中，终于等回了厉雷霆，但她目睹着"文化大革命"中的浩劫，更不敢出去和丈夫、儿子拥抱，她只有一再隐忍，装疯下去。

有一次，谭紫钗在房间里听银娣和婉清说起油厂弄要拆迁了，要拓宽建大马路。她猛然想起很多年前，庞炳钦给她的那张委任状被她放入了弄堂的墙壁里。她很多年没有出门了，不确定那张委任状还有没有一直待在墙壁夹缝里。

她一直惴惴不安，要是弄堂被推倒，让旁人发现了那张委任状，那更大的浩劫又要朝他们谭家袭来。

一个深夜，她悄无声息地推开了房门，二十多年里第一次走出了家门。她感觉分外不适，头顶的月光泻在身上，让她感觉像日头一样晃眼。她用头帕紧紧包裹着头，生怕路人认出她。

她胆战心惊地朝油厂弄挪去，外面的一切早已物是人非。她感觉分外陌生，过往的二十多年仿佛被抽去了一样不真切。她拐入弄堂里，冷风夹杂着枯叶朝她袭来，冷月斜挂在天空，一切都是那样凄清，就像当年那个夜晚一样。

她借着月光，仔细搜索着曾经放入委任状的那块砖石。

时隔这么多年，她已经忘却了具体位置，装疯卖傻了这么多年，她的神志早已陷入了混沌。

她终于看清了那一块突兀的砖石，在月光下，就是这样巧妙地凸起着，那样熟悉，就像是二十多年前一样，没有移动过分毫。

她俯下身，拔出了那块砖石，手往内搜寻，似摸到了纸张。她欣喜异常，连忙掏了出来，纸已碎裂，但仔细分辨，确信无疑，就是当年那张委任状。

她迅即将委任状收好，又将砖石塞回原处，离开了弄堂。

她回到了谭宅，小心地回了屋。这时半夜起身解手的夏婉清，借着月色，看到了几丈外一个人影从外面回来，神不知鬼不觉地溜进了家门。

夏婉清对这个人影无比生疏，又感觉有些许熟悉，一时想不起这究竟是何人。

夏婉清打开了家门，朝谭宅轻手慢脚地挪过去，隔着窗，她看见东屋里，谭紫钗撩开蚊帐，钻了进去。

夏婉清惊愕异常，被谭紫钗的举动惊住了。看谭紫钗的举止，不像是一个长年疯癫的病人。夏婉清毛骨悚然，二十多年里早已习惯谭紫钗疯癫的模样，无法接受此时此刻的她是另外一副样子，难道她是近来才苏醒的吗？那她为什么要悄无声息地出门呢？为什么不把自己恢复神志的事告诉家人呢？她半夜三更出门又为何事呢？

夏婉清心里疑云重重，她躺在床上，强制自己闭上双眼，突然一个诡异的念头，像一道亮光一样在她头脑里闪现。她有一个大胆的想法，谭紫钗莫非一直在装疯？毕竟这世道发生太多诡异的事情了，常人也变成了疯子，疯子却像是正常人。

她立马从床上坐起，正想喊晓澜，却立马捂住了嘴。这不是小事，万一谭紫钗真的一直在装疯，她肯定是有意而为之，如果贸然说出自己的想法，那无疑将引来滔天祸患。

此时此刻，躺在床上的谭紫钗，内心像卸下了一块磐石一样，神清气爽。委任状在手，她再也没有什么好顾虑的了，哪怕一直让自己装疯下去，将这个秘密带往另一个世界，也心安理得。事实上，周围的人早习惯她这样一个疯子了。

这一晚，两个女性隔着数丈，睁眼到天明，都在揣摩着同一件事。

次日上午，夏婉清还是决定去看望一下谭紫钗。紫钗一如既往地微闭着双眼，一副默然的神情。夏婉清只是盯住谭紫钗，没有像以往一样说些什么。谭紫钗微微感觉到这次夏婉清投射到她身上的眼神有异于往常。夏婉清就这样盯了数分钟，谭紫钗已经感觉到浑身不自在。

谭紫钗终于睁开了眼，盯着夏婉清。两个人的眼神就这样交集在一起。在这奇异的眼神交会中，谭紫钗传递给夏婉清的感觉，只有婉清才能明了。

夏婉清这时下意识地抓起谭紫钗的手，紧紧抓在手心里，让自己手上的温热传递到她的手心里。

谭紫钗仿佛获得了一股神奇的力量，在支撑她做出一个重大的决定。她感觉夏婉清是值得信赖的人，这三十几年里，谭家经历这么多风风雨雨，而夏婉清一直坚定地支撑着谭家，这种在风雨里铸就的信任，可以穿越一切沧海桑田、人世变迁。

谭紫钗下意识地捋了捋自己额前的乱发，就这一个动作，让夏婉清更确信无疑了。

谭紫钗轻声说，婉清姐，刚才我从你的目光——不同以往的目光里，感觉到我无法再遮掩下去了。不瞒你说，我的确不再疯癫了，事实上，从我第一次被确诊为创伤后应激障碍时，我已经比以往任何时候都清醒。当年在坟场看枪毙罪犯时，我有一刻被那激烈的枪声震慑住，差点儿疯了。后来，我索性装疯。在那个年代，世事逼迫我这样做。庞炳钦有一晚在弄堂里拦住我，将一张国民党的委任状给我，让我为他们所用。他拿出一张我小叔谭玉麟的照片，说小叔当年离城后，被国民党虏获，并且去了南京，为国民党一高官唱昆曲。解放前夕，小叔也去了台湾。如果我不为他们所用，为他们提供情报，那他们就像当年的日本鬼子一样，有的是法子折磨我小叔。我是受过党教育的人，如果我叛变，那我如何对得起自己的信仰，如何对得起在战场上牺牲的战友？我绝不能变节。我不能对不起我的家人。我那时肝胆欲裂，精神接近崩溃，实在没有勇气向组织、向我的丈夫坦白实情。我怕这一层境外关系会波及他、连累他，以及其他家人。我实在无法抉择，只有装疯，事实上，那时我也和疯子相差无几了。那国民党特务就不会让一个疯子为他们卖命，而我小叔也才能苟且偷安。

我知道这二十多年，经历的世事太多，我只有成为一个疯子，才能让一家人安然无忧。所以，当我爹为小叔筑起衣冠冢时，当雷霆在"文化大革命"中被打倒时，当爹娘为小叔的生死未卜日夜忧思时，当我爹因忧愤过度而去世时，我只能一个人默默承受苦楚。

好在如今，"文化大革命"已经结束，一切慢慢恢复平定，我知道一切都在向好的方向发展，我相信大陆和台湾的阻隔总有一天会消弭，小叔也会在适当时机回到大陆，和家人团聚。

婉清姐，我很感激你这三十几年里，对我们谭家的默默付出。我才有勇气，向你如实说出真相。我身体越来越差，我不想就这样不明不白地死去，我现在将委任状交给你，假如我去世了，希望你在适当的时机，将这一隐瞒的真相告知我的家人。我一向坚守自己的信仰及对党的忠诚，即使到了那个极其黑暗的地界，我也心怀光明，坦坦荡荡。

夏婉清听了紫钗一番话，眼泪已经涌了出来。她压低声音说，苦了你了，紫钗妹妹，我真想不到你有这么大的勇气和隐忍，装疯了二十多年，骗过了家人。我没想到你瘦弱的身躯里有这么大的能量，背负起这样大的委屈。在局势未明朗的情况之下，我一定会为你保守这个秘密的，我也希望将来有一天，你自己将这隐瞒的真相公布出去。你是最伟大的女性，我对你无比钦佩。

说出真相后的谭紫钗，内心像卸下了一块千斤重的巨石，一下子释然了。她没有再刻意装疯，只是比以往更加倦怠。她仿佛已经没有可支撑的东西了，她已经失去了太多，精气神一日比一日垮了。

她感觉自己时日无多，却仍旧没有勇气，以一个正常人的眼神，看一眼自己的娘，还有自己的丈夫和儿子。

尽管儿子已经在新疆生产建设兵团成家立业，儿媳妇已经为她生了一个孙子，但她却没有办法将心爱的孙子抱在怀里。

她终于病倒了。夏婉清轻声地鼓励她，要坚持下去。

谭紫钗凄然一笑，说，婉清姐，我要去找我爹了，我会和爹说，小叔没有死。我未了的心愿，只有托付给你了，除此以外，我已没有什么牵挂了。

在婉清的惋惜与怜悯中，谭紫钗过世了。

夏婉清从此背负一个隐秘的真相，她感觉身上有如肩负着千斤重担。她鼓励自己，要坚强地活下去。

"文化大革命"结束后，夏金宝结束了单身，娶了河对岸竹器铺顾正财的独女顾凤翎为妻，一年后生了儿子夏荣清。

第三十九章　甜蜜蜜

一九七九年元旦，这一天，夏婉清在广播里听到新华社播发的《告台湾同胞书》，商讨结束两岸军事对峙状态，并提出两岸"三通"、扩大两岸交流。她内心为之一震，感觉两岸冰封了数十年的关系在悄然解冻。

她感觉谭玉麟的归来之期越来越近。她暗暗相信，海峡对岸的谭师傅听到这个消息，也会无比振奋，更加思念亲人。

在上一年的年末，党的十一届三中全会召开。从妇联退休多年的夏婉清隐隐感觉到，一个崭新的时代正在到来。

好些日子，夏婉清听街道办说，乌城眼下就业压力大，大量上山下乡的知青返城，大半年了，大多没找到工作，还有应届初中、高中毕业生步入社会，没找到工作，成了待业青年。乌城工作岗位又不多，无法安置这么多人就业。街道一直在想办法解决青年的就业问题，企事业单位办了很多劳动服务公司，街道上也办起了待业青年点，有小工厂、早点部，做油条、油饼、馒头、烤饼、豆浆。

夏婉清寻思着自己该出把力。她想起新中国成立初期，在妇联成立的裁缝生产合作社工作时，她教过妇女们缝制衣服，学些裁缝技能。她便想教待业青年裁缝手艺。街道极力支持她的想法，清河缝纫社很快成立，有上百人前来报名。

夏婉清手把手地教他们裁剪布匹，缝制衣服，从传统的衣服款式到旗袍、西装，覆盖不同的年龄段。

半年后，婉清听到了广播里传达的声音，"可以根据当地市场需要，在征得有关业务主管部门同意后，批准一些有正式户口的闲散劳动力从事修理、服务和手工业的个体劳动"。

她教过的一个女青年，第一个办理了营业执照，取得了乌城首张个体营业执照，做服装裁缝。女青年感觉如今自己既可以自食其力，又可以向国家纳税，无比荣光。婉清由衷为她感到高兴。

长长的清河街上，个体经营者的店铺如雨后春笋般陆续开了出来，理发店、水产店、小吃店、服装店、竹器店、打铁店应有尽有，光服装店就开了十来家，大多是夏婉清教出来的学徒开的。市民们一改过去的中山装、军便装、人民装、两用衫等，开始穿上新颖的喇叭裤、蝙蝠衫、棒针衫等外来的"奇装异服"，背板色调也从灰白过渡到多彩，垂坠滑爽的涤纶服装开始流行，"的确良"衬衫、碎花裙成为时髦男女炫耀的资本。

店铺里时常传出动听的音乐，路过的人嘴里哼唱着《我们的明天比蜜甜》，还有的人哼着《我们的生活充满阳光》，夏婉清听慕贞也在哼唱着，问她这是什么歌，旋律这么动听。

夏慕贞说，光华电影院这些日子正在放映电影《甜蜜的事业》，很好看，妈，你和晓澜姨抽空也去看看。

夏慕贞在乌城肉联厂，做清洗猪下水的工种。婉清觉着慕贞都三十多岁了，和宋振河离异后，一直单身着也不是办法。她一直为此事焦灼着。

晓澜说，现在时兴自由恋爱，肉联厂男工人那么多，慕贞肯定会挑个中意的。

夏婉清叹了口气说，她离过异，这对象不好找。我担心她轴起来，横下心，不肯再结婚了。

有一天，住梅史堰弄的史秋菊拿着一篮方糕来看望夏婉清。慕贞刚出生时，没有母乳喝，史秋菊曾经喂养过慕贞大半年。这份情义婉清一直记着。

史秋菊说，我喂养过慕贞，一直把她当半个女儿疼爱着。她婚事怎么样了？有谱了吗？

夏婉清说，我正为这事愁着。她前几年瞒着我，和宋振河领了结婚证，又突然离了婚，我真是气不打一处来。现在她倒没心没肺了，没把这事放在心上。

史秋菊说，我那儿子王福生，你晓得的，自从他媳妇四年前难产死去，他一个人带着个女娃，一直单身着。要不让两人处处看，说不定这亲事就成了。我家福生是泥瓦匠，手艺活好，挣钱是好把式。慕贞嫁过来，不会怠慢她的。

夏婉清笑着说，福生和慕贞当年是你一起喂养的，我看有这个缘。

夏慕贞对这门亲事很认同。王福生很快给她买了一辆自行车。慕贞清早骑着自行车出门，铃一按，整条清河街洒满清脆的铃声，婉清打老远都听得到。

年底，夏婉清置办了丰厚的嫁妆，有缝纫机、手表、收录机。旗袍铺里终日响着《甜蜜蜜》的歌声：甜蜜蜜，你笑得甜蜜蜜，好像花儿开在春风里，开在春风里。在哪里，在哪里见过你，你的笑容这样熟悉……

次年秋天，夏慕贞给福生生了一对双胞胎，是两个儿子，夏婉清给取名王孝平、王孝安。

每天清早，清河街上吆喝声不绝，有不少从乡下进城来的农民，在清河街上售卖自种自养的蔬菜、禽蛋，河边停靠的渔船上，有渔民售卖抓到的鱼虾蟹。

这天清晨，夏婉清打开屋门，看见一老妇人挎着竹篮，坐在屋檐下。

那老妇人看见婉清，便站了起来，将竹篮递向她。

婉清看见竹篮里搁着一只芦花公鸡，以为是老妇人向她兜售。

那老妇人用乡下口音说，夏大姐，我是石兰香，雪水村人。你不认识我了吗？你以前和闵主席救过我的命。我进城卖过好几次菜，晓得你住在这里，今天拿一只公鸡送给你。

夏婉清说，兰香妹妹，这不敢当呀。都这么久的事，你还记着。当年我和闵主席解救你，也是妇联分派的工作，是应该的。你的好意我心领了，这鸡是万万不能收的。

石兰香说，当年我被夫家人当牲畜养着，两个孩子也不和我亲。你和闵主席是我的主心骨，是我的娘家人，有你们给我撑腰，他们不敢作践我，村里人也不欺负我了，我才活了下来。现在咱们农民的日子可红火了。村里实行了家庭联产承包责任制，我家分到了七亩多地，交了公粮后，还能留下两三百斤粮食，养起了几头猪，还养着几只羊，十几只鸡、鸭。你一定要收下我这只鸡。

夏婉清真是替石兰香开心，拗不过她，只得收下了鸡，给她煮了碗面。回头，婉清给石兰香做了身衣服，在石兰香进城卖菜时，送给了她。

一天，乌城文化馆来了两位工作人员，上门来向银娣征集《风陵湖棹歌》。工作人员说，这《风陵湖棹歌》，是乌城采菱女代代口头传唱的，现在文化馆要将棹歌整理出来，专门成立棹歌队。眼下来乌城旅游的游客众多，以后棹歌队会作为乌城一大特色，向游客们演出。银娣大妈是唱棹歌的好手，找她是再好不过了。

婉清说，自从紫钗过世后，银娣婶一直精神不济，不晓得她还有没有记忆，唱不唱得出棹歌。

银娣坐在藤椅上，木然地盯着工作人员，任凭他们怎么说，她就是唱不出一句棹歌来。

这时一个工作人员，轻声唱起了"金风吹来湖摇荡，风陵湖上乐陶陶……"

银娣突然从藤椅上站了起来，比画着手，轻声唱起来："金风吹来湖摇荡，风陵湖上乐陶陶；采菱女，巧手轻滑菱桶来，排雁队，唱棹歌；采得鲜菱乐悠悠，欢颜映碧水……"

她越唱越有劲，声音越来越清脆，那歌声像是从风陵湖的菱荡里升起的。她像是蹲在菱桶里，欢快地采着无角菱。

她想起了所有的歌词，那些歌词不假思索地从她嘴里脱口而出。几十年里，她一刻都没忘记过那些歌词、那动人的旋律。

婉清惊喜不已，听得眼泪都涌了出来。工作人员用录音机将歌词录了下来，握着银娣的手说，大妈，真是太感谢你了，只有你唱的旋律最正，歌词最全，你这个版本是最好的版本，可以推广开来。

数月后，婉清陪着银娣，坐上一条崭新的游船，泛波在风陵湖上。湖上的菱荡里，缀满了密密麻麻的白色菱花。十几位穿着蓝印花布衣裳、戴着蓝印花布头帕的姑娘，在宾客面前，第一次表演《风陵湖棹歌》。银娣听着悦耳的歌声，脸上泛着满足的笑意，湖上微光投射进船舱里，幻化出了一片绮丽的光芒。

有一天，夏金宝打来电话，和夏婉清说，周里北大街上恢复了恒泰酱园老字号，要将咱们夏府百年来的酱园招牌继承发扬下去，咱们厂的白酱油现在销路非常好，已进了上海、广州商场，很受顾客欢迎，订单很多。

夏婉清非常欣慰，对弟弟说，爹要是知道了，该有多开心。金宝，这都是你的功劳，咱们夏家这白酱油秘方，要靠你好好传承下去。

王福生听干泥瓦匠的师兄们说，在深圳，干泥瓦匠挣钱很快，干个一年半载，就是万元户了。那边在搞经济特区，高楼大厦一幢紧接着一幢拔地而起，他也很想跟随他们一道去，挣大钱。

夏慕贞看清河街上，有不少年轻人纷纷去了深圳淘金，她允了福生，让他出门在外，一切都要小心。

文化馆缺一个钢琴老师。夏慕贞小时候学过钢琴，对钢琴熟稔，在弹了一首有难度的钢琴曲后，文化馆很快录用了她。

她弹响钢琴时，脑海中猛然又跑出来那些遥远的记忆，有一个蓄满长须、长着鹰钩鼻的男人，曾手把手教她弹钢琴。那些影影绰绰的记忆，总在夜深人静时闯进来，盘旋在她脑海里，久久不散。

有一次，晓澜看见清河街上走过一群外国友人，她猛然想起了荷力加神父，便对婉清说，姐，你还记得神父吗？三十多年了，不晓得神父现在在哪里，还在不在世？

婉清长叹口气说，我怎么会忘记他呢？这也是一直扎在我心底的一根刺。虽然慕贞早晓得我是在修道院抱养了她，她也从没向我探问过什么，可是她心里一直有荷力加神父的记忆，她十岁时，也问过我。我当时搪塞过去了。如今，她也是当娘的人了，我一直犹豫不决，不知道该不该将真相告诉她，荷力加神父就是她的生父，当年在修道院的褚小芹就是她的生母。可当我想开口时，又张不开嘴了。

晓澜说，姐，你的心情，我能理解。神父如果还在世，按理应该会回来看看我们，但他一直杳无音信，估摸着是有所顾虑吧。

婉清说，神父身份特殊，本不应该有孩子，才没有回来找寻吧。慕贞要是得知自己的生父是神父，终究不好。这事还是以后再说吧。

厉江河想将父亲厉雷霆接到新疆去照料。厉雷霆在五七干校受尽折磨，平反后，身体越来越差。厉江河总觉得不放心。外婆银娣年老力衰，走不了那么远的路，江河只得将她托付给婉清照料。

厉雷霆思索一番后，决定去新疆，他也很想念孙子。

夏婉清想此次厉雷霆一去，不晓得何年何月才能团聚。她感觉多年前谭紫钗的托付不能再继续隐瞒下去了。

她决定将这一秘密和盘托出。

夏婉清从紫檀木盒里拿出了那张委任状，交给了厉雷霆，将谭紫钗当年的苦衷一并告诉了厉雷霆。厉雷霆惊愕异常，他没想到谭紫钗这么多年，竟然背负着这样的隐秘，而自己作为她的丈夫，她也竟然隐瞒。他细想了一下，在当时的情势之下，紫钗那样做，也情有可原。只是她装疯卖傻了这么些年，实在是令人心痛。

银娣得知真相后，也号啕大哭，她说早就感觉到自己的女儿不可能一下子失心疯的。庞炳钦这个恶事做尽的浑蛋，可把紫钗坑苦了。老头子，你知道吗？玉麟没有死，他好好地在台湾，你为什么走得那么早，玉麟很快就会回来了，咱们一家人快要团聚了。

一家人去坟场，隆重地祭拜了凤祥和紫钗。

银娣哀凄地说，你们父女俩，在那边好好的，我老婆子，留着这把老骨头，在见到玉麟后，也很快来和你们团聚了。

厉雷霆将委任状在紫钗坟前烧毁。

他对夏婉清说，紫钗一生光明磊落，没有任何污点，对党，对她深爱着的祖国和人民，无怨无悔，就让这一切随风而逝吧。

第四十章　远方来人

　　一九八二年初秋，出狱后的庞炳钦，携带着妻子祖桃和女儿丽霞，跪在夏婉清面前，痛哭流涕地忏悔着。他说，当年他被湖南公安捕获后，原来是被判处了死刑，关押在湖南雁北监狱，由于共产党惩治反革命的新规定——可杀可不杀，最终，他被判处了二十五年有期徒刑。判决下来之后，他简直不敢相信，像他这样一个罪孽深重的国民党特务，竟然还有机会活着。从不落泪的他彻底崩溃了，埋头痛哭起来，恨不得将这一生的眼泪全部流尽。

　　在狱中时，庞炳钦得了肺癌，监狱管理层得知后，当即就将他送往医院救治，动了手术。每每想到自己做特务时一心为国民党卖命，过着提心吊胆的生活，如今成为犯人了，中共方面还能如此关心他的健康和生活，心中不由得对中共产生了强烈的感激之情，并下定了决心，要好好改造，重新做人。

　　他很感激夏婉清当年不计前嫌，顶着压力安顿好祖桃母女俩，还为此在"文化大革命"中受到冲击。他也对不起谭家人，特别对不住谭玉麟、谭紫钗，玉麟师傅肯定会从台湾平安归来。

　　一九八四年夏，乌城外事办打来电话，通知夏婉清，有一个日本观光团来到了乌城，有人指名道姓要见她。

　　戴着老花眼镜的夏婉清一时陷入了疑惑，她没有日本的朋友，谁会来见她。

在夏慕贞的陪同下，夏婉清在市外事办见到了一个穿着日本和服的老妇人。她感觉这人有几分眼熟，突然想到了山田美惠子，那些遥远的近乎尘封的记忆，一下子又涌了出来，将她带往那个血雨腥风、不堪回首的年代。

山田美惠子看到了夏婉清，立马向她深深鞠了一躬，婉清也向她鞠了一躬。两人紧紧拥抱在一起。

山田美惠子和夏婉清说，此次她随日本观光团来中国参观，是中日邦交正常化的日常民间往来。她将儿子和女儿介绍给夏婉清，说，当年我难产，承蒙你和严妈妈帮忙接生，我一直记在心里。我一直发誓，余生一定要来中国，向你表示感谢，你深明大义，在那样的时刻，敢来日本军部为我助产，保了我和儿子的命，我们一家人感恩戴德。

观光团团长、山田美惠子的儿子松井康夫将两坛日本清酒赠送给了夏婉清，并向她致以隆重的谢意。

夏婉清感动不已，她为中日两国在经历烽烟战乱后能够邦交正常化，感到无比开怀。

她将山田美惠子一家人引到了旗袍铺，并为美惠子做了一身合体的旗袍。一头银发的美惠子气质出众，说一定穿着这身旗袍上飞机，回到日本，将中国人的深情厚谊带回去。

美惠子也邀请夏婉清，在来年日本樱花盛开时，去日本本州岛旅游。夏婉清愉快地接受了邀请。

日本东京都政府授予夏婉清荣誉市民称号，松井康夫亲手将这一荣誉颁给了她。

第四十一章　渡山河

一九八六年秋，夏婉清从烧饼铺回来，从包裹着烧饼的一张《新民晚报》上，无意间看到著名画家萧志卿因病于一九八六年三月四日病逝于上海的讣告。她的呼吸一下子变得急促，心痛如刀绞，泪流不止。那些尘封已久的往事一下子翻卷了出来，让她时隔半个世纪，内心又翻江倒海着。她握着报纸的手在剧烈抖动。晓澜看出婉清的异常，焦急地问，姐，你这是怎么了？

晓澜也看到了报纸上的讣告，哀伤地说，先生他过世了。

一阵凄然后，晓澜胸前佩戴起白色绢花，悼念他。

夏慕贞感觉奇怪，问晓澜，说，姨，谁过世了？

晓澜说，一位故人，你还是问你娘吧。

从夏婉清艰难的简单叙述中，慕贞才略微得知了那些久远的纠葛。

慕贞搀扶着婉清说，妈，我陪你去上海，萧先生应该安葬在上海，我们去打听下，去公墓祭奠他。

夏婉清痛楚过后，轻轻地拂了拂手，说，罢了，罢了，上海是个伤心之地，我不想再踏足了。

夏婉清静默地从墙壁夹缝中抱出紫檀木盒，将捋平了的浸润着油香的《新民晚报》折叠好，放了进去。

一九八九年冬，谭家收到了一封寄自台湾的信，署名是谭玉麟，这让夏婉清欣喜不已。三年前，银娣还是没能等到玉麟的归来，病逝了，弥留之际还在含混念叨着玉麟。

玉麟在信中呼唤着大哥大嫂，殊不知，两位老人已经过世。玉麟很想在作古之前，顶着八十五岁高龄，由儿女陪同回到大陆，和家人团聚。

夏婉清马上向厉雷霆打去了电话，告知这一喜讯。

一九九〇年春天，大地回春，阔别了大陆四十多年的谭玉麟，终于踏上了故乡的土地，他像一个年少远游的游子，在老去时回到了故乡。

厉雷霆带着一家人，还有夏婉清一家，早早地在虹桥机场出口处等候。

近了，近了，飞机终于降落了。

戴着礼帽，着一身西服的谭玉麟，在儿女的搀扶下，终于下了飞机舷梯。

在出口处焦灼等候的亲人们，将心提到了嗓子眼。坐在轮椅上的谭玉麟被儿女们推着，越来越近。夏婉清看到了他，他满头银发，容颜苍老，但依稀还能辨认出当年的模样。

捧着鲜花的厉江河快步迎了上去，紧紧地和舅公拥抱在一起。

谭玉麟老泪纵横，说，好侄孙，我好想你们啊。大哥、大嫂、紫钗呢，你外公、外婆、娘呢，她们在何处？

夏婉清也走上前去，和玉麟拥抱了下，说，谭叔，我们终于把你盼回来了。我们都老了，幸好，终于等到了这一天。

厉雷霆说，叔，回来就好，回来就好。这一天终于到来了，爸、妈、紫钗，也一定会很开心的，他们正在天上看着呢。

谭玉麟来到了谭家祖坟，隆重地祭拜了家人。他盯着自己的衣冠冢，又老泪纵横了起来，压低着腰，久久直不起来，说，叶落归根，叶落归根哪，过几年，我这把老骨头就埋在这里，永生永世和大哥、大嫂，和谭家列祖列宗待在一起。

二〇〇三年正月，过完九十大寿的夏婉清神清气爽。她坐在藤条椅上，和晓澜细细追忆往事。她说，我活到了九十岁，已经心满意足。晓澜，你和我相依相伴了一甲子多，情同手足。我真是无比感激你，没有你，我也不会在那些岁月里挺过来。我很小时，算命先生说我是白虎女命不好，往后的岁月里，我经历了颠沛流离，一直深信这样的宿命，我一直过得很消沉，感觉生活无望。我漂泊到了乌城，谭家人几十年里一直视我为亲人，让我在乱世里感受到了人间温暖，才有了活下去的勇气。有了慕贞后，我人生才有了方向，一定要把她好好带大。新中国成立后，我进了妇联工作，第一次发现，我是有用之人，能为社会尽些微薄之力，还受到了政府的表彰。我觉得我这一生过得无比荣光，还做了外婆，已经是很幸福的老太太了。我深知，这一切都是新社会给予的，我们女性，只有在新社会，才能过得体面，有尊严地活着。感恩这个五彩斑斓的新世界。

夏玉珑一年里头总会回周里住一些时日。七十岁后，身子骨越来越不济，在唐山独居了几十年的她，回江南的日子也渐渐缓了起来。她时常在睡梦里梦见故乡周里的一草一木、一水一土，也在庭院内栽了几株凌霄花藤。她逢人便说这花好看哪，一看到这花，便想起好多以前的事儿，闭上眼，那些旧事都浮现了出来，想忘都忘不掉。

她八十大寿时，从亡母文锦为数不多的首饰里挑了一支通体碧绿的玉簪插在了稀松灰白的发髻上。她从镜子里依稀瞧出了亡母的影子。她怎么也没料到，胞弟夏金宝也遭受了厄运。香港回归那年冬天，他因心肌梗死突然亡故，这让玉珑伤心难过了好久，似乎又是过去夏府里的翻版，容绣毒发身亡，淑瑾落发抑郁而逝，母亲中风，琬玲削发为尼，父亲心肌梗死猝逝。

好在侄子夏荣清让她很是开怀。他清华大学毕业后出国，在美国斯坦福大学留学，归国后在北京科研院工作，将母亲顾凤翎接了去，也要将小姑玉珑接过去，一并照顾，但玉珑不依，她不想离开唐山。

夏玉珑拖着年迈之躯，又回到了几千里之外的周里，住回了凌堰塘边那幢一直空置的老木楼。那熟悉的陈腐气息，又向久别的她扑来，像迎接一个老友一般。她拒绝了慕贞过来照顾她，说自个儿身子骨还硬朗着，还能照料自己，木楼里的一切实在太熟悉了，蒙上眼睛，也能从底楼走至二楼东房。

　　她走在凌堰塘边，能不假思索地认出迎面走来的老街坊，和他们热络地打招呼。老街坊诧异地瞅着昔日的夏府四小姐，他们纳闷八十多岁的她，还能在木楼里独自久住下来。

　　夏玉珑驼着背，拄着拐杖，踩着细步，又来到了木楼下，抬头和西墙头郁郁葱葱的凌霄花撞了个满怀。她眯着小眼，看见那些红澄澄的凌霄花在夏日阳光里灿烂得耀眼，仿佛看见逝世的家人都一一住在绿叶和花瓣簇拥着的花蕊里，向她热情地招手，又似乎在和她说玉珑你回来了，回来了就好。

　　夜晚，她一个人睡在静寂的木楼里，夏金宝一家留存的生活气息仍在。她洗漱时，看到一支支放在水杯里的牙刷，仿佛金宝一家仍生活在木楼里，还有那一条条晾开的毛巾，似乎仍湿淋淋的，像刚用不久。她从衣柜里取出几十年没有再穿过的衣物，有旗袍、丝巾、披风、学生裙、棉衣。她细细摩挲着，像抚摸睡去的金宝一样，又柔又缓，嘴角挂着浅笑，一脸满足。她喃喃地说挺好，都挺好，然后起身将衣物堆满了床，将丝巾围在脖子里，绾了个好看的结，最后小心翼翼地躺在衣物中间，闻着那些从衣物里弥漫出的陈旧气息，渐渐睡去了。

　　清晨，蠡壳窗缝隙里挤进来的阳光唤醒了她，她起身，打开了窗，朝楼下的凌堰塘俯望了下，和墙边的凌霄花藤打了声招呼，她说这花开得真好，都挺好。

　　她下楼，给自己烧火煮粥，出门，拎着水桶到井边打水，又给花藤洒上了清水，而后，上二楼西房，推开西窗，用水壶往花藤上洒水。她像用心照顾当年的金宝一样，细心呵护着这些生命力异常顽强的藤蔓。她对街坊说，别小瞧了这些花藤，都是有感情的，我能听见那花藤在半夜里说着悄悄话。街坊们心想，这老婆子是不是老糊涂了？

　　做了祖母的柳红过来探望玉珑老太了，陪她在楼边的槐树下坐了一天，对着宽阔的凌堰塘细述着从前。两人都发觉，那些久远的事儿，就像眼前的河水一样，从眼皮子底下悄悄流走了，再也回不去了。

住在乌城的夏慕贞一直对小姨放心不下，时常打去电话，也隔三岔五赶去看她。这让玉珑不自在了，慕贞没住几天，就被她赶走了，她习惯了一个人，清静自在。

夏玉珑在木楼里度过了盛夏，送走了秋天，冬天来临时，她突然哮喘了，成天到晚咳嗽着，咳得胸脯疼得紧。她自言自语地说，怕是六十年前的老毛病又犯了，估计是阎王爷惦念我了，招我回去了，也好，也好，我也活够了，该和雷震和孩子们团圆了。

夏慕贞来周里，将夏玉珑接走，把能带走的家当都带走了。慕贞对小姨说，你就依了我吧，这也是我娘生前一直挂念的，我要为你养老送终。

木楼里又空闲了下来，比之前更静寂了。走的那天，玉珑老太由慕贞搀扶着，走到了西墙头边，用布满青筋的老手，颤颤巍巍地将裸露着的老黑藤摸了个遍，她在与这些相伴了几十年的旧友做最后的告别。

二〇一二年冬至，夏慕贞孤身一人，拿着一张泛黄的《新民晚报》去了上海，多方打听，才获悉萧志卿安葬在滨海古园。

她来到萧志卿的墓碑前，郑重地献上了鲜花，拜祭一番。

次年清明前夕，夏慕贞去思顾岭，祭奠好母亲夏婉清以及晓澜姨、玉珑姨后，又去了上海。

她撑着黑伞，走近萧志卿的墓，看见一位身披湖蓝色绒线大披肩、戴着金丝边眼镜、满头银发、气质高雅的老妇人，正佝偻着背，在霏霏细雨中，用手绢细细擦拭着墓碑。墓碑前摆放着簇簇鲜花，被雨丝洗濯得熠熠发亮，边上还摆放着好几幅美人油画稿。

（完）

后 记

30

黄昏，下了两天的秋雨停了。

三天前，我驱车 100 多公里，来到浙北湖州，在一所位于三天门的培训学校，参加为期一周的业务培训。

上一次来时是 6 年前。每次去三天门，我想得最多的是回。30 年前，二十出头的我在此求学。汽车驶入校门，那些熟悉的景象一下子跃入了眼帘，足球场、香樟树未变，校门口水池、假山、凉亭、紫藤未变，北麓的山脉未变。

此番回母校，我在行李中放入一本 1993 年出版的苏童小说集《婚姻即景》。

我一放下行李，便在校园里跑开了。晚开的桂花树，在草坪上、教学楼、体育馆边沉沉绽放，那些细小的灿金花蕊将整个校园裹入了香氛中。

曾经在足球场挥汗跑步、做操的情景历历在目，场边那幢图书楼仍是当年的模样。整个校区，唯独图书楼保存至今，现为办公楼，从前的教学楼和宿舍楼已拆了重建。我突然想到，当年刚到学校，很快被图书楼里的浩繁藏书吸引，在众多书籍里，我渐渐迷恋上苏童的小说，在很短的时间内，读了中短篇小说集《少年血》《婚姻即景》《末代爱情》《世界两侧》。我被小说里阴柔的基调吸引，那种古典的纯粹的中国味道，很对我的口味。此后，我开始尝试写点东西，写一个旧时代的小说。

那时，正是千禧年临近，辞旧迎新的味道愈来愈浓。回顾百年的丛书很多，我在海盐秦山大厦的书籍区，买到一本百年画册，有一篇写旧上海老北门沉香阁一带。我对"沉香阁"三个字特别有感觉，忽然想，20世纪三四十年代，沉香阁一带肯定有很多缠绵的故事，而我的创作就从那里开始。

1995年秋，当我开篇写到老北门沉香阁时，基本上把小说的基调定下了。1997年4月，我写到上海沦陷，在稿纸上写完了第一版小说，毕业将近。当时我绝不会想到，后来我会把它扩展成长篇小说，小说里时间跨度70余年。

参加工作后，我搁下了写作，忙事业、买房、结婚生子，潜意识里，一直装着这部小说。我也一直精心保存着在校期间写的这些稿纸。我将小说输入了电脑，突然感觉这部小说可以继续往下写，上海沦陷后，夏婉清该何去何从？

为了贴近抗战时期市民生活，我查阅大量资料，对那个时期了然于胸后，才开始写作。那时，我才发觉，可以将这部小说扩展成长篇小说，时间跨度拉长，一直写到当下，贯穿夏婉清的一生。

我特意将她的姓改成了我的姓，拉近距离，她就是我的家人。通过她，我见到了夏家好多亲人，我走入了他们的家族。

我想到我的母亲。新中国成立前夕，母亲在县城育婴堂被我祖父抱养，至今未找到生身父母，我想把这个点写进去。夏婉清没有生育，她在解放前夕也抱养了一个女弃婴，我把她当作我的祖母，而那个被抱养的女婴，就是我母亲。通过这一层替代，我感觉有了一种天然的亲近感。

2010年10月底，我憋着一口气，写完了中部，写到了抗战胜利，感觉虚脱了。接下来就要写解放战争及整个新中国时期，更大体量的素材积累在等着我。我需要阅历和时间的积累。

往后，我时常会想起这部小说，一天没写完它，它就是未了的心愿。当时我给小说起名"紫檀木盒"，我以为稍做调整，就会很快写完。小说中的人物已渐渐走入了我的生活，我时常想着夏慕贞该出场了吧，小说中其他人物又该何去何从。我时常会听到他们的脚步声，他们常在夜深人静时向我走来，走上了楼梯，敲响了我的家门。这逐渐成为我不安的开始，他们总会质问我为什么搁置不前，没有将他们的生活做好交代，我时常为自己的懈怠而惶恐不安。

每每下定决心写下部，总感觉底气不足。我总给自己找理由，需要再储备一些记忆，一些对人世的历练，让我对人物的命运有更多的把握。

2023 年 10 月底，这部小说入选了海盐县文化精品工程重点扶持项目，我晓得再也不能拖了，有一股强烈的紧迫感驱使着我。

写完下部时，是 2024 年 6 月底，我终于让夏婉清的一生全部呈现，小说里的人物也有了各自的命运走向，有谢幕，有远行。小说断断续续写了近 30 年，从最初的 9 万字，扩展成了 30 多万字。在文字里，50 多岁的我和 20 多岁、30 多岁的我重逢，感受很新奇，时常在记忆深处唤醒了我很多熟悉的幸福感受，也唤醒了很多辛酸感受。

这一夜，我一人站在足球场上，一轮满月高悬夜空，今日正是月半，我突然想到了什么。

我疾步走入了教学楼，打开了电校室，在电脑里写下了这部小说的后记。30 年前，我离开了这里，30 年后，我又回到了这里。

30 年，虽不长，亦是一段山河。

很感谢在此书创作过程与出版过程中，给予指导与帮助的嘉兴市文联、嘉兴市作家协会、海盐县委宣传部、海盐县文联、海盐县望海街道，很感谢嘉兴市作家协会杨自强主席、科幻作家宝树、悬疑小说家贝客邦联袂推荐小说，很感谢海盐县文联第六届主席林周良、浙派姚门古琴老师王小也为小说作序，很感谢不厌其烦参与编审、校对、设计的老师们。深表谢意。

感谢一直鼓励、支持我的家人、朋友们。

2024 年 10 月 17 日于湖州三天门